AtV

Grigori Kanowitsch wurde 1929 als Sohn eines jüdischen Schneiders in Kaunas geboren. 1953 beendete er in Vilnius sein Slawistik-Studium. Er schrieb Filmszenarien und Theaterstücke und übersetzte Lyrik und Prosa aus dem Litauischen ins Russische. Mit seinen in russischer Sprache verfaßten Romanen setzte er dem vom Aussterben bedrohten litauischen Judentum ein Denkmal. Sie erlangten wegweisende Bedeutung für das wiedererwachende Judentum in der gesamten ehemaligen Sowjetunion, auch wenn sie nur in Litauen gedruckt werden durften. Kanowitsch, der sich seit Beginn der Perestroika auch politisch stark für die litauischen Juden einsetzte, gilt heute als ihr Nestor. Er lebt in Vilnius.

Seine Romane: »Kerzen im Wind« (1979, dt. 1984), »Tränen und Gebete der Einfältigen« (1983, dt. 1985), »Sklaven winkt kein Paradies« (1985, dt. 1989), »Ein Zicklein für zwei Groschen« (1986, dt. 1993), »Wend das Gesicht nicht ab vom Tod« (1990).

»Meine Seele ist wund«, klagte der Rabbi Uri, und sein Lieblingsschüler Magid erbebte.

»Wunde Zeiten – wunde Seelen«, hielt Itzik seinem Lehrer sanft, beinahe zaghaft entgegen. »Die Zeit muß kuriert werden, Rebbe, die Zeit.«

Es ist die Zeit nach dem Bauernaufstand 1863, der Ort ist ein kleiner jüdischer Marktflecken in Litauen. Rechtlos sind die Juden und der zaristischen Willkür völlig ausgeliefert. Sie sehnen sich nach einem menschenwürdigen Leben, nach einer Welt der Güte und Gerechtigkeit. Darin sind sie alle gleich.

Da erscheint eines Tages ein merkwürdiger Mann, der sich als Sendbote Gottes ausgibt. Er sammelt, so sagt er, alle Sünden der Juden, um sie am Tag des Jüngsten Gerichts vor Gott auszubreiten. Eine geheimnisvolle Kraft geht von diesem Mann aus. Der Nachtwächter sieht in ihm sogar seinen verschollenen Sohn, auch der Rabbi glaubt in ihm seinen ebenfalls verschollenen Adoptivsohn zu erkennen. So wird der Fremde zur Verkörperung aller Unterdrückten, Vermißten, Ersehnten.

Grigori Kanowitsch

Tränen und Gebete der Einfältigen

Historischer Roman

Deutsch von Waltraud Ahrndt

Aufbau Taschenbuch Verlag

Titel der russischen Originalausgabe
Слезы и молитвы дураков

ISBN 3-7466-0178-9

1. Auflage 1992
Aufbau Taschenbuch Verlag Berlin
Mit freundlicher Genehmigung des Verlages Volk und Welt, Berlin

Reihengestaltung Sabine Müller, FAB Verlag, Berlin
Einbandgestaltung Frank Odening, FAB Verlag, Berlin,
unter Verwendung eines Fotos von Iwan Aoolt
Druck Elsnerdruck, Berlin
Printed in Germany

1

»Meine Seele ist wund«, klagte der Rabbi Uri, und sein Lieblingsschüler Itzik Magid erbebte.

»Wunde Zeiten – wunde Seelen«, hielt Itzik seinem Lehrer sanft, beinahe zaghaft, entgegen. »Die Zeit muß kuriert werden, Rebbe, die Zeit.«

»Uns selber müssen wir kurieren«, sagte der Rabbi Uri leise. Er erhob sich vom Stuhl und trat ans Fenster, es schien, er suche im trüben Spiegel der Scheibe sich selbst und Itzik und die Zeit und noch etwas anderes, das sich seinem greisen, aber scharfen Auge entzog. Gerechter Gott, wie viele hatte es schon gegeben, die die Zeit kurieren wollten, wie viele waren über die Erde und an seinem Fenster vorübergezogen! Und wohin hatte all das geführt? In Fesseln, aufs Schafott, in den Wahnwitz. Nein, die Zeit ist unheilbar. Jeder muß sich selbst heilen, erst dann kann vielleicht auch die Zeit genesen.

Der Rabbi Uri stand am Fenster und blickte auf die menschenleere Straße des Marktfleckens. Alle schlafen. Im Schlaf nimmt die Zeit andere Züge an. Im Schlaf gibt es keine Zaren, keine Polizisten, keine Wahnwitzigen. Keine. Solange niemand kommt und weckt.

»Höre, Itzik! Kannst du mir sagen, warum alle schlafen, nur wir nicht?« fragte der Rabbi Uri und strich sich den Bart. Das Berühren seines Bartes versetzte ihn jedesmal in eine Art Erleuchtungszustand. Das war, als würfe er ein Scheit ins Feuer, und die Funken erhellten das Dunkel seiner Seele und seiner Behausung. »Warum schlafen wir nicht?« wiederholte er und sah seinen Schüler unverwandt an.

»Wir sind eben wach, Rebbe«, erwiderte Itzik ausweichend und verstummte erschrocken: Die Fragen des Lehrers mit solch leichtfertiger Eile zu beantworten, das schickt sich nicht, die Antwort muß länger reifen als die Frage.

»Laß dir Zeit, mein Sohn, denke nach«, flüsterte der Rabbi Uri und strich sich abermals den Bart.

Ach, lieber zu Bett gehen und schlafen als nachdenken. Sowieso sind sie schon viel zu lange aufgeblieben. Der Tee in den Gläsern ist erkaltet, und ihm, Itzik, fallen schon die Augen zu. Ein Glück noch, daß er nicht verheiratet ist, daß daheim niemand auf ihn wartet, ein Ehebett ist etwas anderes als Tee, das kann man nicht wieder aufwärmen, wenn es kalt geworden ist.

Der Rabbi Uri tat Itzik Magid leid. Wäre nicht dieses Mitleid, so käme er nur an Feiertagen hierher. Bald würde der Rabbi Uri sterben, im vorvorigen Jahr war er schon achtzig geworden, seine Seele würde bald Ruhe finden und genesen. Die Totenwürmer heilen alle Wunden.

»Nun, hast du nachgedacht?« unterbrach der Lehrer sein Grübeln. »Warum schlafen wir beide nicht?«

»Ich weiß nicht«, gestand Itzik treuherzig. Er selbst schlief aus Mitleid nicht, der Rabbi Uri – von Alters wegen. Für alte Menschen ist die Nacht ein Schritt auf den Tod zu, für junge jedoch ein Schritt gegen Morgen.

»Jemand, muß wach bleiben, mein Sohn. Jemand muß es, wenn alle schlafen.«

»Der Nachtwächter Rachmiel wacht doch. Hört nur, Rebbe, wie er das Klopfholz rührt.«

»Ich höre nichts.«

»Aber er ist hier vorm Fenster«, wunderte sich Itzik. War der Rabbi Uri am Ende ertaubt? Worte vernahm er – das Klopfholz nicht?

»Wer bezahlt wird, der wacht nicht, der arbeitet«, sagte der Lehrer.

»Wo ist der Unterschied?« wunderte sich Magid.

»Wer bezahlt wird, der hört das Klingen der Münzen,

und nicht das Schreien der Seele«, erwiderte der Rabbi Uri, ohne die Stimme zu heben. »Er wacht über den Reichtum, nicht über den Schmerz.«

»Und warum ... warum, Rebbe, muß man wachen über den Schmerz?«

»Damit er nicht gebären kann.«

Der Alte ist meschugge, dachte Itzik Magid und schämte sich sogleich seines Gedankens. Immerhin war der Rabbi Uri für ihn kein Fremder. Viel, sehr viel hatte er für ihn, den Waisenknaben, getan. Man konnte sagen, er hatte einen Menschen aus ihm gemacht. Ohne den Rabbi Uri wäre er, Itzik Magid, vielleicht ein Dieb, ein Landstreicher, jedenfalls ein Blatt im Winde. Auch vor dem Militärdienst hatte der Alte ihn bewahrt, hatte dem Polizeichef etwas zugesteckt, sonst hätten sie ihn sicherlich eingezogen.

»Was gebären?« fragte Itzik, mehr aus Höflichkeit als aus Wißbegier.

»Was, meinst du, kann der Schmerz gebären?«

Itzik Magid wollte sich nicht den Kopf darüber zerbrechen, was der Schmerz gebären könnte. Gleich würde der Rabbi Uri ihm ein treffendes Bibelzitat auftischen, sich auf den unfehlbaren Moses oder den weisen König Salomon berufen, vielleicht auch ein selbsterfundenes Gute-Nacht-Geschichtlein erzählen, er würde sich den Bart streichen – in ihm lag wohl des Rätsels Lösung.

»Der Schmerz, das sollst du wissen, gebiert den Tod ... den Wahnwitz ... den Haß«, sagte der Lehrer nur; er blickte Itzik an und fuhr fort: »Ein müdes Hirn gleicht einem Werstpfahl: ein Stamm, der keine Früchte trägt. Ich sehe, du bist müd, mein Sohn. So geh denn heim.«

»Und Ihr?«

»Ich bin daheim«, lächelte der Rabbi Uri.

»Auch Ihr müßt euch niederlegen.«

»Gewiß, gewiß«, versicherte der Alte. »Das ist leicht getan. Anders ist es mit dem Aufstehn. Geh nur, mein Sohn, geh heim.«

Doch Itzik zögerte. Er sah den Rabbi Uri an und wartete, daß der noch etwas sagte. Was, wußte er selbst nicht – nur nicht dieses allgemeine »Geh nur, mein Sohn, geh heim«. Diese Worte waren ebenso rätselhaft wie das ganze Haus des Lehrers, wie die halbverfallenen Mauern, wie die Petroleumleuchte mit ihrem ungefügen Lampenschirm. In diesen Worten war, wie in einer Eischale, noch etwas anderes eingeschlossen, und dieses andere bedrückte Itzik. Er spürte – der wahre Sinn würde später zutage treten und ihn bis zum Morgen nicht schlafen lassen. So war es ihm schon des öfteren ergangen: Er kam nach Hause, zog sich aus, plumpste ins Bett, und plötzlich fielen die Worte des Rabbi Uri wie Hunde über ihn her, sie kläfften und bissen. Manchmal auch glühten die Worte des Lehrers im Dunkel wie die Beeren des Schneeballstrauchs, und diese rote Glut war unerträglich und ließ Übelkeit im Hals aufsteigen. In solchen Augenblicken schien es Itzik, sein verehrter Lehrer pflege nicht nur mit der Thora* Umgang, sondern auch mit dem Unreinen, obwohl der Rabbi Uri immer schwor, die Juden besäßen alles außer Teufeln und Vampiren.

»Sie sind nicht beschnitten«, versicherte er, als habe er mit ihnen zusammen im Bad gesessen.

»Und Hexen?« fragte Itzik seinen Lehrer dann keck.

»Hexen – ja. Meine Frau, Gott hab sie selig, ist eine reinrassige Hexe gewesen. Wenn ich aufgewacht bin, hab ich zur Säge gegriffen. Nachts sägst du die Hörner ab, und am Morgen wachsen sie wieder nach. Wenn du's nicht glaubst, so komm mit, ich zeige dir die Späne. Mein Rat: Wenn du heiraten willst, schau nicht auf die Haare, nicht auf die Figur, sondern such nach den Hörnern. Am Anfang sind sie kaum sichtbar, klein wie ein Fingernagel. Aber später ... Später wirst du schon sehen.«

* Thora (hebr.) – Bez. der fünf Bücher Mosis, für den gottesdienstl. Gebrauch auf eine Pergamentrolle geschrieben

Draußen vorm Fenster rührte Rachmiel, der Nachtwächter des Marktfleckens, heftig das Klopfholz, nicht so sehr Diebe verscheuchend als vielmehr die eigene Müdigkeit.

Itzik lauschte dem gleichmäßigen Klopfen, und plötzlich sagte er: »Rebbe! Bei uns ist ein komischer Typ aufgetaucht. Er sagt, er ist ein Sendbote Gottes.«

»Wir alle sind Sendboten Gottes«, bemerkte der Rabbi Uri gleichmütig. »Auch ich, auch du.«

Konnte ich nicht meine Zunge im Zaum halten, ärgerte sich Itzik. Was wird nicht alles im Wirtshaus geschwätzt. So was – ein Sendbote Gottes! Unser Flecken hat wahrlich schon genug Meschuggene gesehen! Im vorvorigen Jahr, vor dem Pessachfest*, hatten die Leute ihren Spaß an einem gewissen Napoleon dem Vierten mit ulkigem Dreispitz auf dem Kopf und roter Schärpe über der Brust. Er bewegte militärisch die Arme, schlug die Hacken seiner kaputten Schuhe zusammen und schwor bei Gott, daß er – wenn man ihm Speis und Trank gäbe – die Siedlungsbegrenzung aufheben und den Juden vorerst erlauben würde, in allen Hauptstädten der Welt zu wohnen, später dann – wenn man ihm Speis und Trank gäbe – wolle er ihnen völlige Freiheit schenken und selbst sogar dem ersten jüdischen Staat vorstehen. Die guten Leute gaben dem Vierten Napoleon Speis und Trank, doch die Siedlungsbegrenzung hob er trotzdem nicht auf. Und noch früher war in den Flecken ein Vogelmensch gekommen! Der versprach nicht, die Siedlungsbegrenzung aufzuheben, er wollte auch nicht Oberhaupt des ersten jüdischen Staates werden. Er wollte vielmehr vor aller Augen auf und davon fliegen.

»Soll er doch fliegen«, sagte der Schankwirt Josua.

Einfach so fortfliegen, das genügte dem Vogelmenschen nicht. Er verlangte, die Juden sollten eine Bittschrift an Gott verfassen und unterschreiben, die würde

* Pessach (hebr.) – Fest zur Erinnerung an den Auszug der Juden aus Ägypten

er dann überbringen. Alldieweil niemand eine solche Bittschrift verfassen wollte, verfluchte der Meschuggene den Schankwirt Josua und zog weiter, nach Wilno wohl.

Und nun dies: ein Sendbote Gottes! Zwar hatte er – so hörte Itzik vom Sohn des Schankwirts Josua, vom pickligen Semjon – nichts verlangt, weder Petitionen noch Unterschriften noch Brot. Als der picklige Semjon in der väterlichen Schenke zu ihm an den Tisch trat und fragte: »Was möchtest du?«, soll der Gottesbote geantwortet haben: »Ich möchte, daß du aufhörst, aus deines Vaters Kasse Geld zu stibitzen!« Der picklige Semjon jagte ihn hinaus, er aber blieb einfach unterm Fenster stehen und rief laut, daß der ganze Ort es hörte: »Dieb! Dieb! Dieb! Gott wird dich strafen! Das Fieber soll dich schütteln!«

Und siehe da – am nächsten Morgen kam der picklige Semjon zum Liegen. Der Schankwirt Josua ließ aus Deutschland einen Doktor holen, einen schnurrbärtigen Preußen mit Zwicker. Der Doktor untersuchte den Kranken und brummelte etwas auf deutsch: das Wechselfieber wohl, oder Bauchtyphus.

»Wo hat er sich einquartiert?« wollte der Rabbi Uri wissen. Gleich würde die Fragerei anfangen, und bevor sein verehrter Lehrer nicht alles erfahren hätte, käme Itzik nicht fort.

»Nirgends.«

»Wenn du ihn siehst, mein Sohn, bring ihn zu mir«, sagte der Rabbi Uri, auf seltsame Weise erregt.

»Zu Euch?« Itzik verschlug es den Atem, lange stand er vor seinem Lehrer, wie ein Ahornbaum im Wind: sosehr der Wind ihn auch rüttelt – er rauscht nur mit den Blättern. »Was denn, habt Ihr noch keinen Verrückten gesehen?«

»Und woher willst du wissen, mein Sohn, daß er ein Verrückter ist? Wen der Himmel schickt, der kann nicht verrückt sein. Lästere nicht, Itzik.«

»Aber wenn ... wenn Ihr, Rebbe, ihm nun mißfallt ... wenn er auch Euch mit dem Fieber straft?«

»Was ist schon das Fieber gegen eine wunde Seele?« fragte der Rabbi Uri, doch diesmal fragte er nicht seinen Schüler Itzik Magid, sondern eher die Petroleumleuchte mit dem ungefügen Lampenschirm, die trübe Fensterscheibe, hinter der, kaum sichtbar, die Silhouette des Nachtwächters Rachmiel zu ahnen war. »Ich bin zu alt, um ihn selbst zu suchen.«

»Und wenn er nicht kommen will?« fuhr Itzik auf.

»Wenn er nicht kommen will, dann ist auch ihm alles gleichgültig.«

Itzik Magid wußte nicht, wovon sein verehrter Lehrer sprach, doch seiner Stimme, seinem auf den glimmenden Docht der Petroleumlampe gerichteten Blick entnahm er, daß der Rabbi Uri seine wunde Seele meinte. Kein Pilger, erst recht kein verrückter, konnte die heilen. Der Rabbi Uri ist alt, und auch seine Seele ist alt und schwach. Was hilft's – sein Leben geht zur Neige. Er sollte sich abfinden, er sollte sein Bündel schnüren.

»Geh nur, mein Sohn, geh heim«, sagte der Alte. »Und ruf mir Rachmiel. Er soll hereinkommen. Wir werden Tee trinken zusammen.«

»Ist gut«, erwiderte Itzik. Er verneigte sich vor dem Rabbi Uri und ging in die Nacht hinaus.

Der Alte begleitete ihn zur Tür, doch er schloß sie nicht wieder: Gleich würde Rachmiel kommen.

Der Rabbi Uri setzte sich an den Tisch, umfaßte mit beiden Händen die verrußte Lampe, und die Wärme übertrug sich auf seine vertrockneten Handgelenke. Sie übertrug sich und kroch weiter, durch die ausgedörrten Adern bis hinauf zu den gekrümmten Schultern, bis in den Hals, der einer zerlesenen Thora-Rolle ähnelte, und von dort aus floß sie hinab zum Herzen, zu der wunden Seele, und die wunde Seele erwärmte sich, wie ein Schmetterling mit zerdrücktem Flügel flatterte sie auf und flog zum Fensterbrett. Hoch, ach so hoch.

Ohne anzuklopfen kam Rachmiel herein, in ein Weibertuch gehüllt, vielmehr in etwas Tuchähnliches, das nach fremdem Haar roch.

»Ihr habt mich rufen lassen, Rabbi?«

»Ja.«

»Aber ich habe nur einen Augenblick Zeit.«

»Was ist das ganze Leben, Rachmiel? Was sind denn zweiundachtzig Jahre?«

»Nun, zweiundachtzig Jahre, denk ich, das sind zweiundachtzig Jahre.«

»Nein, Rachmiel. Es ist nur ein langer Augenblick.«

»Kann sein«, knurrte Rachmiel, der nicht wußte, warum er hereingebeten worden war.

»Gleich werden wir Tee trinken miteinander.«

»Tee lehne ich niemals ab.«

Der Rabbi Uri wärmte den Tee auf und goß ihn in zinnerne Becher.

»Und was hast du abgelehnt, Rachmiel?«

»Ich erinnere mich nicht«, sagte der Nachtwächter und trank.

»Aber ich erinnere mich ...«

»Ihr habt ein gutes Gedächtnis«, schmeichelte Rachmiel dem Rabbi Uri, überflüssigerweise.

Beide tranken Tee und belauerten einander mit Blikken.

»Man sagt, im Flecken sei ein Pilger aufgetaucht«, sprach der Rabbi Uri. »Er gibt sich aus als ein Sendbote Gottes. Hast du davon gehört, Rachmiel?«

»Nein. Ich warte auf Aron, nicht auf Gottesboten.«

»Wie lange ist er schon bei den Soldaten?«

»Lange, ach so lange.«

»Er müßte bald zurückkommen.«

»Wenn er zurückkommt.«

»Warum sollte er nicht?«

»In so langer Zeit kann alles mögliche passieren«, seufzte der Nachtwächter. »Bei Schmuël Pjatnizki zum Beispiel ist der Sohn zurückgekommen, ich sag Euch, Rabbi: ein größeres Unglück gibt es nicht.«

»Wieso?«

»Wieso, wieso!« Rachmiel war geradezu beleidigt. »Als Nikolai ist er zurückgekommen.«

»Was für ein Nikolai?«

»Was ist nur heute mit Euch, Rabbi Uri?« wunderte sich der Gast. »Als russischer Nikolai. Nikolai Pjatnizki. Er hat sich taufen lassen in Sibirien, so ist das nämlich.«

»Und wozu ist er heimgekommen?«

»Das Haus zu teilen. Schmuël Pjatnizki hat in Miškinė ein einstöckiges Haus. Gott behüte, wenn meiner bloß nicht als Nikolai zurückkommt. Ein Glück noch, daß ich kein Haus habe. Das hier ist mein ganzer Reichtum.« Mit seiner kurzfingrigen Hand tippte Rachmiel an das Klopfholz.

»Kann ich mal?« Der Rabbi Uri streckte die Hand nach dem Klopfholz aus.

»Wenn's weiter nichts ist«, sagte der Nachtwächter.

Rabbi Uri nahm es und begann plötzlich mit aller Kraft zu klopfen.

»Was tut Ihr da?« rief Rachmiel.

»Ich klopfe«, erwiderte der Hausherr schlicht. »Ich wecke den Tod.«

»Wessen Tod?«

»Gehört der Tod etwa jemandem? Der Tod gehört allen und keinem. Verstehst du, Rachmiel?«

»Verstehe, verstehe«, stotterte der Nachtwächter. »Nun seid bedankt, Rabbi Uri, für den Tee. Ich muß nun wieder ... auf die Straße.«

»Der Straße wird nichts passieren«, hielt der Rabbi Uri ihn zurück. »Bleib noch ein Weilchen. Nachts stiehlt in unserm Flecken keiner keinem was. Nur am Tage. Am Tage aber, Rachmiel, hast du ja frei ...«

»Gewiß.«

»Am Tage schläfst du ja.«

»Je nachdem. Manchmal nähe ich.«

»Du nähst?«

»Ja. Ein Groschen extra kann nicht schaden. Ich spare alles, Rabbi, für meinen Aron. Der wird bitterarm zurückkommen.«

»Wie alt war damals dein Aron?« fragte der Rabbi Uri unvermittelt.

»Vielleicht fünfzehn ... vielleicht sechzehn.«

»Fünfzehn, sechzehn ...«, murmelte der Rabbi Uri. Schade, daß er Itzik nicht gefragt hatte, wie alt jener war ... der Gottesbote. Wahrscheinlich fünfunddreißig, vierzig. Mit fünfunddreißig, vierzig verwirrt sich meist der Verstand. Das Alter der Verrückten. Das Alter derer, die – welch vergebliche Mühe! – die Zeit kurieren wollen. Und wenn nun Rachmiels Sohn Aron dieser Sendbote Gottes wäre? Oder wenn er nun ... Er, Rabbi Uri, würde ihn natürlich nicht erkennen ... so viele Jahre waren hingegangen. In Rabbi Uris Kopf nahm etwas Gestalt an, zerriß, formte sich abermals und zerfiel wieder: Worte, Daten, Namen. Er sah Rachmiel durchdringend an, der aber, in sich zusammengesunken und verwirrt, blickte zur Tür und konnte kaum erwarten, daß der Rabbi Uri ihm das Klopfholz zurückgäbe.

Und plötzlich wurde Rachmiel mit erschreckender Klarheit bewußt, daß er ohne das Klopfholz ein Nichts war, ein erbarmungswürdiger alter Mann im Weibertuch, einfach ein armer Schlucker.

»Rabbi, gebt mir mein Klopfholz«, bat er. »Gebt es mir wieder!«

»Bitte«, erwiderte der Alte verlegen. »Es ist ja wohl heil und ganz geblieben.«

Rachmiel ergriff das Klopfholz und probierte es aus, denn er traute weder sich noch dem Rabbi Uri.

»Es klopft, es klopft, es klopft«, sagte er, zur Tür tappend. »Gott sei Dank.«

Nachdem er fort war, ging der Rabbi Uri ans Fenster und ließ den mit Fliegendreck bekleckerten Vorhang herab. Mein Gott, wie lange war der nicht gewaschen worden! Aber wozu auch. Der Rabbi Uri wollte niemanden mehr sehen. Niemanden! Weder seinen Lieblingsschüler ... noch den Sendboten Gottes ... noch den Nachtwächter ... niemanden! Seine Augen, seine Speicher, sind voll bis obenhin, ja übervoll. Er hat Elend und Hunger gesehen, er hat drei Kriege erlebt. Eine Vielzahl Menschen und Menschlein sind ihm begegnet.

Sie alle sind hereingetreten in seine Augen, ohne von ihren Kleidern und Schuhen abzustreifen Schmutz, Blut, Erbrochenes. Es ist genug! Von heut an wird er seine Speicher schließen. Für immer. Man kann schauen, ohne zu sehen. Man kann lauschen, ohne zu hören. Man kann auch einfach aus der Kammer das Fläschlein für die Mäuse holen ... sich zweiundachtzig Tropfen eingießen ... für jedes gelebte Jahr einen Tropfen, und dann – seid gegrüßt, meine Totenwürmer, die mich heilen. Doch ziemt es denn einem Menschen, zu sterben wie eine Maus? Der Mensch muß davongehen als Mensch.

»Wann nur?« fragte er die Lampe. »Wann?«

In der Lampe zitterte das Flämmchen.

»Wann werden wir ausgeblasen?«

Draußen – von einem Straßenende zum anderen – ging Rachmiel, er ließ das Klopfholz erschallen und dachte gewiß an seinen Aron.

An wen aber sollte er, Rabbi Uri, denken des Nachts? An wen?

2

Für Itzik Magid begann die Nacht mit dem ersten Stern, der die samtene Haut des Himmelsgewölbes aufpickte wie ein Kücken die Eischale. Hat sich erst einer durchgepickt, purzelt im Handumdrehen die ganze Brut heraus und verteilt sich über den Himmel wie über einen Bauernhof, flaumige leuchtende Pünktchen. Der Rabbi Uri sagt, jeder Mensch habe seinen Stern. Vielleicht gibt es auch für ihn, Itzik Magid, ein mickriges Sternlein, ein Frühchen. Das funkelt irgendwo, doch was soll's? Kein Stern ist wie der andere, und kein Schicksal gleicht dem anderen. Es gibt reiche Sterne und Bettler unter den Sternen, es gibt Sterne wie Milch und Blut, und es gibt Krüppel unter ihnen. Nur nicht, Gott behüte, unter einem Krüppel-Stern geboren werden, wie er Itziks Mutter am Tage ihrer Geburt geleuchtet hatte! An seine Eltern konnte Magid sich kaum erinnern. Der Vater stammte wohl aus der Gegend um Shitomir, nach einem Pogrom hatte er den Polizeichef des dortigen Marktflekkens erledigt – mein Gott, wie viele Polizisten gibt es in Rußland! –, war geflohen, untergetaucht, bis nach Litauen gekommen, war unter die Holzfäller gegangen und hatte bis zu seinem Tode nicht mehr Polizisten, sondern Bäume umgelegt. Er hieß Gabriel – jedenfalls nannte er selbst sich so. Die Mutter diente beim Holzhändler Fradkin, zuerst als Kindermädchen, dann als Amme. Jedes Jahr brachte sie ein totes Kind zur Welt – bis sie schließlich ihn gebar, Itzik, und fünf Jahre später starb sie zusammen mit dem, der sein Bruder hätte werden können. Sie wurden in ein und demselben Grab beerdigt. Itzik Magid wußte noch, wie er mit seinem Vater an der offenen Grube stand und hinabschaute und nichts sah außer einem großen Maikäfer, der an der steilen Wand der Grube kroch, und wie leid ihm der Käfer tat, der war lebendig und hatte sogar Flügel, die er auf- und zuklappte, der Ärmste.

Ein Jahr nach dem Tod der Mutter wurde der Vater tot im Walde gefunden. Niemand wußte, woran er gestorben war. Seine Hand umklammerte die Axt, und zwar so fest, daß man den Leichnam damit begraben mußte.

»Wenn er wird kommen ins Paradies«, brummelte auf dem Friedhof der Wasserträger Eser Blum, »wird er dort roden alle Büsche.«

So war Itzik Magid mit sechs Jahren Vollwaise geworden. Durch wie viele Hände war er dann gegangen, bei wem hatte er nicht alles gewohnt! Sogar beim Wasserträger. Blum nahm den verwaisten Jungen auf, und sie schleppten tagein-tagaus das Wasser vom Fluß und fuhren es im Ort aus. Brunnen besaßen nur wenige – der Schankwirt Josua, der staatlich besoldete Rabbiner Schlomo Goldin, der Schneider Dovid-Ber und natürlich der Herr Polizeichef. Die anderen versorgte billig und regelmäßig Blum. Itzik wäre Wasserträger geworden, wenn Eser nicht eines schönen Tages seinen Grauschimmel und das Wasserfaß verkauft und sich zu Fuß nach Jerusalem aufgemacht hätte, ins Gelobte Land. Sobald ein Jude eine fixe Idee hat, trägt er keinen Kopf mehr auf den Schultern, sondern ein zottiges Büschel Phantastereien. Der ganze Ort – allen voran die Brunnenlosen – hatte Eser von seinem Plan abzuraten versucht, doch vergebens! Vor Tau und Tag brach er auf, den Quersack auf dem Rücken, und blickte nicht einmal zurück. Wohin auch! Auf die halbverfallene Hütte? Zu seinem Pferd? Blum hatte auch ihn, den Waisenjungen, mitnehmen wollen, doch da hatte der Rabbi Uri sich eingemischt.

»Eser«, sagte er. »Wenn es Gott gefällt und du nicht stirbst auf dem Wege, wirst du der erste Wasserträger sein, der aus dem Fluß unserer Vorväter trinken wird. Den Jungen aber laß in Ruh. Seine Beine sind noch zu schwach. Die müssen sich erst kräftigen.«

»Die Beine werden kräftig unterwegs, Rabbi«, erwiderte Eser Blum. Und ging. Und seitdem war er wie vom Erdboden verschluckt.

Ihn aber, Itzik, nahm die Familie des Rabbi auf. Genau besehen war es gar keine Familie: nur die Frau des Rabbi, Rahel, eine Korpulente mit Doppelkinn und jünglingshaftem Schnurrbärtchen, und die Katze. Wenn Rahel zürnte, sträubte sich ihr Schnurrbärtchen, und Itzik hätte am liebsten die Härchen ausgerupft.

Itzik dachte an die Vergangenheit nur, wenn er krank war. Ein gesunder Mensch hat keine Zeit, in Erinnerungen zu kramen. Deshalb waren für Itzik die Erinnerungen selbst eine Art Krankheit, ein unmännliches Leiden. War er jetzt am Ende krank? Er lag schlaflos und dachte an jemandes Worte, Schnurrbarthaare, an die Kruppe von Esers Pferd und den Maikäfer an der Wand des ausgehobenen Grabes.

Was ist los mit mir, fragte er sich, und als er keine

Antwort fand, erhob er sich vom Bett und öffnete das Fenster. Stille. Keine Menschenseele. Wie ausgestorben der Ort. Sogar Rachmiels Klopfholz war verstummt. Offenbar hatte der Nachtwächter sich auf die Treppe zum Drogerie- und Eisenwarenladen der Gebrüder Spiwak gesetzt und war eingeschlafen.

»Rachmiel!« rief Itzik aus dem Fenster.

Sein Ruf fiel in die Stille, wie ein Blatt aufs Wasser – kein Echo, keine Kreise.

»Rachmiel!« wiederholte er hilflos und zornig, und wieder blieb alles stumm.

Plötzlich schien ihm, als husche vor dem Laden der Gebrüder Spiwak ein Schatten vorüber. Itzik strengte seine Augen an und starrte in die dichte, pechzähe Finsternis.

Er, dachte Itzik, und sein Herz begann zu trommeln. Der *Sendbote Gottes!*

Seltsam – Itzik schluckte zwei- dreimal krampfhaft, als wolle er das Herz, das ihm im Halse schlug, zurückdrängen. Warum denke ich die ganze Zeit an *ihn?* Warum?

Itzik tastete im Dunkel nach den Streichhölzern und zündete die Lampe an. Von draußen flogen Nachtfalter zum Licht. Es war ein ganzer Schwarm. Sie kreisten über der Funzel, und Itzik verscheuchte sie nicht. Er war sogar froh, daß sie da waren. Der Rabbi Uri hatte recht: Wir alle sind Sendboten Gottes – auch ich, auch er und Rachmiel und auch diese Falter, die ihn, Itzik, an seine eigenen, ebenso blinden und taumeligen Gedanken erinnerten. Auch sie, diese Gedanken, brauchen *fremdes Licht.* Dann leben sie auf, streifen den Schorf ihrer Trägheit ab und schwingen sich hoch hinaus. Dann ist in ihnen nicht Verzweiflung, sondern Leidenschaft, Lust zu fliegen und Selbstaufgabe. Doch ist etwa der Rabbi Uri ein Licht? Ist der picklige Semjon ein Licht?

Es gibt im Ort ein *Licht* – Selda, die Tochter des Holzhändlers Fradkin, doch dieses *Licht* leuchtet nicht für Itzik. Ihm leuchtet jenes mickrige Sternlein, das Frühchen, und die stinkende Petroleumfunzel hier!

Itzik schaute abermals aus dem Fenster, aber in der Nähe von Spiwaks Laden war niemand.

Und doch ... Wenn der, der den pickligen Semjon aufs Krankenbett gebracht hatte, nun in der Tat ein *Gottesbote* war? Woher wußte er, der zum erstenmal im Marktflecken auftauchte, von des Wirtssohnes niedriger Gier? Gewiß, daß Semjon seinem Vater Geld stahl, das wußten alle. Aber hatte dieses Wissen ihn schon jemals aufs Krankenbett geworfen? Nie. Und der Fremdling schaffte es an einem einzigen Tag. Folglich konnte er kein gewöhnlicher Verrückter sein. In ihm leuchtete das *Licht*. Wahnsinn ist ja *Erleuchtung*. Meistens verzehrt die Flamme den Wahnsinnigen selbst, aber wahrscheinlich gibt es Ausnahmen.

Und wenn die Krankheit des pickligen Semjon doch nur ein Zufall war?

Es gab genug Leute im Ort, die gestraft werden könnten, sogar müßten! Eine kleine Sünde hatte jeder auf dem Kerbholz. Selbst der Rabbi Uri. Mochte der Rabbi auch ein frommer Mann sein, aber ein sündenloses Leben hatte wohl auch er nicht hinter sich. Ein langes Leben kann nicht frei von Sünde sein.

Warten wir ab, bis sie sich begegnen, entschied Itzik und verspürte seltsamerweise Erleichterung. Doch gleich darauf verdüsterte sich sein Gesicht abermals. Wenn nach dem pickligen Semjon die Reihe an den Rabbi Uri käme, wenn sich in dessen langem Leben eine Schuld oder Sünde fände, womit würde er gestraft werden? Womit kann einer noch gestraft werden, dem der Herrgott bereits alles genommen hat außer dem Verstand – das Auge mit Blindheit geschlagen, die Gliedmaßen verdorrt, die Ohren schon verstopft wie von des Grabes schwerer Erde? Bleibt nur noch der Tod? Doch der Tod wäre für den Rabbi Uri eine Gnade, keine Strafe. Und hatte etwa Gott ihm all dies genommen? Gott, und nicht die wunde Zeit? Wer von beiden ist unbarmherziger?

Itzik wurde von Entsetzen gepackt. Wie konnte er wagen, so über den Allerhöchsten zu denken? Und noch dazu laut, bei offenem Fenster, zu so später Stunde, da nur der Himmel es vernimmt!

Eilig schlug er das Fenster zu und löschte die Lampe. Schlafen, schlafen, schlafen, an nichts mehr denken, an nichts. Heute ist Freitag. Der einzige Tag zum Ausschlafen. Morgen wird er in die Synagoge gehen und beten, für seine nächtlichen Gedanken um Vergebung bitten. Vielleicht trifft er in der Synagoge auch *ihn,* den Gottesboten ... Aber wie soll er ihn erkennen, da er ihn noch nie zu Gesicht bekam? Vor seiner Krankheit hatte Semjon erzählt, *er* sei klein, habe ein schütteres Bärtchen, Knopfaugen und trage eine samtene Scheitelkappe, die sei mit einer Klammer oder einer Nadel ans spärliche Haar geheftet, damit der Wind sie nicht forttrüge.

Ein schütteres Bärtchen und Augen wie Knöpfe, mochten sie auch an eine Zarenuniform gemahnen – das waren keine Erkennungszeichen. Aber die Klammer oder Nadel!

Itzik lag auf seinem Bett, die schweren Arme ausgebreitet, und lauschte, wie unter den Dielen die Mäuse knispelten. Ihr Rascheln beruhigte ihn immer. Die Witwe Golda, bei der er ein Zimmerchen gemietet hatte, suchte sie mit allen möglichen Kräutern und Pulvern zu vertilgen, die sie in Wilno auf Vorrat gekauft hatte, doch die Mäuse widerstanden jeglichem Gift.

»Warum schläfst du nicht?« hörte Itzik durch die Wand.

»Ich schlafe«, erwiderte er und kroch in sich zusammen.

»Du läufst rum, brennst Licht, wälzt dich hin und her, machst mich verrückt«, schalt Golda ihn von nebenan.

Wenn sie nur nicht kommt, wenn sie mich nur in Ruhe läßt, dachte Itzik und zog sich die Decke über den Kopf. Wenn sie mir auf den Leib rückt, lasse ich sie nicht herein. Oh, diese Unersättliche! Ob Alltag oder Feiertag – sie hat nur ein Vergnügen im Sinn. Dieses Vergnügen hat auch ihren Mann ins Grab gebracht.

Golda hatte ihn sogar geschlagen des Nachts. Sie schlug ihn und sprach: »Wär ich ein Mann, ich würde es dir zeigen, Ascher!«

Was hatte er, Itzik, alles mit anhören müssen, solange Ascher am Leben war. Sie brauchten nur anzufangen, einander zu beschimpfen – zum Davonlaufen! Aber wohin? In den Wald vielleicht? Sommers war es ja im Wald auszuhalten. Frische Luft, Vogelgezwitscher. Man wühlte sich ins Moos und pennte. Am Morgen stand man auf und ging an die Arbeit. Die Axt gegriffen und los.

Außer Itzik arbeitete beim Holzeinschlag kein einziger Jude, nur Litauer und zwei Altgläubige: Afinogen und Guri Andronow, zwei Brüder. Er wurde gefoppt: »Warum übernachtest du im Wald, solltest lieber zu einer jungen Witwe ins Bett kriechen, da hast du's wärmer, und deinem Magen kommt es auch zustatten, du wirst noch durchgefüttert fürs Liebhaben. Sonst, hier im Wald, Itzik, paß auf, schnappt dir ein Wolf versehentlich die Säge weg, und wer kann dich brauchen ohne Säge?«

Vermaledeite Säge, schimpfte Itzik vor sich hin und zog sich die Decke über den Kopf.

Golda kam herein und setzte sich auf den Bettrand. Ihr Körper, kaum verhüllt von dem zerrissenen Hemd, roch nach Bettwärme und Schamlosigkeit. Sie schlug die Decke zurück, strich ihm über das zerwühlte Haar und sagte leise: »Wird Zeit, dein Haar wieder zu schneiden. Soll ich?«

Itzik schwieg, und Golda fuhr fort ihn zu streicheln, seinen Kopf, seinen Hals, bis ihre zudringliche, erregte Hand auf seiner behaarten, rindenrauhen Brust die Brustwarze ertastete und innehielt.

»Gleich hol ich eine Schere«, flüsterte sie. »Schnippschnapp, und fertig.«

»Hör auf«, sagte er, stieß aber ihre Hand nicht weg. »Morgen ist Schabbes.«

»Na und?« fragte Golda verwundert. Sie beugte sich nieder, und ihr Kopf hing über ihm wie eine große reife

Frucht, die beim ersten leisen Lufthauch abfallen würde. »Darf man das etwa nicht auf Schabbes?«

»Nein«, sagte Itzik knapp.

»Wo steht das geschrieben?«

»In der Thora.«

»Ich hab die Thora aber nicht gelesen«, sagte Golda, und die Frucht schwankte, gleich würde sie niederfallen. »Rück ein Stück!«

Itzik rührte sich nicht.

»Rück ein Stück«, wiederholte Golda. »Mir ist kalt. Mir ist immer kalt, wenn du neben mir bist, aber nicht bei mir.«

Ihre Stimme klang leise und ängstlich, wie von einem Nachtvogel, der sein Nest verloren hatte.

»Zum letzten Mal!« gab er nach. »Hörst du!«

»Ich höre! Zum letzten Mal ... auf Schabbes.«

Golda schlüpfte unter die Decke, und beider Beine umschlangen einander wie die Zweige eines Baumes.

Sie hörten nicht, wie die Mäuse raschelten, wie Rachmiel aufwachte und das Klopfholz rührte, wie die angelehnte Tür quietschte. Die Welt hatte keine Geräusche mehr, es gab nur noch Finsternis und Samen.

»Hast du keine Angst, Golda?« fragte er, in die Wirklichkeit zurückgekehrt.

»Wovor denn?« seufzte sie.

»Du weißt schon.«

»Und du ... hast du Angst?«

»Ja«, sagte er.

»Nicht nötig.«

»Du bist niemals gewesen eine Waise«, sagte er, sich aus ihrer Umarmung lösend.

»Ich bin eine Waise«, sagte Golda.

»Das stimmt nicht«, widersprach er. »Du hast Schwestern ... einen Bruder in Gomel ... und deine Mutter ...«

»Weiber sind immer Waisen«, seufzte Golda und liebkoste mit der Zunge seine Brustwarze.

»Laß das«, sagte er ärgerlich. »Du hast kein Schamgefühl.«

»Wenn es kein Glück gibt, wozu brauch ich Scham?«

»Gott wird uns strafen«, sagte Itzik leise. »Du hast es sicher schon gehört: Im Ort hier ist ein Mann aufgetaucht. Sie sagen, er ist ein Sendbote Gottes.«

»Mein Sendbote bist du«, flüsterte Golda heftig und schmiegte sich abermals an ihn. »Auf alle anderen pfeife ich. Du bist mein Gott.«

»Geh jetzt, Golda. Ich möchte allein sein. Geh.«

»Gut, gut«, gab sie nach. »Aber hab keine Angst. Wir werden kein Kind bekommen. Ich will dich mit niemandem teilen. Nicht einmal mit Kindern. Solange du mein bist – so lange will ich nicht.«

Golda stand auf, zog ihr Hemd zurecht und sagte beiläufig: »Alles an mir reißt entzwei. So ist mein Körper eben. Schlaf!«

An der Tür wandte sie sich noch einmal um: »Wie sieht er aus?«

»Wer?« Itzik verstand nicht.

»Na der ... der Mann ...«

»Klein soll er sein ... mit einer Samtkappe, die ist ans Haar gesteckt mit einer Nadel ... Oder einer Klammer.«

»Wahrscheinlich irgend so ein Meschuggener ... mit einer Klammer an der Kappe. Man soll ihm zu essen geben und ihn in Frieden ziehen lassen. Ich mag sie nicht, die Verrückten ... obwohl ich selber verrückt bin. In meiner Kindheit – wir wohnten damals in Gomel – ist einmal ein solcher zu mir gekommen, freilich ohne Kappe, er hat mir geschaut in die Augen und hat gesagt: ›Hure!‹ Ich war zehn Jahre alt. Er ist mir nachgelaufen ... fast bis zum Sosh, und hat geschrien: ›Hure! Hure! Hure!‹ Später hat mich nur Ascher so genannt – Gott hab ihn selig!«

»Wieso fällt dir das jetzt plötzlich ein?«

»Ich weiß nicht. Schlaf!«

Und Golda ging auf Zehenspitzen, als schliefe unten ihr Mann Ascher und könnte aufwachen und sie ertappen, wie sie ihn betrügt. Immer ging sie so weg, auf Zehenspitzen, und das verblüffte Itzik. So viele Jahre waren schon vergangen seit Aschers Tod, und sie benahm sich wie eine Diebin im eigenen Haus.

Endlich erbarmte sich der Schlaf und verschloß ihm die Lider. Itzik träumte, er stünde bis zum Gürtel im Wasser und der Wasserträger Eser Blum riefe ihm vom Ufer des Jordan, des Flusses der Vorväter, zu: »Was läßt du den Eimer untergehen, Taugenichts! Solch einen Eimer läßt du sinken!« Und er tauchte zum Grund und suchte fieberhaft und konnte nichts finden.

Aufgetaucht aus dem Jordan, erwachte er. Die Sonne hatte gerade das Himmelsgewölbe vergoldet, es glänzte wie ein glasierter Pessachkuchen: Lang zu und schneid jedem ein Stück ab.

Itzik kleidete sich an und begab sich zur Synagoge, ohne vorher zu frühstücken. Was ist schon ein Gebet auf vollen Magen! Gott hört den Satten zu, aber er hört nicht auf sie.

An seinem Brunnen wusch sich mit entblößtem Oberkörper der Polizeichef Nesterowitsch, ein hochgewachsener Mann, der in allem den Zaren nachahmte: mit seiner Haltung, mit dem üppigen, keck gezwirbelten Schnurrbart und sogar mit der Frisur. Der Friseur des Marktfleckens, Berschtanski, hatte ihm das Haar, wie er sich ausdrückte, »à la Imperator« geschnitten, wobei er abwechselnd in den Spiegel und auf das Zarenporträt schaute, das zu diesem Zweck an der schmutzigen Wand des Frisiersalons hing.

»Überaus zu Dank verpflichtet«, sagte der Polizeichef Nesterowitsch. Und Berschtanski antwortete dienstbeflissen: »Es war mir eine Freude, Eure Hoheit.«

»Wieso Hoheit, du Tölpel?«

Im Kopfe des armen Berschtanski verwirrte sich der »Tölpel« mit »Eure Hoheit« und mit »Euer Hochwohlgeboren«. Geld nahm Berschtanski von Nesterowitsch nicht an, er frisierte ihn mit großem Eifer, und wenn er mit dem Rasiermesser hantierte, so führte er es ans Gesicht des Polizeichefs heran wie ein Bestechungsgeld.

Nesterowitsch war kein schlechter Mensch – nicht zu

vergleichen mit seinem Vorgänger. Der hatte die Meinung vertreten, der Herrgott habe bei all seiner Arbeit einen einzigen Fehler begangen – die Juden zu erschaffen. Daher, versicherte der frühere Polizeichef, rühre alles Schlechte auf der Welt.

»Das größte Unglück Rußlands«, sagte er einmal zum Holzhändler Fradkin, »das seid ihr.«

»Ich?« Fradkin fielen beinahe die Augen heraus.

»Nicht Sie, Herr Fradkin, sondern Ihr Stamm«, erläuterte dem Holzhändler der ehemalige Polizeichef, dessen Eifer denn auch gewürdigt wurde: Man versetzte ihn, nach Grodno wohl, oder nach Molodetschno.

Itzik schritt auf der sonnenvergoldeten Straße aus, und seine Gedanken kreisten um Golda, um den Polizeichef, und von den beiden sprangen sie auf den Fremdling mit der Scheitelkappe über, stürzten sich auf ihn, wie Sperlinge auf Brotkrumen.

Jetzt wünschte Itzik seltsamerweise nicht mehr, daß der Fremde wieder verschwunden wäre. Wenn er wahrhaftig von Gott gesandt war, konnte Itzik vielleicht von ihm eine Antwort auf die Frage erhalten, die ihn seit vielen Jahren quälte: Wer hatte seinen Vater umgebracht? Ein Kerl wie Gabriel Magid, der stirbt nicht einfach so.

Woran Itzik nicht zweifelte: Der Fremdling würde bestimmt in die Synagoge kommen. Ein Sendbote Gottes kann ja nicht das Morgengebet versäumen.

Doch der, den Itzik erwartete, war nicht in der Synagoge. Unten, wo die Männer standen, drängten sich alte Bekannte: der Friseur Berschtanski, der Schneider Dovid-Ber, der älteste Sohn des Müllers Bravermann, Pinchos, ein kränklicher Junggeselle mit Hasenscharte, die Ladenbesitzer Naftali und Chaim Spiwak. Sogar der Rabbi Uri war gekommen, er hatte sich in den Rollstuhl gesetzt und war hergefahren. Doch jener mit der Scheitelkappe war nicht da.

Itzik blickte um sich wie ein Fremder, und der Synagogenvorsteher Naftali Spiwak sagte spitz: »Wenn du die Tür suchst, mein Lieber, geradeaus und dann links.«

Auch Selda Fradkina war da.

Itzik war es peinlich, ihr in die Augen zu sehen. Ihm schien, Selda wisse um alle seine Geheimnisse, die vom Tage und die der Nacht, und sie verurteile ihn nicht, sondern bemitleide ihn. Manchmal war Itzik selbst im Zweifel, was Fradkins jüngste Tochter mehr auszeichnete – Schönheit oder mitleidige Rührung. Selbst ihre Schönheit hatte etwas Rührendes: das blasse, längliche, fast durchsichtige Antlitz, das winzige Näschen, das sich unter den nachdenklichen schwarzen Augen nicht wohl zu fühlen schien, die geschwungenen Brauen wie Seidenraupenspuren auf einem Blatt und das lange Haar von dunklem Kastanienbraun, das sogar unterm fesselnden Tuch noch leicht und frei sich bauschte. Sündhaft, es zuzugeben, doch Itzik kam vor allem ihretwegen in die Synagoge. Gewiß, es gab auch andere Gründe – er wollte hören, was in der Welt vor sich ging (und wo erfährt man das, wenn nicht im Bethaus), er wollte mit dem pickligen Semjon ein bißchen Ortsklatsch durchkauen und außerdem einfach seine Gottesergebenheit präsentieren, damit niemand auf den Gedanken käme, er, Itzik, sei im Wald ganz verwahrlost. Und dennoch lockten ihn nicht die Neuigkeiten aus der Welt hierher, die den Marktflecken mit fast einjähriger Verspätung erreichten, nicht der Klatsch – heute redet man über Chaim, morgen über dich –, auch nicht die tugendhaften Blicke der betenden Frauen, die seinen Eifer mehr würdigten als der Allerhöchste selbst, sondern sie lockte ihn her, Selda. Selda zog ihn an wie ein Magnet, und er hatte nicht die Kraft, sich dieser süßen Verlockung, die ihn aufrieb, zu widersetzen. Die Witwe Golda, seine Wirtin und Freundin, nahm stets den Platz neben Selda ein, sie stützte das Kinn in ihre sündigen Hände, und wenn Itzik die Augen zur Empore hob, fiel auch für sie ein bißchen Zärtlichkeit und Schwärmerei ab.

Heute war Selda ganz besonders schön. Sie leuchtete und bebte wie ein Sabbatkerze, und Itzik wurde schwindelig davon.

Mein Gott, dachte er, welch ein Glück, sie zu sehen, dieselbe Luft wie sie zu atmen, zu demselben Gott zu beten!

Einmal nach dem Abendgottesdienst hatte der picklige Semjon ihn untergehakt und zu ihm gesagt: »Laß drei Tscherwonzen springen, und ich verhelfe dir zu einem Stelldichein mit ihr.«

»Mit wem?«

»Stell dich nicht dumm. Selda ist drei Tscherwonzen wert.«

Itzik zog seinen Arm weg.

»Du kannst es abstottern«, schlug Semjon vor.

»Scher dich fort«, sagte Itzik böse.

»Wenn du nicht willst – bitte sehr.« Der picklige Semjon zuckte mit keiner Wimper. »Golda ist natürlich billiger. Am Ende zahlt sie dir noch was.« Und er lachte, wobei er seine stumpfen, schiefen Zähne entblößte, die an Knoblauchzehen erinnerten.

Itzik hätte ihn am liebsten gepackt und kräftig durchgeschüttelt. Doch er beherrschte sich, spuckte nur aus und verrieb die Spucke mit dem Stiefel – es ziemt sich nicht, des Gotteshauses Schwelle zu besudeln.

Trotzdem waren die Worte des pickligen Semjon in ihm haftengeblieben. Drei Tscherwonzen – das bedeutete fast ein halbes Jahr Arbeit, und zwar nicht irgendeine, nicht mit der Nadel oder dem Rasiermesser, sondern mit Axt und Säge, bei Regen oder auch bei Schnee. Doch für Selda wäre ihm weder ein halbes noch ein ganzes Jahr zuviel, nicht einmal zehn Jahre. Wenn man es genau nahm, arbeitete Itzik sowieso für sie. Sie war doch eine Fradkina! Die Fradkina selbst! Die Tochter des Holzhändlers Markus Fradkin.

Vielleicht aber zog es Itzik so zu ihr hin, weil sie mit der Milch seiner Mutter gestillt worden war?

Da kam auch der Schankwirt Josua mit seiner Frau Chawa. Normalerweise kamen sie immer als erste. Zu Gott, genau wie zum Polizeichef Nesterowitsch, sollte man besser rechtzeitig kommen – wozu sie verärgern.

Diesmal waren sie wohl später dran wegen des Sohnes, wegen Semjon.

Gleich würde der Gottesdienst beginnen. Der junge Rabbi Hillel, ein Gerechter und ein guter Redner, stieg auf den Almemor, die Kanzel, und öffnete die Thora-Rolle, die Pforte zum Himmel.

Und *er* war nicht gekommen. Itzik blickte noch einmal zur Tür. Nein, er war nicht da.

Der Rabbi Uri fuhr dicht an den Almemor heran, und die Räder seines Rollstuhles ruschelten in der eingetretenen Stille wie Engelsflügel.

Die Synagoge war alt, aus Holz gebaut. Sie war schon zweimal abgebrannt. Im Jahre dreiundsechzig hatten die Soldaten sie in Brand gesteckt. Die suchten einen gewissen Mickevičius oder Mackiavičius, einen Rebellen und Staatsverbrecher. Worin sein Verbrechen bestand, wußte niemand im Ort. Seit undenklichen Zeiten hatte es hier keinen einzigen Rebellen und Verbrecher gegeben, wenn man vom Mann der Witwe Golda absah, von Ascher, der versucht hatte, sich am hellichten Tag am Wachtturm des Marktfleckens zu erhängen. Jemand hatte dem General Murawjow hinterbracht, der gewisse Mickevičius oder Mackiavičius verberge sich in der Judenkirche. Die Judenkirche wurde abgebrannt, doch den Rebellen fand man nicht. Lange gab es im Flecken keine Synagoge – die Leute beteten in einer Dreschtenne, die gepachtet und flüchtig hergerichtet worden war –, doch später, als sich alles beruhigt hatte, zeigte sich Markus Fradkin großzügig und opferte für den Bau eines Bethauses fünfhundert Quadratmeter Holz. Das reichte mit Ach und Krach sowohl für die Synagoge als auch für ein Haus für den Rabbiner und sogar für ein Aborthäuschen. In der Tat – die ehrwürdigen Beter konnten ja nicht erst ewig weit laufen, wenn sie mal mußten! Seitdem trug das Gotteshaus den Namen seines Wohltäters – Markus-Fradkin-Synagoge. Wenn sie abbrennen würde, würde auch sein Name abbrennen; so teuer Fradkin auch die Ehre war, Wald ist teurer.

»Ribojne-schel-ojlem!«* Der junge Rabbi Hillel berauschte sich an seiner eigenen Stimme, und der alte Rabbi Uri legte die dürren Hände auf die Lehnen seines Rollstuhls, schloß die Augen und nahm das Gebet mit seinen müden Ohren auf. Er kannte es auswendig, wie alle Gebete, die die Juden jemals an den Herrgott gerichtet hatten, und der Rabbi Uri lauschte auf das, was im Bethaus keiner außer ihm hörte – auf den Schritt des Todes. In letzter Zeit vernahm er ihn so klar und deutlich wie die Schritte der Geliebten in der Jugend, wenn das Gehör wie eine Felsschlucht ist, wo jedem Ton ein hundertfaches Echo nachhallt. Der Tod folgte ihm durch den Marktflecken, wie seinerzeit seine Frau Rahel hinter ihm hergegangen war, er hatte sogar denselben Schritt – ungleichmäßig, hüpfend. Zuweilen lief er zu einem anderen und ließ ihn auf halbem Wege stehen, kam aber immer schnell zurück, und dann waren sie wieder beisammen.

Auch jetzt stand er hinter ihm und betete. Der Rabbi Uri hatte bisher nie darüber nachgedacht, für wen der Tod wohl betet. Für die Lebenden? Für die Toten? Für die Lebenden zu beten, das stand ihm eigentlich nicht an, und für die Toten – für die beteten die Lebenden. Er betet für sich selbst, dachte der Rabbi Uri. Töricht, töricht. Er selber hatte niemals für sich gebetet. Immer für andere. Auch heute betete er nicht für sich, sondern für den Tod.

Der Rabbi Uri hob die Lider, doch ihm fehlte die Kraft, sich umzudrehen, und so schloß er sie wieder, ließ sie einfach herunterklappen.

Weswegen war er nur hergekommen? Er hätte zu Hause beten können. Glaubte er am Ende auch an den Wirtshaus-Messias? Er, der Rabbi Uri, weise und gelehrt, wie er war! Wer sonst, wenn nicht er, wußte, daß Gott groß ist und dennoch keine Wunder tut. Jedenfalls der Gott der Juden. Einmal hatte er ein Wunder getan –

* ribojne-schel-ojlem (hebr.) – Herr der Welt

hatte sie erschaffen und dann vergessen, sie ihrem Schicksal überlassen, sie den Zaren und den Polizisten zum Fraß vorgeworfen. In all der Zeit, solange der Stamm der Juden existierte – von unseren Vätern Abraham und Jakob bis hin zum Nachtwächter Rachmiel – hatte der Allerhöchste ihm nicht ein einziges Mal Gnade erwiesen. Ist die Siedlungsbegrenzung etwa eine Gnade? Zwar konnte man nicht sagen, er, der Gott der Juden, habe alle übergangen. Den oder jenen hatte er schon auserwählt – fraglich zuweilen, wofür – und mit Wohltaten bedacht. Jedoch wenn einer glücklich ist (und ist er denn glücklich?), heißt das denn, daß der ganze Stamm frohlocken darf?

Der Rabbi Uri atmete schwer. Im Bethaus war es stikkig. Kein Wunder auch – so viele Münder, die ihre Klagen und ihre Hoffnungen herausstammeln. Hinter seinem Rücken betete der Tod, und nicht weit entfernt bewegte sein Schüler Itzik Magid die Lippen. Was hatte er ihm beigebracht? Das Roden. Der Rabbi Uri dachte nicht an die Holzfälleraxt, sondern an Itziks Gedanken. Die waren schärfer als die Axt, und sie waren jeden Augenblick damit beschäftigt, nicht einen Baum, sondern einen Menschen zu fällen. Der Rabbi Uri wußte, an wessen Wurzeln Itziks Gedanken die Axt legten. Es war der Holzhändler Markus Fradkin. Und warum? Wegen der Mutter, die Fradkins Tochter mit ihrer Milch genährt hatte, wegen des Bruders, der die Mutterbrust nicht mehr genießen durfte? Oder vielleicht auch, weil er niemals Seldas Ehemann werden konnte?

Die Welt, grübelte der Rabbi Uri, während das Gebet murmelnd dahinfloß, ist ein Gefäß voller Bosheit und Laster. Wenn nicht einmal Gott die ausgerottet hat, was kann ein Dahergelaufener tun?

Und dennoch nagten Neugier und Eifersucht in Rabbi Uri. Sieh mal an, man kann also auch Gottes wegen eifersüchtig sein. Wie wegen einer Frau.

Der Rabbi Uri zweifelte nicht, daß der, von dem ihm Itzik gestern erzählt hatte, ein Scharlatan und Hochstapler war. Um die Laster des Wirtssprößlings zu erkennen, brauchte man kein Hellseher zu sein. Dem pickligen Semjon standen seine Laster im Gesicht geschrieben wie Sommersprossen. Man brauchte nur einen Blick auf ihn zu werfen – und ab ins Gefängnis, in Fesseln mit ihm, da war kein Irrtum möglich.

Der Rabbi Uri bedauerte bereits, daß er Itzik gebeten hatte, ihn mit dem sonderbaren Fremden zusammenzubringen. Was konnte er schon von ihm zu hören bekommen? Welches Geleitwort? Welchen Urteilsspruch?

Als hätte er die Gedanken seines Lehrers erraten, beugte sich Itzik zu ihm herab und flüsterte: »Seltsam. In der Synagoge ist er nicht.«

»Für einen Gottesboten ist die ganze Welt ein Bethaus«, nuschelte der Rabbi Uri und war von seiner eigenen Antwort überrascht. Soeben hatte er ihn noch verflucht, ihn einen Hochstapler und Scharlatan genannt, und plötzlich solch hochtrabende, solch verbindliche Worte, und der Allerhöchste verschloß ihm nicht den Mund, wie er es sonst tat, wenn der Rabbi Uri seine Geduld mit Torheiten oder Lästerungen auf die Probe stellte.

Eigentlich hätte er Itzik jetzt gleich alle weiteren Bemühungen ausreden können, er brauchte nur unumwunden zu sagen, er möge niemanden zu ihm schicken, aber seltsamerweise sagte er nichts dergleichen. Sollte der Verrückte ruhig kommen – es waren schon genug Wahnsinnige durch sein Haus gegangen. Auch ein Wahnsinniger kann einem im Alter wohltun, denn, wenn man es recht bedenkt, was ist das Alter? Etwa nicht auch eine Art Wahnsinn – ein stiller, ohne Aufbegehren und ohne Hoffnungsschimmer? Einsamkeit und Irrsinn liegen immer dicht beieinander. Soll er kommen. Die Tür des Rabbi Uri steht jedem offen.

»Ich glaub, ich hab ihn gesehen in der Nacht«, flüsterte Itzik wieder.

Was will denn Itzik von dem Fremden? dachte der Rabbi Uri. Ihm kann auch ein Gottesbote nicht helfen.

Nicht Gott bereitet das Lager, sondern die Frau. Für den einen Golda, für den anderen Selda, da ist nichts zu machen.

»Wißt Ihr, Rabbi, worüber ich nachgedacht habe in der Nacht?« sagte Itzik unvermittelt.

»Denkst du etwa des Nachts?« murmelte der Rabbi Uri.

»Manchmal ... manchmal schon.«

»Und worüber, mein Sohn, hast du nachgedacht in der Nacht?« fragte der Rabbi Uri herablassend.

Der Schankwirt Josua sah ihn aus den Augenwinkeln an: Wer sonst, wenn nicht der Rabbi Uri, sollte wissen, was sich ziemt während des Gebets, die kakelten hier wie die Hähne, sollten sie lieber, bittschön, ins Wirtshaus kommen, wenn sie ihre Zungen wetzen wollten. Der Rabbi Uri konnte den Schankwirt nicht leiden. Immer ging von ihm ein Geruch nach fremdem Branntwein aus, sogar von seinem Talles* und seiner Scheitelkappe.

»Vielleicht ist er ein desertierter Soldat?«

Der Rabbi Uri schwieg.

»Vielleicht ist er ein desertierter Soldat?« wiederholte Itzik.

»Desertierte Soldaten drücken sich nicht in Kneipen herum«, knurrte der Rabbi Uri ärgerlich. »Schweig jetzt. Du störst Reb Josua beim Gespräch mit Gott.«

»Er ist ja schon über alles einig geworden mit ihm. Von morgen an wird der Wodka um zwei Kopeken teurer«, gab Itzik bissig zurück.

Josua, der sich zuweilen ausgefallener Schimpfwörter bediente, fluchte.

Die Juden beteten zu Ende und schickten sich allmählich an auseinanderzugehen. Itzik verfolgte Selda mit Blicken wie ein Spürhund, und zu seinem riesengroßen Erstaunen wandte sie sich kurz zurück und setzte ihn in Verwirrung mit einem spöttischen Blick, vielleicht auch mit einem Lächeln, das ihm sekundenlang den Boden

* Talles (jidd., hebr. Tallit) – Gebetsmantel

unter den Füßen wegzog – die Erde federte ihn hoch, und er hing an einer Wolke wie an einem Staketenzaun.

Schließlich faßte sich Itzik wieder, er griff nach dem Rollstuhl, und der holperte über die ungepflasterte Straße. Der Rabbi Uri, geblendet von der Sonne, blinzelte und brummelte etwas vor sich hin, und dieses Brummeln konnte ebensogut ein Röcheln sein wie auch ein Bannfluch.

Itzik blickte sich um und sah von weitem neben der Synagoge die Gestalt eines Menschen mit Scheitelkappe und in weitem Mantel, wie ihn gewöhnlich Trödler oder Flößer tragen, und er rief aus: »Da! Da ist er!«

Flink lenkte er den Rollstuhl um, doch der Rabbi Uri gebot ihm Einhalt: »Wir werden ihm nicht nachlaufen. Wenn er wahrhaftig von Gott gesandt ist, so wird er selbst zu jedem kommen. Fahr mich nach Haus!«

Und sein Lieblingsschüler Itzik wagte nicht zu widersprechen.

Der Mann mit der Scheitelkappe und dem weiten Mantel öffnete behutsam die Synagogentür und trat ein.

Im Bethaus war niemand mehr außer dem Synagogendiener. Der fegte den Fußboden, und der Ankömmling schaute lange auf den gebeugten Rücken, auf den Besen, auf das winzige Staubhäufchen, auf die Kehrschaufel und abermals auf den gebeugten Rücken. Dann plötzlich wandte der Synagogendiener sich um, sah den Fremden und schrak zusammen.

»Warum erschrickst du?« fragte ihn der Ankömmling. »Im Gotteshaus gibt es doch nichts zu fürchten. Außer den eigenen Sünden. Und Sünde ruht auf dir nur eine – du fegst nicht gut.«

»Woher wißt Ihr ... Ihr seid ja kein Hiesiger ...«

»Ich bin ein *Allgegenwärtiger*«, erwiderte der andere.

Welch sonderbares Wort, fuhr es dem Synagogendiener durch den Sinn.

»Wenn die Seele reingefegt ist, dann ist der Staub auf dem Fußboden nur eine kleine Sünde«, sagte der Mann mit der Kappe.

»Der Gottesdienst ist eben zu Ende gegangen«, stammelte der Synagogendiener,verwirrt durch die seltsamen Reden des Ankömmlings.

»Die Gottesdienste gehen zu Ende, wenn die Welt geht zu Ende.«

»Ihr habt recht. So betet! Ich fege später. Betet!«

»Danke«, sagte der Mann mit der Kappe, die mit einer Nadel am Haar festgesteckt war, und begann still und unhörbar zu beten.

Der Synagogendiener sah ihm mit angehaltenem Atem zu, dabei war er versehentlich auf die Müllschippe getreten und hatte den Staub von den knarrenden Dielen wieder verschüttet. Die Reden des Ankömmlings paßten nicht zu seinem ungepflegten Äußeren – dem löcherigen sackleinenen Mantel voller Fett- und Kerzenwachsflecken, der samtenen, reichlich abgetragenen Scheitelkappe, zu dieser rostigen Nadel, die aussah wie eine Libelle, es schien, man brauche nur zu pusten, und sie flöge fort, nicht zu den schweren, gar nicht sommerlichen Schuhen, die nicht mit Schnürsenkeln, sondern mit Bindfaden zugebunden waren, und zu dem schütteren Bärtchen, dieser Handvoll Grauhaar. Seine Augen hingegen waren ebenso geheimnisvoll, ebenso fiebrig brennend wie seine Rede. In ihnen lag eine Art Zauberkraft, besonders in den weißen Augäpfeln, die bläulich schimmerten, von unruhigen dunklen Äderchen durchzogen …

Als der Fremde sein Gebet beendet hatte, sagte der Synagogendiener: »Kommt abends her! Gemeinsam läßt sich besser beten und auch weinen. So befiehlt es Gott.«

»Was weißt du von Gott?«

»Nichts.«

»Nichts. Aber du sprichst: Er befiehlt.«

»Ich bin nur ein kleiner Mensch … ein unwissender …«, rechtfertigte sich der Synagogendiener.

»Ein Mensch ist niemals klein. Entweder er ist Mensch, oder er ist es nicht. Gott gebietet zu unterscheiden das Weinen eines Menschen von den Tränen eines

Nichtmenschen. Auch das Gebet und das Lachen und jegliche Handlung. Du zum Beispiel weinst Tränen, doch euer Schankwirt Spülicht.«

»Was soll das heißen – Spülicht!«

Der Synagogendiener spürte, wie der Fremdling ihn in seinen Bann zog, ihn mit seinen wunderlichen Reden verwirrte. Er konnte weder widersprechen noch aufmerksam zuhören. Er wünschte nur eines – der Fremde möge bald gehen, denn wenn der junge Rabbi Hillel käme, der würde ihm die Leviten lesen. Der junge Rabbi war ein Reinlichkeitsfanatiker, bei ihm mußte die Synagoge glänzen wie eine polierte Glatze!

»Ja, Spülicht«, sagte der Fremdling. »Und mit ihm zusammen will ich nicht weinen. Seine Tränen stinken.«

»Ich habe noch nie gesehen, wie Reb Josua weint«, sagte der Synagogendiener fassungslos.

»Ich auch nicht«, erwiderte der Fremdling.

»Woher wißt Ihr es dann?«

»Dort«, der Fremde wies mit dem Finger zum Himmel, »dort ist alles bekannt. Wir werden ihn zum Weinen bringen, und du wirst zu ihm treten und dich überzeugen, wonach sie riechen, seine Tränen.«

Erst hat er ganz normal gesprochen, dachte der Synagogendiener bei sich, und zum Schluß wie ein Verrückter. O Gott, o Gott, so viel Zeit zu verschwenden an einen Verrückten!

»Wir werden ihn zum Weinen bringen«, versprach der Fremdling abermals und verneigte sich zum Abschied.

3

Das Wechselfieber schüttelte den pickligen Semjon zwei Wochen lang. Zwei ganze Wochen – vom ersten Stern des sechsten Juli bis zum ersten Stern des zwanzigsten Juli – lag er im Bett, das nicht mit Gänsefedern gestopft schien, sondern mit züngelnden Flammen, die ihn von morgens bis in die Nacht verzehrten. Er wälzte sich umher, warf die Decke ab, jedoch mit ihren kräftigen, an Arbeit gewohnten Armen umfaßte ihn Morta, die von allen anderen Hausarbeiten – Waschen, Fußbodenwischen, Geschirrspülen – befreit und zu seiner Pflege abgestellt war, sie legte ihn ins Bett wie ein Kind und wich Tag und Nacht nicht von seinem Lager. Morta fütterte ihn, flößte ihm die Medizin ein, während der Schankwirt Josua und seine Frau Chawa nicht wagten, den Sohn anzurühren: Wenn sie sich ansteckten, wer sollte dann Wodka ausschenken? Zweimal kam aus Deutschland der Preuße mit dem Zwicker, er überquerte den Neman, untersuchte den Patienten, wiegte seinen Vogelkopf, strich, ohne nachzuzählen, die nagelneuen Markscheine ein (bei Josua gab es nicht nur Rubel) und fuhr wieder ab. Beim zweiten Mal wäre er beinahe ertrunken, am hellichten Tage kam Sturm auf, mitten auf dem Fluß kenterte das Boot, und man hätte für den Doktor die Totenmesse lesen müssen, wären nicht die Flößer gewesen, die ihn wie einen Fisch aus dem Wasser zogen. Naß und zu Tode erschrocken, kam er dennoch seiner Pflicht nach, suchte den Patienten auf und saß lange mürrisch hinterm Wandschirm, während seine Sachen trockneten und Morta ihm Unterhosen, Hemd und das karierte Jakkett bügelte. Ein Paar Hosen von Josua wies er brüsk zurück – gottbewahre, Judenkleider!

Nervös von der langen Warterei, befühlte der Deutsche Semjons weißen, wabbeligen Leib, ließ seine Finger abwärts gleiten, am Nabel vorbei zum Hodensack, drückte ungeniert auf die Hoden und fragte: »Tut es hier weh?«

»Nööö«, hauchte Semjon, verschämt zusammenzukkend.

»Und hier?«

»Nööö.«

»Was haben Sie gegessen, bevor Sie krank wurden?«

Dem pickligen Semjon saß der Kopf kaum noch auf

den Schultern. Noch eine Bewegung, und er würde abfallen und zersplittern wie ein Tonkrug. Und dazu dieser Deutsche, dieser schuppenlose Fisch, der ihn mit albernen Fragen quälte.

»Fisch hab ich gegessen«, quetschte der Patient hervor.

»Was für Fisch?« Der Doktor ließ nicht locker.

»Aus dem Fluß ...«

»Ich meine: gekocht oder gebraten?«

»Morta, sag dem Doktor, was für Fisch ich gegessen habe«, murmelte der pickliige Semjon matt.

»Fisch hat er nicht gegessen, Herr Doktor. Er hat Fleisch mit Bratkartoffeln gegessen«, teilte Morta mit. »Er mag keinen Fisch.«

»Soso.« Der Deutsche befühlte seine Hose – war sie schon trocken? – und fuhr fort: »Fleisch mit Bratkartoffeln, sagen Sie? In was für Fett gebraten?«

»Wie immer. In Gänsefett.«

»Gänsefett, Gänsefett«, wiederholte der Deutsche und betastete abermals Semjons Hodensack.

»He, Schickse, was glotzt du?« rief der Wirtssohn, als er Mortas Blick bemerkte. »Dreh dich um! Und Sie, Doktor, hören Sie auf, mir an der Wurzel zu graben, wie es bei uns Juden heißt ... Das ist bei mir ganz einfach von ajnore.«

»Was heißt ›ajnore‹?«

»Böser Blick«, erklärte der Schankwirt Josua, der die ganze Zeit abseits stand und sich ein großes Taschentuch vor die Hakennase hielt.

»Nun und?« wandte sich der Deutsche zu ihm um.

»Davon kommt die Krankheit«, erwiderte der Schankwirt höflich.

»Das ist unmöglich! Unserem Organismus schaden keine Blicke. Es gibt keine Blicke, die in schlechtem Fett gebraten sind. Mir jedenfalls sind sie noch nicht vorgekommen. Es gibt Mikroben ...«

»Wir haben keine Läuse«, nuschelte der Schankwirt, »Gott ist Zeuge!«

Der Doktor verzog das Gesicht. Sein linkes Auge zuckte, der Zwicker fiel herab und hing am silbernen Kettchen.

»Es gibt Blicke, schlimmer als Ihre Mikroben und Läuse!« ereiferte sich der picklige Semjon und richtete sich sogar im Bett auf. »Und Worte auch. Ich werde ihm zeigen das Wechselfieber, dem Dreckskerl! Ich finde ihn auf, und wenn er sich in der Erde versteckt!«

Der Deutsche wog seinen Zwicker in der Hand und flüsterte mitleidig: »Ich heile Krankheiten, aber keine Gespenster.«

Dann setzte er den Zwicker wieder auf die Nase, verschrieb eine Mixtur und fuhr davon.

Nachdem er fort war, ging es dem pickligen Semjon noch schlechter. Er verlor das Bewußtsein, phantasierte, schrie etwas, und Morta legte ihm einen kühlen Lappen auf die Stirn und flüsterte: »Stirb nicht, Simonai! Stirb nicht!«

Sie lief zu einer entfernten Verwandten, die als Kurpfuscherin galt, erbettelte von ihr einen Kräutertrank und flößte ihn, heimlich hinter Josuas und Chawas Rücken, dem Patienten gewaltsam in die wunde, wie von rotem Abendschein überhauchte Kehle. Der picklige Semjon schlug die Zähne in Mortas Hand und biß zu, und seine Pflegerin schrie auf vor Kummer und vor Schmerz.

Nachdem sie Semjon – ihrem Simonas – den Heiltrank eingeflößt hatte, setzte sich Morta ans Fußende des Bettes und sah ihn von weitem an. Soll er ruhig krank liegen, dachte sie sanft, soll er ruhig länger krank liegen, nur nicht sterben. Simonas' Krankheit bedeutete für sie Leid und Freude zugleich. Das war doch etwas anderes, als tagein tagaus Berge von Geschirr zu spülen, auf allen vieren auf dem Fußboden zu kriechen und jede Speichelpfütze aufzuwischen, Speisereste und Erbrochenes wegzuräumen. In diesem großen zweifenstrigen Zimmer fühlte sich Morta – wenngleich nur für kurze Zeit – als Hausherrin. Sie trat ans Fenster, zog die Vorhänge auf und blickte in den Hof hinab – auf die

Bauernwagen, die vor der Schenke hielten, auf die leichte Kutsche eines angetrunkenen Schlachtschitzen, luftig wie ein Traumgebilde, und auf den Polizeichef Nesterowitsch, der nicht wegen eines Glases Wodka ins Wirtshaus eilte, sondern um sein tägliches Bestechungsgeld abzuholen (Josua wußte schon, warum er ihm das gab!), sie betrachtete die Frauen und Kinder, die auf den Wagen geblieben waren und auf ihre zechenden Ernährer warteten. Das war ein herrliches, aufregendes Gefühl, das sie bisher noch nie verspürt hatte. Sogar ihr Gang hatte sich verändert: Ihr Schritt war leichter geworden, wie bei jenem Schlachtschitzen, dem Zufallsgast, ihre Hüften waren auf einmal voller, sie wirkten nicht mehr so knochig wie früher, und die Brüste, die so viel Wärme eingesogen hatten, füllten sich, so daß es unterm Kleid schmerzte und zog und ihr das Herz stocken ließ.

Als kleines Mädchen – ein Zicklein von dreizehn Jahren – hatten die Eltern sie aus dem Dorf zu Josua in Dienste gegeben. Der Schankwirt zahlte für sie mit Wodka und mit Fürsorge – er behandelte Morta gut, beköstigte sie, kleidete sie ein und hielt die betrunkenen Hengste von ihr fern, die ihr mit unsicheren Händen unter den Rock fassen wollten. Nach dem Aufstand des Jahres dreiundsechzig wurden Mortas Eltern, ihre drei Schwestern und zwei Zwillingsbrüder nach Sibirien verschleppt, angeblich deswegen, weil sie den Rebellen zweimal erlaubt hatten, die Kuh zu melken. Die Kuh blieb verschont. Als die Soldaten kamen, war sie weitab vom Haus auf der Weide, und sie rührten sie nicht an. Morta trieb die Braune zum Wirtshaus.

Der Schankwirt Josua war anfangs ganz und gar dagegen.

»Wenn sie es nun herausbekommen?« fuhr er Morta an.

»Was denn herausbekommen?«

»Daß sie gemolken wurde von denen ... Dann geht es auch uns an den Kragen!« erregte sich Josua. »Lieber verkaufen und das Geld auf deinen Namen deponieren.«

Doch da sperrte sich Morta: »Wenn das so ist, gehe ich mit ihr fort. Die Kuh ist nicht schuld.«

»Seit wann ist es ein Verbrechen, zu melken eine Kuh?« mischte sich überraschend Chawa ein, die sonst still war wie der Herrgott selbst.

Und der Schankwirt Josua hörte zum erstenmal im Leben auf seine Frau.

Die Kuh blieb und mit ihr auch Morta.

Solange die Kuh lebte, fühlte Morta sich nicht nur als Dienstmagd. Es war das einzige, was ihr gehörte in diesem fremden Wirtshaus.

Noch kein Jahr war vergangen, da verendete die Kuh. Morta beweinte sie lange – sie hatte sonst niemanden zu beweinen.

»Der Vater hat sie vergiftet«, sagte einmal der siebzehnjährige Semjon. »Wenn du mir nicht gehorchst, vergiftet er auch dich.«

Sprach's und warf sie ins Stroh.

An Sonn- und Feiertagen durfte Morta in die katholische Kirche gehen – zum Beten oder zur Beichte. Sie saß auf einer der hinteren Bänke und wandte kein Auge vom Priester und von dem großen vergoldeten Kruzifix, an dem Jesus der Erlöser hilflos und eindrucksvoll den Kopf neigte – Jesus, von dem der Schankwirt Josua behauptete, das sei genau so ein Jude wie er, nur war er jung, hatte nie mit Wodka gehandelt, trug ein Gesicht und Haare wie ein feines Herrchen, das all sein Vermögen in einer Schenke an der Landstraße durchgebracht hat und den Marktflecken, wo außer einem billigen Rausch nichts von Interesse ist, links liegen läßt.

Morta erschauerte unter dem starren Blick des Erlösers, sie umfaßte das kleine Kreuz, das wie ein flinkes Fischlein in der keuschen weißen Vertiefung zwischen ihren straffen geschwellten Brüsten glitzerte, und sie flüsterte etwas, zusammenhanglos, wirr, abergläubisch, dabei biß sie sich mit ihren gesunden, verlangenden Zähnen auf die Unterlippe, die ebenfalls vor Reife schwoll, und warf heimliche Blicke in die Runde, auf die Rücken der Frauen und Männer, die im Gebet blind und gesichtslos schienen. Und obwohl Morta in keiner Weise vor Gott gesündigt hatte, fühlte sie sich dennoch als erbärmliche, unverbesserliche Sünderin.

»Žydmergė! Judenhürchen!« hatte sie einmal in der Kirchenvorhalle ein heiseres Krächzen getroffen.

Die Menschen sind böse, dachte sie. Aber lohnt es denn, jemandem seine Tugend zu beweisen, außer dem Herrgott? Der Allmächtige weiß alles: von denen, die rein und klar sind wie eine Träne, und von den Sündigen. Er, und nur er allein, ist ihr Richter.

Neben der Sünde leben – das heißt noch nicht, *in Sünde* leben. Das Wirtshaus ist tagtäglich voller Säufer und Trunkenbolde, und jeder, wenn er etwas intus hat, versucht zu knutschen und ihr den Rock anzuheben, besonders jetzt, da Morta nicht mehr dreizehn ist, sondern da alles an ihr, wie im Herbst, heranreift und voll in Säften steht, daß es ihr fast die Kleider sprengt.

Und auch Semjon wird immer dreister vom Darben und vor Einsamkeit – er sollte sich eine Jüdin nehmen und bei ihr ernten, von all ihren Beeten und Zweigen ...

Warum, dachte sie, während sie am Fußende des breiten Bettes ihres Herrn saß, ist es auf der Welt dem einen beschieden, mit Wodka zu handeln, und dem anderen, für nichts und wieder nichts nach Sibirien zu müssen? Mit welchem Maß wird dort oben im Himmel vom Herrgott unser Schicksal zugemessen? Wenn ein Maß für alle gilt, warum sind dann die Soldaten weniger sündig als der, der den Rebellen erlaubt hat, eine Kuh zu melken? Weiter nichts als eine Kuh zu melken. Muß man etwa einen, der Milch trinken will, erst fragen, ehe man ihm den Becher füllt: Wie steht es mit deinen Gedanken, lieber Mensch? Bist du für den Zaren oder gegen ihn?

Der picklige Semjon rieb sich die kranken Augen, sah sich benommen um, erblickte Morta, leckte sich die ausgedörrten Lippen und fragte: »Sitzt du schon lange hier?«

»O ja.«

»Ach du«, wunderte er sich und schüttelte den schweren Kopf, der nicht auf den Hals zu passen schien. »Als hätte ich Vaters ganzen Wodka ausgeschlürft.«

»Bleib liegen«, sagte Morta, voll Furcht, er könne aufstehen und sie müsse wieder in die ekelhafte Kneipe zurück. »Hier, trink!«

»Was ist das?«

»Medizin.« Morta reichte ihm behutsam das Glas. »Von meiner Tante.«

»Was denn für eine Tante?«

»Antosė ... Sie hat gesagt, wenn du das einnimmst, geht's dir morgen besser ... Die Medizin von dem Deutschen hab ich in den Spüleimer geschüttet.«

»Von einem Deutschen?«

»Dein Vater hat einen Arzt aus Deutschland geholt.«

Der picklige Semjon starrte Morta an, streifte mit einem Blick das Kreuzlein, faßte sich an die heiße Stirn, aber den Trank lehnte er ab: Wenn man sich auf so eine Tante Antosė verläßt, kann man gleich das Kaddisch* bestellen.

»Geh! Ruf mir den Vater!«

»Der Herr ist in der Stadt. Der Wodka war alle.«

»Ich verrecke hier, und er fährt nach Wodka«, versetzte Semjon bissig.

»Die Leute wollen welchen haben«, verteidigte Morta ihren Herrn. »Bald ist Feiertag. Mariä Himmelfahrt. Was sollte da ohne Wodka werden?«

»Bis Himmelfahrt ist es noch weit ... Und du ... du rück ein bißchen näher«, murmelte Semjon und stemmte seinen Fuß an ihr weiches, tierhaft empfindliches Gesäß.

Morta erschauerte unter der Berührung, alles an ihr spannte sich, sie zog ihren dicken handgewebten Rock fester über die Knie und rückte, ohne es zu wollen, ein Stück heran.

»Näher! Noch näher!« sagte Semjon flink und schlug die Decke zurück. Seine Beine waren lang und behaart.

* Kaddisch (hebr.) – Totengebet

»Hab keine Angst!« redete er ihr zu. »Ich freß dich nicht.«

Er entblößte die Zähne, und abermals streifte sein fiebriger, durchdringender Blick wie ein Angelhaken das Kreuzlein, das Fischlein, und seine nackten Beine zappelten.

»Na?«

Morta kniff die Augen zusammen, rückte noch ein wenig näher, ihr Atem ging schwer vor Scham. Der picklige Semjon beugte sich zu ihr, preßte wie ein Besessener das Kreuzlein in seiner Hand und sagte leise, mit rauher, weher Stimme: »Nimm das ab! Los, nimm's ab!«

»Niemals!« stieß Morta heftig hervor. »Warum seid ihr Juden nur so?«

»Wie denn?«

»Fürchtet ihr Gott nicht?«

»Warum den Alten fürchten? Er ist dort, und du, du bist hier ... zum Greifen nah.«

»Nein, nein«, wehrte sie ab. »Es stimmt schon: von euch kommt alles Unglück.«

»Und von euch?« fragte Semjon gutmütig, ihre Verlegenheit auskostend.

»Von uns? Die Milch ... das Brot ... und Beeren ... und die Erde.«

»Unsinn!« sagte er lächelnd und wollte sie umarmen.

»Nicht doch ...«

»Dummes Ding! Für wen sparst du dich auf?«

Der picklige Semjon stieß sie von sich, ließ seinen schweren Kopf aufs Kissen zurückfallen und lag lange schweigend, abweisend, ungewöhnlich still, großmütig. Sein Gesicht, vom Fieber gerötet, gewann auf einmal etwas seltsam Anziehendes. Nur die zottigen Brauen störten, sie verliehen ihm eine düstere Entschlossenheit, und die von einem weißlichen Belag überzogenen Lippen schmachteten weniger vom Fieber als vielmehr vor unbezwinglicher Begierde.

»Sowieso bist du für alle eine Hure«, sagte er so deutlich, als zitiere er einen Bibelvers.

»Nein!« schrie Morta auf.

»Eine Hure! Wer wird glauben, daß du nicht mit mir schläfst?«

»Gott! Er sieht und hört alles!«

»Quatsch!« Der picklige Semjon sprang auf, packte Morta an den Schultern, zog sie an sich und saugte sich an ihren weichen, schwellenden Lippen fest. »Es gibt keinen Gott, keinen ... Wir alle dienen dem Teufel«, versicherte er und küßte sie, küßte blind drauflos.

Morta entriß sich seinen unzüchtigen, von der Krankheit entkräfteten Armen, sie ordnete ihr wirres Haar und ging langsam zur Tür, als ginge sie aufs Schafott.

Er hörte, wie mit vertrautem Ton das Türschloß schnappte, wie Morta ohne ein Wort davonging. So war sie immer: Schweigend, mit zusammengebissenen Zähnen, ging sie weg, als ginge sie wahrhaftig geradewegs in den Tod. Manchmal glaubte er, sie würde gehen und sich irgendwo im Stall aufhängen, wo sein Vater die leeren Flaschen aufbewahrte und wo das Pferd den Hafer malmte, oder sie würde sich im Fluß ertränken. In solchen Augenblicken ergriff den pickligen Semjon eine widerliche Erregung, ekelhaft wie Juckreiz, und er lauschte auf jedes Geräusch vorm Fenster, um sich zu überzeugen, daß er unrecht hatte, und wenn dann von irgendwo wieder Mortas tiefe, dunkle Stimme zu ihm drang, fühlte er sich auf sonderbare Weise leer und sogar betrogen. Nein, er wünschte durchaus nicht Mortas Tod – sie war der einzige Mensch im Hause, für den der picklige Semjon etwas wie Liebe empfand, eine zu nichts verpflichtende und uneigennützige Liebe. Morta forderte niemals etwas von ihm, sie machte ihm keinerlei Vorwürfe, sie wollte ihn nicht ummodeln oder auf den rechten Weg bringen, wie das sein Vater tat, für den der rechte Weg jener winzige Streifen Erde war zwischen dem Ehebett und der Theke im muffigen, verräucherten, nach Schnaps riechenden Wirtshaus.

Semjon mochte seinen Vater nicht. Die Mutter duldete und bemitleidete er, den Vater aber konnte er nicht leiden. Zuweilen haßte er ihn bis zur Weißglut. Weswegen bediente er tagein-tagaus diese stumpfsinnigen, schweigsamen, doch im Rausch so wildverwegenen Bauern, für die ein Stof Klarer die einzige bittere Freude bedeutete? Warum trank er selbst nicht und geriet in Zorn, wenn der Sohn sich ein Glas eingoß? Hatte etwa er, der picklige Semjon, keinen Anlaß, sich die Augen zu vernebeln, das Hirn zu verkleistern, seine von Nichtstun und Wohlleben durchkältete Seele mit einem kleinen Rausch aufzumuntern?

»Gott der Besoffenen« – so nannte Semjon den, dem er sein Leben verdankte. Ein Leben, das aus besoffenen Tagen, besoffenen Abenden und besoffenen Nächten bestand. Besoffene Nächte, weil auch nachts an den Fensterladen geklopft wurde: »Josua, eine Flasche!«

Und Josua, verschlafen, nur in Unterwäsche, barfuß in Hauspantoffeln, eine Kerze in der Hand, ging in die Kneipe und brachte eine Flasche heraus.

Als Semjon klein war, hatte er besoffene Träume geträumt. An einen erinnerte er sich noch jetzt: Die Schenke ist proppenvoll, sie dröhnt vor Lärm, der Vater, verschwitzt und wachsam, die Mutter, mit Schürze und ein Glas in der Hand, so eilen beide dienstfertig von Tisch zu Tisch, und plötzlich kommt er herein, Semjon, schaut in die Runde und sagt: »Draußen regnet es Wodka!«

Und alle stürzen auf den Hof: die Bauern, der Vater, die Mutter. Auf dem Hof sind Pfützen, die schwappen unter den Füßen. Die Bauern legen den Kopf in den Nacken, sperren den Mund auf, und der Wodka fließt über die Gesichter, über die Bärte, über die groben Bauernröcke. Der Vater aber steht wie vom Blitz gerührt, blickt zum Himmel, blickt auf das, was herabströmt, und schreit: »Chawa! Hol Eimer! Was stehst du da?«

Manchmal war dem pickligen Semjon zumute, als sei er bis jetzt noch nicht wieder aufgewacht.

Nein, Schankwirt wollte er nicht werden. Er hatte

nicht vor, sein Lebtag hinter der Theke zu stehen. Freilich ist der Wodka ein goldener Regen, doch er würde sich etwas Besseres aussuchen.

»Im ganzen Imperium gibt es nichts Einträglicheres als den Wodka«, hatte der Vater ihm oft zu bedenken gegeben. »Welche Freude hat man schon von Brot? Man schlägt sich nur den Bauch voll. Aber wenn man Wodka trinkt, wird auch der Kummer zur Freude.«

Schlau war der Vater, schlau, doch auch er, Semjon, war nicht von gestern. Sollte mit Wodka handeln, wer wollte, er würde ein anderes Handwerk wählen. Ein sauberes, ohne Kotzerei und betrunkenes Rülpsen, ohne sich bei jemandem anbiedern zu müssen, ohne Klopfen am Fensterladen: »Josua, eine Flasche!« Er hatte schon etwas Bestimmtes im Auge. Davon ahnte der Vater nichts. Niemand durfte etwas davon ahnen. Keine Menschenseele. Schade nur, daß er zur Unzeit krank geworden war. Sonst hätte alles bestens geklappt. Der Polizeichef Nesterowitsch machte keine leeren Worte. Wenn er auch nicht gerade ein Weiser war, aber von gewissen Dingen verstand er mehr als der weise Rabbi Uri.

Früher hatte der picklige Semjon bei Rabbi Uri gelernt, ebenso wie Itzik Magid. Und beide hatten ihren Lehrer verlassen: Semjon lag nun seinem Vater auf der Tasche, während Magid in den Wald gegangen war und Bäume fällte. Was konnte der Alte ihnen auch beibringen? Alle möglichen Weisheiten? Den Glauben an Gott? Heutzutage war der Glaube an Gott keinen Pfifferling wert, und jegliche Weisheit wurde geringer bezahlt als ein Glas Klarer in der Schenke. Der Rabbi Uri hatte natürlich recht, die Welt und die Menschheit waren unvollkommen. Doch er, der picklige Semjon, war weder Welt noch Menschheit, sondern ein einzelner Mensch. Und nicht einfach irgendeiner, sondern ein Jude. Ein Jude mit solch häßlichem Spitznamen hat nicht an Welt und Menschheit zu denken. Es wurde Zeit, daß er an sich selbst dachte. Wozu sollte er sich mit der Korrektur fremder Fehler und Unvollkommenheiten befassen?

Wenn der Rabbi ihnen etwas beigebracht hatte, dann die nüchterne Erkenntnis, daß für alle Unvollkommenheiten und Laster – und davon gibt es übergenug – früher oder später mit Leiden und Gewissensqualen bezahlt werden muß.

Und wenn nun die Unvollkommenen und Lasterhaften mit barem Geld bezahlen? dachte Semjon. Wenn man nun ein Geschäft für Laster eröffnet? Fremde Laster sind einträglicher als Wodka.

Ein solches Geschäft zu eröffnen, das war es, was der Polizeichef Nesterowitsch ihm vorschlug. Er, Nesterowitsch, würde sein einziger Kunde sein. Und Geld war genug da, denn diese Laster kaufte nicht er, sondern der *Staat*. Das war er, der goldene Regen! Man brauchte nur den Kopf hinzuhalten, schon strömte er segensreich auf einen herab! Welche Laster hoch im Kurs standen, das wußte der picklige Semjon sehr wohl. Es gab kein einträglicheres Laster als Freidenkerei und Widersetzlichkeit. Einträglich freilich für den, der damit handelt, nicht für den, der es hat.

»Du weißt schon«, hatte der Polizeichef Nesterowitsch zu ihm gesagt, als sie sich einmal trafen, »wo getrunken wird, wird auch gequasselt.«

Obwohl Semjon die Gaststube selten betrat, hatte er doch des öfteren gehört, wie die Unzufriedenheit, durch den Alkohol angeheizt, gärte.

Damals, als sie sich trafen, hatte er dem Polizeichef noch keine endgültige Zusage gegeben.

»Ein Jude darf niemals geben eine endgültige Antwort«, hatte sein Vater ihn gelehrt. »Eine endgültige Antwort ist wie ein Grab: du hebst es selber aus und gräbst dich selber ein.«

»Ich werde es mir überlegen«, hatte der Polizeichef von ihm zu hören bekommen.

Jetzt, während er im Bett lag und mit der über ihn hereingebrochenen Krankheit kämpfte, erwog der picklige

Semjon, welche Vor- oder Nachteile das Angebot des Polizeichefs ihm versprach. Er erinnerte sich, wie in seiner Kindheit die Gendarmen in Vaters Schenke einen Bauern ergriffen hatten, wie sie ihn zum Wagen schleiften, wie er Blut spuckte und wie die Mutter Sand auf die Blutspuren streute. Noch lange danach, wenn Semjon auf dem Hof der Schenke spielte, betrachtete er die Erde voller Furcht und mit unverständlichem Kummer.

Er überlegte hin und her, aber immer stimmte etwas nicht, und immer wieder kehrten seine Gedanken schattenhaft zu dem fremden Ankömmling zurück. Wer war er? Eines Tages, wenn Semjon das Geschäft für Laster eröffnete, würde er ihm auf die Spur kommen, der entginge ihm nicht. Schlimmstenfalls würde er für ihn ein Laster *erfinden*. Handeln kann man nicht nur mit echten, sondern auch mit erfundenen Lastern. Für *erfundene* wird nicht geringer gezahlt.

Solange ich noch nicht zugesagt habe, überlegte der picklige Semjon, muß der Polizeichef Nesterowitsch mir nicht glauben. Aber ich brauche nur zuzusagen – schon sitzt er in der Tinte, der mit der Scheitelkappe. Ich werde für ihn was *erfinden*: Was zum Beispiel?

Soll er ein desertierter Soldat sein oder ein entflohener Sträfling?

Besser ein Soldat. Wie ein Sträfling sieht er nicht aus. Ein Sträfling mit Scheitelkappe!

Semjon mußte lachen. Im leeren Zimmer klang das Lachen unheilverkündend und unpassend, und der Kranke verstummte rasch. Wo war denn Morta geblieben? Warum brachte sie ihm nichts zu essen? Er hatte gerade Appetit bekommen.

»Morta!« rief er.

Die pariert überhaupt nicht mehr, diese Fromme, dachte Semjon. Ihr Gott erlaubt ihr nicht, mit einem Juden ins Bett zu gehen, sieh mal an. Muß man etwa Gott fragen, mit wem man ins Bett gehen soll? Ihn muß man fragen, mit wem Kinder machen ... Na, bloß nicht mit einem Mädchen ohne ordentliche Familie! Solch ein

Mädchen eignet sich nicht als Mutter meiner Kinder. Selda Fradkina – ja, die eignet sich als Ehefrau und auch als … Aber sie ist nicht so leicht zu fangen wie Morta. Markus Fradkin würde mir das Fangseil abhacken und die Hände dazu.

Trotzdem, auch ihm, Markus Fradkin, wird beizukommen sein. Er soll nicht zu sehr angeben mit seinem Reichtum. Vierzig Hektar Wald – das ist kein großer Reichtum. Aber vierzig, hundertvierzig, zweihundertvierzig Hektar Laster!

Also los: Markus Fradkins Laster ausschnüffeln und dann die Ernte einbringen – Selda.

»Morta!«

Keine Antwort.

4

Ein Durchschnittstag: weder trüb noch besonders hell, so halb und halb. Von morgens an schon war es schwül, wie immer Ende Juli, wenn plötzlich vom jenseitigen Flußufer (aus Deutschland etwa?) drückende Hitze, vermischt mit Feuchtigkeit und Dünsten, herüberschlug und man nicht wußte wohin – im Freien war's die reinste Hölle und auch im Haus nicht gerade paradiesisch, man saß und schwitzte eben. Lieber Gott, wieviel von diesem Schweiß steckt in einem Menschen – ganze Ströme!

Der Nachtwächter Rachmiel saß auf dem Tisch, barhäuptig, ohne Hemd, nur in Unterhosen, und flickte den Bauernrock von Kazimieras. Der Rock war alt und steif, und die Nadel, vom Fingerhut geschoben, stieß immer wieder auf den Stoff wie auf Stein. Nach der schlaflosen Nacht hätte Rachmiel ruhen müssen, doch wer kann schon schlafen bei dieser Schwüle? Kaum hat man sich hingelegt und die Augen geschlossen – schon könnte man sich wieder auswringen. Woher bloß kommt der viele Schweiß in einem Menschen? Wovon man in der

Jugend schwitzt, das glaubte Rachmiel zu wissen – er war ja selbst einmal jung gewesen. Aber im Alter?

Rachmiel saß im Schneidersitz auf dem Tisch und grübelte darüber nach, wovon das Alter schwitzt. Er grübelte über Kraft und Schwäche, und seine Gedanken stießen an die hartverkrustete Hirnschale wie die Nadel auf den Stoff des Rockes.

Von Zeit zu Zeit gönnte Rachmiel seinen Gedanken eine Verschnaufpause – dann stimmte er ein Lied an, mit falschem Text, doch das machte ihm nichts aus, denn Worte hatten für ihn keinerlei Bedeutung. Worte hat der Mensch noch mehr als Schweiß. Doch während der Schweiß, besonders im Dampfbad auf der Pritsche, immerhin noch zu etwas nutze ist, taugen Worte zu rein gar nichts. Gott war Zeuge: Rachmiel war sein ganzes Leben ohne sie ausgekommen. Er war ja nicht der Rabbi Uri, der immer noch an Worte glaubte. Der Herrgott hatte eine Menge gesprochen, und was hatte es genützt? Hatte jemand auf ihn gehört? Es ist gut reden, wenn man auf einer Wolke sitzt und von oben runterschaut. Aber wenn man unten herumkrabbelt, in Dreck und Scheiße, dann kennt man auch nur diese beiden Worte. Und die reichen bis zum Grabe!

Der Rabbi Uri hatte sein Leben lang auf einer Wolke gesessen, auf der staubigen Wolke der Thora, und er, Rachmiel, war unten rumgekrabbelt.

Solange er jung war, hatte er beim Straßenbau gearbeitet. Auch an dieser Straße hier, nach Kowno, hatte er mit gebaut. Winters und sommers mit gebeugtem Rücken am Kownoer Trakt, hier hatte es ihm auch ein Bein zerschmettert, plattgedrückt wie eine Plinse. Ein halbes Jahr lang konnte er sich nicht rühren. Wenn er sich nur im Bett umdrehte, mußte er schon schreien.

Ein halbes Jahr lang stand er nicht auf – sein Bruder trug ihn zum Abort und setzte ihn drauf wie eine Puppe. Doch Gott erbarmte sich. Der Tischler Henoch Katz fertigte ihm eine Krücke an, und ganz allmählich lernte er wieder gehen, zuerst im Hause, später auf dem

Hof, und als er sicherer geworden war, auch durch den Ort, dem einen lötete er eine Kasserole, dem anderen flickte er ein Loch im Lapserdak*, wieder einem anderen befestigte er einen losen Henkel am Eimer. Er scheute keine Arbeit, nahm dafür, was man ihm gab, und mit seiner Krücke scheuchte er Hunde und Mädchen. Manchmal humpelte er bis zur Straße, setzte sich an den Straßenrand und sah zu, wie die Fuhrwagen rollten oder wie Gendarmen in einspännigen Droschken vorüberflitzten.

Eines schönen Tages war Rachmiel aus dem Marktflecken verschwunden. Er tauchte erst vier Jahre später wieder auf – nicht allein, mit einer Frau. Die führte an der Hand ein schmutziges Jüngelchen mit einer großen Schirmmütze, die ihm dicht über den hündisch ergebenen Augen saß, und in einem geflickten Jäckchen ohne Knöpfe und ohne Futter. Sie siedelten sich am Ortsausgang an, in einer verlassenen Getreidedarre, von der nur noch die Wände und das bemooste Dach übrig waren. Unter ebendiesem bemoosten Dach brachte Rachmiels Frau das erste Mädchen zur Welt. Und dann kam jedes Jahr eines. Wie viele Rachmiel eigentlich hatte, das zählte niemand im Ort. Knochig, spindeldürr und ungewaschen, trieben sie sich in der Gegend herum, schleppten alles, was ihnen unter die Augen kam, nach Hause, und die Leute wiegten bei ihrem Anblick bekümmert den Kopf und sagten: »Er macht sie wahrscheinlich mit der Krücke.«

Krücke hin, Krücke her – jedenfalls wimmelte es in der Getreidedarre von Kindern wie in einem Teich von Jungfischen.

Rachmiel selbst hatte das verfallene Gebäude ein bißchen umgebaut, hatte Fenster eingesetzt, das Dach mit Stroh abgedichtet, aus ungehobelten Brettern einen Fußboden gelegt, einen Tisch sowie Stühle und Betten gezimmert – wahrlich, goldene Hände! – und kümmerte

* Lapserdak – langschößiger Rock polnischer und galizischer Juden in früheren Zeiten.

sich weniger um die Anzahl seiner Sprößlinge als vielmehr darum, etwas zu verdienen. Wie früher lötete er und reparierte er, setzte Fenster ein, am meisten aber verdiente er durch Singen – er sang mit kräftiger hoher Stimme, die war bei ihm schon damals zum Durchbruch gekommen, als er mit zerquetschtem Bein zu Bett lag. Es gab in der ganzen Gegend – von Jurbarkas bis zum Neman – keinen jüdischen Feiertag, keine Hochzeit, wo Rachmiel nicht gesungen hätte. Die Juden lauschten und staunten: »Was für ein Vogel zwitschert da in seiner hungrigen Kehle?«

Wenn er zu einer Hochzeit ging, nahm Rachmiel seine ganze Mischpoche mit, und während er die gelangweilten Jungvermählten und die glückstrahlenden Schwiegereltern mit seinem erstaunlichen Gesang unterhielt, kaute die Kinderschar einträchtig mit vollen Bakken, ohne wählerisch zu sein, und verdarb dann mit unanständigen Geräuschen das Hochzeitsgelage oder rannte auf den Hof, weil sie so nötig mußte.

So lebten sie alle zusammen, bis das Unglück geschah: Alle, außer Rachmiel selbst und jenem Jungen mit der Schirmmütze, der dem Stiefvater schon fast bis zur Schulter reichte, kamen zum Liegen und starben im Laufe eines Monats wie die Fliegen. Ob sie nun auf einer Hochzeit etwas Unrechtes gegessen hatten oder ob ein anderes unbekanntes Mißgeschick sie dahinraffte – jedenfalls kam Rachmiel kaum nach, sie alle zu beerdigen.

Als er den letzten begraben hatte, erschienen bei ihm der Holzhändler Fradkin und der Polizeichef, nicht der jetzige, Nesterowitsch, sondern jener, der später nach Molodetschno oder nach Grodno versetzt wurde, und sie schlugen Rachmiel vor, sich davonzumachen, denn – Gott behüte und bewahre! – die Krankheit könnte sich sonst noch im ganzen Ort ausbreiten, und vom Marktflecken – Gott behüte und bewahre! – könnte sie auf den ganzen Kreis, vom Kreis auf andere Gouvernements übergreifen.

»Und was wird mit der Wohnung?« fragte Rachmiel nur.

»Ist's um den Stall etwa schade?« bemerkte Fradkin.

»Doch«, sagte Rachmiel.

Er tätschelte Aron – so hieß der Junge! – den Kopf und stieß, wie um sich zu rechtfertigen, hervor: »Wir werden nicht mehr singen auf fremden Hochzeiten.«

Und schritt zur Tür.

»Den Jungen bringen wir hier irgendwo unter«, hielt der Holzhändler ihn zurück. »Wenn alles gut geht, kannst du auch wiederkommen.«

»Ach, wir gehen besser beide«, murmelte Rachmiel.

»Laß den Jungen hier«, unterstützte der Polizeichef den Holzhändler. »Auf Herrn Fradkin ist Verlaß.«

Er, einfältig wie er war, begriff damals nicht, worauf Fradkin hinauswollte. Damals glaubte er, bei Fradkin würde Aron es besser haben. Fradkin würde ihn unterbringen, ihm eine Stelle verschaffen.

Und er hatte ihn untergebracht.

»Rabbi Uri, wo ist mein Aron? Ihr wißt doch, der mit der Schirmmütze?« fragte Rachmiel, als er ein Jahr später zurückkam.

»Bei den Rekruten«, antwortete der Rabbi Uri.

»Fradkin?«

Der Rabbi Uri schwieg. Saß auf seiner Wolke und schwieg.

»Hat Fradkin ihn geschickt anstelle seines Selik?«

»Nie sollst du beschuldigen andere«, sagte der Rabbi Uri, und aus seinem Munde wehte Rachmiel kalter Himmelshauch entgegen. »Laß uns lieber nachdenken, worin unsere eigene Schuld besteht.«

»Worin, Rebbe, soll bestehen meine Schuld? Darin, daß ich Rachmiel bin und nicht Markus Fradkin? Darin, daß ich nicht ein Polizist bin?«

Rachmiel stach die Nadel in den Rock, und bei jedem Stich flammte in seinem Kopf etwas auf, erlosch wieder und flammte abermals auf. Nichts auf der Welt ist bedrückender als Gedanken, dachte er. Vor der Hitze rettet einen wenigstens der Schatten. Doch mit welchem Schatten könnte man sich vor den Gedanken retten? Warum hatte der Rabbi Uri ihn zu sich hereingebeten – wirklich nur, um mit ihm Tee zu trinken? Was ist er, Rachmiel, schon für ein Gesprächspartner? Für nichts und wieder nichts legt der Rabbi Uri keinen Zucker ins Glas. Nicht, weil er geizig wäre, sondern weil er gewohnt ist, daß die Leute nicht die Süße, sondern ihre Bitternis mit ihm teilen. Wenn man nur wüßte, was für ein Gottesbote das ist, nach dem er gefragt hat, und warum er dann das Gespräch auf Aron brachte, den er, Rachmiel, hartnäckig seinen Sohn nennt, nicht Stiefsohn. Und das Klopfholz? Wie kommt solch ein gerechter und frommer Mann wie der Rabbi Uri plötzlich dazu, bei sich zu Hause mitten in der Nacht das Klopfholz zu rühren? Da stimmt doch etwas nicht.

Rachmiel bemerkte gar nicht, wie durch die offene Tür ein Mann hereintrat, ein Mann mit einer Scheitelkappe, die mit einer Nadel am Haar festgesteckt war, wie er eine Zeitlang dastand und sich umsah und schließlich auf den Tisch zuging, langsam, als wolle er gründlich prüfen, was er sah.

»Sei gegrüßt«, sagte der Mann mit der Kappe, und Rachmiel schrak zusammen. So was! Er konnte sich nicht erinnern, daß ihn jemals jemand begrüßt hatte. Im Flecken war es ohnehin wenig üblich, einander zu grüßen. Man sagt »Guten Tag«, aber der Tag ist durchaus nicht gut, der Rücken schmerzt, das Atmen fällt schwer, und auf der Seele, wie auf einem verlassenen Marktplatz, liegt nichts als Mist.

»Sei gegrüßt«, erwiderte Rachmiel und musterte den Mann mit der Kappe von Kopf bis Fuß. War das nicht der, von dem der Rabbi Uri gesprochen hatte, als sie zusammen den starken Tee schlürften?

»Näh ruhig weiter!« sagte der Ankömmling leise. »Ich möchte nur etwas trinken. Wo hast du Wasser?«

»Im Eimer«, stieß Rachmiel hervor und riß den Faden vom Rock ab.

»Näh ruhig weiter«, sagte der Mann mit der Kappe noch einmal und begab sich in den Vorraum, ebenso langsam, wie er hereingekommen war.

Unterdessen gürtete Rachmiel seine rutschenden Unterhosen mit einem vergilbten Band und bedeckte für alle Fälle seinen verschwitzten Kopf mit einem Käppchen.

»Das Wasser blüht ja schon. Ich gehe zum Fluß und hole frisches.«

Der Fremde stand vor Rachmiel, den Eimer in der Hand, und der Alte wurde noch unsicherer.

»Warum bist du nicht gleich gegangen an den Fluß?« stammelte er.

»Das verstehst du nicht«, erklärte der Mann mit der Scheitelkappe freundlich und ging hinaus, mit dem Eimer scheppernd. Bei diesem Geräusch brach Rachmiel noch stärker der Schweiß aus, er schlüpfte auf den Hof und sah dem davongehenden Fremdling lange nach. Auf einmal – wer weiß warum – wünschte er, der Mann mit der Scheitelkappe möge den Eimer in den Fluß werfen und niemals wiederkommen.

Doch der Fremdling kam zurück, stellte den Eimer vor Rachmiels Füße und sprach: »Trink!«

Rachmiel zögerte. Irgend etwas hielt ihn zurück – vielleicht die zu straff geschnürten Unterhosen, vielleicht der Blick des Fremdlings, der unverwandt voll gleichmütigen Mitgefühls auf ihm ruhte, vielleicht auch die plötzlich aufschwappende Erinnerung an den Jungen mit der Schirmmütze und dem ungefütterten Jäckchen ohne Knöpfe.

»Trink!« wiederholte der Mann.

Rachmiel beugte sich nieder, steckte den Kopf in den Eimer, und die Visionen in seinem verkrusteten Gehirn verebbten, zerflossen, schmolzen dahin. Jetzt rann nicht Schweiß über sein von weißlichen Schweineborsten überwuchertes Gesicht, sondern Flußwasser, so klar und vertraut, daß ihm sogar das Atmen leichterfiel.

»Schön?« fragte der Fremdling.

»Hm!« brummte Rachmiel. »Danke.«

»Dank sagen mußt du nicht mir, sondern dem Fluß. Hast du ihm schon jemals ein Dankeschön gesagt?«

»Nein«, erwiderte Rachmiel verdutzt.

»Warum nicht?«

»Das sagt doch keiner«, stotterte der Nachtwächter.

»Dann geh du hin und sag es. Du wirst der erste sein in eurem Ort.«

»Sie werden mich auslachen«, widersprach Rachmiel, sich gegen die Worte des Mannes mit der Kappe sperrend. »Sie werden mich nennen einen Verrückten.«

»Und du denkst, es ist besser, zu sein wie alle, als ein Verrückter zu sein?«

»Natürlich – wie alle.«

»Auch wenn sie alle verrückt sind?«

»Ich habe drei Hühnchen und einen Hahn«, flehte Rachmiel, »und vorjährige Kartoffeln ... Ich meine, ich könnte ein Töpfchen kochen. Das geht ganz schnell.«

Rachmiel wußte von sich selbst, und nicht nur von sich: Wenn einer ißt, denkt er nicht nach. Das Essen, wenn es reichlich ist und schmackhaft, ist die beste Rettung vor allen möglichen Gedanken. So klug der Kopf auch sein mag – was vermag er gegen den Magen. Der Magen behält immer die Oberhand. Um es offen zu sagen, Gott hatte einen Fehler gemacht – hatte dem Menschen zwei Ohren und zwei Augen gegeben und nur einen Magen. Den konnte man mit allem möglichen vollstopfen – mit Kartoffeln, Eiern, Rettich. Schlimmer war ein hungriger Kopf – der ließ sich nicht vollstopfen. Seit Rachmiels Frau und die Kinder gestorben waren und sein Stiefsohn Aron bei den Soldaten war, verlangte Rachmiels Kopf immerzu Nahrung. Er versuchte, ihn mit Vergessen zu füttern, doch er ließ ihm keine Ruhe.

Essen ist außerdem deshalb gut, dachte Rachmiel, weil man dabei fast nichts zu reden braucht. Man schöpft mit dem Löffel, man schluckt und kaut – und schweigt. Schweigen ist natürlich kein Gold, jedoch für einen Juden ist es schon seine drei Kopeken wert: Ein

Schweiger ist nicht so leicht zu kaufen oder zu verkaufen. Besonders wenn ringsum Fremde sind, wenn das, was du sagst, dem Polizeichef zugetragen wird, und das, was der sagt, mußt du ausführen, auch wenn du überhaupt nichts verstehst. Mag sein, er, Rachmiel, war gerade deshalb unter die Nachtwächter gegangen: Stille, Schweigen, man dreht seine Runde durch den Ort, schaut auf geschlossene Fensterläden und ist selbst auch wie ein Laden mit eisernen Riegeln.

»Gut, essen wir Kartoffeln«, stimmte der Mann mit der Scheitelkappe zu und trug den Eimer ins Haus.

»Wie heißt du?« fragte Rachmiel, als auf dem Tisch neben dem Schneiderzeug die Kartoffeln dampften.

»Wie willst du, daß ich heißen soll?«

Rachmiel ließ vor Schreck eine Kartoffel fallen. Die klatschte auf den Fußboden und zerkrümelte.

»Du kannst mich nennen, wie du willst.«

»Wieso denn das?« wunderte sich Rachmiel. »Jeder hat einen Namen. Ich, zum Beispiel, heiße Rachmiel. Und du?«

»Such es dir aus. Ist denn der Name wichtig? Wichtig ist, daß du dich bei diesem Namen an etwas erinnerst.«

»Woran soll ich mich erinnern?«

»Woran erinnert man sich, wenn das Leben zur Neige geht? An seine Sünden!«

Der Fremdling saß Rachmiel gegenüber, er sah ihm unverwandt in die Augen, und in den Augen des Nachtwächters waberte und glitzerte es, bis endlich eine große Greisenträne auf seine welke Wange fiel und in die Bartstoppeln floß.

»So nenne mich mit dem Namen deiner Sünde.« Der Gast brach eine Kartoffel, tunkte sie in das graue klebrige Salz und starrte den Hausherrn abermals an. »Namenlose Sünden gibt es nicht.« Und er schob sich die halbe Kartoffel in den Mund.

Von ihm ging eine eigenartige saugende Kraft aus wie von einem Wasserstrudel, und Rachmiel ließ sich willig leiten, wie der Faden der Nadel folgt.

»Aron«, hauchte er, und ein neuer Schweißausbruch überströmte sein Kinn.

»Meinetwegen Aron«, sagte der Mann mit der Scheitelkappe gleichmütig. »Was also erzählst du mir, dem Aron?«

»Was soll ich erzählen?«

»Alles. Wir haben Zeit. Der Tag ist lang.«

»Hör zu«, raffte Rachmiel sich plötzlich zusammen, »du kennst mich nicht, und ich kenne dich nicht. Iß jetzt und dann geh mit Gott. Ich muß bis zum Abend noch den Rock flicken. Kazimieras hat schon zweimal danach gefragt.«

»Ich werde gehen, und die Sünde wird bleiben«, sagte der Mann mit der Kappe ungerührt.

»Aber ich habe keine Sünden! Keine!« rief Rachmiel aus. »Wenn du Sünden suchst, geh zu Fradkin! Geh in die Schenke zu Josua!«

»Sie kommen noch an die Reihe«, erwiderte der Gast ruhig. »Du hast keine Sünden, sagst du, und jagst mich doch fort. Nun gut, werden wir speisen und auseinandergehen.«

Sie aßen schweigend, einander mit Blicken abtastend, und je länger Rachmiel den Fremdling ansah, desto quälender wurde das Schweigen.

Wie soll einer wissen, wer heutzutage über seine Schwelle tritt, dachte Rachmiel und würgte an den Kartoffeln, die nicht anders waren, als er sie schon tausendmal gegessen hatte. Ein heimatloser Landstreicher, von denen es in allen Städten und Dörfern übergenug gibt, ein Faulpelz, der zu lange auf der Jeschiwa* gesessen und dort alle möglichen gelehrten Weisheiten aufgeschnappt hat und nun, eher vor Faulheit als vor Gelehrtheit, ein wenig verwirrt ist in seinem Verstande? Oder der eigene Sohn, der vor vielen, vielen Jahren irgendwohin ans Ende der Welt geschickt wurde? Und auf einmal stellte er sich vor: die plumpe Schirmmütze anstelle die-

* Jeschiwa (hebr.) – Talmudhochschule

ser speckigen Scheitelkappe und das ungefütterte Jäckchen ohne Knöpfe statt dieses weiten Mantels, der nach Pferdemist und Jauche roch. Warum hatte der Fremde nicht gleich aus dem Fluß getrunken, warum war er hierhergekommen, in diese verfallene Darre? Es gab im Flekken schönere und reichere Häuser, dort enthielten die Eimer nicht fauliges Wasser, sondern Milch und Honig. Was hatte ihn hierhergelockt? Nein, Rachmiel durfte ihn nicht fortjagen. Er mußte ihn beherbergen, ihn aufnehmen wie jeden Einsamen und Heimatlosen, ohne zu fragen, wer ihn gesandt hatte.

Ist der, der uns an unsere Sünden erinnert, nicht in der Tat ein Gottesbote?

Eigentlich macht er doch einen ganz vernünftigen Eindruck: ist zum Fluß gegangen, hat frisches Wasser gebracht, hat vor dem Essen gebetet, und er ißt auch nicht wie ein Meschuggener, sondern langsam und mit Würde, wie bei Fradkin oder bei den Brüdern Spiwak gegessen wird, er schlingt nicht, schmatzt nicht, schält jede Kartoffel ab, tunkt sie ins Salz, streift die Krümel aus dem Bart nicht auf den Fußboden, sondern in die hohle Hand – man sieht, er ist kein grober Klotz, kein Gefräßiger. Und daß er verworren redet – ach, wer im Ort, außer dem Polizeichef, drückt sich schon klar aus? Alle sind Wirrköpfe, alle wollen einen um den Finger wickeln, einem Sand in die Augen streuen.

Lange hatte Rachmiel nicht mehr in Gesellschaft gegessen – immer nur einsam und allein. Wenn man allein ißt, bleibt einem leicht alles im Halse stecken.

»Und du, wo wohnst du?« fragte er, als sie lange genug geschwiegen hatten.

»Überall«, antwortete der Mann mit der Scheitelkappe.

»Das gibt es nicht«, sagte Rachmiel vorsichtig. »Jeder hat sein Dach überm Kopf, genau wie seinen Namen.«

»Der Himmel ist mein Dach«, sprach der Gast und zog seinen Mantel aus.

»Und im Herbst? Wenn dein Dach den Regen nicht abhält?«

»Im Herbst wohne ich dort.« Der Mann mit der Kappe hob die Augen zur Decke.

»Auf dem Dachboden?«

»Über den Wolken«, sagte der Gast. »Dort ist es hell und weit. Du denkst, ich erzähle dir Märchen? Aber an die Dachkammer glaubst du doch?«

»An die Dachkammer? An die Dachkammer – ja.« Rachmiel warf einen schrägen Blick auf den Fremdling, auf dessen Mantel, und Dunggeruch stieg ihm in die geblähten Nasenlöcher. Wenn Reb Rachmiel aufgeregt war, blähten sich stets seine Nasenlöcher.

»Töricht, wenn du an das glaubst, was du anfassen kannst mit den Händen. An den Polizeichef, an den Wirt, an den Holzhändler Fradkin. An die Kartoffeln, die wir gerade gefuttert haben ...«

»Du ... du kennst auch Fradkin?« Rachmiel horchte auf.

»Ja.«

»Er ist hier der Zar und der Gott«, sagte der Nachtwächter schnell, und seine Unterlippe hing herab.

»Ein Gott kann nur der sein, den alle lieben, und ein Zar der, den wenigstens einer fürchtet. Du hast Furcht vor Fradkin, darum ist er für dich ein Zar. Aber ich habe vor ihm keine Furcht.«

»Fradkin hat geschickt meinen Stiefsohn ... den Aron ... zu den Rekruten«, gestand Reb Rachmiel unvermittelt. »Für seinen Selik. Er ist gekommen und hat ihn geholt.«

»Ich erinnere mich«, sagte der Mann mit der Kappe.

»Du?«

»Ich. Aron.«

»Aber du ... du nennst dich doch nur Aron. Mein Aron hat ein Muttermal auf der rechten Schulter ... so groß wie eine reife Erdbeere.«

»Ausgebrannt ist das Muttermal. Abgerissen ist die Erdbeere«, sagte der Mann mit der Scheitelkappe.

»Wer hat ausgebrannt ... wer hat abgerissen?« murmelte Rachmiel.

»Du«, sagte der Gast schlicht. »Jetzt ist jeder, der zu dir kommt, Aron!«

»Das gibt es nicht«, verteidigte sich Rachmiel. »Das gibt es nicht. Zeig mir das Mal! Die Narbe! Eine Spur!« Und er lächelte rachsüchtig.

»Ich werde es dir zeigen«, sagte der Fremdling ruhig. »Wie konnte ich vergessen, daß du nur an das glaubst, was du siehst und riechst. Und doch gibt es auf der Welt auch das, was kein Auge sieht und keine Nase spürt. Sonst müßte Gott zu riechen sein. Du hast gesagt: ›Fradkin ist gekommen und hat ihn geholt‹. Aber mitnehmen kann man nur, was einer weggibt.«

»Fradkin ist nicht allein gekommen ... mit dem Polizeichef ... da kannst du nichts machen«, wand sich Rachmiel.

»Meinst du? Und wenn er mitbrächte alle Soldaten aus dem ganzen Reich – du hast kein Recht, ihn hinzugeben. Du sagst: Was könnte ich machen? Wer bin ich gegen alle Soldaten aus dem ganzen Reich? Ich, Rachmiel, ein Sandkorn, ein Stäubchen, ein Käferlein! Darauf antworte ich dir: Wenn jeder Tag für Tag sagen wird: ›Ich bin nur ein Stäubchen, ein Sandkorn‹, dann werden sie uns wegnehmen alle, die wir lieben ... Sogar Gott! – Dir tut es sicherlich schon leid, daß du mich bewirtet hast?«

»Aber wieso denn? Um die Kartoffeln tut es mir nicht leid. Bald sind die neuen reif ... Früher habe ich mehr gepflanzt ... vier Beete, jetzt habe ich zwei an Kazimieras abgegeben ... er löscht am Sabbat immer bei mir die Kerzen. Manchmal bringt er mir ein bissel Ziegenmilch. So leben wir halt. Seine Ziege schubbert sich jeden Tag das Fell an meinem Zaun. Die Ziegen, wenn sie auch dumme Tiere sind, sie sind doch besser als die Menschen, bei Gott, besser ... von ihnen kommt Milch und Käse und Wolle. Und der Mensch? Was kommt vom Menschen? Polizisten? Rekruten? Meschuggene?«

Der Fremdling schwieg und lauschte, und Staunen verklärte sein unregelmäßiges Vogelscheuchengesicht.

5

Wenn der Schankwirt Josua Wodka holte, fuhr er gewöhnlich über Veliuona und Jurbarkas nach Kowno. In Jurbarkas – wenn er allein war, ohne Morta – machte er Station bei seinem entfernten Verwandten, dem Kolonialwarenladeninhaber Simche Willner, spannte die Pferde aus, führte sie an den Neman zur Schwemme, und auch er selbst suchte sich eine flache Stelle und ging ins Wasser, jedoch nicht weit hinein, es gab tückische Stellen, die Strömung konnte einen schnell erfassen, und wenn man in einen Strudel geriet, dann – gute Nacht! Simche Willner war ein jähzorniger, launischer Mann, lange hielt man es bei ihm nicht aus, er mußte immer den Teufel an die Wand malen, nicht über Rosinen und Backpflaumen redete er, sondern meistens über Verfolgung und Unterdrückung, da sollte hier ein Jude erwürgt worden sein, dort einer erstochen, wieder woanders eine Frau vergewaltigt, das Essen blieb einem im Halse stekken – na so was, war er, Josua, etwa eine Frau? Nur schnell ein wenig verschnaufen und sich wieder auf den Weg machen. Und der Weg war weit, hoffentlich – Gott geb's! – schaffte er es bis zum Abend, dafür war aber in Weißfelds Schnapsbrennerei in Kowno der Wodka wesentlich billiger als woanders, man nahm so seine fünfhundert Liter, lud eine ganze Fuhre, und im Handumdrehen hatte man schon einen Tscherwonez Gewinn gemacht, noch keine Flasche war entkorkt, doch den Tscherwonez hatte man bereits seelenruhig in der Tasche.

Allerdings mußte man auch reichlich Angst ausstehen, denn der Weg führte durch den Wald, weit und breit Wald, da hieß es schon genau aufpassen und auf der Hut sein, um nicht irgendwelchem Gesindel in die Hände zu fallen; solche, die auf fremdes Hab und Gut aus waren, gab es heutzutage wie Sand am Meer.

Josua standen jetzt noch die Haare zu Berge, wenn er

an seine Fahrt nach Kowno im vorvorigen Sommer, kurz vor Johanni, dachte.

Das Wetter war wundervoll gewesen, kein Wölkchen am Himmel, die Sonne blendete die Pferde, die Vögel sangen so herrlich, als stünde auch ihnen ein Feiertag bevor.

Josua lenkte behutsam die Pferde, dabei lauschte er abwechselnd dem Vogelgesang und dem Klirren der Flaschen in den mit frischem Heu ausgelegten Kisten, er wich Löchern und Radspuren aus und dachte dabei an sein Haus, an sich selbst, daran, daß er in einem halben Jahr, genau am Vortage des Chanuka-Festes, vierundfünfzig würde und noch kein einziges graues Haar hatte, weder im Bart noch in den Pejes*. Und außerdem dachte Josua, wie es sich für einen Vater gehört, an seinen Sohn, den pickligen Semjon, seinen einzigen Erben. Seine Tochter Channa war bloß acht Jahre auf der Welt gewesen. Ach, Channa, Channa! Nicht mal ein Hund lebt nur so kurze Zeit.

Der Sohn bereitete Josua keine Freude. In ihm steckte nichts von der Art ihrer Sippe, der Sippe der Mandels, die für ihre Tüchtigkeit und Arbeitsliebe bekannt waren. Ohne einen Pfennig hatten sie angefangen, als zerlumpte Bettler, und was hatten sie erreicht? Alle Wirtshäuser und Herbergen an der Landstraße waren in ihren Händen, da konnte jeder einkehren, bei dem es im Geldbeutel klimperte! Der älteste Mandel – der siebzigjährige Nathan – hatte sogar Murawjow persönlich in seiner guten Stube empfangen und mit ihm angestoßen wie mit seinesgleichen – für einen Juden eine ganz außergewöhnliche Ehre!

Und Semjon? Wer würde mit ihm anstoßen? Wenn ihm, Josua, etwas zustoßen sollte, Gott behüte, dann hätte er die Wirtschaft im Nu runtergewirtschaftet, wegen eines Tscherwonez mehr führe der nicht nach Kowno, i wo.

* Pejes (jidd.; hebr. Pejot) – Schläfenlocken gläubiger Juden

Was hilft's, dachte Josua, während die Räder knirschten, es gibt eben solche und solche Kinder, manche sind ein Gewinn, manche ein Verlustgeschäft. Semjon war ein Verlust. Einen Verlust kann man ersetzen. Aber mit Chawa? Chawa war jetzt unfruchtbar wie das Ödland hinter dem Wirtshaus, obwohl sie fünf Jahre jünger war als Josua! Und welchen Sinn hat die Sämaschine, wenn die Erde nicht fruchtbar ist? Gäbe man ihm, Josua, nur gute Schwarzerde, er wollte schon ordentlich pflügen und säen.

Die Tochter vom Holzhändler Markus Fradkin – das war reine Schwarzerde! Allerbeste, ohne jede Beimischung! Was tat es, daß der Altersunterschied dreißig Jahre betrug. Ein altes Pferd verdirbt die Furche nicht. Und er war noch nicht einmal ein altes Pferd, er konnte noch allerhand leisten! Doch solange Chawa lebte, mußte er im Stall stehen, und wenn er schon pflügte, dann nicht Schwarzerde, sondern Lehmboden.

Gut wäre, sich wenigstens durch Semjon mit Fradkin zu verschwägern. Aber Semjon war ein Taugenichts, Semjon begnügte sich mit Morta. Nach wem war er bloß geraten? Nach seiner Mutter, nach Chawa. Himmel, wie sie ihm zum Halse heraushing, ihm, ihrem Ehemann, dem von Gott erwählten! Von wegen! Nicht Gott hatte ihn ihr ausgewählt, sondern ihr Papa, der Ladenbesitzer Jehuda Spiwak: Er hatte als Mitgift für Chawa die Schenke gegeben, und er, Josua, hatte die Schenke genommen. Einmal fragte ihn Nathan Mandel, das Oberhaupt der Familie: »Mit wem bist du verheiratet, Josua?« Und er antwortete: »Mit einer Schankwirtschaft, Reb Nathan!« – »Ein Bursche wie du, Josua, sollte heiraten eine Schnapsbrennerei!«

Wenn Chawa stirbt, dachte Josua, während die Pferdehufe klapperten, dann heirate ich eine Schnapsbrennerei oder, besser noch, einen Eichenwald. Eichenholz steht jetzt hoch im Kurs. Ich hab es satt, von früh bis spät in der Kneipe zu stehen und diese betrunkenen, unersättlichen Fratzen vor mir zu sehen! Gründlich satt.

Himmel, wie schön ist es hier draußen! Die Vögel sind ja reinweg meschugge! So ein Jubilieren! So ein Gezwitscher! He, he! Was singt ihr denn so? Worüber freut ihr euch? Da lebe ich nun schon das sechste Jahrzehnt auf dieser Welt und bin noch nie so von der Luft berauscht gewesen. Die sollten mal in meiner Wirtschaft singen, die Vögelchen! Im Bett, wenn neben mir Chawa liegt, grau und kalt wie Asche!

»Halt!« erscholl es aus dem Gebüsch, und der Schankwirt Josua erstarrte. Er zog die Zügel straffer und ruckte ein paarmal mit ihnen, um anzudeuten, daß der Trott ihm nicht gefiel. Jedoch die Pferde verstanden ihn nicht, auch sie hatten dem Vogelgesang gelauscht und vor sich hin geträumt, und so schrie Josua, ganz außer sich: »Hüü – hott!«

Und er bedauerte zum erstenmal, daß er bisher ohne Peitsche ausgekommen war, obwohl bei ihm im Stall eine hing. Der Schankwirt hatte sie einem Bauern für ein Glas Wodka abgekauft, sich ihrer aber nicht bedient, weil er es nicht ertrug, wenn man Tiere schlug. »Peitschen darf man nur einen Menschen«, pflegte er zu sagen. »Nicht der Ochse ist schuld, sondern immer der Kutscher.«

»Hüü – hott!«

Die Pferde fielen in leichten Trab, und ein Schrei verfolgte sie: »Halt, dreckiger Jude!«

Durchs Unterholz brechend und Zweige niedertretend, kam ein Bauer auf die Straße gerannt.

»Halt, Dreckviecher!«

Jetzt galt sein Ruf schon den Pferden, doch die Pferde, an solche Schreie nicht gewöhnt, setzten ihren Lauf fort und ließen die Ohren spielen.

»Schnell, ihr Guten, schneller!« flehte Josua sie an.

Als die Gefahr schon überstanden schien, fiel etwa fünf Meter vor dem Wagen eine junge Kiefer krachend quer über die Straße.

Das ist das Ende, schoß es Josua durch den Sinn, und er brachte die Pferde zum Stehen.

Aus dem Wald traten noch zwei, mit Äxten. Sie näherten sich dem Wagen und befahlen Josua abzusteigen.

»He, Jusef, bind den Jid an einen Baum«, warf der eine hin.

Der, der Jusef genannt wurde, stieß Josua zum Straßenrand.

»Vorwärts, und nicht umdrehen!«

»Warum? Warum?« wiederholte Josua mehrmals verstört und kehrte, während er ging, seine Taschen nach außen, ein paar Krumen fielen heraus, ein Kamm, ein besticktes Taschentuch. »Ich schwör's bei Gott, nicht eine Kopeke, nicht eine winzige Kopeke ... bei meinem Leben.«

»An den Baum! Hierher«, stieß der, der Jusef genannt wurde, hervor, er bückte sich nach dem Tuch und dem Kamm.

»Nein, nein«, kreischte Josua, ohne zu begreifen. »Ich will nicht an den Baum ... Ich will nicht ...«

Jusef trat ihm mit dem Fuß in den Leib, einmal, noch einmal, und Josua sackte zusammen.

»Erbarmen!« flehte er leise. »Ich werde euch ausschenken, ein ganzes Jahr, zwei Jahre ... umsonst ... Ehrenwort ... Nehmt alles, die Pferde, den Wodka ... Nur laßt mich gehen ... Ich werde niemandem ein Wort sagen ... Kein Wort.«

Der, der Jusef genannt wurde, stellte ihn wieder auf die Beine, lehnte ihn an eine Kiefer und begann, ihn mit den Zügeln daran zu fesseln. Schwupp – Schlinge um den Leib, schwupp – ein Doppelknoten.

»Oi! Das tut weh! Tut weh!« Josua wand sich, röchelte, doch Jusef tat, als höre er weder sein Röcheln noch sein Flehen. Er schleppte ein Bündel trockener Zweige herbei, warf sie dem Schankwirt vor die Füße, holte einen Feuerstein aus seiner Tasche und zündete sie an.

»Was tut ihr? Wir sind doch Menschen!« rief Josua und brach in Weinen aus.

»Menschen«, scholl das Echo.

Wie ein junger Fuchs tänzelte die Flamme.

»Jusef!« rief es von der Straße her.

»Ich komme!« Jusef warf noch einen Blick auf das Feuer und trottete langsam zum Wagen.

Tränen strömten über das ungeschlachte bärtige Gesicht des Schankwirts.

»Weine, Josua, weine! Nie im Leben hast du geweint«, flüsterte er vor sich hin. »Laß deine Tränen fließen wie einen Strom ... über den Bart ... über den Bauch ... über die Füße ... aufs Feuer ... Aber mit Tränen allein löschst du es nicht aus. Mit Tränen allein ... Herrgott, gib mir so viele Tränen, wie ich ausgeschenkt habe Wodka in die Gläser. Herrgott!«

Vor ihm knisterten lustig die Zweige. Das Feuer näherte sich schon seinen Schuhen, gleich würde es nach verbranntem Fleisch riechen.

»Leute!« schrie Josua.

»Leute«, kam das Echo zurück.

»Mein Gott, mein Gott, warum muß ich so leiden?«

»... eiden«, wiederholte das Echo.

Und oben auf den Zweigen lärmten die Vögel.

»Vögel, ihr Vögel«, stöhnte Josua. »Seht ihr denn nichts? Rührt euch denn das in keiner Weise?«

»... eise«, foppte ihn das Echo.

»Scheiße ... Alles Scheiße. Die Vögel und die Menschen und auch du, Herrgott ... verzeih und vergib mir ...« Josua versuchte, den Knoten mit den Händen zu lösen, doch vergebens, er war unbarmherzig gefesselt, tödlich. So werden auf dem Neman die Stämme zu Flößen gebunden.

Auf einmal sah er sein Pferd, seine braune Stute.

»Mein Weib«, preßte Josua hervor und würgte an den Tränen.

Die Braune spürte seinen Atem, kam näher zur Kiefer und verharrte reglos vor dem Feuer.

»Mein Weib!« Josua befreite einen Arm, streckte die Hand aus. Das Pferd vermutete ein Stück Brot in der Hand und kam noch näher an die Kiefer heran.

Die Stute beschnupperte seine Hand, stupste ihm das

Maul in den Bart, und Josua umfaßte ihren Hals, zog sie an sich, küßte sie wie zum Abschied und als Dank für ihre Treue. Doch das Feuer, das immer heftiger und heißer loderte, schreckte die Braune, sie wieherte laut, daß es durch den ganzen Wald schallte, und das Echo antwortete neckend wie ein Fohlen. Noch lange umkreiste das einsame Pferd traurig die Kiefer, mit dem Schwanz nach Waldfliegen und sprühenden Funken schlagend.

Josua hätte bis zum Abend über dem Feuer der Wegelagerer schmoren können, wären nicht die Holzfäller von Markus Fradkin, die den Brandgeruch wahrgenommen hatten, auf ihn gestoßen. Unter ihnen war auch Itzik Magid. Sie lösten dem Schankwirt die Fesseln, traten das Feuer aus, legten Josua aufs weiche Moos, zogen ihm die verbrannten Schuhe aus, betrachteten seine schmutzigen, übelriechenden Füße, gaben ihm aus einer Flasche zu trinken, und als der Schankwirt zu sich kam, fragte Itzik Magid ihn auf jiddisch: »Ist es schlimm, Reb Josua?«

»Es geht schon«, röchelte der Schankwirt, den Blick zum Wipfel der Kiefer gerichtet, an der er vor ganz kurzem noch festgebunden war, und auf einmal überkam ihn solch schmerzhaftes Mitleid, daß er am liebsten hätte schreien mögen – er tat sich selbst leid, wie er da hilflos und barfuß auf dem Moos hingestreckt lag, und der geduldige hohe Baum tat ihm leid und der wolkenlose Himmel, der sich gleichmütig über allen wölbte: über Schankwirten, Räubern, Holzfällern und ganz unschuldigen Pferden.

»Wer wollte euch denn da braten wie ein Hühnchen?« versuchte Itzik zu scherzen.

»Ein Jusef«, stöhnte Josua. »Und was ist mit den Schuhen – muß ich die wegschmeißen? Solche Schuhe! Noch ganz neu.«

Ächzend erhob sich Josua, warf einen schrägen Blick auf seine Schuhe und ging barfuß zum Wagen.

»Kusja, Kusja«, rief er, und die Braune folgte ihm willig.

Die Holzfäller wechselten Blicke, gossen den Rest Wasser aus der Flasche auf die verglimmende Glut und verschwanden wieder im Wald.

Das Fuhrwerk war ausgeraubt. Aus den zertrümmerten Kisten tropfte immer noch der Wodka auf die Straße, und im Umkreis von zehn Schritten war die Luft von seinem starken berauschenden Duft getränkt.

Das zweite Pferd war nirgends zu sehen. Wahrscheinlich hatten es die Gauner fortgetrieben. Oder es hatte sich verlaufen, das dumme Tier. Doch er würde nicht danach suchen. Nur schnell fort von hier, solange es nicht zu spät war.

»Komm«, sagte er zu der Braunen. »Soll doch alles zum Teufel gehen! Der Wagen und das Geschirr und deine dußlige Schwester!«

Und barfuß und unglücklich, wie er war, führte er das Pferd davon.

Warum, hatte er an jenem klaren schönen Tag gedacht, warum muß ich so leiden? Womit, Herrgott, hab ich mich schuldig gemacht vor dir? Damit, daß ich als Jude geboren wurde und in dieser dreimal verfluchten Spelunke mit Wodka handle? Wer nicht will, braucht ja nicht zu trinken! Schütt ich euch den Schnaps etwa mit Gewalt ins Maul? Ihr sperrt es ja selber auf. Keinen Tag könnt ihr leben ohne das Gebräu. Ach, was heißt Tag – keine Stunde! Ob Feiertag oder nicht, ob ihr Kummer habt oder nicht – Hauptsache, eine Flasche steht auf dem Tisch. Gieß ein, dreckiger Jid, beeil dich! Und der Jid nimmt es nicht übel, nein, nein, mit Übelnehmen läßt sich kein Pfennig verdienen. Der Jid reißt sich fast ein Bein aus und rennt mit dem Tablett zu Jusef, zu Petras, zu Afinogen! Haben sich diese Jusefs, diese Petrasse, diese Afinogens jemals überlegt, warum er, der dreckige Jid, seine Schenke hier eröffnet hat, inmitten dieser Wälder und Sümpfe, und nicht irgendwo am anderen Nemanufer? Weil die Deutschen nicht bis zum Umfallen saufen, sondern nur soviel, um ihre Seele zu erheitern. An den Deutschen läßt sich rein gar nichts verdienen. Eröffne eine Kneipe, und schon am nächsten Tag kommen die Gendarmen und nageln sie kreuzweis mit Brettern wieder zu. Verboten! Der Kaiser erlaubt's nicht. Hier dagegen, hier rührt dich kein Polizeichef und kein Kaiser an! Hier sagt man dir noch Dankeschön, denn es gibt kein besseres Gefängnis als den Wodka. Warum die Leute einsperren, wenn man sie zu ihm schicken kann, zu Josua! »Du bist ein braver Kerl, Mandel, du dienst dem Vaterland, dem Thron!« Solange sie in der Schenke sitzen, solange ihre Augen vernebelt sind, fordern sie *nichts* außer der nächsten Flasche. Der Wodka ist ihr Aufseher und ihr Begleitposten. Klar, süß und bitter zugleich, existiert er für alle Ewigkeit. Auf ihm, dem Guten, ruht der ganze Staat und soll, so Gott will, auch weiterhin darauf ruhen! Schließt den Kolonialwarenladen von Simche Willner, die Drogerie der Gebrüder Spiwak, die Fleischerei von Perelmann, vernagelt sie kreuzweis mit Brettern – nichts wird sich ändern! Eine Schenke ist was anderes! Sie ist von ewiger Dauer, wie Thron und Vaterland! Sollte Josua sterben, wird Semjon hinter der Theke stehen, sollte Semjon abhauen, nimmt Chawa seinen Platz ein, sollte Chawa ins Gras beißen, wird Morta den Ausschank machen, und wenn ihr Morta verbrennt – dann eben das Pferd ... die braune Stute hier, ist doch egal, wer ausschenkt, wenn nur ausgeschenkt wird!

Jener Sommer vor zwei Jahren, jener Schönwettertag hatte Josuas Seele mit ranzigem Holzfeuerqualm verräuchert. Sein Haupthaar war leicht angegraut, nur der Bart blieb blauschwarz wie vordem.

Darüber, daß man ihn beinahe verbrannt hätte, über Jusef, sprach Josua zu niemandem. Was hätte das auch für einen Sinn gehabt? Angenommen, Jusef wäre gefaßt und verurteilt worden, und weiter? War er denn als einziger so? Alle konnte man nicht schnappen und ins Kittchen bringen. Ausposaunen wäre nur die Aufforderung gewesen: Kommt alle auf die Straße, bindet mich an einen Baum, legt Reisigfeuer.

Und trotzdem: Jedesmal, wenn er den Schankraum betrat, glitt Josuas Blick über die Tische hin, und er suchte den, der ihn beinahe in geröstetem Zustand zu den Vorvätern geschickt hätte. Er sah die versoffene Bande an und erschauerte: Alle, alle durch die Bank waren Jusefs!

Mit Hilfe des Polizeichefs kaufte Josua sich ein Gewehr, und wenn er jetzt nach Kowno fuhr, lag es immer unter dem Sitz. Zwar vermochte er nicht damit umzugehen, doch Nesterowitsch tröstete ihn hämisch: »Wenn sie dich nicht umbringen, lernst du es.«

Er konnte natürlich seinen Sohn nach Kowno schikken, doch der war jetzt bettlägerig. Und außerdem: Laß den in die Stadt – der kommt erst nach einer Woche zurück, und das Geld verwendet er nicht fürs Geschäft, sondern für alle möglichen Dummheiten. Er läßt die Pferde auf dem Hof der Schnapsbrennerei stehen und rennt zu den Weibern. Solche Blödiane wie er werden dort in der Wilnoer Straße ausgenommen bis aufs Hemd. Josua hatte ihn schon einmal von dort zurückgeholt. Ausgepeitscht und zurückgeholt – ein Glück noch, daß er sich keine peinliche Krankheit eingefangen hatte.

Blieb noch Morta. Ihr konnte man alles anvertrauen: das Fuhrwerk, die Fracht und sogar die Schenke, sie war ein kluges, fleißiges, akkurates Mädel, am Sabbat und an Feiertagen führte sie selbst das Geschäft, gab alle Einnahmen bis zum letzten Groschen ab, unterschlug nichts. Wäre Morta eine Jüdin, so würde sie auch durchaus zur Schwiegertochter taugen und könnte ihm, Josua, einen Haufen Enkel schenken. Gütiger Gott, warum hast du so viel verschiedene Stämme erfunden? Hat dir nicht einer gereicht – *Menschen*? Gäbe es auf der Welt doch nicht Deutsche und Russen und Litauer und Juden, sondern einfach *Menschen*, sie würden leben und dich lobpreisen, Herr! Muß man, um das zu begreifen, nicht Gott sein, sondern ein Schankwirt?

Josua nahm Morta gern auf seine Fahrten mit, weil er sich mit ihr ruhiger fühlte als mit dem Gewehr. Eine Frau, noch dazu eine Christin, würden sie nicht überfallen, besonders wenn sie sich anzog wie eine Alte. Wer ist schon scharf auf eine Alte. Der Schankwirt vergrub sich dann im Heu, schlummerte beim gleichmäßigen Knarren der Räder ein und erwachte erst daheim im Marktflecken. Morta weckte ihn und sagte:

»Wir sind da, Herr!«

»Gott sei Dank! Gott sei Dank!« murmelte dann der verschlafene Josua.

»Gott sei Dank und auch den Pferden«, sagte Morta, spannte sie aus und tätschelte ihnen den Rist.

Manchmal auf der Rückfahrt erzählte Morta von ihrem Dorf, vom Vater, der überaus stark gewesen war, von den Zwillingsbrüdern Petras und Povilas, die nach den Aposteln Petrus und Paulus benannt waren, und sie fragte Josua über Sibirien aus.

»Wo liegt es?«

»Weit weg«, antwortete der Schankwirt.

»Und wie lange braucht man bis hin?«

»Ich weiß nicht«, wich der Schankwirt aus. »Zu Fuß ist es nicht zu schaffen, und Pferde hast du nicht.«

»Ach, Herr, dann gebt Ihr mir eines Tages Eure. Oder hab ich das nicht verdient in all den Jahren?«

»Doch, doch«, sagte der Schankwirt unruhig. »Aber um dort hinzukommen, genügen zwei nicht, da brauchst du ein Sechsergespann.«

»Mir reichen zwei«, beharrte Morta.

»Nehmen wir an, ich gebe dir meine Mähren, nehmen wir an, du kommst hin – was willst du denn dort machen?«

»Dem Vater helfen ... und den Brüdern.«

»Und wenn sie längst nicht mehr am Leben sind – was dann?«

»Dann helfe ich den Toten.«

»Wie denn das?«

»Ich sterbe bei ihnen. Sonst sterb ich noch in der Schenke und werde irgendwo auf dem Ödland begraben, wie damals die Kuh. Wer braucht denn so eine?«

»Was für eine?«

»Die zu niemandem gehört … Nicht zu uns, nicht zu euch. Dann schon lieber Sibirien.«

Heute fuhr Josua allein heimwärts. Das Fuhrwerk war bis obenhin mit Wodka beladen, die Pferde gingen langsam, dabei sahen sie einander sonderbar an, was sie früher nie getan hatten, und eine dumpfe, heiße Unruhe beschlich Josuas Herz. Er knöpfte sogar den Hemdkragen auf, kratzte sich die behaarte Brust und stellte die Schuhspitze auf das Gewehr. Doch ringsum war es still. Der späte Sommerabend senkte sich träg über den Wald, hellhörig und, wie immer, voller geheimnisvoller Geräusche.

Bis zum Marktflecken waren es noch zehn, fünfzehn Werst. Plötzlich wurde Josua übel, vielleicht vor Aufregung, vielleicht auch vom reichlichen Essen bei Simche Willner. Er ließ die Zügel los, griff sich an den Leib und massierte ihn sinnlos, um die Koliken zu vertreiben. Der Schmerz aber ließ nicht nach, sondern verstärkte sich, griff auf die Leistengegend über, und der Schankwirt rief: »Brrr!«

Er rannte in den Wald, ließ schnell die Hose herunter und hockte sich unter eine zottige Fichte. Hab ich mich am Ende doch bei Semjon angesteckt, dachte er, als er unter sich aufs Moos schaute, auf ein Käferchen, das vom gelben Urinstrahl aufgestört worden war.

Er erinnerte sich, wie er sich vor zwei Jahren im Sommer, vor dem einträglichen Johannistag, ebenfalls im Walde gequält hatte, doch das waren andere Qualen, höhere sozusagen. Damals drohte ihm der Untergang durch jemandes Haß oder Rache, aber diesmal … diesmal durch eine Darmverschlingung im eigenen Körper oder durch die Krankheit, die er sich beim Sohn geholt hatte.

Josua taten schon die Beine weh, aber er gab nicht auf. Unentwegt rauschte über ihm die Fichte. Das war kein einfaches Rauschen der Nadeln, sondern ein ruhiges, schläfriges Raunen, das durch die Rinde zu dringen schien, mitten aus dem Baum.

Josua stand auf, steckte zwei Finger in den Mund und versuchte, sich zu erbrechen.

Doch auch seine Kehle war vor Angst verschlossen.

Angst – vor wem?

Vor dem Wald? Vor der Krankheit? Oder vielleicht vor dem mit der Scheitelkappe, die eine Nadel an den Haaren festhielt? Der war in die Wirtschaft gekommen, und damit hatten die Schrecknisse angefangen: Koliken und Wechselfieber.

Warum hatte Semjon ihn fortgejagt?

Mit Mühe den Schmerz unterdrückend, ging Josua zur Straße zurück, stieg auf und fuhr weiter.

Nur nicht krank werden, Gott behüte! Zu Himmelfahrt ist die Schenke proppenvoll. Zu Himmelfahrt trinken sogar die Frauen. Was sind das für Menschen? Bei ihnen ist sogar der Tod ein Anlaß zum Feiern. Der Tod der Gottesmutter, der Tod Jesu Christi. Was sind das für Menschen?

Fünfzig Jahre hatte Josua mit ihnen Seite an Seite gelebt, und doch verstand er sie nicht, nicht einmal Morta, auch die verstand er nicht. Wer war sie? Eine Närrin? Eine Heilige? Eine Barmherzige? Eine Fuchsschlaue?

Nun kam bald der Marktflecken. Gleich ging es an Miškinė vorüber, und von dort war's nur noch ein Katzensprung bis nach Hause.

Der Schmerz schien nachzulassen.

So muß es auch sein, dachte Josua, je näher bis nach Hause, desto weniger Schmerzen. Chawa wird Sauerampfer aufbrühen, der wird durchschlagen.

Hinter Miškinė dunkelte der Wald von Markus Fradkin. Josua hielt immer an der Kreuzung an oder bog in den Waldweg ein, wo die Holzfäller ihm ein, zwei Kisten Wodka abnahmen. Aber heute würde er nicht abbiegen, heute würde er gleich zum Marktflecken durchfahren, die im Wald konnten warten, oder wenn sie es gar nicht aushielten, würden sie die beiden Andronows in die Schenke schicken, das waren kräftige Kerle, jeder lud sich einen Kasten auf die Schultern, und ab ging's zum Holzschlag. Sowieso setzte Markus Fradkin ihm immer zu: Mußt du meinen Leuten Schnaps geben, Josua, die kommen nur ins Raufen und vertrödeln den ganzen Tag! Markus Fradkin kann nicht genug kriegen, für ihn sollen sie schuften und schuften, er hat kein Gewissen. Er sollte froh sein, daß sie trinken, wenn sie auch einen Baum weniger fällen, dafür lassen sie wenigstens ihn in Ruh. Wenn das Gehirn pennt, pennt auch die Axt. So ist das nämlich, mein lieber Herr Fradkin! Und der hält sich noch für klug.

Josua hatte Miškinė noch nicht passiert und war noch nicht auf dem Krähenweg angelangt, als es im Fichtengehölz knackte und rumorte, als sei ein Wildschwein aufgescheucht worden, und den Schankwirt schüttelte heißer Schreck. Schnell ließ er die Zügel fahren und zog das Gewehr unterm Sitz hervor. Weil er es nicht gewohnt war oder vielleicht auch vor Angst – Josua schaffte es einfach nicht, das Gewehr anzulegen, immer rutschte es ihm wieder von der Schulter ab, und seine Hände zitterten leicht, und sein Mund war trocken, und die Kehle wurde ihm eng, nicht mal das dünne Bächlein eines Gebets, schien ihm, konnte da durchsickern, aber es sikkerte durch, tröpfchenweise. Wie oft schon hatte ein Gebet Josua errettet, vielleicht würde es ihn auch diesmal vor dem Unglück schützen.

Die Pferde gingen ruhig, ihre Köpfe raschelten leise in der Dämmerung, wie Baumwipfel.

Josua betete, dabei lauschte er auf jeden Ton, jedes Geräusch, und als das Knacken im Fichtengehölz verstummte, stellte er das Gewehr zwischen seine Beine und stützte sich auf den Kolben wie auf einen Stock.

Doch plötzlich scheuten die Pferde zur Seite, und den Schankwirt überflutete abermals eine Schreckwelle, nur noch heißer als vorhin. Er legte das Gewehr an und sagte, ohne zu wissen, zu wem: »Nicht näher kommen. Oder ich schieße.«

»Schieß«, erklang es in der Stille. »Mich kann sowieso niemand töten.«

Josua atmete auf. An der Stimme hatte er den Landstreicher erkannt, der vor zwei Wochen in der Schenke mit Semjon Streit gehabt hatte.

»Töten kann man jeden«, brummelte Josua friedfertig, und er spürte, wie alles ringsum wieder seine Ursprünglichkeit und seinen Namen erlangte: der Wald, der Krähenweg, die friedlichen Pferdeköpfe.

»Töten kann man jeden«, wiederholte er geradezu heiter, leicht und jugendlich durchatmend.

»Ich bin aber nicht jeder«, sagte der Mann mit der Scheitelkappe und ging weiter neben dem Fuhrwerk her.

»Jeder von uns ist jeder«, knurrte Josua und schielte zu dem Fremden hinüber. Er begriff nicht, woher zu solch später und nicht ungefährlicher Stunde auf dem Krähenweg dieser sonderbare Jude auftauchte, der sich im Wald herumtrieb wie ein entflohener Sträfling.

»Nehmt ihr mich mit bis zu Rachmiels Getreidedarre?« fragte der Mann mit der Kappe und streichelte im Gehen das eine der Pferde.

»Fragen mußt du nicht die Pferde, sondern den Herrn«, sagte Josua und gab sich gekränkt.

»Wenn man wird vorspannen den Herrn, werde ich ihn auch fragen«, erwiderte der Landstreicher und lachte.

»Du gefällst mir«, murmelte der Schankwirt. »Sitz auf.«

Die Dämmerung verdichtete sich noch mehr. Irgendwo ging das erste Licht an, zaghaft, beinahe unwirklich. Es blinzelte wie ein krankes Auge, und sein Blinzeln flackerte und schien der Dunkelheit spotten zu wollen, die das Fuhrwerk umgab.

Der Mann mit der Scheitelkappe stieg in den Wagen, setzte sich hinter den Schankwirt und starrte auf dessen breiten Rücken, der grau war wie der Krähenweg, nur nicht von Bäumen gesäumt.

Josua spürte den Blick, kratzte sich den Rücken und schwieg, der unerwartete Begleiter machte ihn verlegen.

»Es wird erzählt, ein Jude soll geschossen haben auf

den Gouverneur«, flüsterte Josua verschwörerisch und erschrak vor seiner eigenen Stimme. »Die Fahndung soll schon laufen.«

Der Fremde schwieg.

»Um Gouverneure ist es mir nicht leid, aber warum müssen wir auf sie schießen?« fuhr der Schankwirt fort, wobei er eine Prise Vorsicht in seinen befriedigten Ton mischte. »Patronen bringen uns kein Glück.«

»Tscherwonzen auch nicht«, warf der Mann mit der Scheitelkappe ein und hüllte sich wieder in Schweigen.

»Lieber Tscherwonzen als Patronen«, sagte Josua eifrig, froh um die Antwort. »Mit Tscherwonzen kannst du, vom Gouverneur ganz zu schweigen, den Herrn Imperator selber erreichen. Und davon haben den Nutzen wir und auch die Mächtigen.«

»Kann man sich denn loskaufen vom Haß?«

»Wenigstens von den Pogromen loskaufen ... vom Tod. Sollen sie uns hassen und verachten, nur wenigstens am Leben lassen.«

»Wozu leben, wenn ringsum Haß und Verachtung ist?«

»Wozu? Um bessere Zeiten zu erleben.«

»Die Zeiten ändern sich nicht ... Jedenfalls nicht für die Juden. Was ist mit dir, du kratzt dich immerzu.«

»Flöhe«, log Josua.

»Ist es nicht die Angst, die dich zwickt?« fragte der Mann mit der Scheitelkappe unumwunden.

»Die Angst? Vor wem, kannst du mir sagen, sollte ich mich fürchten? Vor dir?«

»Zum Beispiel«, sagte der Landstreicher schlicht.

»Wieso vor dir? Du bist doch genauso ein Jude wie ich.«

Josua hörte auf, sich den Rücken zu kratzen, und verstummte. Zu beiden Seiten des Krähenweges trat der Wald dicht an das Fuhrwerk heran. Die Bäume ähnelten schwarzbärtigen Witwern. Sie rührten sich nicht, und ihr bewegungsloses dichtes Dunkel strahlte ewige Ruhe aus, Nichtsein und eine Mischung von Gnade und Verdammnis. Und dieser sonderbare Jude, der hinter Josua saß, wirkte ebenfalls wie ein Baum – ein schwarzer trauernder Baum. Solange wir leben, sind wir alle Trauerbäume, erinnerte sich Josua eines Ausspruchs von Rabbi Uri. Zu dem einen früher, zu dem anderen später kommt der große Holzfäller – und aus ist es. Vor ihm bewahren dich kein Gewehr, kein Gebet und auch keine Tscherwonzen.

»Warum hast du so eine komische Scheitelkappe?« fragte der Schankwirt und wandte sich zum erstenmal um.

»Komisch? Eine ganz normale Kappe«, erklärte sein Weggefährte gleichmütig.

»Und die Nadel?«

»Das einzige, was von meiner Mutter geblieben ist.«

»Ist sie schon lange tot?«

»Schon lange. Betrunkene haben sie umgebracht. Mit dieser Nadel hat meine Mutter an ihrem Hemd ein Läppchen mit Geld festgesteckt. Ein Silberrubel und einer aus Papier ... An dieser Nadel ist das Blut bis heute noch nicht getrocknet. Und wird auch nicht trocknen. Das Blut der Mutter trocknet nie. Niemals.«

»In der Tasche wär sie sicherer«, sagte Josua, er war gerührt.

»Sicherer schon. Aber wer trägt denn ein Andenken in der Tasche?«

Dieser Landstreicher, dachte Josua, ist kein Dummer. Kein Anlaß, sich mit ihm zu streiten. Ein gezähmter Wolf dient gut als treuer Hund.

Die Pferde witterten die Nähe des Stalles, sie trabten flotter, und die Dämmerung umstrich ihre Flanken, an denen die Rippenbogen hervortraten, mit schmeichelnder, von Gott gesandter Kühle. Nicht von ungefähr hatte der Herrgott das Pferd und den Menschen am selben Tage geschaffen.

Wenn Josua jemals in seinem Leben mit jemandem glücklich gewesen war, dann mit ihnen, mit seinen Pferden, besonders mit der braunen Stute. Deshalb wahrscheinlich war er auch gern unterwegs. Da lief mal ein Hase vorüber, flatterte ein Vogel auf, rauschte eine Espe am Wegrand, und ihm wurde ums Herz leicht und hell, das war etwas anderes als in der Schenke und sogar als in der Synagoge. Am liebsten immerzu fahren und fahren und niemals die Pferde ausspannen, niemandes Schwelle überschreiten, weder die eigene noch eine fremde, denn dort, jenseits der Schwelle, war alles eitel und Haschen nach Wind, dort lauerten ewige Qualen.

»Was suchst du in unserer Gegend?« fragte der Schankwirt, kühner geworden. »Warum bist du fort von zu Hause?«

»Was ich suche?« Der Mann mit der Scheitelkappe ließ sich die Frage auf der Zunge zergehen, dachte nach, lauschte dem Klappern der Pferdehufe und antwortete schließlich: »Mamas silbernen Rubel such ich. Hast du ihn nicht zufällig gesehen?«

»Wo?«

»In deinen Einnahmen.«

»Nein«, sagte Josua mit unangemessener Bestimmtheit. »Alle möglichen Münzen habe ich eingenommen, silberne und manchmal auch goldene ... Aber die von deiner Mutter – nein.«

»Woher willst du das wissen?«

»Ein solcher Rubel verbrennt einem die Hand.«

»Wahrhaftig?«

»Bei Gott. Davon hat man am nächsten Morgen eine Brandblase.«

»Und doch werde ich ihn finden.«

»Nehmen wir an, du findest ihn. Und weiter? Die Mutter kannst du nicht zurückkaufen mit einem Rubel.«

»Wenn ich ihn nicht finde auf der Erde, werde ich suchen am Himmel.« Der Mann mit der Scheitelkappe hob den Kopf. »Siehst du den Stern dort oben?«

»Ja«, hauchte der Schankwirt betroffen.

»Das ist der Silberrubel von irgendeiner Mutter«, versicherte der Landstreicher. »Er ist dort hingerollt und leuchtet.«

»Wie kann er dort hingerollt sein?« Der Schankwirt war verblüfft.

»Ganz einfach«, erklärte der Mann mit der Kappe. »Alle kommen dorthin. Alle.«

»Die Rubel?«

»Alle unsere Mütter, Väter, Kinder. Und auch die Rubel. Nur: nicht alle werden leuchten als Sterne.«

»Warum nicht?«

»Wer als Stern aufgehen will, der muß vorher sein Blut vergießen.«

»Sprich weiter«, bat der Schankwirt, als der Mann mit der Kappe abbrach. »Von deinen Worten wird mir leicht und bang zugleich. Sprich weiter!«

»Für heute mag es genügen«, sagte der Landstreicher müde. »Da ist ja auch die Darre von Rachmiel.«

Er hat etwas zu verbergen, dachte Josua, und das Geheimnis brachte ihm diesen Sonderling, diesen faszinierenden Juden, näher. Jeder Mensch hat ein Geheimnis. Ich habe auch eines, grübelte der Schankwirt, während er angestrengt in die Finsternis schaute, auf die herabhängenden Pferdeschwänze, die ebenfalls ein undurchdringliches Geheimnis waren – oder haben die Pferde sie nur, um Bremsen abzuwehren?

»Hör zu«, sagte Josua, durch die Abenddämmerung weich gestimmt, »brauchst du vielleicht irgendwas?«

»Nichts brauche ich«, murmelte der Mann mit der Scheitelkappe.

»Nur ein Toter braucht nichts.« Der Schankwirt war gekränkt. »Genier dich nicht ... sag es! Wenn du willst, gehen wir morgen ins Dampfbad, uns waschen, ein bißchen schwitzen, danach zum Haareschneiden zu Berschtanski. Ich meine es wirklich gut. Du mußt nicht denken ... Ich habe auch schon allerhand durchgemacht, bin weit herumgekommen, herumgestrolcht ... In fremden abgetragenen Kleidern bin ich gegangen bis zu meinem dreizehnten Jahr. Vielleicht, wer weiß, werde auch ich eines Tages mein Blut vergießen, wie du gesagt hast. Im vorvorigen Sommer wäre ich beinahe verbrannt worden.

Sie haben mich gebunden an einen Baum und haben ein Feuer angezündet. Ich bin ganz furchtbar erschrocken. Dabei gibt es eigentlich gar nichts zu erschrecken. Ich brenne schon lange ... Und mein Sohn brennt auch. Und Chawa, meine Frau ... und das Mädel ... Sogar die Pferde riechen schon nach Rauch. Komm mit zu mir. Rachmiel hat ja nicht mal ein ordentliches Bett. Hab keine Angst vor meinem Sohn. Er ist nicht schlecht ... unglücklich ist er. Ich werde für dich auch eine Arbeit finden. Hörst du überhaupt zu?«

»Ja.«

»Du hörst mir zu und glaubst mir nicht. Wieso, denkst du, liegt der Schankwirt Josua, der durchtriebene Kerl, vor mir im Staub ... spielt den Edelmütigen. Ich will es dir erklären ... gleich werd ich's dir erklären.«

In der Dämmerung tauchte das Dach von Rachmiels Korndarre auf.

»Halt an«, bat der Mann mit der Scheitelkappe.

»Warte! Ich will dir gleich erklären ...«

Doch der Weggefährte sprang ab und schritt rasch auf die Korndarre zu.

Josua sah ihm lange nach, und als der andere im Birkenwäldchen verschwunden war, redete er dumpf, voll versteckter Kränkung, auf die braune Stute ein: »Keiner glaubt keinem! Mein Gott! Warum hast du nicht mich vor das Fuhrwerk gespannt? Ich würde traben von Weißfelds Schnapsbrennerei bis nach Hause und würde dich preisen dafür, daß du mich nicht als einen Menschen geschaffen hast! Wer braucht einen Menschen? Ein Pferd, ein zweibeiniges Pferd ... einen Silberrubel unter den Einnahmen ... ein Geheimnis, das allen zum Halse heraushängt! Hüü! Hüü!«

6

Als vom Kreispolizeichef ein Schreiben mit Wappensiegel kam, betreffend die sofortige Fahndung nach dem Staatsverbrecher, der auf Seine Exzellenz den Vizegouverneur einen Anschlag verübt hatte, war der Polizeichef des Marktfleckens, Ardaljon Ignatjewitsch Nesterowitsch, gerade im Garten, wo er mit seinem neunjährigen Sohn Iwan, dem er den Kosenamen Iwan der Schreckliche gegeben hatte, und mit der siebenjährigen Tochter Jekaterina, so genannt zu Ehren der ruhmreichen Zarin, die reifen Erdbeeren erntete. Es waren viele Erdbeeren, und die Beete leuchteten rot in der Sonne, die stärker brannte als gewöhnlich in dieser Jahreszeit.

»Iwan, weniger in den Mund, mehr ins Körbchen«, tadelte Nesterowitsch den Sohn. »Und du, Katenka, sei vorsichtiger! Die Beeren mögen es, wie Kinder auch, wenn man mit ihnen sanft umgeht, behutsam.«

Der Polizist trug eine alte Hose mit Hosenträgern, auf seinem Kopf saß eine Tübetejka (vor der Versetzung nach Litauen hatte Ardaljon Nesterowitsch an der persischen Grenze gedient), seine Füße steckten in leichten geflochtenen Bastschuhen. Gleichmäßig, militärisch beugte und streckte er den breiten, wie eine Eichentür kräftigen Rücken, blinzelte gegen die Sonne, ächzte ein wenig und betrachtete aus den Augenwinkeln seine Kinder.

»Ardascha, ein Bote vom Kreis will dich sprechen«, teilte die Polizistenfrau Lukerja ihrem Mann mit und wischte sich die klebrigen Hände an der Schürze ab. »Die Konfitüre kocht mir über … Zieh dich schnell um!«

Während Nesterowitsch seine Uniform anzog, sah sich der Bote, ein untersetzter Blonder mit plattgedrückter Nase, gründlich um. Ein Haus mit Obergeschoß, wenn auch nicht aus Stein, so doch solide gebaut, blitzblanke Fenster mit gestrichenen Rahmen, die Vortreppe hoch wie ein Thron, das Dach nicht mit Schindeln, sondern mit Blech gedeckt, ein Aborthäuschen mit akkurat herausgesägtem Herzchen, ein weit offenstehender Stall. Über den Hof spazierten Hühner, manierlich wie gemusterte Rekruten. Auf dem Zaun saß in strammer Aufpasserpose ein breitflügeliger Hahn mit grellrotem Kamm. Der Kamm funkelte wie eine riesige Erdbeere. Ein Stück vom Haus entfernt bogen sich Apfelbäume unter der Last ihrer Früchte.

Nesterowitsch hatte sich umgezogen, er öffnete die Depesche, las sie von vorn bis hinten und von hinten bis vorn, genoß geradezu die schwungvolle Unterschrift seines Vorgesetzten, bat dann den Boten in den Garten, und als der auf der Bank unter einem Apfelbaum Platz genommen hatte, sagte er: »Die lassen Rußland keine Ruhe!«

»Eben, eben«, erwiderte der Bote und schielte nach den grünen Äpfeln, die über seinem Lockenkopf hingen.

Lautlos kam Lukerja herbei, sie stellte auf den Tisch eine Flasche Wodka, schwere silberne Trinkbecher, eine Schale mit Salzgurken, Brot und kleingeschnittenen Schinken. Ebenso lautlos ging sie wieder.

Nesterowitsch schenkte ein, spannte sich wie vor einem Sprung und sagte: »Wir machen den Hundesohn ausfindig und überstellen ihn dem Kreis heil und lebendig.«

»Oder wenigstens tot«, bemerkte der Bote gleichmütig, leerte seinen Becher und biß schnurpsend in eine Gurke.

»Nicht doch, Väterchen! Was nützt ein Toter?«

»Und ein Lebender?«

»Einen Lebenden kann man vor aller Augen aufhängen.«

»Mit einem Lebenden gibt's Scherereien«, beharrte der Bote. »Wenn man einen von uns aufhängt, halten alle die Klappe, aber einen von ihnen – gleich geht ein Heidengeschrei los. Oi, oi«, ahmte er nach, »sie treten uns mit Füßen, sie rotten uns aus... Ich kenne sie aus dem Effeff, tu meinen Dienst vom ersten Tag an im Judengebiet.«

»Er entgeht uns nicht, der Hundesohn, er entgeht uns nicht«, sagte Nesterowitsch, der allmählich betrunken wurde, und plötzlich rief er: »Iwan, Katerina! Bringt mal den Korb her!«

Die Kinder brachten die Erdbeeren.

»Lang zu«, forderte er den Boten auf. »Frisch vom Beet. Macht euch bekannt. Mein Sohn Iwan. Die Kleine ist Jekaterina.«

»Andrej Andrejew.«

»Meine fleißigen Gehilfen«, prahlte Nesterowitsch. »Hört zu, Kinder«, wandte er sich an Sohn und Tochter, »ein Jud hat auf Seine Exzellenz geschossen.«

Iwan und Jekaterina schwiegen verwirrt und blickten abwechselnd auf den Vater, auf den Boten, auf ihre Schuhe.

»Nun, Kinder, wollen wir den Juden suchen?«

Die Kinder wurden noch verlegener.

»Ziert euch nicht so, zum Teufel. Wollen wir?«

»Ja«, quetschte Iwan hervor.

»Prima! Und du, Katjuscha?«

»Ich kann nicht«, stammelte die Tochter des Polizisten. »Ich hab Mama versprochen ... beim Einkochen zu helfen. Wanjuscha kann mit suchen.«

»Wir kochen Konfitüre, und den Juden fangen wir auch«, sagte Nesterowitsch beinahe feierlich und schlug seine gelben Zähne in ein zähes Schinkenstück. »Gut?«

»Gut«, gab nun auch Jekaterina nach.

Die Kinder standen noch ein Weilchen neben dem Tisch, dann nahmen sie den halbleeren Korb und gingen bedrückt zum Beet zurück. Laut krähte auf dem Zaun der Hahn, und die Hühner beantworteten sein Krähen mit aufgeregtem und dankbarem Gegacker. Im Geäst des Apfelbaumes brummte eine verirrte Hummel, ihr Gebrumm ärgerte den Boten. Er durchbohrte sie mit Blikken, die Hummel aber summte ungestraft weiter, sie stritt wohl mit dem Apfelbaum.

Nesterowitsch erkundigte sich nach dem Befinden seiner Exzellenz des Vizegouverneurs, und als er hörte, sein Zustand sei nicht besorgniserregend (die Kugel war durch die rechte Schulter gedrungen, hatte aber die Lunge nicht gestreift), verabschiedete er den Boten.

Er begleitete ihn bis zur Landstraße, gab ihm noch ein Körbchen Erdbeeren mit, hörte sich zerstreut die beschwipsten Dankesworte an und wandte sich dann heimwärts, ebenfalls beschwipst und zudem erschöpft von Hitze und Diensteifer.

Der hätte auch warten können, dieser Lump, dieser räudige Jid, bis zum Winter, wenn es weder Beeren noch Pilze gibt und man sich den ganzen kurzen Tag damit befassen kann, durch den Ort zu gehen und die Judenfratzen zu studieren: Ist er's oder nicht. Aber nein, ausgerechnet jetzt, wo es im Garten alle Hände voll zu tun gab, wo jeden Tag die Braune kalben konnte, wo er, Nesterowitsch, das Stalldach neu decken wollte (Markus Fradkin hatte ihm schon längst die zurechtgesägten Bretter bringen lassen), ausgerechnet jetzt mußte er alles stehen- und liegenlassen und mußte herumhetzen, schnüffeln, fahnden. Seine Exzellenz war am Leben, Gott sei Dank, er würde ein paar Wochen bettlägerig sein und sich wieder aufrappeln. War es wirklich so dringend, wie in der Depesche stand, nach diesem Jankel oder Moische zu fahnden? Nichts würde passieren, wenn man den erst in einem halben Jahr aufhängen würde ... oder in einem Jahr. Der Thron würde deshalb nicht wanken. Der Thron würde ganz gewiß nicht wanken, aber er, Nesterowitsch, konnte nun keine Pilze für den Winter einsalzen und trocknen, und das Stalldach würde weiterhin leck bleiben.

Außerdem schämte sich Nesterowitsch vor seinen Kindern. Ein albernes Spiel hatte er mit ihnen gespielt, er müßte sich glatt entschuldigen. Das fehlte noch, daß sie zu Spürhunden würden, Jagd auf Menschen machten, für sie waren alle gleich, ob Jude oder Litauer, Bärte trugen die einen wie die anderen, manchmal konnte er sie selbst nicht unterscheiden. Tja, wenn man solch niedrigen Dienstrang innehatte, konnte man seine Untertänigkeitsbeweise leicht übertreiben. Nun kommt der Bote zum Kreis zurück und berichtet dem dortigen Polizeichef: »Der Landpolizist Nesterowitsch bezieht sogar seine Kinder in die Fahndung ein ... Gemeinsam wollen sie den Juden fangen!« Pustekuchen! Wen immer er in diese Sache verwickeln würde, doch niemals seine Kinder! Sonst müßte er sich später bittere Vorwürfe machen. Wenn dieser Jankel oder Moische auf den Vizegouverneur schoß und den Galgen nicht fürchtete, dann käme es ihm auf eine Patrone für Wanja und Katjuscha erst recht nicht an. So wertvoll ein Lob vom Kreispolizeichef auch sein mag, die Kinder sind wertvoller. Sie bekommen hier ohnehin nichts von der Welt zu sehen, die Ärmsten. Wenn sie mal zu Mariä Schutz und Fürbitte in die Stadt fahren, sind sie schon glücklich – haben den Geistlichen in der Kirche gesehen, mit ihresgleichen in der Kirchenvorhalle gespielt, ihre Muttersprache gehört. Er hat aber auch ein seltenes Glück! Fünf Jahre im Kaukasus Dienst gemacht, da bricht man sich die Zunge, ehe man den Namen eines Dorfes ausgesprochen hat, und jeden Tag gibt es Schießerei, Verfolgungsjagden. Kaum ist man zu Hause und fällt ins Bett, kaum hat man die Beine ausgestreckt, schon heißt es wieder zum Gewehr greifen, wieder durch Berge und Schluchten rasen. Als er hierher versetzt wurde, hatte er gedacht: Eine verlassene Gegend, ruhig, Wälder und Sümpfe, jetzt werde ich leben wie ein Mensch; er gründete eine Familie, Lukerja brachte den Sohn zur Welt, Iwan, zwei Jahre später dann Katjuscha, im Marktflecken leben bloß Juden, die stinken zwar nach Knoblauch, aber immerhin sind es keine Bergbewohner, und Knoblauch ist was anderes als Gewehrkugeln, man rümpft die Nase, aber man stirbt nicht davon. Die Litauer haben sich in ihren Gehöften verkrochen wie die Maulwürfe, sie säen und pflügen, sie mucken nicht auf. Einmal hatten sie es versucht, im Jahre dreiundsechzig, doch gegen den Grafen Murawjow kamen sie nicht an, sie wurden schnell in ihre Schranken verwiesen. Nun hätte man zufrieden leben können, Pilze einsalzen, Sauerkohl ansetzen, Konfitüre kochen – aber nein, ewig wird etwas verlangt, ewig will jemand was, den einen soll man Gleichheit verschaffen, für die anderen Schulen eröffnen, und wo soll der gnädige Zar Gleichheit und Schulen für alle hernehmen? Dagegen die Deutschen, auf deren Territorium leben auch alle möglichen Völkerschaften, und trotzdem ist alles deutsch: deutsche Gleichheit, deutsche Schulen. Und keiner rebelliert, keiner schießt auf Vizegouverneure, keiner treibt sich im Wald herum.

Hier dachte Nesterowitsch auf einmal an den Schankwirtssohn. Der würde ihm helfen! Der picklige Semjon kannte alle Juden, alle durch die Bank: vom letzten Bettler bis zu Markus Fradkin. Er war ein liederlicher, fauler Bursche, aber pfiffig. Nesterowitsch war schon früher bei ihm gewesen, doch damals war der picklige Semjon einer Antwort ausgewichen, hatte weder »ja« noch »nein« gesagt.

»Ins Wirtshaus, Ardaljon, ins Wirtshaus«, sagte der Polizist laut und beschleunigte seinen Schritt. Da er keine Möglichkeit hatte, ein Regiment oder eine Kompanie oder wenigstens eine Gruppe zu kommandieren, gab Nesterowitsch, besonders in angetrunkenem Zustand, sich selbst Befehle, und in solchen Augenblicken fühlte er sich nicht als unterer Dienstgrad der Kreispolizei, sondern mindestens als Feldmarschall.

»Ins Wirtshaus!«

Der picklige Semjon konnte schon aufstehen, doch er war schwach, sein Gesicht abgemagert, die Nase wirkte spitzer.

»Immer noch krank?« fragte Nesterowitsch und umfaßte mit beiden Händen den geschnitzten Bettgiebel.

»Immer noch«, antwortete Semjon mürrisch.

»An solchen Tagen ist es eine Sünde, im Bett zu liegen«, brummte der Polizist. »Jedenfalls allein.« Und er lachte.

»Wollen Sie etwas trinken?«

»Nein. Da war ein Bote vom Kreis bei mir ... wir haben zusammen ein Fläschchen geleert.«

»Sie hätten warten sollen, bis ich gesund bin«, sagte der picklige Semjon gedämpft.

»Wenn es nach mir ginge, Semjon Josujewitsch«, der Polizeichef nannte den Wirtssohn sogar beim Vatersnamen, »aber die Sache eilt. Wie ich bereits sagte, ein Bote vom Kreis ist gekommen, hat eine Depesche gebracht ... Ein Anschlag auf den Vizegouverneur von Wilno ... Im gesamten Nordwestbezirk ist Fahndung angeordnet.«

»Was habe ich damit zu tun?« Der picklige Semjon spielte den Gleichgültigen. »Ich habe ja nicht auf ihn geschossen.«

»Einer von euch hat geschossen.«

»Na und?«

»Und da hab ich gedacht, Semjon Josujewitsch: Einer aus den eigenen Reihen kann ihn leichter schnappen.«

»Leichter schnappen, aber auch leichter laufen lassen«, stichelte der Wirtssohn.

»Wenn der aus den eigenen Reihen *unser Mann* ist, wird er ihn nicht laufen lassen«, entgegnete Nesterowitsch scharf. »Ich denke, wir waren uns schon einig?«

»Wir wollten uns irgendwie einigen«, berichtigte der picklige Semjon.

»Es ist auch eine Belohnung für ihn ausgesetzt«, lenkte Nesterowitsch ein. »Fünfhundert goldene ...«

»Die Juden sind im Preis gestiegen«, murmelte der Wirtssohn. »Früher gab es für sie nicht mehr als einen Hunderter. Was ist eigentlich mit Seiner Exzellenz? Tot?«

»Verwundet.«

»Tut mir leid.«

»Was?«

Jetzt hab ich dir's gegeben, Suffkopp, dachte der picklige Semjon.

»Und wie wollen wir teilen? Die Hälfte für mich, die Hälfte für Sie? Ja?«

»Mir genügt auch ein Viertel«, erwiderte Nesterowitsch ernsthaft und war von seiner eigenen Großzügigkeit fasziniert.

»Ist das nicht zuviel?« zischte der picklige Semjon verächtlich.

»Wir werden schon sehen.« Den Polizisten schauderte. »Nur hilf mir, sperr Augen und Ohren auf.«

»Gar nicht so leicht, wenn Sie hier sind! Was kommen Sie auch am hellichten Tage her?«

»Es könnte doch wegen Wodka sein.«

»Einen Juden kann man einfangen, aber nicht übers Ohr hauen. Unser Ort ist klein ... Nichts läßt sich verheimlichen ...«

Der picklige Semjon spielte mit ihm wie die Katze mit der Maus, und dieses Spiel bereitete ihm ein seltsames, beinahe quälendes Vergnügen. Er hatte ein unvergleichliches Gefühl – es war, als teile und verdopple er sich, als wüchse ihm eine zweite Haut, dick und unverwundbar, hinter der, wie hinter einem Festungswall, erst der wahre Semjon Mandel anfing.

»Kommen Sie nicht mehr bei Tageslicht zu mir.«

»Zu Befehl«, entfuhr es Nesterowitsch, und er sah den Wirtssohn verdutzt an.

»Sind Kennzeichen angegeben?« fragte der picklige Semjon ungeduldig und blickte sich nach der Tür um – stand dort nicht etwa Morta und lauschte?

»Jawohl.«

»Reden Sie, und zwar schnell! Unser Gespräch dauert sowieso schon zu lange.«

»Sofort, Semjon Josujewitsch. Sofort ... Lassen Sie mich nur überlegen. Schade, daß ich die Depesche nicht bei mir habe. Dort ist alles aufgeführt. Mittelgroß ... von schwächlicher Konstitution ... trägt einen Bart.«

»Kein Wort von einer Scheitelkappe mit Nadel?«

»Von einer Scheitelkappe mit Nadel – nein.«

»Nun, mit diesen Kennzeichen könnte man jeden am Schlafittchen packen. Denken Sie nach – waren keine besonderen dabei?«

»Nein. Aber warum hast du nach einer Scheitelkappe mit Nadel gefragt, Semjon Josujewitsch?« Nesterowitsch wurde hellhörig.

»Nur so.«

»Lüg nicht. Du fragst nicht von ungefähr. Laß uns offen reden, Bruder, ehrlich. Du weißt doch: auch auf Hehlerei steht Zuchthaus.«

»Es war so einer in der Wirtschaft.«

»Mit Bart?«

»Mit Bart und auch mickrig gebaut. Nur, wie ein Mörder sah er nicht aus.«

»Wann war das?«

»Vor meiner Krankheit … vor zwei Wochen ungefähr. Ich hatte noch Streit mit ihm. Er sitzt in der Ecke, beobachtet alle und trinkt nicht. Ich geh einmal zu ihm hin, noch einmal. ›Soll ich dir einschenken?‹ frag ich. Und er: ›Mir ist schon eingeschenkt, siehst du denn nicht?‹ Ich gucke – kein Becher auf dem Tisch, kein Glas. Ich frage: ›Was denn eingeschenkt?‹ Da antwortet er mir: ›Von unserem Leid! Ein ganzer Kelch voll! Setz dich, laß uns gemeinsam trinken!‹«

»Und?« drängte Nesterowitsch. »Was war weiter?«

»Weiter? Ich hab ihn rausgejagt.«

»Das hättest du nicht tun sollen«, erzürnte sich der Polizist. »Du hättest mit diesem Menschen zusammensitzen sollen, hättest mit ihm kosten sollen von diesem – wie hat er gesagt? – ›von unserem Leid‹ …«

»Seinetwegen bin ich auch krank geworden.«

»Seinetwegen?« Nesterowitsch riß die farblosen Augen auf.

»Er hat mich verflucht. ›Das Fieber‹, hat er gesagt, ›soll dich schütteln!‹ Zwei Wochen lang hat es mich geschüttelt, ich bin immer noch nicht wieder richtig auf dem Posten … Beine wie aus Watte … sie knicken bei jedem Schritt ein.«

»Und wo ist er jetzt?«

»Keine Ahnung. Er treibt sich wahrscheinlich in der Gegend rum. Wo soll er denn hin?«

»Seltsam, sehr seltsam«, sagte Nesterowitsch gedehnt. »Du sagst, er sieht nicht aus wie ein Mörder. Aber ich, wenn ich Stiefel und Uniform nicht anhabe, sehe doch auch nicht aus ...«

»Wie ein Mörder?«

»Mach deine Scherze, Semjon Josujewitsch, aber vergiß dich nicht. Du weißt genau: Ich lasse auf eure Rasse nichts kommen. Ich habe noch keinem von euch was getan ... obwohl Seine Wohlgeboren der Kreispolizeichef Nuikin und sogar der Geistliche in der Kirche immer sagen, daß ihr alle unter einer Decke steckt ... daß ihr, wenn man euch freie Hand ließe, ganz Rußland vereinnahmen und für gute Prozente an den Deutschen verpachten würdet, aber ich bleibe bei meiner Meinung. Menschen, sag ich, sind Menschen, man müßte nur einen Befehl erlassen und alle taufen und die Getauften, solche wie die Litauer, zum griechisch-orthodoxen Glauben bekehren, dann würde Ordnung herrschen und auch Ruhe.«

»Nanu, schießen etwa Getaufte ... Orthodoxe nicht auf Vizegouverneure?«

»Schießen tun sie schon, aber eine eigene Kugel ist keine fremde, und eine fremde ist wie ein Schrapnell, die ballert in alle vier Himmelsrichtungen.«

An die Zimmertür wurde geklopft, und der picklige Semjon sagte: »Komm rein, Morta, komm rein!«

Sie steckte den Kopf durch die Tür und fragte: »Möchtet Ihr essen?«

»Ja«, erwiderte Semjon.

»Soll ich auch für den Herrn Polizeichef etwas bringen?« erkundigte sich Morta.

»Vielen Dank«, entgegnete Nesterowitsch und verbeugte sich scherzhaft.

Doch Morta ging noch nicht.

»Ich esse allein«, sagte der picklige Semjon, und sie verschwand.

»Also, Semjon Josujewitsch, abgemacht?«

»Wir reden noch mal, wenn ich gesund bin.«

»Warum hinausschieben? Ich schlage doch nichts Unehrenhaftes vor. Ist es etwa unehrenhaft, dem Vaterland zu dienen?«

»Ich habe kein Vaterland«, sagte Semjon leise.

»Wieso nicht?«

»Ich habe eben keins ... Die Schenke, das ist noch kein Vaterland.«

»Aber alles ringsum ... alles, außer der Schenke, die Erde, der Wald, die Felder ...«

»Ich würde gern vor dem Essen beten«, sagte der picklige Semjon. »Es sind schon zwei Wochen, daß ich nicht mehr gebetet habe.«

»Dann bete«, gab Nesterowitsch nach. »Nur paß auf, wenn du auf Gott vertraust, daß du selbst keinen Fehler begehst.«

Er schaute auf einmal grimmig drein, biß sich auf die wundroten Lippen und schickte sich zum Fortgehen an.

»Wenn ich etwas in Erfahrung bringe, gebe ich Bescheid. Nur kommen Sie nicht wieder her.«

»Hilf den Kerl finden, und alle fünfhundert gehören dir ... Ehrenwort. Oder denkst du, ein Landpolizist hat weder Ehre noch Gewissen?«

»Wenn ich an Gott denke, kann ich nicht über Polizisten nachdenken«, sagte der picklige Semjon und sah sich um. Doch Nesterowitsch war schon nicht mehr im Zimmer.

Der Wirtssohn ging zur Ostwand und begann, das Tagesgebet zu flüstern. Er betete nicht, weil er an Gott glaubte, sondern weil es ihn nach anderen Worten verlangte, weniger banalen als »Vizegouverneur«, »Gold«, »Bett« oder »Essen«. Gewiß, die Worte des Gebets waren ihm ebenso vertraut, doch in ihnen schwang noch ein anderer, jenseitiger Sinn mit, der ihm wohltat und ihn gefangennahm. Das einzige, was ihn immer störte, war die Wand, die stumme, demütig schweigende Wand. Sie erhob sich vor ihm sowohl daheim als auch in der Synagoge, und sogar der Himmel, wo der Herrgott wohnte, war für ihn nichts anderes als eine riesige umgestülpte

Wand, blau oder von Wolken überzogen, die zu durchbrechen kein Sterblicher imstande war. Im Gegensatz zu seinem Vater, der den Allerhöchsten mit seinen kleinlichen und nichtigen Bitten überhäufte, wollte der picklige Semjon Gott belehren und ihm klarmachen, daß, solange die Wand zwischen den Sterblichen und ihrem Idol nicht fiele, solange der Mensch sich nicht mit eigenen Augen von Gottes Allmacht überzeugen, sein Fleisch nicht in den Kesseln mit siedendem Pech für die Sünder verbrennen könne – daß so lange jedem auf der Welt alles erlaubt sein würde: morden, aufhängen, verraten, denunzieren, verleugnen. Die Dritte Abteilung ist mächtiger als Gott, denn die Belohnung von einem Gendarmen – fünfhundert Goldstücke – kann man anfassen, und auch eine Strafe von ihm spürt man am eigenen Leib. Und Gott? Sein Gold und seine Galgen, sein Salböl und sein Pech befinden sich jenseits der Wolken. Folglich: Fürchte und achte nicht den Herrgott, sondern den Gendarmen ... Ardaljon Nesterowitsch ... den Kreispolizeichef Nuikin ... oder, wenn möglich, werde selbst ein Gendarm. Es muß ja nicht unbedingt einer in Uniform sein.

Morta brachte das Essen in dem Augenblick, als der picklige Semjon an der Ostwand sich schon als Gendarm im Lapserdak sah.

Während er aß, grollte irgendwo hinterm Wald ein Donnern, er löffelte träge die Sauerampfersuppe mit weißer Sahne. Durchs Fenster war zu sehen, wie Blitze über den Himmel zuckten; sie flammten auf, erhellten alles bis zum Horizont und erloschen wieder. Auf einmal kam dem pickligen Semjon der traurige Gedanke, daß er selbst auch einem Blitz ähnelte, nur ohne Donner und ohne Himmel, und wenn er überhaupt jemanden entflammen konnte, dann nur sich selbst, den Unglücksraben, der niemanden liebte und von niemandem geliebt wurde. Über dreißig Jahre lebte er nun schon auf dieser Welt, und was hatte er gesehen und erreicht, was war aus ihm geworden? Ein unnützer Esser, der Geliebte einer Dienstmagd, der Helfershelfer des Ortspolizisten, dieses stumpfsinnigen Kommißhengstes. Dabei war es gar nicht lange her, zehn Jahre etwa, da hatte er noch davon geträumt, ein großer Rabbiner zu werden, so wie der Gaon Eliach von Wilno, er wollte sich der Befreiung der Juden von allen Lastern und von der demütigen Liebedienerei vor jedem Polizisten widmen, er wollte sie aus der Gefangenschaft herausführen, wie Moses sie aus Ägypten geführt hatte.

Wie oft hatte er sich als Anführer der Massen gesehen und seine donnergleiche Stimme gehört: »Ihr Juden! Ich rufe euch ins Land eurer Väter! Alle, die noch einen Funken Ehre und Würde besitzen, mir nach! Mir nach, Söhne und Töchter Israels!«

Und was war das Ende vom Lied?

Das Ende war immer dasselbe: Gleichgültigkeit und Angst. Die dreimal verfluchte jüdische Angst. Es stellte sich heraus, daß das eigene elende Lädchen, die eigene Schenke oder Frisierstube den Leuten teurer war als die Steine des Tempels von Jerusalem.

Sogar der eigene Vater, der ihn als Schüler zum Rabbi Uri und später auf die Jeschiwa nach Telšiai geschickt hatte, sagte zu ihm:

»Semjon! Laß die Hirngespinste, treibe lieber einen Handel! Bis die Juden sich versammeln im Gelobten Lande, sind deine Knochen längst verwest. Hier hast du für den Anfang zweihundert Rubel, mach einen Laden auf und verkaufe nicht Steine vom Tempel in Jerusalem, sondern Heringe.«

Und er gehorchte, eröffnete einen Laden und machte Pleite, weil die Juden ihre Heringe nicht bei ihm kauften, sondern bei seinem Nachbarn.

Als der picklige Semjon in den Marktflecken heimkehrte, wollte er schon von nichts mehr wissen: weder von Jerusalem noch von Heringen. Ihm wurde geradezu übel von Hering, und seitdem wurden keine Heringe mehr in der Schenke geführt, obwohl der Schankwirt Josua dadurch große Verluste hatte.

Der picklige Semjon war fertig mit Essen, er stellte die Schüssel auf den Tisch und legte sich nieder.

Noch immer donnerte es hinterm Wald, und die Blitze, außergewöhnlich grell und kurz, zuckten vorm Fenster auf wie ein böses Omen.

Endlich prasselte der Regen los. Große Tropfen pickten an die Scheibe, wie Hühner Brotkrumen picken.

Auf Zehenspitzen kam der Schankwirt Josua ins Zimmer.

»Du schläfst nicht?« fragte er.

»Was willst du?« fuhr der picklige Semjon seinen Vater grob an.

»Nichts.«

»Warum kommst du dann?«

Semjon suchte Streit, doch Josua war auf der Hut.

»Ich soll dich grüßen von Weißfeld«, begann der Wirt umständlich.

»Als ob ich das glaube!«

»Wahrhaftig ... Er hat nach deiner Gesundheit gefragt. Und von Simche Willner soll ich dich auch grüßen.«

»Hat der sich auch nach meiner Gesundheit erkundigt?« fragte Semjon mit zornig funkelndem Blick.

»Er erkundigt sich jedesmal, ist immerhin ein Verwandter, wenn auch weitläufig.«

»Alles?«

»Was alles?«

»Sind das alle Grüße?«

»Ich glaube, ja.«

»Rührend.« Plötzlich erhob sich der picklige Semjon vom Bett, trat an seinen Vater heran, packte ihn an den Schultern, drehte ihn zur Tür und krächzte: »Geh! Sonst wirst du dich, Gott behüte, noch anstecken.«

Josua nahm auch diese Kränkung hin.

»Ja«, sagte der Wirt langsam und nachdenklich. »Das ganze Haus brennt, vom Keller bis zum Dachboden. Und der Qualm von uns zieht durch den ganzen Ort.«

»Was quasselst du da?«

»Ich habe ihn gesehen ... den mit der Scheitelkappe.«
»Wo?« fuhr der Sohn auf.
»Ich habe ihn mitgenommen bis zu Rachmiels Korndarre.«
»Du ... hast ihn mitgenommen?«
»Warum nicht? Ein Jude muß sogar mit dem bösen Geist zu Rande kommen.«
»Und was hast du herausgekriegt?«
»Eine Waise, seine Mutter ist bei einem Pogrom umgebracht worden. Das Blut, sagt er, ist noch nicht getrocknet.«
»Wessen Blut?«
»Von seiner Mutter ... an der Nadel.«
»Der spinnt, der Hund!«
»Wir sind zusammen gefahren von der Wegkreuzung bis zum Ortseingang, und ich bin immer noch ganz durcheinander. Die ganze Nacht habe ich mich rumgewälzt, konnte nicht schlafen.«
»Du sagst, an Rachmiels Darre ist er abgestiegen?«
»Ja«, sagte der Wirt. »Aber du, Semjon, rühr ihn nicht an! Vielleicht ist er gar nicht schuld an deiner Krankheit. Ich habe ihn sogar zu uns eingeladen. Wir werden ihm zu essen geben und Geld für unterwegs, dann soll er ziehen in Frieden.«
Der picklige Semjon schwieg und dachte nach.
»Und wenn er nicht kommt?«
»Um so besser«, erwiderte der Wirt.
»Nein«, widersprach der Sohn. »So leicht kommt er mir nicht davon.«
»Wozu sich noch eine Sünde auf die Seele laden?«
»Eine oder hundert ... Wer an einer Sache schuld hat, der hat schuld an allem.«
»Dann meinst du wohl, ich bin auch für die Sünden des Polizeichefs verantwortlich?« foppte Josua seinen Sohn.
»Und ob!« rief der picklige Semjon. »Hältst du ihm etwa die Hände fest, wenn er jemanden prügelt oder in fremde Taschen greift? Wir sind alle Sünder. Auch dein

Unglücklicher mit der Scheitelkappe ist einer, nur, seiner Sünde muß man erst auf die Spur kommen. Und ich will einen Besen fressen, wenn ich nicht dahinterkomme. Ein lausiger Gerechter hat sich da gefunden ... ein Sendbote Gottes. Wir sind alle Sendboten des Teufels, alle! Geh!«

»Mein Gott! Wir brennen, wir brennen«, murmelte Josua.

»Ja, wir brennen«, stimmte der picklige Semjon zu. »Wir brennen, und wir löschen mit Wodka.«

An der Tür wandte Josua sich noch einmal um: »Was wollte eigentlich Nesterowitsch von dir?«

»Er hat mir Grüße ausgerichtet.« Der picklige Semjon lachte auf. »Vom Kreispolizeichef Nuikin, vom Vizegouverneur von Wilno, vom Zaren Alexander dem Zweiten. Sie erkundigen sich nach meiner Gesundheit, sie lassen fragen, ob der Kleinbürger Semjon Mandel vielleicht etwas braucht.«

»Du solltest dich nicht mit ihm einlassen«, riet der Schankwirt.

»Und mit wem, befiehlst du, soll ich mich einlassen? Mit Markus Fradkin? Mit den Brüdern Spiwak? Für die bin ich doch ein Kneipenbastard, ich stinke ja auf eine Werst Entfernung nach deinem Wodka.«

»Du kannst von hier fortgehen.«

»Wohin? Nach Kowno? Nach Wilno?«

»Nach Amerika.«

»Und mit Heringen handeln? Auch dort wird sich für den Kleinbürger Semjon Mandel ein Ortspolizist oder ein Kreispolizeichef finden. Warum soll ich die Polizeichefs wechseln?«

»Einen klugen Juden stört auch ein Polizeichef nicht.«

»Aber ich bin nicht klug. Ich bin einfältig. Und einen Einfältigen stört sogar der eigene Vater.«

»Du bist noch krank, Semjon.«

»Ich war nie gesund.«

»Und trotzdem rate ich dir: Halte dir den Nesterowitsch vom Halse. Wenn ein Jude es zu etwas bringen kann im Leben, dann nicht durch fremde Handschellen, sondern mit seinen eigenen Händen.«

Drei Tage später verließ der picklige Semjon zum erstenmal wieder das Haus. Er schlenderte über den Hof, umkreiste die Wirtschaft, atmete tief und dachte an gar nichts. Lange saß er unter einem wilden Birnbaum und betrachtete die winzigen verschrumpelten Früchte, den knorrigen Stamm, den blanken Himmel, an dem eine einzige verirrte Wolke dahintrieb, rasch und leicht wie ein Kindertraum. Der picklige Semjon schickte ihr einen kummervoll-neidischen Blick nach, und sie schien ihren Lauf zu verlangsamen, als habe sein Leid sie durchdrungen.

»Was sitzt du denn hier?« fragte Morta ihn.

»Ich gucke ...«

Der picklige Semjon schwieg einen Moment, dann fuhr er fort: »Ich gucke die Wolke dort an. Was meinst du, womit hat sie Ähnlichkeit?«

»Womit?« Morta legte den Kopf in den Nacken. »Mit einer Katze. Da ist das Schnäuzchen und dort der Schwanz.«

»Eine Katze, sagst du«, murmelte Semjon enttäuscht. »Und ich habe gedacht ... das ist natürlich dumm ... Ich habe gedacht, sie hat Ähnlichkeit mit meiner Seele. Ha-ha-ha ... Ein kleiner weißer Fleck inmitten unendlicher Leere, der zappelt, fliegt, schmilzt weg, und niemand, weder Gott noch Teufel, interessiert sich für ihn.«

»Ach was, komm lieber mit die Pferde tränken«, schlug Morta unvermittelt vor. »Ich führe den Goldfuchs und du die Braune.«

»Na gut«, stimmte Semjon ebenso überraschend zu.

Sie gingen durch den Wald: Morta vorweg, sie führte den Goldfuchs am Zügel, Semjon mit der Braunen folgte dicht hinter ihr. Die Pferde gingen im Trott und schüttelten sich Kiefernnadeln aus der Mähne. Der picklige Semjon sah auf Mortas sonnengebräunten Nacken, auf ihre kräftigen Beine, die durchs Gras raschelten, und er spürte, wie mit jedem Schritt seine Kräfte zurückkehrten, wie sein darbendes; auch durch die Krankheit nicht gezähmtes Fleisch rebellierte.

»Ich werde baden«, sagte Morta, als die Pferde getrunken hatten.

»Ich auch«, stimmte Semjon sofort zu.

»Du darfst nicht … Dreh dich um!«

»Meinetwegen.«

»Dreh dich um!«

»Mein Gott! Die reinste Jungfrau Maria!« seufzte er und drehte sich um.

Morta zog schnell ihren Rock aus, dann die Bluse, und im Hemd sprang sie ins Wasser.

Ihr Haar wogte wie Tang, und ihre Brüste leuchteten unterm Leinen hervor wie zwei reife Birnen.

»Jetzt darfst du gucken!« rief sie, immer weiter vom Ufer wegschwimmend.

Der Goldfuchs und die braune Stute standen im Wasser, ihre müden großen Köpfe berührten sich, die Mähnen flossen ineinander, ihre Beine verflochten sich, die Nüstern waren geweitet, und aus ihnen brach etwas hervor, wie die Ähre aus der Erde treibt: unhörbar, sündhaft und unaufhaltsam.

Morta stieg aus dem Wasser, nahm ihre Kleider, schlüpfte schnell ins Gebüsch und zog sich an, ohne ihr Haar auszuwringen.

»Du bist schön«, sagte der Wirtssohn.

»Immer deine Einfälle, Simonai!«

»Schön«, murmelte er. »Und ich, weißt du, was ich möchte?«

»Nein«, stammelte Morta ängstlich.

»Ich möchte so wie sie … wie unsere Pferde … eine einzige Mähne … einen Mund für uns beide … unsere Beine zusammen …«

»Nicht doch, Simonai! Um aller Heiligen willen!«

Morta rannte zum Fluß, trieb den Fuchs und die Braune aus dem Wasser, umkrampfte die Zügel und ging los, ohne sich umzublicken.

Plötzlich fiel ihr ein, wie sie vor zehn Jahren einmal

auf dem Rückweg von der Pferdetränke mit Semjon auf das Grundstück ihres Vaters gegangen war. Die Hütte war verfallen, der Teich mit Entengrütze überwachsen. Morta schritt den ganzen Hof ab, blickte durch das vernagelte Fenster ins Haus, hob von der Erde einen halbverfaulten Holzschuh auf, schlüpfte mit dem nackten Fuß hinein und sagte traurig: »Mamas Schuh ... Mamas ...«

Der picklige Semjon saß auf dem Goldfuchs, der damals noch jung und hitzig war, und wartete, daß Morta sich ausweinen würde. Er konnte überhaupt nicht begreifen, warum sie ihn hierher auf dieses Ödland geschleppt hatte, auf dieses verkommene und gottverlassene Grundstück, wo nicht einmal der Wind etwas zu tun hatte: die Fensterläden waren abgerissen, die Bäume gefällt, kein Grashalm weit und breit.

»Die Hundehütte von Sargis!« rief Morta erfreut aus. »Und seine Kette ... Ob ich«, wandte sie sich an Semjon, »ob ich sie mitnehme?«

»Da hast du was Rechtes gefunden, ganz verrostet«, knurrte der Wirtssohn, ohne vom Pferd zu steigen.

»Darf ich?«

»Von mir aus – nimm alles mit: die Kette und den Schuh und auch die Hundehütte.«

»Nur die Kette, Simonai.«

Ihn berührte es peinlich, daß sie sich so demütigte und erniedrigte.

»Nun nimm sie doch endlich! Nimm!« sagte er mit einer schroffen Handbewegung.

Ohne ein weiteres Wort hängte Morta die Kette über die Kruppe der braunen Stute, warf noch einen Blick auf ihr verwaistes Vaterhaus und zog die Zügel an.

»Manchmal beneide ich euch«, sagte der picklige Semjon, als die Pferde nebeneinander gingen.

»Uns?«

»Deinen Vater, deine Brüder, dich, überhaupt die Litauer.«

»Was gibt es da zu beneiden? Wir haben doch nichts.«

»Ihr habt eine Kette, die bindet euch an diesen Himmel, an dieses Feld, an diese Hundehütte. Wir haben keine. Verstehst du, keine!«

»Aber ihr habt Geld. Für Geld kann man alles kaufen.«

»Solch eine Kette gibt es nicht für Geld. Für die muß bezahlt werden mit Blut ... mit Arbeit bis zum Umfallen.«

Seltsam, warum mußte sie jetzt an diese Zeit denken, an dieses Gespräch, an diese Kette? Ob wohl noch etwas von der väterlichen Hütte übrig war? Auf einmal zog es Morta dorthin, es zog sie so stark, mit solcher Macht, als wäre alles dort zu neuem Leben erwacht: der Brunnen und die Fensterläden und die Kuh, als hätten sich – nach so vielen Jahren! – die vernagelten Fenster wieder geöffnet, als schaue aus dem letzten, das zum Garten hinausging, die Mutter im bunten Kopftuch und riefe so laut, daß es wohl über die ganze Erde schallte: »Mooortaaa!«

»Geh allein weiter«, riß Semjons heiserer Bariton sie aus ihren Erinnerungen. An Rachmiels Korndarre gab er ihr das Pferd und sagte: »Ich muß mit dem Nachtwächter reden. Wenn Vater fragt, wo ich bin, dann sag: am Fluß.«

»Kommst du bald?«

»Ja.«

Den Nachtwächter Rachmiel traf der picklige Semjon nicht an. Hinterm Haus im Garten hantierte Kazimieras, derselbe Kazimieras, der bei allen Juden des Marktflekkens am Sabbat die Kerzen löschte.

»Wo ist der Hausherr?«

»Fortgegangen.«

»Allein?«

»Allein.«

»Bei ihm soll ein Landstreicher wohnen.«

»Aron«, gab Kazimieras bereitwillig Auskunft.

»Aron?«

»Sein Stiefsohn.«

»Bringst du nicht vielleicht was durcheinander?«

»Kann schon sein.« Kazimieras griff wieder zum Spaten. Lange Gespräche strengten ihn an, von Worten ermüdete er schneller als von der Forke oder der Sichel. »Warte, bis Rachmiel kommt, er wird dir selbst alles erklären.«

7

Wann wird er kommen, wann nur, wann?

Selda Fradkina saß am Klavier und spielte eine Fuge von Bach. Außer Aschers Witwe Golda, der Köchin und Wischfrau, war niemand im Hause. Der Vater saß nie lange hier in der Einöde (dafür war er ja Holzhändler), er reiste im ganzen Nordwesten umher, schimpfte mit den Flößern, besuchte die Sägewerke. Ihr älterer Bruder Selik wohnte mit seiner Frau und der schwachsinnigen Schwiegermutter in Vilkija, er leitete eine Streichholzfabrik. Wenn er mit seiner Frau mal herkam, dann nur kurz, für eine Woche, höchstens für zwei, sie aßen löffelweise Lindenblütenhonig, verspeisten ganze Händevoll Walderdbeeren oder Blaubeeren, und Bruder Selik jagte Wachteln und Schnepfen, die brachte er in der Jagdtasche heim, warf sie auf den Küchentisch und sagte triumphierend zu Golda: »Rupf sie!«

Golda rupfte sie, und nachts hatte Selda Träume, in denen gerupfte Vögel umherflogen.

Von Zeit zu Zeit brachte der Vater Freier für sie ins Haus, die waren still und anspruchslos wie Vogelscheuchen. Er ließ Selda Klavier spielen und russische Verse deklamieren, und die Freier zerflossen in geheuchelten Begeisterungsanfällen. Nach ihrer Abreise blieb im Haus der Geruch von Dummheit und adligem Schweiß zurück, und Golda mußte auf Seldas Geheiß lange die Zimmer lüften. Vielleicht hätte Selda auch einen von ihnen geheiratet, aber sie wollte keine Juden zur Welt bringen. Wenn man das tat, verurteilte man seine Kinder zum Leben innerhalb der Siedlungsbegrenzung, das war wie

Verbannung, sie würden es nie verzeihen. Und einem Andersstämmigen würde der Vater sie nie geben. Ein Andersstämmiger kann alles sein – Freund, Käufer, Kompagnon, nur nicht Verwandter, erst recht nicht Ehemann.

Selda saß am Klavier und stellte sich vor, sie sei keine Fradkina, sondern eine Fürstin Trubezkaja, die ihrem Dekabristen-Gatten in die ewige Verbannung folgte, und die Rolle der treuen, sich opfernden Ehefrau trieb ihr die Tränen in die Augen, obwohl weder ihr Bruder Selik noch der Wirtssohn Semjon noch der Polizist Nesterowitsch Ähnlichkeit mit in Ungnade gefallenen Fürsten hatten, und mit einer Kette klirrte nur Kain, der alte Jagdhund.

Selda hämmerte auf die Tasten und sank in einen verschwommenen und lieblichsüßen Traumzustand. Aus dem vielstimmigen Gemisch von Tönen und Gedanken formten sich, in stetem Wechsel von Entstehen und Vergehen, die Gesichter von Märtyrern und Helden, und unter ihnen war auch das Gesicht von Vera Karsawina, ihrer besten Schulfreundin. Mit ihr zusammen hatte Selda als Krankenschwester ins Gouvernement Saratow fahren wollen, wo die Cholera umging, nach Rtistschewo wohl, doch der Vater ließ es nicht zu.

»Das ist deren Cholera«, sagte er. »Vera fährt nach Saratow und du nach Petersburg.«

Vera fuhr nach Rtistschewo, erkrankte und kam nicht zurück, und sie, Selda, wurde in Petersburg auf der Höheren Mädchenschule nicht angenommen.

Selda dachte daran, wie sie diese Fuge mit Vera Karsawina vierhändig gespielt hatte, sie erinnerte sich noch an die langen, schlanken Finger der Freundin.

Und außerdem dachte Selda an den Abschlußball in der hellerleuchteten Aula des Gymnasiums. In ihrem schönsten Kleid und mit schwarzen Lackschuhen stand sie an der Wand, an der ein Porträt des Zaren Alexander des Zweiten hing. Seine Majestät sah sie väterlich streng und zugleich aufmunternd an, und sie lächelte ihm zu, ihm und Vera Karsawina, die in sprühendem Walzer an ihr vorübertanzte. Vera warf ihr hübsches leichtes Köpfchen zurück und lachte, ein sorgloses, ansteckendes Lachen.

»Warum tanzt du nicht, Selda?« fragte sie.

Warum? Selda hob nur die Schultern. Sie war die einzige Jüdin auf dem Ball. Zwar hatte es noch Noah Bärmann gegeben, den Advokatensohn, doch der war im vergangenen Jahr gestorben. Als Noah noch lebte, forderte er sie immer auf und schmiegte sich mit seiner eingefallenen, von der Schwindsucht ausgezehrten Brust an sie. Noah hatte sie geliebt. Alle Verstorbenen hatten sie geliebt: auch Mutter und Großmutter. Doch was hatte sie, Selda, von der Liebe der Toten? Was denn?

Neidisch sah sie der Freundin zu, blickte dann zum Zaren auf, und ihr war, er stiege aus dem Bild, klappe vor ihr die Hacken zusammen, zwirbele seinen Husarenschnurrbart und wirbele sie im Tanz herum. Alle treten vor ihnen zurück, und der Zar dreht sie und dreht sie im Kreise.

»Ich bin Jüdin, Majestät«, sagt Selda.

»Wahrhaftig?« Der Zar ist baß erstaunt. »Das hätte ich niemals gedacht.«

»Jüdin, Jüdin, Jüdin«, beteuert sie im Takt der festlichen Musik.

Doch der Zar schmiegt sich an sie wie früher der schwindsüchtige Noah Bärmann.

»Auf dem Ball sind alle gleich«, bemerkt der Zar.

Und nachdem er es gesagt hat, der Herrscher über das ganze Russische Reich, wiederholen es alle im Chor – der Direktor des Gymnasiums, Aristarch Fjodorowitsch Bogojawlenski, der Lateinlehrer Koshinow, ein eingefleischter Antisemit, und auch Pater Georgi in seinem langschößigen seidenen Priestergewand.

»Auf dem Ball sind alle gleich ... auf dem Ball sind alle gleich ... auf dem Ball sind alle gleich ...«

Wann wird der Vater kommen, wann nur, wann?

Selda ging plötzlich von der Bachschen Fuge zu einem Walzer über. Mein Gott, wie langweilig! Eure Majestät, warum ist es so langweilig nach einem Ball?

Der Vater verhandelte jetzt vermutlich mit irgend jemandem, rechnete Verlust und Gewinn auf. Ach, was ist denn Gutes am Gewinn? Er wird noch ein Haus bauen, noch vierzig silberne Löffel und Gabeln kaufen, wird sich beim modernsten Schneider von Kowno einen neuen Leibrock nähen lassen, den er dann in den Schrank hängt und den Motten zum Fraß überläßt. Umsonst ist Vater so versessen auf Geld. Hat das Geld ihr etwa die Tür zur Höheren Mädchenschule in Petersburg geöffnet?

Vera Karsawina hatte sie überreden wollen, sich taufen zu lassen.

»Du bist doch eine Russin«, hatte sie eifrig auf Selda eingeredet. »Was ist denn Jüdisches an dir? Nur der Name und vielleicht noch die Augen, aber auch die bloß ein bißchen, wenn du traurig bist ... Wenn du willst, spreche ich mit Pater Georgi.«

In der Tat, was war denn Jüdisches an ihr? Außer dem Ausweis und dem Mitleid für ihr Volk hatte sie nichts mehr von einer Jüdin. Die Sprache? Ach, sie sprach ja tausendmal besser russisch. Jedenfalls hatte noch nie jemand über ihre Aussprache gelacht.

»Karl klaut Klaras Korallen!« hatte sie im Gymnasium in den Pausen triumphierend geschrien.

Vater und Selik hielten noch am Judentum fest, doch auch sie eher aus Anstand als aus Überzeugung. Rußland – das war ein Meer, das Judentum hingegen ein kleiner Teich, ein binsenverwuchertes Flüßchen, ein Sumpf, ein Morast.

Und trotzdem, etwas hielt Selda von diesem Schritt ab. War es denn besser, ein »rechtgläubiger Jid« zu sein? Es brauchte sich nur einer für ihre Verwandten zu interessieren – für ihre Großmutter Ginda, ihre Mutter Sara, ihren Vater Markus Fradkin und ihren Bruder Selik, schon würde das Meer, der Ozean schrumpfen und wieder zu demselben flachen Flüßchen werden, in dem es von Blutegeln und altvertrauten Fröschen wimmelte.

Als sie unverrichteterdinge aus Petersburg zurückgekommen waren, hatte der Vater ihr einen Posten in seinem Büro in Vilkija angeboten, doch Selda hatte abgelehnt. Was interessierte es sie, wieviel Holz in Einzelstämmen und wieviel in Flößen transportiert wurde? Über Papieren hocken, Rechnungen prüfen, Fehler aus Kaufbriefen herausfischen – das hieß auch, den Glauben wechseln. Selda Fradkina – von Konfession *Krämerseele*! Lustig, ach, wie lustig ist es nach dem Ball!

Wann wird der Vater kommen, wann nur, wann?

Er hatte versprochen, aus Kowno einen Klavierstimmer mitzubringen.

Wenn er ihn mitbrächte, würde Selda vor diesen hintreten und sagen: »Gnädiger Herr! Seien Sie so freundlich, in erster Linie mich zu stimmen! In mir ist da etwas gesprungen.«

Unsinn, Unsinn! Nichts wird sie ihm sagen. Sie wird zu niemandem etwas sagen. Bei allen ist irgend etwas kaputt. Bei allen. Wahrscheinlich ist deshalb das Glück langweilig, das Unglück hingegen erhaben.

Bald ist Mariä Himmelfahrt. Da wird Selda in die katholische Kirche gehen und Almosen verteilen.

»Die Güte Ihrer Tochter ist grenzenlos. Jedoch, ziemt es denn einer Jüdin, in der Kirchenvorhalle an Andersgläubige Almosen zu verteilen?« beklagte sich der junge Rabbi Hillel bei ihrem Vater.

Der Rabbi Gilel konnte unbesorgt sein: Auch Gutes kann man aus Langeweile tun. Und Jüdin bleibt sie unter anderem deshalb, weil auch die Russen sich langweilen. Und auch die Litauer, die Kalmücken und die – na, wie heißen sie gleich? – die Nogaier. Ach, wie langweilig ist es nach dem Ball, Rabbi Hillel! Wie es in der Heiligen Schrift heißt: »Und Gott schuf den langweiligen Menschen aus Erde vom Acker und blies ihm den Odem der Langeweile in seine Nase. Und so ward der Mensch ein langweiliges Wesen. Und Gott der Herr pflanzte einen langweiligen Garten in Eden ... und setzte den Menschen hinein, den er aus Langeweile gemacht hatte.«

Ins Zimmer trat Golda, den Scheuerlappen in der Hand.

»Sie spielen, Fräulein?« sagte sie ehrlich bekümmert. »Sie sollten ein wenig spazieren gehen, solange ich den Fußboden wische und solange Ihre Schüler noch nicht hier sind.«

»Wisch nur«, erwiderte Selda, lehnte sich auf dem Stuhl zurück und rieb sich lange die vom Spielen kalten Hände.

»Seien Sie nicht böse, Fräulein, doch für mich ist die allerbeste Musik ein Mann.« Golda lachte prustend und tauchte den Lappen in den Eimer.

»Hast du ... viele gehabt?« fragte Selda plötzlich.

»Gott behüte!« Aschers Witwe winkte abwehrend mit dem Lappen, und schmutzige Tropfen sprühten auf die verstummte Klaviatur.

»Und wenn du nicht liebst?« forschte Selda, ohne sich umzuwenden. »Was ist es dann für Musik?«

»Was wahr ist, ist wahr. Wenn man nicht liebt, dann ist es nicht Musik, dann ist es, seien Sie nicht böse, Fräulein, nur ein Knirschen ... als ob einer nasses Holz sägt auf dem Hofe.«

Golda spritzte abermals und ging mit fröhlichem Eifer daran, die Dielen zu scheuern.

»Und dein Mieter«, fuhr Selda fort, »wer ist das?«

»Itzik.« Golda machte den Rücken krumm wie eine Katze. »Ein Holzfäller.«

»Ein Jude ist Holzfäller?«

»Er arbeitet für Ihren Papa. Spielen Sie, Fräulein, spielen Sie. Bei Musik macht es mehr Spaß, den Fußboden zu wischen.«

Doch Selda rührte die Tasten nicht an. Sie betrachtete Golda, ihr zerzaustes Haar, den hochgesteckten handgewebten Rock, die strammen Waden.

»Dein Mieter wendet kein Auge von mir in der Synagoge.«

»Ein junger Stier schaut auf die ganze Herde«, sagte die Witwe, während sie zu Füßen ihrer Herrin mit dem Lappen hantierte. »Heben Sie bitte die Beine an. Mein Gott, sind die dünn!«

»Ganz normale Beine«, verteidigte sich Selda und schauerte plötzlich zusammen. Die beste Musik ist ein Mann. Grob, aber vermutlich wahr. Nicht die Luft kann einen von der Schwermut heilen, auch nicht Bach oder Chopin, sondern die Liebe und der Tod. Auf der Welt, sagte Vera Karsawina immer, gibt es nur einen Tyrannen, gegen den alle machtlos sind, und dieser Tyrann ist die Liebe.

»Wenn Ihre Pogromhelden kommen, wird alles wieder schmutzig«, knurrte Golda.

»Das sind durchaus keine Pogromhelden.«

»Wie der Vater, so die Kinder.«

»Der Vater ist auch keiner. Ortspolizist – das ist ein Amt, keine Schuld.«

Vielleicht hatte Golda recht. Vielleicht war es falsch gewesen, sich mit Nesterowitsch einzulassen. Aber er hatte flehentlich gebeten: »Bis zur nächsten Schule sind es an die fünfzehn Werst. Die Kinderchen verwildern ja ganz und gar.«

»Ich bin keine Lehrerin«, hatte Selda widersprochen. »Ich bin ein gewöhnlicher Mensch … noch dazu eine Jüdin.«

»Ja, muß denn ein Jude immer etwas Schlechtes lehren?« hatte der Polizeichef ihr geschmeichelt.

»Wenn Sie nichts befürchten, dann schicken Sie sie her«, hatte Selda nachgegeben.

»Was denn befürchten? Die Fradkins sind wohltätige und zuverlässige Leute.«

Solange über Zuverlässigkeit die Polizisten befinden, gibt es keine Zuverlässigkeit und wird es keine geben, hatte Selda gedacht, doch sie hatte geschwiegen.

»Gehen Sie ein Stück, Fräulein, gehen Sie«, beharrte

Golda. »Die kleinen Teufel können warten. Ich wische die Fußböden und heize die Badestube. Vielleicht, so Gott will, kommen Reb Markus und Selik zum Jagen. Lange habe ich kein Wildgeflügel mehr gerupft ... So lange ...«

Selda ging in den Garten.

Sie ging zur Hundehütte, kraulte Kain das Fell, der stellte sich auf die Hinterpfoten und winselte dankbar. Er hatte ein müdes und kluges Gesicht, fast wie ein Mensch. Seine braunen Augen, die vom grellen Licht tränten, blickten teilnehmend und erwartungsvoll.

»Nun, was ist, Kain, wollen wir?«

Der Hund strahlte vor Glück.

Gewöhnlich gingen sie gegen Abend hinaus, streiften durch Felder und kleine Waldstücke. Kain scheuchte die Vögel auf, und Selda dachte über ihr Leben nach, in dem es außer dem Ball nichts Gutes gegeben hatte.

Kain ersetzte ihr Gefährten und Lehrer, und oft sprach sie ihn mit anderen Namen an: »Aristarch Fjodorowitsch! Sarezki hat mir eine Natter unter die Schulbank gelegt!«

Oder: »Trubizin! Die Karsawina läßt dir ausrichten, daß sie dich nicht ein bißchen liebt.«

Kain hörte auf alle Namen, sogar auf weibliche. Manchmal ging Selda mit ihm zum Neman hinab, setzte sich auf den feuchten Ufersand und zeichnete etwas mit einem Stöckchen. Der Hund verfolgte mit gespitzten Ohren, wie sie das gezeichnete Männlein wieder wegwischte, und in den braunen Hundeaugen glitzerte geduldiges Staunen.

Diesmal begegnete Selda an Rachmiels Korndarre dem pickligen Semjon.

»Guten Tag«, sagte der Wirtssohn erfreut.

»Guten Tag!«

»Immer mit dem Hund unterwegs. Wird Ihnen das nicht über?«

»Nein«, sagte Selda knapp und wollte vorbeigehen, doch der picklige Semjon heftete sich ihr an die Fersen, er hatte den Landstreicher mit der Scheitelkappe vergessen und sein Pferd auch.

»Vielleicht kann ich ihn ersetzen?« schlug der Wirtssohn vor und wusch sein mürrisches Gesicht mit einem Lächeln blank.

»Wen?«

»Ihren Hund.«

»Den können Sie nicht ersetzen«, wehrte Selda ab.

»Warum nicht? Ich kann beißen ... auf den Hinterpfoten gehen, an der Kette sitzen. Was wird noch verlangt von einem Hund?«

»Daß er schweigt.«

»Weiter nichts? Ich schweige! Ich schweige!«

Und der picklige Semjon verstummte.

»Nun, ist es so recht?« brach er sein Versprechen einen Augenblick später. »Kommen Sie abends zu dem alten Birnbaum, dann zeige ich Ihnen, mit welchem Stöckchen man Männlein zeichnen muß.«

Selda errötete und lief weg.

»Kommen Sie!« Der picklige Semjon schleuderte ihr den Ruf nach wie einen Stein, dann brach er in lautes Bellen aus.

So ein Frechling! Warum ihn nur alle den Pickligen nannten? Er hatte doch keinen einzigen Pickel. Wenn Semjon schwieg, war er sogar hübsch: das männliche Gesicht, besonders die Falten um den Mund – wie in Stein gemeißelt, melancholische Augen, mit einem Schimmer von Wildheit, die Lippen ärgerlich zusammengepreßt, nur mit den Zähnen hatte er Pech, schief und gierig, wie sie waren.

Endlich erreichte sie den Wald. Durch die Baumwipfel strömte Sonnenlicht – goldene Fäden, von Großmütterchens Spinnrad gesponnen.

»Semjon!« rief Selda den Hund.

Das Tier ließ sich liebkosen, und es war nicht zu erkennen, ob eine Träne oder ein Sonnenstrahl in seinem Auge glitzerte.

»Sag, Semjon, ist es dir gleich, was ich für Beine habe?«

Kain-Semjon wedelte mit dem Schwanz, und als er im Wacholdergebüsch ein Rascheln hörte, stürzte er sich ins dichte rauchgraue Gestrüpp.

Selda bückte sich, pflückte ein Sträußlein überreifer Walderdbeeren, drehte es in der Hand, führte es an ihre Lippen und aß die Beeren ab.

Im ganzen Walde jubilierte und duftete es wie an einer Hochzeitstafel.

Selda lehnte sich an eine Kiefer, suchte mit dem Blick ein blaues Himmelsfleckchen und murmelte vor sich hin wie im Trancezustand: »Mein Gott! Bin ich denn schlechter als Golda? Ich kann nicht ... ich will nicht nur mit dem Stöckchen im Sande ... Mein Gott!«

Sie schluchzte, wischte sich eine Träne von der Wange.

»Für wen sparst du mich auf, mein Gott?«

Ringsum Stille. Nicht mal ein Blättchen rührte sich.

Kain kam angelaufen.

Er stupste auffordernd die Nase an ihren Rock.

Was willst du von mir, Hund? Siehst du denn nicht: Ich rede mit dem Herrgott?

Der Hund winselte und blickte zum Wacholdergebüsch.

Was gibt es denn dort zu sehen, du Dummer?

Selda folgte Kain, näherte sich dem Wacholder, sah einen Menschen ausgestreckt liegen, sah eine Scheitelkappe, schrie auf und rannte davon.

»Kain, Kain!« schrie sie, während sie sich durch die Büsche schlug.

Der Jagdhund holte sie am Waldrand ein, er ließ die rosige Zunge heraushängen und strömte Wacholdergeruch aus.

»Wer ist dort?« fragte Selda, ohne recht zu wissen, was sie sagte. »Wer ist dort?«

»Was ist mit Ihnen, Fräulein? Sie sehen ja ganz verstört aus.« Golda stand im Hof und hackte Holz, auf Männerart, mit kurzen, kräftigen Schlägen. »Hat Sie jemand verfolgt?«

»Niemand hat mich verfolgt, niemand ... Ich bin einfach erschöpft«, erwiderte Selda.

Sie ging in ihr Zimmer, ließ sich aufs Plüschsofa fallen, kuschelte ihr Gesicht an die weiche Rückwand, versuchte zu schlummern, fand aber keine Ruhe, legte sich auf den Rücken, starrte die verschnörkelte Hängelampe an, die ihr Vater einem verarmten Schlachtschitzen abgekauft hatte, dann die holzgetäfelte Decke, die wie ein Schachbrett ohne Figuren aussah, sie sprang wieder auf, öffnete das Buffet, holte eine Flasche Likör heraus, den Selik für eventuelle Jagderfolge aufsparte, goß sich einen silbernen Becher voll ein und leerte ihn in einem Zuge.

Golda klopfte an die Tür, rief ihre Herrin, doch Selda gab keine Antwort. Sie stand mit verschränkten Armen und schaute in den Garten, auf die Bäume in ihrer Fruchtfülle, auf ein Vögelchen, das von Zweig zu Zweig hüpfte – was ist denn mit dem los, welche Unruhe treibt es, ein Zweig ist doch wie der andere. In Seldas Ohren klang noch das Rascheln des Wacholdergebüschs und das Trapsen ihrer dünnen Beine auf dem Waldweg. Sie verstand selbst nicht, warum sie Hals über Kopf davongerannt war. Hatte die Scham sie getrieben oder die Angst? Die Scham natürlich, die Scham. Wenn nun der ... der mit der Scheitelkappe ... im ganzen Ort erzählen würde: Hört zu, liebe Leute, die Tochter von Markus Fradkin hat um eine Sünde zu Gott gebetet, sie hat ihn gebeten, ihr einen jungen Hengst zu schicken, he, pickliger Semjon, laß Morta fahren, komm zu Hilfe!

Selda goß sich abermals den Becher voll. Likör erhitzt das Blut, Likör beruhigt.

»Wollen Sie erst baden oder erst essen?« fragte Golda vor der Tür.

»Ich esse erst.«

Golda brachte Bouillon mit Knödeln und Hühnerkoteletts.

»Guten Appetit, Fräulein. Ich gehe mich jetzt waschen. Die zweite Woche juckt mir schon die Brust ...«

»Geh nur, geh!«

Nachdem Golda fort war, goß Selda sich abermals den Becher voll, führte ihn an die Lippen, stellte ihn aber auf den Tisch zurück, ohne getrunken zu haben. Schon von den beiden ersten Bechern war ihr schwindelig im Kopfe.

Wann wird der Vater kommen, wann nur, wann?

Er hatte sie hierhergebracht, hatte Golda in Dienst genommen, und nun sollte sie sich's wohlsein lassen wie im Paradies. Frische Luft. Warme Kuhmilch. Musik. Musik? Das Paradies? Kein Paradies, sondern ein Gefängnis! Selda war die Gefangene ihres eigenen Vaters! In Vilkija hätte sie sich noch einen Andersrassigen angeln können. Aber hier? Nur Pöbel, arme Schlucker, und der einzige Fremdrassige war der Polizeichef Nesterowitsch. Auf den würde Selda nun wirklich kein Auge werfen. Markus Fradkin war ein weitsichtiger Mann. Das beste Mittel gegen die Sünde ist das Alleinsein in der Einöde. Er selbst freilich gönnte seinem Fleisch und seiner Seele wohl andere Genüsse. Selda wußte, zu wem er fuhr, wenn die Geschäfte ihn freigaben. »Papa hat in Wilno eine Frau«, hatte Selik ihr erzählt. »Du Dummchen hast vielleicht gedacht, er kommt jeden Sonntag zu dir, aber er fährt zu ihr! Unser Papachen hat ihr sogar ein Haus bauen lassen. Und weißt du, verehrtes Schwesterchen, wer seine Auserwählte ist? Eine Polin! Eine Reinrassige! Eine ehemalige Gräfin. Unser gottesfürchtiger Vater schläft mit einer polnischen Gräfin!« Eine Gräfin, eine Gräfin ... Und Mama war die Tochter einer Fischhändlerin. In Großmutters Haus hatte es immer nach Schleien gerochen. Und wonach riecht es im Hause einer Gräfin?

Wenn der Vater kommt, wird Selda ihn ganz bestimmt fragen: »Papa, wonach riecht es im Haus einer Gräfin?«

Über der Badestube stand eine Rauchsäule, dünn wie ein Mäuseschwanz.

Selda versteckte die Flasche im Buffet – bald würden die kleinen Nesterowitschs zum Unterricht kommen.

Was wird aus denen, wenn sie von hier fortzieht? Wer unterrichtet sie? Aber vielleicht hat Golda auch recht. Vielleicht sollte man sie gar nicht unterrichten – am Ende werden aus ihnen doch noch Pogromhelden, solche wie der Lateinlehrer Koshinow: »Was beklagt ihr euch dauernd über Rußland und laßt keinen guten Faden an ihm? Die Füße müßtet ihr ihm küssen, daß es euch aufgenommen hat!«

Wie fern das jetzt alles lag: der Lateinlehrer Koshinow und auch der Vater, der in Wilno ein Zuhause hatte, eine ehemalige Gräfin. Nur der Rauch über der Badestube – der war da, schwungvoll wie die Unterschrift des Gymnasialdirektors Aristarch Bogojawlenski.

Durchs offene Fenster strömte aus dem Garten der Geruch verfaulenden Laubes und abgeblühter Pfingstrosen ins Zimmer.

»Ich bin fertig«, sagte Golda genußvoll. »Nach dem Dampfbad fühlt man sich wie neugeboren.« Sie hob mit beiden Händen ihre schlaffen Brüste an, schwenkte die Hüften, die mit dem engen handgewebten Rock im Streit lagen, und räumte das Geschirr ab. »Sie haben ja getrunken, Fräulein!«

»Gewiß.«

»Warum?«

»Es heißt, von Likör werden die Beine dicker.«

»Wirklich?«

»Ja. Von jedem Glas um zwei Werschok.«

»Sie scherzen, Fräulein.«

»Ich scherze nicht.«

»Seien Sie nicht böse, Fräulein, aber ich will Ihnen ein Weibergeheimnis verraten.«

»Nun?«

»Das Wichtigste bei einer Frau sind nicht die Beine.«

»Was sonst?«

»Das Pfläumchen. Und wieviel süßen Saft der liebe Gott da reingegeben hat!« Golda prustete vor Lachen und trug das Geschirr hinaus. Auf der Schwelle drehte sie sich noch einmal um: »Wenn Sie gebadet haben, vergessen Sie nicht, Wasser über die Glut zu gießen. Bei dieser Trockenheit genügt ein Funke – schon ist es passiert! Und schließen Sie alle Türen ab.«

»Wer soll denn hierherkommen, außer den Nesterowitschkindern?«

»Wer weiß, wer weiß. Es gibt ja schließlich was zu holen. Allein schon die silbernen Gabeln und Löffel, vierzig Stück. Die Leute erzählen, im Ort soll ein Landstreicher aufgetaucht sein. Er gibt sich aus als Sendbote Gottes. Aber ich weiß Bescheid: In Worten ein Sendbote, in Taten ein Dieb.«

»Wie sieht er aus?«

»Selber hab ich ihn nicht gesehen. Itzik hat es mir erzählt.«

»Itzik?«

»Er sagt, ein Untersetzter ... mit einer Scheitelkappe, die am Haar festgesteckt ist mit einer Nadel. Seien Sie vorsichtig, Fräulein. So einer kann Sie leicht bestehlen, und auch aufs Pfläumchen ist er scharf«, plapperte Golda flink und ging geschirrklappernd hinaus.

Es dämmerte. Über der Badestube kräuselte sich immer noch der Rauch.

Was nun?

Sie konnte sich nicht aufraffen zu baden, auch nicht dazu, das Feuer zu löschen.

Selda schloß alle Türen ab, ging ins Obergeschoß, in Seliks Zimmer, nahm das Gewehr des Bruders vom Hirschgeweih an der Wand, stieg wieder hinab und begann aus Langeweile zu zielen: auf die Fenster, aufs Klavier, auf die Hängelampe, die für einen Schleuderpreis einem verarmten Schlachtschitzen abgekauft war, auf die große Photographie von Großvater und Großmutter. Und es kam Selda vor, als erbleiche die Großmutter vor Angst und wende den Kopf eine Spur nach links.

»Da sieht man, was das russische Gymnasium macht mit den jüdischen Kindern«, knurrte die alte Frau auf der Photographie, und Selda hörte geradezu ihre nach Schleien riechende Stimme.

Bim, bim, bim, schlug die Glocke an.
Der Vater!
Selda lief zur Tür.
Hat er denn keinen Schlüssel?
»Wer ist da?«
Bim, bim.
Die Nesterowitschkinder?
»Wer ist da?«
»Machen Sie auf!«
Eine fremde Stimme, bittend und ein wenig heiser.
Selda zögerte. Wenn ein Unglück geschehen soll, dann schlägt es sowieso die Tür ein.

Sie drehte den Schlüssel im Schloß, und herein kam jener Mensch ... aus dem Wacholdergebüsch, der mit der Scheitelkappe.

»Bei euch ist frisch gewischt«, sagte der Ankömmling. »Ich werde die Schuhe ausziehen. Die sind schmutzig.«

Selda stand und sah zu, wie er den Bindfaden aufschnürte, wie er seine schmutzstarrenden Schuhe abstreifte und sie akkurat in eine Ecke stellte.

»Verzeih«, sprach der Mann mit der Scheitelkappe. »Ich habe gesehen, die Badestube ist geheizt, und so bin ich hereingekommen. Ich war lange nicht mehr im Bad. Du brauchst keine Angst vor mir zu haben.«

»Ich habe auch keine Angst.«

»Und das Gewehr?«

»Das gehört meinem Bruder Selik. Solange noch Glut ist, gehen Sie, baden Sie, ich gebe Ihnen Handtuch und Seife.«

»Danke«, sagte der Ankömmling und blickte sich im Zimmer um. »Das bin ich als Kind.« Er zeigte auf ein Photo an der Wand.

»Sie?« Selda lächelte verwirrt. Auf dem Photo war Selik mit einem Samtkäppchen zu sehen, in weißem Hemd und mit Hosenträgern, dick und dumm.

»Ja, ich. Ich weiß noch, wie ich mit meinem Vater gegangen bin in den Photographierladen ... wie er mich auf einen Stuhl gesetzt hat ... mein Käppchen zurechtgerückt hat … Der Photograph ist unter eine schwarze Decke gekrochen, hat seinen Kopf hervorgesteckt und hat gesagt: ›Halt still, Jüngel! Gleich fliegt ein Vögelchen raus!‹ Das war Bahnhofsstraße, Ecke Marktstraße. Danach hat der Vater mir ein Rosinenbrötchen gekauft, aber ich habe die ganze Zeit gefragt: ›Und wo ist das Vögelchen?‹«

»Da ist gar kein Vögelchen«, erklärte Selda ruhig, geradezu heiter. »Das Licht fällt auf Ihr Gesicht, dann wird das Bild auf einer Glasplatte fixiert, dann wird die Platte in einer Lösung entwickelt …«

Ihre Angst war vergangen. Zieht etwa ein Vergewaltiger und Verbrecher vor seiner Tat im Flur die Schuhe aus? Ein Vergewaltiger und Verbrecher achtet nicht darauf, ob der Fußboden gewischt ist oder nicht.

»Da ist ein Vögelchen«, sagte der Mann mit der Scheitelkappe zornig. »Das deine ist nur, wie ich sehe, noch nicht ausgeschlüpft.«

»Woraus?«

»Aus der Erinnerung. Darum willst du wahrscheinlich auch, daß ich schnell wieder fortgehe. Wohin ich komme, alle wollen, daß ich schnell wieder fortgehe.«

»Und warum wollen das alle?« fragte Selda, über seine Hellsichtigkeit bestürzt.

»Warum? Weil ihre Erinnerung ein Abladeplatz voller Ängste ist. Die einen denken über mich: ein Dieb, die anderen – ein Verrückter, die dritten – ein Bettler.«

»Und in Wirklichkeit?«

»Ein Dieb und ein Verrückter und auch ein Bettler. Ein Dieb deshalb, weil ich mich habe weggestohlen meinen Verwandten, meinen Nächsten … ein Verrückter, weil ich nicht so bin wie die anderen, wie die richtigen Diebe … und ein Bettler, weil ich fremde Sünden sammle … Ich habe gehört, wie du im Wald den Herrgott um eine Sünde gebeten hast.«

»Um gar nichts hab ich gebeten.« Selda errötete. »Und wozu brauchen Sie fremde Sünden! Genügen Ihnen die eigenen nicht?«

Der Mann mit der Scheitelkappe überhörte ihre spitze Bemerkung und fuhr fort: »Bis zum Gerichtstag gehe ich durch alle Orte und auf alle Friedhöfe. Im vorigen Jahr bin ich bis nach Witebsk gekommen. Ein sündiges Gouvernement, ein sündiges. Ich habe schon gedacht, ich breche zusammen, ehe ich sie hinbringe ...«

»Was wollen Sie wohin bringen?« Das Frage- und Antwortspiel amüsierte Selda.

»Die Sünden zum Herrgott. Am Gerichtstag, sobald der erste Stern aufgeht, wird der Allerhöchste mir eine Leiter herablassen, wie unserem Vater Jakob. Ich steige hoch, und dann sitze ich mit Gott auf einer weichen Wolke, wir essen Pellkartoffeln und halten Gericht, wir strafen die einen und begnadigen die anderen. Im vorigen Jahr hat der Herrgott niemanden begnadigt. Ich habe ein gutes Wort eingelegt für einen Schneider, der hatte seine Frau aus Eifersucht umgebracht ... es hat nicht geholfen.«

»Und haben Sie in unserem Ort viele gesammelt?« Selda lächelte.

»Ich habe erst angefangen«, antwortete der Mann mit der Scheitelkappe ernsthaft. »Für den Anfang nicht wenig. Auch auf euch lastet eine Sünde.«

»Auf uns?«

»Auf deinem Vater.«

»Mama?«

»Der Stiefsohn vom Nachtwächter Rachmiel, Aron. Dein Vater hat ihn zu den Rekruten geschickt anstelle des eigenen Sohnes.«

»Für Selik? Das habe ich gar nicht gewußt.«

»Für eine solche Sünde wird der Herrgott mit ihm nicht sehr sanft umgehen. Und was hat er gemacht mit deiner Mutter?«

»Nichts. Er hat sie einfach nicht geliebt.«

»Das ist keine Sünde. Das ist ein Unglück. Ich liebe meine Frau auch nicht.«

Der Mann mit der Scheitelkappe nahm seine Schuhe und schlüpfte barfuß auf den Hof hinaus.

Selda sah, wie er durch den Garten ging, über jede Hand einen Schuh gestülpt, wie er den Kopf einzog, als sei der Himmel für ihn zu niedrig, wie er zum Haus zurückblickte und in der Türöffnung des Badehäuschens verschwand.

War das ein Tag! Ein Glück noch, dachte Selda erschauernd, daß er mich nicht vergewaltigt hat, nicht erwürgt, und daß er das Silber nicht fortgeschleppt hat. Der Ärmste sammelt Sünden – soll er sammeln, soviel er lustig ist; der Ärmste sucht ein Vögelchen – soll er doch suchen. Hier im Hause gibt es alles: Geld, Mahagonimöbel, eine Hängelampe vom Schlachtschitzen, ein deutsches Klavier, aber Sünden und Vögelchen gibt es nicht. Rachmiels Aron – das ist keine Sünde, sondern ein Geschäft. Der Ärmste wartet darauf, daß der Herrgott ihm am Gerichtstag eine Leiter herabläßt. Aber er muß wohl vergessen haben, woraus die gemacht ist. Aus Kiefernholz von Markus Fradkin! Folglich sind Vergebung und Gottes Gnade dem Vater sicher.

Die Klingel schlug an.

Die Nesterowitschs, vermutete Selda.

»Guten Tag, Selda Markowna«, sagte Katjuscha. »Wir haben Ihnen frische Erdbeeren mitgebracht.«

Und sie stellte einen Korb zu Seldas Füßen ab.

Selda hätte heulen mögen. Und außerdem hätte sie als alte, nach Schleien riechende Jüdin an der Wand hängen mögen, aus dem Rahmen herabschauen auf fremde Sünden, auf Goldas katzenhaften Rücken, auf die frischen Erdbeeren, und ab und zu vor Langeweile krächzen: Klaraklautkarlsklarinette!

8

Der Nachtwächter Rachmiel wußte: Ein Unglück kommt selten allein, es hat immer noch eine weitere Plage im Geleit. Im Frühjahr, kurz vor dem Pessachfest, hatte er es im Kreuz, sein Rücken schmerzte, als wäre er von einem eisernen Faßreifen umspannt, kaum tat er einen Schritt oder beugte sich, so strahlte der Schmerz nach allen Seiten aus. Früher hatte Rachmiel gedacht, das Kreuz, genau wie das Hinterteil, könne gar nicht schmerzen. Weh tut das, was arbeitet: Beine, Arme, Augen, Ohren, sogar das Herz ... Aber das faule Kreuz?

Über Pessach wälzte sich Rachmiel von einer Seite auf die andere, er ächzte und stöhnte, auf Kazimieras' Rat legte er sich einen heißen Ziegelstein, in Sackleinen gewickelt, unters Kreuz, und als der Ziegelstein auch nicht half, ging er zu Josua, kaufte einen Stof Wodka, holte Kazimieras, Gott möge ihm und seiner ungehörnten Ziege Gesundheit schenken, entblößte seinen Oberkörper, legte sich auf die zerkratzte Pritsche und befahl:

»Reib ein!«

Kazimieras goß sich einen Tropfen auf die Hand, schnupperte erst einmal und rieb ihn dann ein. Er massierte und guckte abwechselnd auf den Schnaps und auf den Patienten. Rachmiel tat ihm leid, der Wodka aber auch. Rachmiel lag da mit herabgezogenen Hosen, er stöhnte und roch nach Humus wie eine Herbstfurche.

»Wir wollen ihn lieber trinken.« Kazimieras gab das Reiben auf. »Vielleicht hilft das.«

Rachmiel trank, und – siehste wohl! – der Schmerz war wie weggeblasen.

Doch das war vor Pessach, und nach Pessach stellte sich eine neue Krankheit ein: Krampf im Bein, im linken, dem versehrten. Eigentlich war das gar kein Bein mehr, nur ein verdorrter Sonnenblumenstengel, eine dünne Zaunlatte – jedes Kälbchen könnte sie mit dem Kopf zerbrechen.

Mit solch einem Bein kam man nicht mal durch den Hof, vom Marktflecken ganz zu schweigen. Mit solch einem Bein ging man nicht als Nachtwächter, sondern lebendig ins Grab.

Zwanzig Jahre lang war Rachmiel mit dem Klopfholz unterwegs gewesen, nun würden sie es ihm wegnehmen, ganz klar, und nicht einmal der Herrgott konnte ihm noch helfen. Auch vor zwanzig Jahren hatte er diesen Posten nur mit knapper Müh und Not erhalten. Markus Fradkin war damals der Gabbaj*, er hatte Erbarmen und setzte sich für ihn ein. Du mir den Stiefsohn sozusagen, und ich dir dafür das Klopfholz sozusagen. Besser als nichts. Aron bekam er sowieso nicht zurück. Für Rachmiel wurde ein Lohn festgesetzt: fünf Rubel im Winter und je drei im Frühling, Sommer und Herbst. Nicht besonders viel Geld, doch dafür eine Arbeit auf Lebenszeit. Ein Schuster, der sitzt und wartet, bis ihm jemand einen stinkenden Schuh bringt. Genauso ein Schneider oder ein Sattler, immer nur sitzen und warten, von morgens bis abends zur Tür schielen, ob sie knarrt oder nicht. Ein Nachtwächter – das ist ganz was anderes. Was auch geschieht, die Nacht kommt immer. Immer.

Und nun? Nun dieser Krampf im Bein. Jetzt würde kein Markus Fradkin helfen. Der neue Gabbaj Naftali Spiwak würde nicht lange fackeln, sondern einen Jüngeren und Gesünderen an seine Stelle setzen. Und wenn es Menachem Bum wäre, der unterm Zaren Nikolai Soldat gewesen war. Menachem Bum hatte auf der Krim gekämpft und dabei ein Ohr verloren. Doch wozu braucht ein Nachtwächter beide Ohren?

In der vergangenen Nacht, als gerade der Mond aufgegangen war, hatte sich Rachmiel auf die Vortreppe des Drogen- und Eisenwarenladens der Gebrüder Spiwak gesetzt und zu seinem Bein gesagt: »Was machst du mit mir, hast du kein Gewissen? Warum bringst du mich ins Verderben, du Biest?«

* Gabbaj (hebr.) – Synagogenvorsteher

Und gegen Morgen humpelte er nach Hause, schob das Hosenbein bis übers Knie hoch, starrte den von schrumpliger Haut überzogenen Knochen an und hätte beinahe laut losgeheult.

»Hör mich an«, sagte er zu seinem linken Bein, »ich habe dich nicht behütet, das stimmt. Aber wenn du schon so lange mit mir gegangen bist, dann geh noch ein kleines Weilchen mit, was macht dir das aus. Dann werden wir zusammen sterben. Darauf gebe ich dir mein Nachtwächterehrenwort! Haben es denn meine Augen und Ohren leichter gehabt? Du hast wenigstens nicht gesehen meine toten Kinder ... hast nicht gehört die Schreie von meiner Frau! Ob Grabhügel oder Kackhausfußboden – dir ist es doch egal, wo du stehst, wenn du nur stehen kannst.«

Das Bein schien seine Bitte zu vernehmen, der Schmerz ließ nach, kam zur Ruhe wie eine Wespe im Honig.

»Mit wem redest du da?« hörte Rachmiel auf einmal die Stimme des Mannes, der sich Aron genannt hatte.

Wo kam der her? Seit er hier Wasser getrunken hatte, war er nicht mehr dagewesen. Das hatte Rachmiel dem pickligen Semjon auch gesagt: »Weiß der Himmel, wo er sich herumtreibt!« Der picklige Semjon hatte geschrien, geschimpft, gedroht: »Schaff ihn herbei, und wenn es aus dem Jenseits ist!« Nun war er tatsächlich wie aus dem Jenseits aufgetaucht.

Der Fremde erhob sich vom Bett, reckte sich, gähnte laut und sah das hochgeschobene Hosenbein. »Dein Bein schmerzt?«

»Ja«, gab Rachmiel zu. Wenn sein Gast in der Tat ein Sendbote des Himmels war, dann sollte er ihm das linke Bein heilen ... fürs faule Kreuz würde er nicht bitten, aber für das Bein – ja. Das verfluchte Ding war ja schon ganz steif!

Der Gast nahm seine Scheitelkappe ab, kam näher, betrachtete das Bein, wie ein Hund einen schmutzigen Knochen betrachtet, und wandte sich ab.

»Schlimm steht es, schlimm«, murmelte Rachmiel. »Man müßte es glatt abhacken ... Dabei hatte ich gute Beine. Kräftige, flinke ... Sie sind nur, siehst du, an den Falschen geraten.«

»Wieso?« Der Mann, der sich Aron nannte, kühlte mit der Hand seinen vom Nachdenken schwitzigen Kopf.

»Hätte Markus Fradkin sie bekommen oder Naftali Spiwak, dann hätten sie sich gut gehalten. Sie wären gefahren in der Kutsche, sie hätten getragen seidene Strümpfe und Gamaschen.« Rachmiel runzelte die Stirn, sah seinen Gast finster an und fügte hinzu: »Verstehst du etwas von Beinen?«

»Nein. Man muß sie einem Arzt zeigen.«

»Ach was – Arzt! Der guckt, nimmt Geld, aber ein neues Bein setzt er mir nicht ein. Wofür nur hat mich der Herrgott gestraft?«

»Der Herrgott straft die Seele«, sagte der, der sich Aron nannte.

»Vielleicht ist bei mir die Seele in den Beinen?«

»Vielleicht.«

»Vielleicht, vielleicht – Nachtwächter jedenfalls kann ich nicht länger sein.«

»Dann wirst du ein Schneider sein, ein Verzinner, ein Töpfer ...«

»Ich kann nichts anderes als wachen«, flüsterte Rachmiel.

»Wie kann es Freude machen, zu bewachen fremdes Gut?«

»Es macht Freude«, widersprach Rachmiel heftig. »Ja, Freude. Aber das wirst du niemals verstehen. Was ist für dich die Nacht? Dunkelheit, Schlaf ...

»Und für dich?«

»Für mich?« Rachmiel dachte nach. »Ich gehe durch den Ort, ich klopfe, und alles ringsumher ist nicht fremdes Gut, sondern gehört mir: die Fensterläden und der Himmel und sogar die Pferdeäpfel auf der Straße. Wer bin ich denn am Tage? Ein armer Schlucker. Am Tage habe ich nichts außer meiner Hütte und dem Friedhof.

Aber nachts. Nachts bin ich reich. Da bin ich mehr als Markus Fradkin und die Brüder Spiwak.«

Rachmiel zog sein Hosenbein herunter, humpelte zum Tisch und nahm das Klopfholz.

»Du hörst mir zu und denkst wahrscheinlich: Welch ein Narr.«

»Ich höre zu, aber ich denke es nicht«, sagte der, der sich Aron nannte.

»In unserer Familie sind alle gewesen einfältige Narren. Alle bis ins neunte Glied. Der Großvater, der Urgroßvater, der Ururgroßvater, Gott hab sie selig. Sie haben gearbeitet wie die Narren, haben geliebt wie die Narren, haben zu Gott gebetet wie einfältige Narren. Manches Mal bin ich nach Hause gelaufen und habe mich beklagt beim Großvater: ›Alle nennen mich Narr!‹ – ›Sei stolz darauf, Rachmiel! Der beste Rang auf der Erde ist nicht Zar, nicht General, nicht Kaufmann, sondern Narr. Sei stolz! Der Herrgott nimmt nur die Tränen und Gebete der Einfältigen wahr, denn Gott ist selber der oberste Einfältige, die Klugen liebt er nicht!‹ «

»Was wahr ist, ist wahr«, stimmte der Gast Rachmiel zu. »Die Klugen glauben an gar nichts.«

»Der Glaube ist das Brot der Einfältigen«, sagte Rachmiel und preßte das Klopfholz an seine Brust.

»Wenn du willst«, schlug plötzlich der, der sich Aron nannte, vor, »werde ich für dich klopfen, bis dein Bein sich wieder besinnt.«

»Du meinst, es besinnt sich noch?«

»Natürlich. Es ist einfach erschöpft. Es braucht Erholung. Ruhe.«

»Seidene Strümpfe und eine Kutsche?« sagte Rachmiel scherzend. »Es bekommt keine Kutsche. Niemals. Die sind alle vorübergefahren. Und außerdem – der Polizeichef wird es nicht erlauben.«

»Warum nicht?«

»Wer vertraut denn das Klopfholz einem Fremden an?«

»Es braucht ja niemand zu wissen. Wo ist der Unterschied, ob du klopfst oder ich? Der Polizeichef schläft sowieso in der Nacht. Ich kann mich auch lahm stellen und alt, soll ich?«

»Der Polizeichef wird es nicht erlauben«, widersprach Rachmiel schwach.

»Gib mir das Klopfholz.«

»Weißt du wenigstens, wie müde man wird gegen Morgen? Wenn du einschläfst, schnappen sie dich.«

»Ich schlafe nicht ein.«

»Sowie ich spüre, daß ich müde werde, fange ich sofort an ...«

»Was denn?«

»Zu reden«, sagte Rachmiel. »Hast du jemanden, mit dem du reden kannst in der Nacht?«

»O ja.«

»Am besten mit Toten. Davon gibt es mehr als Lebende. Ich habe alleine schon ein ganzes Dutzend. Und du, hast du auch Tote?«

»Die Mutter, die Brüder, die Schwestern, meinen Sohn Israel ...«

»Das ist gut. Die Mutter, sogar wenn sie tot ist, bewahrt dich vorm Einschlafen. Es geht auch mit Einfältigen. Einfältige gibt es noch mehr als Tote. Du brauchst sie nur zu rufen, gleich kommen sie angelaufen.«

»Gib mir das Klopfholz und leg dich zu Bett«, sagte der, der sich Aron nannte.

»Bis zur Nacht ist es noch lange hin«, entgegnete Rachmiel.

»Du gehst los, wenn es dunkel wird, gehst zum Marktplatz hinunter, biegst rechts ein, und am Hause von Markus Fradkin fängst du mit Gottes Hilfe an. Aber ganz leise ... Markus Fradkin mag es nicht, wenn laut geklopft wird. Einmal hat er sich sogar beim Polizeichef beschwert. Der ist zu mir gekommen und hat gesagt: ›Warum lärmst du vor Fradkins Fenstern, Großvater?‹ – ›Für mich sind alle Fenster gleich, Herr Polizist‹, hab ich geantwortet. ›Daß du mir nicht mehr lärmst vor Fradkins Fenstern! Verstanden, Alter?‹ Aber ich habe mich nicht dran gehalten. Ich klopfe, klopfe, klopfe. Er soll wissen: Das Klopfholz ist für alle gleich ... für die, die schlafen, und für die, die wachen.«

Rachmiel hüstelte und fuhr fort: »Der Rabbi Uri, der will es umgekehrt. Er mag es, wenn du ordentlich donnerst. Manchmal macht er das Fenster auf und verlangt: ›Rachmiel, lauter! Lauter! Der Herrgott soll wissen, daß es gibt auf der Welt ein solches Loch wie unseren Marktflecken und solche Narren wie wir beide. Lauter! Lauter! Der Herrgott soll es wissen!‹ Ich werde mich vielleicht doch ein wenig legen.«

»Leg dich nur hin, ich koche dir Sauerampfer und Kartoffeln. Kazimieras bringt Ziegenmilch, und dann machen wir ein Festessen zu Ehren von allen Einfältigen der Welt«, sagte der, der sich Aron nannte. »Und Wasser mache ich auch warm. Zum Abend badest du das Bein, das lindert.«

»Die Schenke von Josua Mandel laß links liegen«, riet Rachmiel. »Semjon war vorgestern hier. Er hat dich gesucht. Er will dich umbringen. Er hat mich an der Kehle gepackt und gebrüllt: ›Wirst du mir sagen, Rindvieh, wer er ist?‹«

»Und was hast du ihm gesagt?«

»Ich habe ihm gesagt: ›Semjon, Gott gebe, daß deine Kinder und Enkel mit dir so reden wie du mit mir!‹«

»Weiter nichts?«

»Und dann habe ich noch gesagt: ›Du fragst, wer er ist, ich will dir antworten: Sohn eines Einfältigen und Vater der Einfältigen.‹ Besser, du kommst ihm nicht unter die Augen. Mach einen Bogen um die Schenke. Du gehst bis zum Laden der Brüder Spiwak, und dann gleich weiter zum Haus des katholischen Priesters. Mit Semjon ist nicht gut Kirschen essen. Er ist der Neffe von den Spiwaks und steht mit dem Polizeichef auf vertrautem Fuße. Wenn er dich nachts mit dem Klopfholz sieht, haben wir beide nichts zu lachen. Dem Herrn Polizisten kann ich nicht sagen, daß du der Sohn eines Einfältigen bist und der Vater aller Einfältigen.«

»Sag ihm doch einfach: Aron ist von den Soldaten zurück.«

»Aber du bist ja nicht Aron ... du bist nicht Aron. Du hast kein Muttermal auf der rechten Schulter. Nein.«

»Doch«, sagte der Mann mit der Scheitelkappe und stieg in den Keller, um Kartoffeln zu holen.

Im Keller hausten Ratten. Ausgehungert wie sie waren, warteten sie offenbar darauf, daß Rachmiel seinen Geist aufgäbe. Die Ratten stürzten dem, der sich Aron nannte, entgegen, er fuhr zurück und drückte sich an die moderige, mit Schimmelpilz und Flechten überzogene Wand. So stand er und suchte mit den Augen im Dunklen das Häufchen vorjähriger Kartoffeln, das von einem rostigen Eisengitter umgeben war. Plötzlich mußte er denken: Kommt der Mensch wirklich dazu auf die Welt, um von Ratten und Totenwürmern gefressen zu werden? Was sind Paläste, was sind Kutschen, was sind seidene Strümpfe und Gamaschen im Vergleich mit dem Atem des Menschen, der wie Pappelsamen davonfliegt, mit seiner Nase, die bei allen gleich ist, seien es Reiche oder Bettler?

Die Ratten rumorten in der Dunkelheit, und ihr unruhiges Rumoren, ihr hungriges ungebärdiges Fiepen verursachte ihm Übelkeit, als wäre er vergiftet.

Der, der sich Aron nannte, sammelte schnell ein paar von den Ratten beschmutzte Kartoffeln in den löcherigen Korb, dann stieg er, ohne zurückzublicken, die wacklige Leiter wieder hoch. Das war der Anfang jener Himmelsleiter, die der Herrgott ihm am Gerichtstag herablassen würde! Das war er, der längste und schwierigste Anfang, auch wenn er jetzt nicht mit einem Packen fremder Sünden nach oben stieg, sondern mit unschuldigen, von Ratten angenagten Kartoffeln.

Rachmiel schlief. Der, der sich Aron nannte, trat ans Bett und legte eine Decke über ihn, dünn wie ein Leichentuch. Er setzte sich auf die Bettkante und betrachtete Rachmiels regloses Gesicht, und je aufmerksamer er hinschaute, desto mehr Wege zum Friedhof entdeckte er. Denn sind nicht Falten und Runzeln die Pfade, die zum Grabe führen?

Wie sehr er meinem Vater ähnelt, dachte der Mann mit der Scheitelkappe, und die Erinnerung blendete ihn, wie eine Kerze, die plötzlich so dicht an die Augen gehalten wird, daß die Wimpern ansengen.

»Vater«, sprach er leise. »Im Keller sind mehr Ratten als Kartoffeln.«

Rachmiel atmete schwer und ungleichmäßig. Aus seiner Nase, in der graues Haar wucherte, drang nicht Luft, sondern Qualm, wie von einer Brandstätte.

Der, der sich Aron nannte, öffnete die Augen und strich plötzlich mit der Hand über Rachmiels kalte Stirn, als wolle er mit dieser Bewegung wenigstens einen – den kürzesten – Pfad zum Grabe auslöschen.

Doch Rachmiel spürte seine Berührung nicht, hörte seine Worte nicht, ihm war es gleichgültig, wie viele Ratten im Keller waren und wie viele Kartoffeln.

Soll er schlafen, entschied der, der sich Aron nannte, soll er schlafen. Nur den Gerechten schenkt der Herr einen Tod im Schlafe ohne jede Qual. Wenn Rachmiel im Schlafe stirbt, dann ist er ein Gerechter, dann wird der Allerhöchste ihm seine einzige Sünde vergeben – den *Gehorsam,* wenngleich es zu Zeiten ungerechter Zaren, zu Zeiten der Verderbnis und der Gesetzlosigkeit keine größere Sünde gibt als den Gehorsam.

Der, der sich Aron nannte, stellte sich einen Augenblick lang vor, wie die Ratten aus dem Keller herauskommen, wie sie Rachmiels tote Hand, die vom Bett herabhängt, annagen, wie sie ihn auf den Fußboden zerren und mit ihren unersättlichen Schnauzen über das verstummte Klopfholz herfallen.

Abermals strich er mit der Hand über Rachmiels Stirn und freute sich, als er auf seiner Handfläche ein paar Tropfen fremden Schweißes entdeckte.

»Der Mensch – das ist ein Garten, von Gott bestellt«, fielen ihm Worte seines Vaters ein. »Das ganze Leben gießt er ihn mit seinem Schweiß und Blut.«

Mit seinem Schweiß und Blut hatte Rachmiel seinen Garten gegossen. Nur ein paar Tropfen waren noch übrig. Nur ein paar Tropfen. Und die Ernte – Ratten.

Er stand auf, wusch die Kartoffeln und begann sie behutsam mit einem großen stumpfen Messer zu schälen. Die sauberen Kartoffeln warf er in einen gußeisernen Topf. Dabei lauschte er auf das Plätschern des Wassers, auf Rachmiels schweren ungleichmäßigen Atem und auf das, was keiner hört und was doch jeder an sich erfahren muß.

Draußen begann es zu regnen. Der Regen fiel auf die Erde, wie ein abgearbeiteter Armer ins Bett fällt – gedankenlos und gleichgültig. Die schweren Tropfen durchdrangen das löcherige Dach, und von der verrußten Decke tropfte der Herbst auf die Dielen.

Als Kazimieras die Hütte betrat, kochte im Topf schon das Wasser.

»Rachmiel schläft?« fragte er, groß und naß in der Tür stehend.

»Ja«, erwiderte der, der sich Aron nannte.

»Ich bringe Ziegenmilch für ihn«, sagte Kazimieras, ohne sich zu rühren, als fürchte er, die Milch zu verschütten, die in einer offenen Tonschale weiß schimmerte.

Er ging bis zur Mitte des Raumes, stellte die Schüssel auf den Tisch und verneigte sich.

»Wo willst du hin?« hielt ihn der, der sich Aron nannte, zurück. »Warte. Gleich sind die Kartoffeln gar, dann setzen wir uns hin und essen.«

»Danke«, sagte Kazimieras. »Ich habe heute schon Kartoffeln gegessen.«

»Dann ißt du noch einmal«, sagte der Mann mit der Scheitelkappe. »Kartoffeln kann man essen den ganzen Tag. Kartoffeln kann man essen das ganze Leben.«

»Bald sind die neuen reif«, sagte Kazimieras unentschlossen, die Einladung schmeichelte ihm. »Aber warum fragst du mich gar nichts?«

»Was soll ich dich denn fragen?«

»Wer ich bin.«

»Du bist Kazimieras.«

»Stimmt.«

»Du löschst am Sabbat bei den Juden die Kerzen.«

»Stimmt. Schon fast seit fünfzehn Jahren.« Kazimieras reckte sich ein wenig. »Eine gute Arbeit. Eine saubere. Du kommst, pustest – und fertig.«

»Und wie viele hast du schon gelöscht in den fünfzehn Jahren?«

»Wer kann sich das merken.«

»Ich habe es mir gemerkt.«

»Was denn, du löschst auch Kerzen?«

»Ja.«

»Aber du bist doch ein Jude?«

»Gewiß.«

»Für einen Juden ist das Sünde«, sagte Kazimieras.

»Es kommt auf die Kerzen an«, erwiderte der, der sich Aron nannte, und goß das Wasser aus dem Topf ab.

»Kerzen sind alle aus Wachs … alle gleich«, zweifelte Kazimieras.

»Nur auf dem Tisch.«

»Und wo noch?«

»Wo noch? Hier«, sagte der, der sich Aron nannte, und wies auf seine Brust.

»Im Herzen?«

»Im Herzen. Die eine will ich schon so viele Jahre löschen und schaffe es nicht.«

»Wie willst du sie denn löschen?« fragte Kazimieras einfältig. »Wenn das Herz erlischt, dann erlischt sie auch«, fügte er hinzu und schaute zum Bett hinüber, wo Rachmiel schnarchte.

»Auch dann erlischt sie nicht«, sagte der Mann mit der Kappe und stocherte mit dem Schürhaken in der Ofenglut.

»Was ist denn das für eine Kerze?« wunderte sich Kazimieras und blinzelte abergläubisch.

»Setz dich. Jetzt wollen wir es uns schmecken lassen.«

»Und Rachmiel?«

»Rachmiel ist krank. Laß ihn schlafen.«

»Nur ... nur von der Milch nehme ich nichts. Die Milch ist für Rachmiel«, betonte Kazimieras.

»Von der Milch nehme ich auch nichts.«

Sie setzten sich an den Tisch und nahmen sich Kartoffeln aus dem Topf. Kazimieras aß langsam, von Zeit zu Zeit hob er seine blassen Augen, die nur aus Weiß zu bestehen schienen, betrachtete die Decke, schüttelte den baumstumpfdicken Kopf und grübelte, was das wohl für eine sonderbare Kerze sein mochte, die im Herzen brennt und nicht auszulöschen ist.

»Kennst du Rachmiel schon lange?« erkundigte sich der, der sich Aron nannte.

»Schon lange. Er hat mich damals zu Markus Fradkin gebracht. Herr Fradkin, hat er gesagt, er – also ich – hat eine Lunge wie einen Blasebalg. Er löscht jede Kerze aus hundert Schritt Entfernung! Markus Fradkin konnte Rachmiel zu Anfang nichts abschlagen ...«

»Warum nicht?«

»Wegen Aron wahrscheinlich ...«

Zu gern hätte Kazimieras den Fremden gefragt, ob es stimmt, daß er Aron ist, doch er traute sich nicht. Am Ende würde er mit dieser Frage Rachmiel noch schaden. Sie mußten schließlich selbst zu Rande kommen, er, Kazimieras, hatte sich nicht einzumischen in die jüdischen Angelegenheiten. Natürlich war er Rachmiel auf ewig zu Dank verpflichtet, ohne ihn müßte er jetzt irgendwo im Dorf rumhocken oder sich beim Holzfällen abplagen, aber warum Markus Fradkin oder den Wirtssohn Semjon gegen sich aufbringen. Semjon war nicht von ungefähr hierhergekommen, er hatte etwas erschnüffeln, etwas ausspüren wollen. Und wenn der Fremde auch Aron wäre, was hätte Rachmiel davon? Er war sozusagen zum Begräbnis erschienen. Den Alten aber würde Kazimieras auch selbst beerdigen, er würde sogar für ihn beten, wenn auch nicht in der Synagoge, sondern in der katholischen Kirche, für einen guten Menschen kann man zu jedem Gott beten, und der Gott nimmt es nicht übel. Zu spät bist du gekommen, Aron, zu spät ...

»Wo hast du denn gedient bei den Soldaten?« fragte Kazimieras trotz allem den, der sich Aron nannte.

»An der türkischen Grenze.«

»Oho!« rief Kazimieras beinahe neidisch aus. »Und wie sehen sie aus?«

»Wer?«

»Die Türken. Wie die Juden oder wie wir?«

»Wie die Juden.«

»Und werden auch bei ihnen am Sabbat die Kerzen ausgeblasen?«

»Was denn, willst du etwa zu den Türken?«

»Kann doch sein, es verschlägt mich mal dorthin. Dich hat es doch auch dorthin verschlagen, oder?«

»Gewiß, gewiß«, bestätigte der, der sich Aron nannte, langsam. »Was denkst du, wohin es mich überall verschlagen hat!«

»Und ich hocke immer an ein und demselben Ort«, beklagte sich Kazimieras.

»Was hält dich denn? Die Kerzen?«

»Die Ziege.«

»Die Ziege kannst du verkaufen.«

»Verkaufen schon, aber ohne mich geht sie ganz schnell ein.«

»Warum? Ist das Gras anderswo anders?«

»Das Gras ist das gleiche ... Aber sie würden sie nur melken ...«

»Und was muß man noch tun mit einer Ziege?« wunderte sich der, der sich Rachmiels Stiefsohn nannte.

»Sie lieben ... Wenn ein Mensch vielleicht ohne Liebe auskommt, aber eine Ziege nicht. Die Ziege würde es kein Jahr mehr machen, sie würde ganz schnell eingehen.«

Kazimieras schwieg einen Moment und fragte dann: »Bleibst du jetzt bis zum Schluß bei Rachmiel?«

»Bis zu welchem Schluß?«

»Nun ja ... du weißt schon.«

»Ich weiß nicht.«

»Geschäfte?«

»Du hast eine Ziege, und ich habe eine ganze Herde ...«

»Aber eine Herde ... eine Herde, wie kann man eine ganze Herde lieben?«

Kazimieras stand auf, krümmte den Zeigefinger, strich sich den Schnurrbart, hüstelte trocken, abgehackt.

»Wenn Rachmiel bis zum Abend noch nicht aufstehen kann«, sagte er, »dann vertrete ich ihn. In den Nächten vor Sabbat und an Feiertagen gehe ich immer für ihn.«

»Heute ist nicht Freitag, und bis zu den Feiertagen ist es noch lange hin«, erwiderte der, der sich Aron nannte. »Das Dach müßte repariert werden. Es tropft durch.«

»Ja, müßte«, knurrte Kazimieras. »Aber Rachmiel läßt es nicht machen. Schade ums Geld, sagt er. Nägel, du weißt ja, sind teuer heutzutage. Für eine Handvoll nehmen die Spiwaks einen schon aus. Wenn Aron kommt, sagt er, der wird es reparieren. Rachmiel spart auch Geld für ihn.«

»Geld für Aron?« Der Mann mit der Scheitelkappe wurde lebhaft.

Kazimieras spürte, daß er sich verplappert hatte, und er redete schnell drauflos: »Was heißt hier Geld! Ein paar Groschen! Geb's Gott, daß es fürs Begräbnis reicht. Obwohl Rachmiel nicht bei den anderen liegen will. Lieber allein, sagt er, irgendwo im Garten. Aber ich meine: lieber bei den anderen. Gemeinsam ist's auch unter der Erde schöner. Und außerdem sind alle Toten Brüder. Da gibt es keine Holzfäller, keine Ziegenhirten, keine Nachtwächter, da sind alle gleich. Und es gibt für alle nur ein Dach ... und das ist nicht leck. Aber er: nein und nein. Wenn Rachmiel, Gott behüte, stirbt, was soll ich machen?«

»Aufstehen beizeiten, die Ziege melken und die Milch herbringen«, sagte der, der sich Aron nannte. »Du bringst sie her und stellst sie auf den Tisch. Und jeder, der zu ihm kommt, wird sehen die tönerne Schale und wird daran denken, daß man niemals alles auf der Welt austrinken kann.«

Kazimieras sah den Fremden ungläubig an, zuckte die Schultern und ging langsam zur Tür.

Der, der sich Aron nannte, trat ans Bett, beugte sich über den schlafenden Rachmiel, lauschte seinem Atmen, zog die Decke über seine nackten Füße, die hervorragten wie ein rostiger siebenarmiger Leuchter, er verjagte eine zudringliche Fliege, die über der Tonschale kreiste, und verließ das Haus.

Draußen goß es wie aus Eimern. Alles ringsum war vom Regen verwischt. Nur die Bäume standen wie zur Totenfeier, aufrecht und trauernd, und Kazimieras' Ziege meckerte irgendwo unterm Schutzdach.

Der Drogen- und Eisenwarenladen der Gebrüder Spiwak war leer, und der Mann mit der Scheitelkappe wartete lange, bis schließlich der Besitzer kam, ein beleibter Mann mit Zwicker auf der fleischigen Nase, der sich schildkrötenhaft langsam bewegte und selbst einer Schildkröte ähnelte. Er nahm hinterm Ladentisch Aufstellung und starrte den Käufer aus schläfrigen, durch die Brillengläser vergrößerten Augen an.

»Was wünscht der Jude?«

»Der Jude wünscht Nägel.«

»Um Christus zu kreuzigen?« fragte Spiwak und lachte. Sein Lachen schepperte auf den Ladentisch wie Wechselgeld.

»Um das Dach zu reparieren.«

»Hat denn der Jude ein Dach?« Spiwak lachte abermals, nur daß diesmal das Wechselgeld aus größeren Münzen bestand.

»Gewiß. Doch leider, wie gewöhnlich, ein löcheriges.«

»Wirklich wahr! Wirklich wahr!« redete der Dicke drauflos und griff in den Kasten mit den Nägeln. »Wie gewöhnlich, ein löcheriges ... Gut gesagt. Hervorragend! Wann wohl, gestatten Sie die Frage, werden wir haben ein richtiges Dach?«

»Der Tag wird kommen.«

»Wenn es keine Juden mehr gibt?« fragte Spiwak giftig und fügte hinzu: »Vierzig Kopeken.«

»Schreiben Sie es uns an.«

»Wem?«

»Dem Herrgott«, erwiderte der, der sich Aron nannte, und steckte die Nägel in die Tasche.

»Ha-ha-ha!« dröhnte Spiwak. »Jedem Bettler, jedem Halsabschneider gebe ich auf Borg, aber dem Herrgott? Hörst du, Chaim?« wandte er sich an jemanden, der nicht zu sehen war. »Der Herrgott kauft bei uns auf Borg Nägel für vierzig Kopeken. Ha-ha-ha! Hörst du, Chaim? Der Herrgott hat nicht einmal vierzig Kopeken in der Tasche? Oi, ich sterbe vor Lachen! Oi, haltet mich fest! Dem Herrgott ist das Dach kaputtgegangen! Oi, ich sterbe vor Lachen! Oi, haltet mich fest! Chaim! Chaim! Hörst du?«

»Der Herrgott wird Euch und Eurem Bruder Chaim jeden Nagel hundertfach vergelten«, sagte der, der sich Aron nannte, und verließ gemessenen Schrittes den Laden.

Spiwaks Lachen folgte ihm bis zu Rachmiels Getreidedarre. Es klirrte wie vierzig Kopeken, wie vierzig mal vierzig Nägel, und der Regen war nicht imstande, es zu übertönen.

Den ganzen Tag, bis zum Abend, reparierte der Mann mit der Scheitelkappe das Dach. Er wurde naß bis auf die Haut, doch er saß oben und schlug Nägel in die Bretter. Bei jedem Schlag sprach er vor sich hin: »Der Herrgott wird es hundertfach vergelten ... für jeden Nagel ... für jeden Tropfen Schweiß und Blut ... hundertfach. Lacht doch! Lacht doch!«

Noch niemals war er dem Herrgott so nahe gewesen wie jetzt, da er auf dem Dach von Rachmiels Bruchbude saß und mit dem kurzen, von fremden Händen abgegriffenen Beil hantierte. Bis zum Himmel, der plötzlich aufgeklart war und eine bodenlose, gar nicht herbstliche Tiefe gewonnen hatte, war es nur einen Steinwurf weit, und der Mann mit der Scheitelkappe wäre am liebsten nicht wieder auf die Erde hinabgestiegen. Was hatte er auf ihr noch nicht gesehen? Vierzig Jahre, wie vierzig

Kopeken, wie vierzig Nägel ... wem hatte er sie gegeben? Wo hatte er sie gelassen?

Er legte das Beil weg – mit dem Beil konnte er sich ja nicht zum Himmel aufschwingen –, breitete die Arme aus und bewegte sie wie Flügel.

»Was machst du da? Komm herunter!« schrie Rachmiel, der aus der Hütte getreten war.

Doch der, der sich sein Stiefsohn Aron nannte, dachte nicht daran, herunterzukommen. Er schwang nach wie vor die Arme, der Wind umspielte sein Gesicht, über seinem Kopfe segelten Wolken, und der Kopf war ihm leicht wie eine Pusteblume, so leicht wie in der Kindheit, wie in jener gesegneten Zeit, als seine Mutter, schön und hochbusig, am Fluß Wäsche spülte, und er, ein kleiner Junge, stand daneben, schaute ins Wasser und sah darin sich selbst und die Vögel, die über ihm dahinflogen, und das Weidengebüsch, das zum Flußufer hin abfiel, und einen großen glücklichen Fisch, der mit den Flossen wedelte.

»Komm herunter!« rief Rachmiel.

Jedoch er hörte ihn nicht. Er wollte nicht bis zum Gerichtstag warten, bis Gott die Himmelsleiter herabließ: Er wollte sofort, noch diesen Augenblick, dorthin gelangen, in jene gar nicht herbstliche bodenlose Tiefe jenseits der Wolken, in jenes Blau, wo seine schöne hochbusige Mutter Wäsche spülte – Vaters weißgebleichtes Hemd, eine bunte Schürze und ein Paar kurze, am Hosenboden geflickte Höschen.

»Kazimieras! Kazimieras!« Der erschrockene Rachmiel rief um Hilfe.

Was schreit der dumme Alte nur, dachte der, der sich sein Stiefsohn Aron nannte. Er sollte sich freuen, daß sein Dach geflickt ist. Nun wird es nicht mehr durchregnen. Eines freilich muß er mir schon verzeihen – ich kann in der Nacht nicht für ihn mit dem Klopfholz gehen. In der Nacht würde er bereits dort sein – in den paradiesischen Gefilden oder bei den Engeln, die weder mit Nägeln noch mit Wodka noch mit Holz handeln. Er würde auch für den armen Rachmiel ein gutes Wort einlegen. Und für Kazimieras auch.

Rachmiel und Kazimieras standen unten, sie sahen, wie er in ohnmächtigem Eifer die Arme schwang, sie wechselten Blicke, und plötzlich, wie auf Verabredung, schwangen auch sie die Arme und winkten: Komm doch um Gottes Willen runter!

Er aber freute sich und rief ihnen vom Dach aus zu: »Nehmt die Ziege mit! Die Ziege!«

Sie ließen die Arme sinken – im Alter kann man sie nicht mehr lange schwingen –, traten noch ein Weilchen von einem Fuß auf den anderen und trotteten dann hängenden Kopfes ins Haus.

Erschöpft war offenbar auch er. Seine Bewegungen wurden langsamer, und schließlich hielten die Flügel still.

Der, der sich Aron nannte, setzte sich und starrte in den Himmel, und die Trauer in seinen Augen war ebenso bodenlos wie die Tiefe, die sich ihm erschlossen hatte, und in jener Trauer, in jener Tiefe, in jenem Blau spülte seine schöne hochbusige Mutter wie im Fluß die Wäsche, nur er – er sah bereits nichts mehr: weder sich selbst noch die über ihm dahinfliegenden Vögel, noch das Weidengebüsch, das zum Flußufer hin abfiel, und auch nicht den großen glücklichen Fisch, der mit den Flossen wedelte.

An Rachmiels Zaun schabte Kazimieras' Ziege sich das Fell. Im Keller fiepten die Ratten.

Rachmiel und Kazimieras erwarteten ihn in der Hütte. Der Nachtwächter kratzte mit dem Fingernagel an seinem Klopfholz herum, und Kazimieras schmauchte eine Selbstgedrehte, wobei die Asche in seinen dichten Bart fiel.

»Trink Milch«, sagte Rachmiel, als der, der sich sein Stiefsohn nannte, hereinkam.

»Trink nur, trink«, sagte auch Kazimieras mit tiefer Stimme. »Es gibt nichts Süßeres auf der Welt als Ziegenmilch.«

»Das ist wahr«, stimmte Rachmiel ihm zu. »Früher haben nur Götter und Zaren welche getrunken. So heißt es in der Schrift. Trink!« Und er schob dem Mann mit der Scheitelkappe die Tonschale zu.

»Danke«, lehnte dieser verlegen ab.

»Trink«, brummte Rachmiel abermals. »Ziegenmilch vertreibt dumme Gedanken.«

»Ich habe keine dummen Gedanken«, sagte der, der sich Aron nannte, und stellte das Beil in die Ecke. »Es wird schon dunkel. Ich muß bald gehen.«

»Vielleicht gehe ich lieber«, warf Kazimieras ein. »Mich kennen alle.«

»Nein, ich«, sagte der Mann mit der Scheitelkappe bestimmt.

Nacheinander tranken alle drei aus der Tonschale Ziegenmilch, und diese verband sie wie ein Gelübde, auf einmal schwand jegliches Trennende – Schicksal, Alter, Tätigkeit –, sie alle waren Nachtwächter, Ziegenhirten und Boten Gottes, eines einzigen Gottes, eines allmächtigen und gütigen, der dem Menschen einen Schluck Milch beschert, auf daß er seine Seele vom bitteren Geschmack der Feindschaft und des Mißtrauens reinwasche.

Der Mann mit der Scheitelkappe ging von Rachmiels Behausung zum Marktflecken durch ein Roggenfeld, das vom Regen darniederlag, und manchmal flatterte vor seinen Füßen eine aufgescheuchte Wachtel auf, blind vor Dunkelheit und Angst, ein winziges Knäuel fremden, unverständlichen Lebens, und irgendwo erkaltete das verlassene Nest, das mit Gras und mit Hoffnung ausgepolstert war. Alle fürchten sich voreinander, ging es ihm durch den Sinn, während er sich dem Marktflecken näherte, die Vögel und auch die Menschen, und die Angst ist die einzige Speise für alle, für Satte und Hungrige.

Am Himmel glitzerten Sterne. Durch ihr Glitzern schien der Pfad endlos wie die Milchstraße.

Der, der sich Aron nannte, hatte es nicht eilig. Er atmete mit voller Lunge die feuchte Nachtluft, die geschwängert war vom herben Geruch der welkenden Gräser, der Kiefernnadeln und der Erde, die einem riesigen, nicht ganz durchgebackenen und aufgeweichten Brotlaib ähnelte.

Wie Rachmiel empfohlen hatte, begann der Mann mit der Scheitelkappe bei Fradkins Haus, er klopfte ein-, zweimal, und der ungewohnte leichte Trommelton zerriß die Stille, verebbte und verstummte wieder.

Fradkins Haus lag in Finsternis versunken. Die breiten Fenster waren mit Fensterläden dicht verschlossen, da würden auch die Posaunen von Jericho nicht durchdringen. Der, der sich Aron nannte, blieb an der Gartenpforte stehen und sagte, da er sich nicht auf das Klopfholz verließ, leise und deutlich: »Der Herrgott wird es hundertfach vergelten, für jeden Rekruten wie für jeden Nagel ...«

Er stand und wartete, ob nicht das Schloß quietschen würde, ob nicht Fradkin oder sein Sohn Selik auf die Vortreppe heraustträte und mit dem Gewehr auf ihn schösse wie auf eine Wachtel.

Jedoch das Haus lag wie ausgestorben.

»Der Herrgott wird es hundertfach vergelten«, wiederholte er und ging weiter.

Er ging die einzige Straße des Marktfleckens entlang und klopfte. Und je wilder er klopfte, um so stärker wurde die Totenstille ringsum.

Totenstill die Schenke.

Totenstill der Drogen- und Eisenwarenladen der Brüder Spiwak.

Totenstill das Holzhaus des Rabbi Uri.

Was schert die Leute sein Klopfen? Sie schlafen. Sie schlafen in den Armen der Sünde. Die ganze Welt schläft in den Armen der Sünde. Schläft und schnarcht leis und süß vor sich hin. Sündige Hände! Sündige Bäuche! Sündige Köpfe!

Und die Nacht ist leer wie ein riesiges Bethaus, wo Tausende von Kerzen flackern, die kein Kazimieras ausbläst, hätte er auch eine Lunge wie ein Blasebalg.

Warum schlafen alle, warum betet keiner?

»Wacht auf, ihr Schlafenden«, sagte der, der sich Aron nannte, ebenso leise und deutlich wie vorher. »Wie könnt ihr schlafen, wenn es bei einem durchs Dach regnet und wenn nichts da ist außer der Nacht und dem Friedhof?«

Irgendwo bellte ein Hund – wütend, sich überschlagend. Der Mann mit der Scheitelkappe lauschte dem Bellen und ging darauf zu. Er trat an einen Zaun und rief in die Dunkelheit: »Wen kläffst du an, Köter?«

Der Hund geriet nun erst recht außer sich. Er zerrte an seiner Kette, die Kette klirrte, und von ihrem rostigen Klirren trübten sich die Sterne am Himmel.

»Ich bin genau so ein Hund wie du«, sagte der, der sich Aron nannte. »Verstehst du, wie du ... Nur daß ich nicht ankläffe die Vorübergehenden, sondern die ganze Welt ... weil sie schlecht ist ...«

Der Mann mit der Scheitelkappe bemerkte gar nicht, wie die Straße aufhörte und er sich plötzlich auf einem winzigen, von Kiefern bewachsenen Friedhof befand, zwischen spärlichen Grabsteinen, über die sich das Sternenlicht ergoß und auf denen Kiefernnadeln lagen. Er strengte seine Augen an und las die erstbeste Inschrift: CHONE BRAIMANN.

»Sei gegrüßt, Chone Braimann.« Er beugte sich nieder und berührte den taubesprühten Stein.

»Sei gegrüßt«, erwiderte Chone.

Der Mann mit der Scheitelkappe hörte deutlich seine Stimme, deutlicher als das Hundegebell.

»Wo ist Rachmiel?« fragte der Tote.

»Rachmiel kränkelt.«

»Dieses Klopfholz habe ich ihm gefertigt. Ich, Chone Braimann, der Tischler.«

»Ein gutes Klopfholz.«

»Klopf ein wenig«, bat der Tote. »Ich möchte meine Arbeit hören. Die Arbeit stirbt niemals. Wenn sie gut ist. Klopf ein wenig.«

Der, der sich Aron nannte, setzte sich auf den Grabhügel und klopfte leise. Das Klopfen widerhallte in der Stille, fröhlich und ängstlich zugleich.

Allmählich wurde es hell.

Von hier, von Chone Braimanns Grabhügel aus, konnte der Mann mit der Scheitelkappe den ganzen Marktflecken sehen: die hingeduckten tristen Häuser, die Kirchturmspitze, das Blechdach der Schenke, das wie Wodka in der Flasche glitzerte, und den hohen Schornstein des Fradkinschen Badehauses.

Er saß und klopfte, und der Tischler Chone Braimann lauschte seiner Arbeit wie einem Totengebet.

»Was fällt dir ein, hier zu klopfen?« fuhr der Synagogendiener, der Kehricht aus dem Bethaus fortbrachte, den Lästerer an.

»Wieso – ist das verboten?« fragte der, der sich Aron nannte.

»Hier ist der Friedhof.«

»Bist du sicher?«

»Natürlich«, stammelte der Synagogendiener.

»Der Friedhof ist dort«, sagte der Mann mit der Scheitelkappe und zeigte auf die Schenke.

»Im Wirtshaus?«

»Im Ort. Dort gibt es mehr Tote.«

Er erhob sich vom Grabhügel des Tischlers Chone Braimann und trottete gebeugt durchs Roggenfeld, das vom Regen darniederlag, zu Rachmiels Behausung.

»Ich habe die ganze Nacht nicht geschlafen«, gestand der Alte.

»Hast du gelauscht?« fragte der, der sich sein Stiefsohn Aron nannte, lächelnd.

»Ich habe dich doch gebeten: Klopfe vor Fradkins Haus nicht laut.«

»Hab ich etwa laut?«

»Und wie laut … Und dann, vielleicht hab ich's geträumt, vielleicht war's wirklich so, hat jemand geklopft auf dem Friedhof.«

»Auf dem Friedhof hat der frühere Nachtwächter geklopft … wie heißt er doch …«

»Schmuël«, sagte der verdutzte Rachmiel. »Gibt es denn bei den Toten etwas zu stehlen?«

»O ja.«

»Und was?«

»Die Erinnerung.«

»Die Erinnerung?« nuschelte Rachmiel. »Das ist vielleicht ein Reichtum! Die Erinnerung – das ist ja ein Unglück!«

»Für manchen kann auch Unglück ein Reichtum sein«, erwiderte der Mann mit der Scheitelkappe.

»Du bist gewiß hungrig geworden über Nacht?«

»Nein. Schlafen möchte ich.«

»Schlaf«, sagte Rachmiel. »Schlaf.«

Er schlief sofort ein.

Rachmiel ging in der Hütte umher und schlug mit einem nassen Lappen Fliegen tot. Die Fliegen waren reichlich siebzig Jahre jünger als er, außerdem hatte keiner einzigen an der Kownoer Straße ein Balken das linke Bein zerschmettert. Sie flogen über dem Tisch, über dem Bett, setzten sich aufs Gesicht des Mannes mit der Scheitelkappe, krabbelten von der Stirn auf die unrasierte Wange, von der unrasierten Wange auf den entblößten Hals.

Warum sollte ich es nicht auch versuchen, dachte Rachmiel, ist denn eine Fliege was Besseres als ich? Der Alte humpelte zum Bett und berührte den entblößten Hals des Fremden. Seine Greisenfinger zitterten, und Rachmiel brauchte lange, um das verräterische Zittern zu überwinden. Endlich, als es sich gegeben hatte, öffnete er einen Knopf des verwaschenen Hemdes, schob es auseinander und starrte mit seinen kurzsichtigen Augen auf die rechte Schulter dessen, der sich sein Stiefsohn Aron nannte. Lag es nun daran, daß er es eilig hatte, oder daran, daß seine Augen immerzu widerwärtig tränten, jedenfalls sah Rachmiel auf der rechten Schulter nichts – kein Fleckchen, kein Mal. Mit dem kranken Bein hinkend, tappte er zur eisenbeschlagenen Truhe, wühlte darin und kramte schließlich eine Brille an einer Schnur hervor. Die Brille war alt, ein Glas fehlte, das andere war in der Mitte gesprungen und hielt kaum noch. Rachmiel setzte sie sich auf die Nase, band sich die Schnur um den Kopf und beugte sich abermals über den Schläfer.

Dieser rieb sich die Augen, erblickte Rachmiel mit der ulkigen Brille und sagte leise, wie im Schlaf: »Was ist, Vater, du untersuchst mich wie ein Gendarm?«

»Nein«, erwiderte Rachmiel erschrocken. »Ich ... ich fange Fliegen.«

»Mit der Brille?« Der, der sich Aron nannte, lächelte.

»Mit dem Lappen«, sagte Rachmiel und streckte ihm die leeren Hände hin.

»Nun und – hast du das Muttermal gefunden?«

»Ja«, antwortete Rachmiel schnell. »Ich habe es gefunden ... auf der rechten Schulter.«

Und er begann zu weinen.

Die Tränen schlugen gegen das gesprungene Brillenglas wie Fliegen, und durch den leeren Rahmen der anderen Hälfte quollen sie herab wie Honig, und Rachmiel empfand eine Süße, eine Süße, daß ihm ganz übel und schwindelig wurde.

9

Der Tod Chawas, der Frau des Schankwirts Josua, versetzte den ganzen Ort in Aufregung. Wenn sie wenigstens einfach so gestorben wäre, aber sie hatte sich – man traut sich's kaum zu sagen! – erhängt. Morta war vor Tau und Tag hinausgegangen, den Pferden Heu zu geben, sie hatte es gerade auf die Heugabel genommen und trug es zur Futterkrippe, da sah sie ihre Herrin. Sie sah sie und ließ die Gabel fallen, stolperte über den Heuhaufen, fiel auf den Erdboden des Stalles und blieb liegen, mit dem Gesicht nach unten, sie wagte nicht, sich zu bewegen und die Augen zu heben, dorthinauf, wo über einen Balken die Zügel geworfen waren und in einer Schlinge wie eine erloschene Lampe Chawa baumelte.

Die Pferde, nicht an Chawa gewohnt, stupsten mit den Mäulern gegen ihre in schwarzen Schuhen steckenden Füße, und der Leichnam schaukelte hin und her, so daß es aussah, als ginge Chawa durch die Luft.

Morta sprang auf und stürzte Hals über Kopf in die Schenke. Sie wußte nicht, wen sie wecken sollte: Semjon oder Josua selbst. Semjon, entschied Morta, schlich leise in sein Zimmer, trat auf Zehenspitzen ans Bett und flüsterte, vor Erregung halberstickt: »Simonai! Simonai! Steh auf!«

Der picklige Semjon drehte sich auf die andere Seite, griff nach dem Kissen und zischte, noch im Halbschlaf, böse und unzweideutig: »Was drängst du dich auf?«

Morta nahm die Kränkung hin, beugte sich über ihn und sagte verzweifelt, mit erstickter Stimme: »Dort ... im Stall ... deine Mutter ... und die Pferde ...«

»Hau ab«, knurrte der picklige Semjon. Doch Morta ging nicht.

»Deine Mutter ... im Stall ...«, wiederholte sie, und die Zähne schlugen ihr aufeinander.

Und da entflammte plötzlich etwas in Semjons schläfrigem Hirn, er fuhr hoch wie von der Tarantel gestochen, warf die Decke ab, sprang aus dem Bett, knöpfte sich im Gehen die Unterhosen zu, kratzte seine behaarte, von sündigen Träumen erhitzte Brust und tappte zur Tür.

»Mama«, rief der picklige Semjon leise, als sie den Stall betraten. »Mama!«

Lange, ach, wie lange hatte er sie nicht mehr so genannt. Vielleicht zwanzig Jahre, vielleicht auch dreißig. »Du« hatte er gesagt oder »Sie«, und die Mutter hatte es ihm nicht übelgenommen: Wen Gott benachteiligt hat, den setzt nichts mehr in Erstaunen, weder eine flüchtige Freundlichkeit noch ehrerbietige Gleichgültigkeit.

»Mama!« rief der picklige Semjon abermals, er kam allmählich zu sich, überwand Schlaftrunkenheit und Zorn.

Morta zitterte stärker als zuvor.

»Was zitterst du?« krächzte der Wirtssohn.

»Ich ... Ich zittere nicht ... Ich zittere nicht ein bißchen ... Das kommt dir bloß so vor, Simonai«, erwiderte sie und biß sich auf die Lippen.

»Wo ist sie?« fragte er.

»Dort«, antwortete sie und wies mit dem Finger zur Futterkrippe.

»In der Krippe?«

»Nein ... Gleich ... gleich wirst du selber sehen.«

Er verstellt sich, dachte Morta. Er hat sie ... er hat sie schon lange gesehen. Er verstellt sich. Für ihn ist das einfach entsetzlich. Mein Gott, wie entsetzlich, die eigene Mutter in der Luft zu sehen ... mit einer Schlinge um den Hals. Wie gut, daß meine Eltern so weit weg sind, in Sibirien. Ich würde tot umfallen, wenn ich sie so sähe.

Sie gingen zu der Stelle, wo Chawa hing wie ein altes Kleid auf der Leine.

»Mama!« stöhnte der picklige Semjon und preßte sein Gesicht an ihre erstarrten Beine. »Vergib mir. Vergib.«

Er weinte, und seine Tränen fielen auf ihre schwarzen Schuhe, auf ihre schwarzen Strümpfe, auf ihr schwarzes Geschick. Das ganze Leben – solange er sich an sie erinnerte – war sie schwarz gekleidet gewesen.

»Hilf mir!« sagte der picklige Semjon. »Ich halte die Leiter. Und du ... du steig hoch und binde sie los.«

»Vielleicht lieber du, Simonai«, widersprach Morta schwach.

»Ich stehe unten und fange sie auf. Ich will nicht, daß sie auf die Erde fällt ... lieber in meine Arme. Sie hat mich ja auch auf dem Arm getragen. Das hat sie doch?«

»Das hat sie«, stimmte Morta zu.

»Und jetzt bin ich an der Reihe. Steig hoch!«

Widerstrebend erklomm Morta die Leiter.

»Ich begreife einfach nicht, wie sie da hochgekommen

ist. Ihr Leben lang ist sie nirgends hochgestiegen ... nirgends ... keine noch so kleine Stufe«, flüsterte er. »Höchstens auf die Empore in der Synagoge, und auch das nur an Feiertagen. Warum bleibst du stehen?«

»Oh, Simonai!« rief Morta aus.

»Steig! Steig!«

Durch die Ritzen im Dach sickerte das erste Morgenlicht, unruhig flirrend; es fiel auf die Leiter, auf die dösenden Pferde und auf den pickligen Semjon, der barfuß in weißen Unterhosen dastand.

»Was trödelst du so lange?« fuhr er Morta an.

»Ich kann nicht! Der Knoten ist so fest. Ich kann nicht, Simonai!«

»Ich werde sie hochheben, dann knüpfst du ihn auf.«

Der picklige Semjon umfaßte die Beine der Toten und hob sie über seinem zerzausten Kopf hoch.

»Gut so?« fragte er Morta.

»Ja, gut!«

Und zwischen dem pickligen Semjon und seiner Mutter war nichts mehr – keine Zügel, kein Abstand, keine Fremdheit. Er hielt sie ganz fest, so wie er Selda halten würde, wenn die sich entschlösse, abends zu dem alten Birnbaum zu kommen, oder wenn es ihr einfiele, am anderen Flußufer Erdbeeren zu sammeln, ohne daß sie im Wasser nasse Füße bekommen wollte.

Und so trug er seine Mutter durch den Stall wie durch einen reißenden Fluß, trug sie zu ihrem letzten Ufer, wo es keinen alten Birnbaum gab, keine Erdbeeren, weder Liebe noch Kränkung, sondern nur ungehobelte Bretter und den einzigen weißen Lichtblick in ihrem Leben – das Leichentuch.

Der picklige Semjon trug sie in sein Zimmer, legte sie auf sein Bett, deckte sie mit seiner Decke zu und setzte sich ans Kopfende.

»Zieh dich an«, sagte Morta.

Doch er rührte sich nicht.

»Wenn jemand kommt ... zieh dich an«, wiederholte sie kläglich.

Der picklige Semjon saß am Kopfende des Bettes und betrachtete mit starren Augen seine tote Mutter, und in ihm brodelte es wie in einem Sumpf.

»Chawa!« hörte er die Stimme seines Vaters. »Chawa!«

Später: »Morta! Morta!«

»Er ruft mich«, sagte Morta zu Semjon.

»Laß ihn rufen!«

»Semjon! Semjon!« dröhnte Josuas Stimme. »Hast du die Mutter nicht gesehen?«

»Nein. Ich habe sie nicht gesehen. Niemand hat sie gesehen, nie«, sagte der picklige Semjon leise.

Der Schankwirt Josua riß die Tür auf. »Warum gebt ihr keine Antwort?« fragte er argwöhnisch.

»Leise«, wies der picklige Semjon ihn zurecht. »Leise. Mutter schläft.«

»Wo?«

»Hier«, murmelte der Sohn.

Josua stand an der Tür und wagte nicht, sich dem Bett zu nähern. Ein Schritt – und halt, noch ein Schritt – und halt.

»Warum schläft sie in deinem Bett?« fragte er von fern.

»Weil sie neben dir friert, Vater. Sie friert.«

»Chawa!« schrie der Schankwirt auf, er stürzte zum Bett und warf sich, angekleidet wie er war, neben die Tote. »Chawa!«

»Hör auf«, sagte der picklige Semjon.

»Mein Gott!» Josua schlug die Zähne ins Kissen. »Mein Gott!«

Auf einmal zog er seine tote Frau an sich und bedeckte sie mit schnellen feuchten Küssen.

Der picklige Semjon wandte sich ab.

Morta stand am Kopfende des Bettes und bekreuzigte sich.

»Geht«, bat der Schankwirt. »Geht! Laßt uns allein. Hört ihr!«

Der picklige Semjon stand auf und ging ohne ein weiteres Wort zur Tür.

»Zieh dich an, Simonai«, flehte Morta, sie ergriff seine Kleider und stürzte ihm nach.

»Chawele«, flüsterte Josua, als sein Sohn und Morta hinausgegangen waren. »Du hast gestern versprochen, Fladen zu backen aus frischen Kartoffeln. Du weißt doch, Chawele, wie sehr ich deine Kartoffelpuffer mag.«

Er streichelte ihr Haar, berührte ihren goldenen Ohrring.

»Mein Gott! Was hast du für schönes Haar! Wie lebendig es ist! Du brauchst dich nicht zu schämen und die Augen zu schließen. Du denkst, was ich hier rede? Ich habe gesagt, daß ich deine Kartoffelpuffer mag, weiter nichts. Komm, Chawele, komm. Wir haben, Gott sei Dank, unser eigenes Bett. Im eigenen Bett ist es weicher. Dort weiß jeder Floh, wie sehr ich deine Kartoffelpuffer mag und dein schönes Haar. Mein Gott! Mein Gott!«

Die Tränen würgten ihn, aber er konnte nicht weinen. Früher hatte Josua selbst beim nichtigsten Anlaß geweint. Die Tränen brachten Erleichterung, sie spülten Härte und Verdruß von seinem Gesicht und aus seiner Seele, machten ihn jung, wie er früher gewesen war, führten ihn zurück in jene Zeit, da er, ein hoffnungsvoller Sproß vom Stamme der Mandels, unermüdlich durch Litauen gefahren war auf der Suche nach dem ungewissen jüdischen Glück, das flüchtig war wie Rauch. Jetzt aber, neben der toten, sich blau verfärbenden Chawa, konnte er keine einzige Träne hervorpressen. Die Tränen ließen ihn im Stich, in seiner Kehle kratzte es wie von Lindenblütenhonig, sein Kopf wollte fast zerspringen vor Leere und Ohnmacht, und in seinen Ohren zirpten Heuschrecken. Plötzlich nahm Josua heimlichen Leichengeruch wahr, und er schluckte krampfhaft an der aufsteigenden Übelkeit.

Er ging zum Buffet, holte eine Karaffe heraus und goß sich zum erstenmal in seinem Leben einen hohen Silberpokal voll Wodka ein, mit geschlossenen Augen leerte er ihn in einem Zug, und der Wodka brannte in seiner koscheren Speiseröhre, vertrieb die Heuschrecken, und mit einem Schlag wurde ihm geradezu schmerzhaft leicht und licht zumute.

Mit dem Pokal in der Hand ging Josua zum Bett zurück, schaute unverwandt auf Chawa und sagte – ebenfalls zum erstenmal in seinem Leben – in einem Zustand verzweifelter Klarheit: »Auf dich, Chawa! Auf deine Güte und Treue!« Er drehte den Pokal in der Hand, und da er nicht wußte, was damit anfangen, führte er ihn plötzlich an die erstarrten Lippen seiner Frau und berührte diese mit dem silbernen Rand.

»Hast du die Ohrringe abgenommen?«

An der Tür stand angekleidet Semjon.

»Die Ohrringe?« Josua fuhr zusammen, er ließ den Pokal fallen, und die restlichen Wodkatropfen fielen wie Tränen auf den Leib der Toten.

»Ich kann nicht«, sagte er zu seinem Sohn. »Nimm du sie ab.«

»Wer sie geschenkt hat, der muß sie auch abnehmen«, erwiderte Semjon.

»Wenn die Frauen kommen, um sie zu waschen und zurechtzumachen, die werden die Ohrringe abnehmen«, wehrte sich der Schankwirt Josua.

»Niemand wird kommen. Morta wird alles machen.«

»Morta?«

»Oder willst du vielleicht, daß sie begraben wird auf dem Ödland hinter dem Friedhofszaun?«

»Nein, das will ich nicht«, gab Josua nach, und abermals verwandelte sich sein Kopf in eine Art Heuschrekkenweide, alles darin hüpfte, knisterte, zirpte. Welch eine Schande, welch eine Schande, zermarterte er sich selbst und kämpfte vergebens gegen die aufkommende würgende Übelkeit. Chawa, seine Frau, die Mutter seiner Kinder, mußte er vor den Lebenden verstecken, damit keine Menschenseele ahnte, wie sie aus dem Leben gegangen war.

Morta erhitzte Wasser in einem Eisentopf, goß es in eine große, zum Früchtekochen bestimmte Schüssel, entkleidete Chawa und begann den starren Körper zu waschen. Sie bemühte sich, die Tote nicht anzusehen, der Schwamm glitt über deren Beine und Hüften, bis er schließlich an die ausgelaugten Brüste stieß. Morta, um sich Mut zu machen, flüsterte etwas vor sich hin. Sie wußte selbst nicht was, jedoch die Worte beruhigten sie, führten sie weg von diesem Bett, von diesen flachen Brüsten mit den verschrumpelten Brustwarzen, die welken Seidelbastbeeren ähnelten.

Auf dem Hof gackerten wild die Hühner. Eine alte Gans, die die Herrin überlebt hatte, zischte.

Morta wechselte das Wasser, drehte Chawa auf den Bauch, wusch sie, drehte sie wieder herum, warf den Schwamm in die Schüssel, setzte sich auf den Bettrand, wischte sich den Schweiß ab und sagte, ohne die Tote anzusehen: »Danke.«

Sie dankte Chawa dafür, daß die sie nicht fortgejagt hatte, daß sie sich für die Kuh eingesetzt hatte, dafür, daß sie sie nie angeschrien hatte und bis zu ihrem Tod so getan hatte, als ob zwischen Morta und ihrem Sohn Semjon nichts wäre und nie etwas sein würde.

»Danke«, wiederholte sie und begann zu weinen. Sie fing sich aber schnell wieder, trug die Schüssel in den Hof, goß das Wasser aufs welke Gras, und die Hühner kamen angelaufen, in der Hoffnung auf Futter. Nur die alte Gans hob stolz den Kopf, als wisse sie, was das für Spülicht war.

»Fertig?« wurde Morta vom pickligen Semjon gefragt, der zwei ungehobelte Bretter aus dem Stall herbeigeschleppt hatte.

»Fertig«, sagte Morta.

»Und die Ohrringe?«

»Ich kann nicht, Simonai.«

»Du kannst sie behalten«, sagte er.

»Ich brauche keine Ohrringe«, sagte Morta erschrokken. »Lieber schneide ich mir die Ohren ab.«

»Nimm sie ab!« befahl er, mit je einem Brett unter beiden Armen vor ihr stehend. »Die Würmer können sie nicht gebrauchen.«

»Nein, nein«, fuhr Morta auf. »Verlange von mir, was du willst, nur nicht das.«

»Sie werden dir sehr gut stehen. Sehr gut«, beharrte er. »Los! Wir müssen sie heute noch beerdigen, damit es kein Gerede gibt. Morgen ist Freitag. Übermorgen ist Sabbat … Geh!«

Morta verdeckte mit der Schüssel ihren Leib und ihre Brust, als ziele der picklige Semjon mit seinen grausamen Worten genau dorthin.

»Bald kommen die Leute. Vater ist Rabbi Hillel holen gegangen. Bei seiner Ankunft muß alles fertig sein. Geh!«

Sie gehorchte und ging zum Haus, immer noch Leib und Brust mit der Schüssel schützend.

Festen Schrittes trat Morta ans Bett.

Eine ganze Ewigkeit, schien ihr, verging, ehe sie diese dreimal verfluchten, diese wunderschönen Ohrringe abgenommen hatte.

Sie glitzerten auf ihrer Hand wie zwei goldene Käfer, wie zwei Marienkäferchen – ein Hauch, und sie breiten die Flügel aus und fliegen, und sie, Morta, öffnet das Fenster und sagt, glücklich wie bei der Erstkommunion: »Fliegt! Fliegt!«

Am liebsten wäre auch sie zum Fenster hinausgeflogen, hoch hinauf zu den Wolken, die über der Schenke segelten, über dem Marktflecken, über der Erde mit ihren Totenwürmern und sonstigen Würmern.

Auf einmal sah sie noch eine Morta, die gleiche, aber nur bis zum Gürtel, ohne Beine und ohne den handgewebten Rock, und sie trat vor den Spiegel.

Es war ein alter Spiegel im schweren Eichenrahmen, mit einem Tischchen auf geschwungenen, schnitzereiverzierten Beinen.

Vorsichtig, mit zwei Fingern, nahm Morta einen Ohrring von ihrer Handfläche auf, hielt ihn sich ans rechte Ohr, warf mit einem Kopfruck eine Strähne ihres rotblonden, von der Sonne gebleichten Haares zurück und schaute in das gleichgültige, aber gerechte Spiegelglas.

»Oi!« entfuhr es ihr, und sie blickte beschämt zum Bett.

Chawas Ohrläppchen waren schwarz wie angebrannte Fladen.

Morta stach sich an dem Ohrring und rannte, so schnell sie konnte, aus dem Zimmer in den Hof.

Als der Synagogendiener kam, lag Chawa schon nicht mehr auf dem Bett, sondern auf dem Fußboden, ins Leichentuch gehüllt. Der picklige Semjon hatte für alle Fälle ihr Gesicht gepudert und ein weißes Spitzentuch, das noch von der Hochzeit stammte, um ihren Hals gebunden.

»Welch ein Unglück! Welch ein Unglück!« säuselte der Synagogendiener, aufdringlich wie Hummelgesumm, während er den Duft des Puders schnupperte und auf das weiße Halstuch äugte. »Wer hätte das gedacht? Wer hätte das gedacht?«

Der Schankwirt Josua, in schwarzem Gehrock, schwarzer Samtkappe und in Schuhen, die er nie getragen hatte, wiegte traurig den Kopf und schien zu beten. Der picklige Semjon zog den Synagogendiener in eine Ecke und fragte heiser: »Wo ist Rabbi Hillel?«

»Der Rabbi Hillel ist bettlägerig«, flüsterte der Synagogendiener kriecherisch. »Er hat es mit der Leber. Mit der Leber. So jung und schon mit der Leber.«

Der picklige Semjon runzelte die Stirn.

»Um zu lesen eine Totenmesse, braucht man die Stimme, nicht die Leber.«

»Welch ein Unglück! Welch ein Unglück!« säuselte die Hummel abermals. »Aber wonach riecht es nur hier bei euch?«

»Nach dem Tod«, wies der Wirtssohn ihn zurecht.

Der Synagogendiener ging ihm auf die Nerven. Klein und wendig war der, wandte kein Auge von der Verstorbenen und schnüffelte immerzu mit seiner Spürnase.

»Wer hätte das gedacht? Solch eine Frau ... Ein liebender Ehemann ... ein liebender Sohn ... Ehre und Würde. Als der Landstreicher zu mir gesagt hat: Wir lassen Reb Josua weinen stinkende Tränen – ich habe es nicht geglaubt, ich habe gedacht: ein Meschuggener!«

»Was für ein Landstreicher?« Der picklige Semjon wurde hellhörig.

»Und gestern sitzt er auf dem Friedhof auf dem Grabhügel von Chone Braimann und rührt das Klopfholz. ›Was klopfst du hier?‹ frag ich ihn. Und er sagt zu mir: ›Der Friedhof ist dort!‹ Und zeigt auf die Schenke.«

»Trägt er eine Scheitelkappe ... mit einer Nadel?«

»Ja, mit einer Nadel. Er wohnt beim Nachtwächter Rachmiel«, scharwenzelte der Synagogendiener vor dem Wirtssohn. »Und das Tuch! Was für ein schönes Tuch die Verstorbene um den Hals hat! Das reinste Hochzeitstuch! Noch niemals ist bei uns jemand mit solch einem Tuch beerdigt worden!«

Der picklige Semjon indessen hörte ihm schon nicht mehr zu. Jetzt waren seine Gedanken nicht bei dem Synagogendiener, auch nicht bei seiner verstorbenen Mutter, sondern bei dem mit der Scheitelkappe, die mit einer Nadel ans Haar gesteckt war. Der war es, der Unglück über ihr Haus gebracht hatte, der war es, der die Schlinge um Mutters Hals geknüpft und sie auf diese ungehobelten Bretter gelegt hatte!

Dann kamen die Spiwaks, Naftali und Chaim, die Brüder der Verblichenen. Gemessenen Schrittes traten sie ans Totenlager, vergossen eine kümmerliche, gleichsam auf der Waage abgemessene Träne, wiegten ihre ergrauten Köpfe und nahmen Aufstellung neben dem Spiegel, der mit einer Flauschdecke verhängt war.

Die Brüder stellten keine Fragen, mit dem Tod ist ohnehin kein Handel möglich, ob man fragt oder nicht, bei ihm ist nichts zu holen. Allerdings ließ der verbundene Hals der Schwester einen vagen peinlichen Verdacht aufkommen.

»Höre, Chaim«, flüsterte Naftali. »Warum ist ihr der Hals verbunden?«

»Damit ihr auch im Jenseits das Atmen schwer wird«,

antwortete Chaim, zog sein Taschentuch hervor und wischte sich anstandshalber die trockenen Augen.

Naftali folgte seinem Beispiel – er tat es Chaim in allem nach, und so standen sie und rieben einträchtig ihre scharfblickenden Glotzaugen mit parfümierten Seidenfetzchen.

Auf dem Hof spannte Morta die Pferde ein. Sie witterten den Tod und waren erstaunlich gefügig. Nur der Goldfuchs scharrte unruhig mit einem Vorderhuf.

»Na, na«, schalt Morta ihn freundlich.

Ins Haus zog es sie nicht – lieber denen da drinnen jetzt nicht unter die Augen kommen. So ist das nun, dachte sie, jetzt bin ich mit zwei Männern allein, und dieser Gedanke, simpel wie ein Pferdehuf, erfüllte sie mit brennender Scham und Unruhe.

Am Wagen gingen Leute vorüber, doch Morta bemerkte sie nicht. Zum soundsovielten Male zog sie die Bauchriemen der Pferde fest, ganz unnützerweise, dann grub sie ihre Hand in die Mähne des Goldfuchses und ließ sie lange dort, die Wärme der stummen, freudlosen Kreatur tat ihr wohl.

Der ältere Andronow kam angeschlendert, Afinogen, ein lustiger Frechling, er griff der braunen Stute in die Zügel und fragte mit heiserer Stimme: »Warum ist die Schenke geschlossen?«

»Die Herrin ist gestorben«, sagte Morta so flink, als fühle sie sich bei etwas Ungehörigem ertappt.

»Gibst du mir zwei Flaschen?«

»Nichts gibt's«, antwortete sie.

»Dann wenigstens eine«, bat Afinogen. »Mir brummt noch von gestern der Schädel – nicht auszuhalten. Aber um Chawa tut's mir leid.«

»Mir auch«, sagte Morta.

»War eine gute Frau«, schmeichelte Afinogen. »Eine stille. Gar nicht wie eine Jüdin. Was fehlte ihr denn?«

»Ich weiß nicht«, sagte Morta.

»Jedem fehlt irgendwas: dem einen Geld, dem anderen Wodka. Na, gib schon 'ne Flasche!«

»Meinetwegen. Aber dann troll dich!«

Morta lief in die Schenke und holte eine Flasche.

»Wenn die andern noch abkratzen, gehört alles dir.« Afinogen grinste, suchte Kleingeld aus seiner Tasche, bezahlte, steckte sich die Flasche vorn ins Hemd und ging davon.

Kaum war Afinogen fort, da kam Selda Fradkina. »Guten Tag«, begrüßte sie Morta mit gedämpfter Stimme.

»Guten Tag, Fräulein.«

Selda trug ein schwarzes Trauertuch über ihrer blassen Stirn, ein graues, wie mit Gräupchen bestreutes Kleid, dazu hohe Schuhe, fast bis zu den Knien, mit Lederverschlüssen – solche hatte Morta noch nie gesehen.

»Gehen Sie ins Haus, Fräulein.«

»Nein, nein«, wehrte Selda erregt ab. »Ich komme nur auf einen Sprung. Woran ist sie gestorben?«

»Woran?« Morta wurde verlegen. »Sie hat sich schlafen gelegt und ist nicht mehr aufgewacht.«

»Wie Mama«, sagte Selda.

Die Herbstsonne schien träge vom Himmel herab, die Pferde schüttelten ihre Köpfe, sie klirrten mit dem Geschirr, und von diesem Klirren vibrierte die Luft. Vielleicht aber vibrierte sie auch von der Stille, von den spärlichen Sonnenstrahlen und von den Worten, die ebenso karg waren, ohne Wärme und Licht.

»Ich habe noch nie jemanden zu Grabe getragen«, gestand Selda unvermittelt.

»Und Ihre Mama?«

»Mama starb, als ich noch ganz klein war. Mich ließen sie zu Hause bei der Amme. Die Amme sah mich an und weinte. Und ich stippte den Finger in ihre Tränen, leckte ihn ab und fragte: ›Warum sind deine Augen salzig und meine nicht?‹ – ›Deine werden auch noch salzig werden‹, erwiderte sie, ›warte nur ab.‹ «

»Gehen Sie ins Haus, Fräulein, gehen Sie. Alle werden sich freuen, wenn Sie kommen«, beharrte Morta und wunderte sich selbst über ihre Beharrlichkeit. »Das dauert noch, bis sie herausgebracht wird.«

»Ich warte im Hof«, sagte Selda.

»Wie Sie wollen, Fräulein«, gab Morta nach. »Ist Ihnen langweilig hier bei uns?«

»Überall leben Menschen«, erwiderte Selda ausweichend.

»Also ich finde, mit Menschen ist es langweilig«, ging Morta aus sich heraus.

»Und mit wem ist es schön?«

»Mit wem?« Morta war ganz angespannt. »Mit denen«, sagte sie und zeigte auf die Pferde. »Und mit den Hühnern … Schön ist es mit denen, die einen verstehen … Soll ich vielleicht Semjon rufen, Fräulein?«

»Niemanden sollst du rufen. Wie ist es, wird sie hingefahren?«

»Getragen«, erklärte Morta und wunderte sich über Seldas Unkenntnis.

»Wozu dann die Pferde?«

»Der Herr fährt damit zurück. Und Semjon. Und Sie, wenn Sie mit auf den Friedhof gehen.«

»Ich sehe, du bist schon ganz und gar eine Jüdin geworden.«

»Nicht ganz«, lächelte Morta. »Obwohl ich auf Ihre Art kochen und beten kann.«

»Sogar beten?«

»Ja. Mein Gott erhört mich nicht. Vielleicht, denk ich mir, hört mich der Ihrige. Nur, Simonas ist ärgerlich. Er sagt, alle Götter haben zugestopfte Ohren. Aber das glaub ich nicht, Fräulein. Gottes Ohren können niemals verstopft sein. Besonders, wenn man nicht für sich selbst bittet. Aber was tut der Mensch? Der Mensch bittet nur für sich selbst und höchstens noch für seine Nächsten.«

»Für wen soll man denn sonst bitten?«

»Für alle«, sagte Morta. »Für alle. Für Sie, Fräulein … Für dieses Pferd … Für dieses Huhn dort, damit der Hahn zu ihm freundlich ist. Es läuft über den Hof und gackert so kläglich, als würde es geschlachtet.«

»Es wird sowieso geschlachtet, ob du betest oder

nicht«, sagte Selda und fügte auf einmal hinzu: »Komm doch einmal zu mir.«

»Wozu?« Morta zog die Brauen hoch. »Sie haben ja Golda.«

»Wir könnten zusammen beten«, sagte Selda, und ein Lächeln erhellte ihr blasses Gesicht.

»Ich würde gern kommen, Fräulein, aber ich habe keine Zeit. Jetzt erst recht nicht mehr.«

»Komm«, wiederholte Selda ihre Einladung.

»Gut«, sagte Morta. »Manchmal, wenn ich Wasser hole oder wenn es in der Gaststube leer ist, höre ich, wic Sie Klavier spielen. Wie glücklich Sie sind, Fräulein!«

»Glücklich bist du«, murmelte Selda verwirrt.

»Ich?«

»Du hast die hier.« Selda tätschelte dem Goldfuchs den Rist. »Und die Hühner.«

»Aber Ihr Vater, der Herr Fradkin, der hat doch von solchen Pferden eine ganze Herde. Und Hühner kann er tausend kaufen!«

»Schon, schon.« Selda nickte. »Aber was hab ich davon, wenn die Pferde mich nicht verstehen und wenn die Hühner, die tausend Hühner, mir mit Soße serviert werden?«

Sie schickte sich zum Gehen an, doch da sah sie, wie der Holzfäller Itzik den Hof betrat.

»Da kommt Itzik«, freute sich Morta. »Also werden sie sie bald bringen. Semjon trägt an einem Ende, Itzik am anderen, so wird die Herrin wie auf einem Floß gleiten.«

Itzik erkannte Selda schon von weitem. Seine Schritte wurden kürzer, unsicherer, wie bei einem Betrunkenen.

»Wieso stehen Sie hier?« fragte er mit geheucheltem Gleichmut. »Gehen wir doch hinein.«

Wenn sie nur nicht wegläuft, dachte Itzik. Wenn sie nur nicht wegläuft.

Er hätte Selda am liebsten aufgehoben und ins Haus getragen, wie ein Himmelsgeschenk, wie eine unverhoffte Freude, die man sogar am Begräbnistag mit niemandem teilt. Und sein Wunsch schien sich auf Selda zu übertragen. Sie war nicht imstande, Widerstand zu leisten, sie folgte ihm wie durch ein tiefes Wasser, ohne an das zurückbleibende Ufer zu denken, und sie empfand ein ungewöhnliches Anwachsen ihrer Kraft.

»Was ist heute für ein schöner Tag«, sagte Itzik und verlangsamte seinen ohnehin zögernden Schritt. »Das wollte ich Ihnen schon lange sagen.«

»Was?«

»›Was ist heute für ein schöner Tag.‹ Aber die Tage gingen hin, und es gab nichts Schönes.«

»Auch jetzt, glaube ich, gibt es nichts dergleichen«, bemerkte Selda.

»Mein verstorbener Vater hat gesagt: Wer der Frau, die er liebt, begegnet auf einem Begräbnis, der wird glücklich mit ihr bis zum Grabe.«

Er mußte sie mit seiner Ungeduld überrumpeln, mit seiner Aufrichtigkeit erschrecken, denn er glaubte nicht, daß es ihm noch einmal gelingen würde, ihr seine lächerlichen und wahrscheinlich ganz überflüssigen Gefühle zu gestehen. Sollte sie getrost über ihn lachen, sollte sie davonlaufen und ihm niemals mehr einen Blick gönnen, aber sie sollte wissen, hören, fühlen, was für eine Wolke über ihm schwebte.

»Mein Vater irrt sich nie«, scherzte er gezwungen, über ihr Schweigen erstaunt. Sollte ein Geständnis wirklich keinerlei Eindruck gemacht haben? Sollte über ihrem Kopfe wirklich jeden Tag solch eine Wolke sich ballen?

»Mein Vater irrt sich auch nie«, erwiderte Selda.

»Doch, er irrt sich.« Er hätte beinahe geschrien. »Weil er alles in Kubik- und laufenden Metern mißt. Aber ich bin nicht aus Holz. Und Sie, Selda, sind auch nicht aus Holz.«

»Hören Sie auf«, unterbrach sie ihn. Ihr Gesicht glühte von seinen Worten, und ihr Herz hüpfte und schmolz dahin, und im Dahinschmelzen fing es jeden Laut auf, wie ein Fisch nach jedem Krümchen schnappt, das die Strömung forträgt.

»Mein verstorbener Vater hat gesagt: ›Itzik! Eine Liebeserklärung mache nicht im Walde, nicht am Flusse, sondern an einem Totenbett oder auf dem Friedhof, und wenn du erhört wirst, dann werdet ihr leben ein langes und glückliches Leben, denn eine Frau ist wie der Tod: du kannst sie nicht überlisten und nicht betrügen.‹«

»Warum lügen Sie? Sie können sich doch an Ihren Vater gar nicht erinnern«, sagte Selda leise.

»Aber ... aber an seine Worte«, preßte Itzik hervor und fühlte sich in Schweiß gebadet.

Sie umkreisten die Schenke und konnten und konnten den Eingang nicht finden zu dem Haus, wo auf dem Fußboden auf ungehobelten Brettern eine Frau ruhte, deren Ehemann, der Schankwirt Josua, ihr weder im Walde noch am Flusse noch im Brautbett eine Liebeserklärung gemacht hatte, und der es nun vielleicht an der offenen Grube tun würde, flüchtig, mit unterdrückten Tränen, Mitgefühl heischend.

Der Friedhof war jung, viel jünger als die meisten Toten. Der erste Jude war auf ihm kurz vor dem Aufstand vom Jahre dreiundsechzig beerdigt worden. Vorher hatte man die Verstorbenen nach Miškinė gefahren – so weit konnte man sie nicht tragen, wie es der Brauch vorschrieb.

Während der picklige Semjon und Itzik Chawa durch den Marktflecken trugen, gesellten sich immer mehr Neugierige zu dem Häufchen der Angehörigen. Eine Beerdigung war ein Ereignis wie Hagel im August oder Gewitter aus heiterem Himmel. Die Leute quollen aus den Häusern, eilten stolpernd dem Leichenzug nach, schnauften und verfluchten den holperigen Weg, ihre Kurzatmigkeit und ihr Geschick, während sie die heilsame Luft tief einsogen. Eine solche Luft fand man wahrscheinlich auf der ganzen Welt nicht noch einmal, soviel man auch kreuz und quer herumreisen würde, von einem Ende zum anderen bis hin ins Gelobte Land. O litauische Landluft, die alle Kreatur von der Wiege bis zum Grabe, vom ersten Schrei bis zum letzten Seufzer begleitet, die keine Siedlungsbegrenzung kennt, keinen Unterschied zwischen Christen und Juden macht, du strömende, alles einhüllende Luft, die jeden Lapserdak und jeden Bauernkittel durchdringt!

Nach den Erwachsenen kamen auch die Kinder auf den Friedhof, und nach den Kindern die Hunde. Und niemand verjagte sie, denn auch ein Hund hat das Recht, an der offenen Grube zu stehen, eine Träne zu vergießen und sogar den Tod anzubellen.

Dem Schankwirt Josua versagten fast die Beine. Neben ihm schritten würdig die Brüder Spiwak, Naftali und Chaim. Itzik blickte sich andauernd um, ob Selda noch mitkäme.

Selda hielt sich am Rand des Fuhrwerks fest, auf dem Morta saß und an den Zügeln fingerte wie an einem Rosenkranz.

»Anhalten«, stieß Josua plötzlich hervor.

»Was ist los?« rief der picklige Semjon, ohne sich umzudrehen.

»Der Herr Polizeichef! Der Herr Polizeichef winkt ...«

»Soll er doch winken«, sagte der Wirtssohn wütend.

»Warten wir einen Moment. Warum den Mann verärgern?«

»Du kannst ja warten, wenn du willst«, gab Semjon kurz zurück, ohne seinen Schritt zu verlangsamen.

Der Polizeichef stand an seiner Gartenpforte und winkte freundlich-teilnahmsvoll mit der Mütze. Die Mütze wedelte durch die Luft wie ein großer Pilz.

Der Schankwirt Josua hob die Hand und winkte schwach zurück: Danke, Ardaljon Ignatjewitsch, das vergeß ich Ihnen nicht. Dann ließ er die Hand wieder sinken, fing einen bösen Blick seines Schwagers Naftali Spiwak auf und duckte sich wie unter einem Schlag. Mein Gott, was ist denn mit mir los? dachte Josua. Wem winke ich da? Ein Glück noch, daß Nesterowitsch keinen Wodka haben wollte. Und wenn er welchen gewollt hätte? Hätte ich am Ende Chawa im Stich gelassen und wäre in die Schenke zurückgegangen? Vermutlich ja.

Und dann wurde Josua plötzlich auf einen Hund aufmerksam, einen scheckigen Hund mit ulkiger länglicher Schnauze und mit Schlappohren, die herabhingen wie welkes Kartoffelkraut. Er war wohl herrenlos, er rannte den Weg entlang und wedelte mit seinem Stummelschwanz, als wolle er sich von jemandem verabschieden.

»Wem gehört der Hund?« fragte der Wirt seinen Schwager Naftali.

»Besinne dich, Josua! Wo sind deine Gedanken?« tadelte Naftali ihn.

»Bei dem Hund«, gab der Wirt zu.

»Du solltest lieber denken an Chawa«, zürnte Naftali.

Der Wirt ging langsamer, und als der Wagen ihn eingeholt hatte, sagte er zu Morta: »Nach dem Begräbnis bringst du ihn zu uns.«

»Wen?« Morta war verblüfft.

»Den Hund dort.«

»Warum?« Morta hielt die Zügel still und starrte ihren Herrn an.

»Ich will's«, sagte Josua knapp.

Er begriff selbst nicht, was ihm dieser räudige Köter sollte, aber den ganzen Weg bis zum Friedhof wandte er kein Auge von ihm, und je länger er hinsah, desto stärker wurde sein unvernünftiger Wunsch. Mein Gott, was ist nur mit mir los? ging es ihm abermals durch den Sinn. Warum denke ich nicht an Chawa, mit der ich fast dreißig Jahre gelebt habe, sondern an diesen mickrigen herrenlosen Hund? Die Brüder tun ja so, als wären sie gebeugt vor Kummer, richtete Josua seinen Zorn auf einmal gegen die Spiwaks. Lüge. Sie hatten Chawa damals los sein wollen, hatten sie ihm aufgedrängt, wie einen Ladenhüter ... Alle lügen ... Sie lügen, wenn sie zeugen, sie lügen, wenn sie begraben. Das ganze Menschenleben besteht aus einer langen – manchmal einträglichen, manchmal verlustbringenden – Lüge. Und die Wahrheit, die ist wie dieser Hund, räudig und unbehaust. Wenn die Welt ein Haus der Wahrheit wäre, würde niemand auch nur einen Tag darin leben. Sie würden sich gegenseitig die Kehle durchschneiden ... sich erdrosseln ... sich die Fressen einschlagen. Die Lüge hält alles aufrecht. Alles. Nur daß einem davon übel wird, als hätte man zuviel getrunken. Aber kann man denn die ganze Lüge auskotzen? Kann man sie denn ganz auskotzen?

Als Chawa in die Grube hinabgelassen wurde, brach Josua in Tränen aus.

Der Synagogendiener hielt sich neben ihm und schnüffelte immerzu mit seiner Spürnase.

»Was schnüffelst du?« Dem Wirt wurde es zuviel.

Der Synagogendiener gab keine Antwort. Aber er hätte die Hand dafür ins Feuer gelegt, daß von Josuas Tränen ein Geruch ausging – nach Spülicht oder faulen Eiern oder nicht abgewischter Kinderkacke. Dem Synagogendiener fiel der Landstreicher mit der ans Haar gesteckten Scheitelkappe ein, er dachte an dessen unverständliche Worte über die stinkenden Tränen des Schankwirts, und vor Aufregung und Verwirrung begann er selbst laut zu weinen.

Alle – der picklige Semjon, Selda, Itzik, Morta, die Gaffer, die Kinder, die Hunde –, alle sahen zum Synagogendiener hin und konnten nicht fassen, warum er sein Schluchzen zum Himmel aufsandte.

Der picklige Semjon ging zu ihm, holte ein Dreikopekenstück hervor und sagte: »Du weinst schön. Da, nimm!«

»Danke«, nuschelte der Synagogendiener. »Danke. Sag, Semjon, merkst du nichts?«

»Es riecht irgendwie seltsam.« Der picklige Semjon sog Friedhofsluft in seine Nase.

»Eben, eben«, sagte der Synagogendiener.

»Hast du vielleicht in die Hosen gemacht?«

»Nein. Das sind die Tränen, die so riechen. Die Tränen von Reb Josua. Der ... mit der Scheitelkappe und der Nadel ... der hat das schon vorhergesagt.«

»Ich binge ihn um«, flüsterte der picklige Semjon, und der üble Geruch des Hasses umwehte das Gesicht des

Synagogendieners, die erbärmliche Gestalt des Schankwirts Josua, das frische Grab und die Hunde, die einander beschnupperten.

10

»Wie lange willst du noch schlafen, Uri? Steh auf! Auf dem Tisch werden die Erbsen kalt!«

Mein Gott, so eine Heimsuchung, so eine Plage, zum Ohrenzustopfen! Der Rabbi Uri hörte deutlich die scheppernde Stimme seiner Frau Rahel und blickte sich abergläubisch um. In der Hütte war niemand. In der Hütte war niemand und konnte niemand sein. Und Erbsen hatte die Verstorbene zum letztenmal wer weiß wann gekocht. Vor zwei Jahren, eine Woche vor Simchas Tojre*, war sie gestorben, dahingegangen im kühlen, moderig riechenden Bett, in dem er, Rabbi Uri, jetzt lag und ihre Stimme hörte.

»Steh auf!«

Der Rabbi Uri war alt und schwach, aber noch hatte er seinen Verstand beisammen. Er hörte die Stimme seiner Rahel genauso deutlich wie damals, als sie beide hierherkamen; er jung und stattlich, mit pechschwarzen Pejes; sie klein und zierlich wie ein verschrecktes Vögelchen.

»Genug geschlafen!«

Der Rabbi Uri steckte sich die runzligen Zeigefinger in die haarbewachsenen Ohren, und die Stimme seiner Frau verschwand, doch in den von Schlaflosigkeit wunden Augen des alten Mannes glitzerte immer noch der Schreck. Die Finger in den Ohren zitterten, und das Zittern, unerwartet, grob wie Kullererbsen, sprang auf den ganzen Körper über.

* Simchas Tojre (hebr.) – Festtag beim Abschluß der jährlichen Thoravorlesung

»Erbsen mag ich nicht mehr, Rahel«, sagte der Rabbi Uri unnatürlich laut und blickte sich abermals um.

Ja, warum eigentlich blickte er sich um? Dummkopf! Rahel war tot. Rahel war auf dem Friedhof verscharrt, und vom Friedhof war noch kein einziger Toter zurückgekehrt.

In der Hütte befanden sich außer dem Hausherrn nur eine Spinne und eine zappelige Herbstfliege. Die hatte der Rabbi Uri schon lange bemerkt. Alle Fliegen hatten sich bereits im vorigen Monat vor der Kälte in Ritzen verkrochen oder waren eingegangen, nur sie flog immer noch umher.

Der Rabbi Uri hatte sie zum Fenster hinausgejagt und die Tür fest geschlossen und die Krümel vom Tisch gefegt, aber die Fliege kam immer wieder – klein, flink und anhänglich, wie Rahel. Was wollte sie von ihm? Sie sollte sich irgendwo verkriechen und aufs Frühjahr warten, aber nein – sie kreiste, summte, verfolgte ihn überall. Solch eine Fliege hatte der Rabbi Uri sein Lebtag noch nicht gesehen. Er konnte Fliegen nicht leiden, doch er fügte sich dem Willen des Herrgotts, der sie erschaffen hatte, genau wie den Menschen auch, und so gewöhnte er sich an die Fiege und schützte sie sogar vor der Spinne, die unbeirrt ihr todbringendes Netz webte und alles Fliegende haßte.

Die Spinne hauste schon seit undenklichen Zeiten in der Hütte. Manchmal ließ sie sich an der Wand zum Hausherrn herab, und der Rabbi Uri verfolgte mit ängstlicher Bewunderung, wie sie ihre verschnörkelten Beine bewegte, die aussahen wie hebräische Buchstaben.

Nachdem die Katze gestorben war, blieb die Spinne das einzige lebende Wesen im Hause, wenn man von den stillen, hinterhältigen Wanzen absah, die nachts aus ihren Verstecken krochen und Rabbi Uris Blut saugten, das kalt war wie abgestandene Rübensuppe. Doch auch die geheimnisvolle Hausspinne war gar nichts gegen diese Fliege.

Der Rabbi Uri brauchte sich nur zu Bett zu legen,

schon ließ sie sich auf dem Kissen neben ihm nieder und blieb still sitzen, als warte sie auf ein Wort oder eine Freundlichkeit. Ob er sie auch zu verscheuchen suchte – sie saß und sah den Alten an, und ihre Nähe wärmte seine frierende Seele und ließ sie in der Dunkelheit weiß aufschimmern wie Storchengefieder.

Gestern, als der Rabbi Uri die Rübensuppe aß, die kalt war wie sein Blut, hatte die Fliege sich auf den Tisch gesetzt, dorthin, wo Rahel zu Lebzeiten ihre fleißigen, zupackenden Hände hinzulegen pflegte, sie glotzte auf seinen zahnlosen Mund, der leer war wie ein verlassenes Nistloch, auf sein blutendes Zahnfleisch und raschelte leis mit ihren zarten Flügeln. Und von diesem kläglichen Rascheln, das einen geheimen Sinn zu haben schien, bekam der Rabbi Uri plötzlich einen langanhaltenden, quälenden Schlucken, den konnte er, sosehr er sich auch mühte, bis zum Morgen nicht wieder loswerden. Von Schlucken und Schlaflosigkeit geplagt, hatte der Rabbi Uri ab und zu mit der Hand übers Kissen getastet, und die Fliege war dann jedesmal aufgeflogen, und in der nächtlichen Finsternis hatte es geknistert, wie brennende Scheite im Ofen knistern.

»Wer bist du?« hatte der Alte gefragt, sie aber summte nur schläfrig und flog gegen seinen Bart oder gegen die Wand. »Ich bin der Rabbi Uri«, sagte er leise, während er muffige Luft schluckte und vergebens gegen den Schlucken ankämpfte. »Ich hatte eine Frau. Sie hieß Rahel. Sie ist auch immerzu über mir geflogen und hat mich in den Nächten vom Kissen neben mir angesehen. Rahel! Rahel!«

Er lauschte dem Klang des vertrauten Namens nach, und der vermischte sich auf seltsame, beruhigende Weise mit dem Sirren der zarten Flügel.

»Jemand muß uns doch hören«, flüsterte der Rabbi Uri. »Ein Hund oder eine Fliege – ganz egal.«

Er verfiel in kurzen unerquicklichen Schlaf, erwachte wieder, lauschte in die Stille, tastete abermals mit der Hand übers Kissen und verspürte etwas wie Freude, als in der verwanzten Finsternis das schwache, kaum wahrnehmbare Summen der Fliege erklang, die freiwillig mit ihm das Lager und die Einsamkeit teilte.

Er wußte selbst nicht, warum er für seine Beichte nicht Gott wählte, sondern eine einfache Fliege, wie sie zu Tausenden über jedem übelriechenden Müllplatz herumflogen oder sommers im Fleischerladen wimmelten und auf den ausgenommenen Tierleibern saßen. Vielleicht deshalb, weil sie hier war, leibhaftig und wahrnehmbar, Gott dagegen weit weg, ebenso weit wie vor sechzig Jahren, als er, Rabbi Uri, zum erstenmal den Fuß über diese klobige Schwelle setzte und diese knarrenden Dielen betrat. Vielleicht auch, weil er schon mehr als einmal dem Allerhöchsten gebeichtet hatte und weil dieser, der Allmächtige und Barmherzige, alles über ihn wußte, alles bis zur kleinsten Kleinigkeit, bis hin zu jedem Fleckchen auf seiner Scheitelkappe und jedem Pikkelchen auf seinem Körper. Möglicherweise aber auch deshalb, weil Gott und die Fliege gleichermaßen stumm und unerreichbar waren.

Und war es denn überhaupt so wichtig, warum?

Der Rabbi Uri erinnerte sich, wie er in seiner Kindheit alle seine Geheimnisse einem Baum anvertraut hatte, der hinter seines Großvaters Haus auf dem Brachland grünte. Er war jeden Abend zu ihm gelaufen, im Frühling und Sommer, im Herbst und im Winter, und hatte mit den Lippen den rauhen Stamm berührt. Hatte ihn berührt und verworren geflüstert, was er nie einem Menschen auf der ganzen Welt mitgeteilt hätte, nicht einmal Vater und Mutter. Er glaubte damals daran, daß seine heißen wirren Worte in die Baumkrone aufsteigen würden wie der Lebenssaft des Baumes, und von der Krone würden sie zum Himmel hochfliegen, und Gott würde sie erhören und ihm und allen seinen Nächsten Freude und Gelingen bescheren. Bis auf den heutigen Tag konnte er auf seinen welken, schon beinahe leblosen Lippen noch den Nachgeschmack der Rinde spüren. Den Nachgeschmack des Glaubens.

In den Baum seiner Kindheit hatte der Blitz eingeschlagen, und er war verbrannt mitsamt all seinen Geheimnissen und Hoffnungen.

Mein Gott, wie viele solche Bäume waren verbrannt in seinem langen Leben! Ein ganzer Wald! Er jedoch hatte nicht aufgegeben, den Mut nicht sinken lassen, er hatte sich den Blitzen nicht gebeugt – immer hatte er sich einen neuen, auf dem Brachland grünenden Baum gesucht und aus der Berührung der rissigen Rinde Kraft gewonnen.

Knapp sechzig Jahre lang hatte er durch Rahel Kraft gewonnen, doch auch sie hatte der Blitz getroffen.

Rahel! Rahel!

»Du liebst Gott mehr als mich«, hatte sie ihm vorgeworfen. »Mit seinem Namen auf den Lippen stehst du auf und legst du dich nieder. Aber noch niemand hat mit ihm Kinder in die Welt gebracht.«

Was konnte er ihr darauf antworten?

»Alle Juden des Marktfleckens sind unsere Kinder.«

»Nein, Uri, nein. Wenn wir werden sterben, wird niemand dasein, uns die Augen zuzudrücken.«

Doch er blieb unerbittlich. Die Liebe zu Gott durfte man mit niemandem teilen, auch nicht mit Kindern, auch nicht mit der Frau. Was waren denn Frau und Kinder, wenn nicht Besitz und Gewinn? Und wo Besitz und Gewinn sind, da ist kein Glaube.

War er etwa hierhergekommen, um einen Haufen Kinder zu zeugen und mit ihnen seine Mühe zu haben? Er hatte ein anderes, höheres und wichtigeres Ziel. Schon auf der Jeschiwa hatte Gott ihm sein Wort in den Mund gelegt und ihn aufgerufen zur Rettung der verirrten Seelen all jener, die in Gleichgültigkeit, niedriger Kriecherei und im Streben nach Besitz und Gewinn versackten. Von Jahr zu Jahr stieg die Zahl der Juden, die sich von Sprache und Gesetz ihrer Väter und Vorväter lossagten, den griechisch-orthodoxen oder den katholischen Glauben annahmen und sich im Austausch für ihre Konfession die Gewogenheit von Polizisten und

Gendarmen erhandelten. Der Rabbi Uri war nur deshalb hierher in die Einöde gekommen, in dieses verlassene Nest, weil er sie vor dieser schändlichen Versuchung bewahren wollte. Ein Volk, so klein, so schwach und hilflos es auch sei, darf seine Söhne nicht stiefväterlich behandeln. Groß ist das Meer, doch nicht aus ihm trinken Menschen und Vögel, sondern aus den Flüssen und Bächen. Was wäre, wenn man die eines schönen Tages alle trockenlegte?

Natürlich hätte der Rabbi Uri in Wilno bleiben können. Wäre er dort geblieben, in seiner Heimatstadt, hätte er, wer weiß, womöglich der Oberrabbiner des litauischen Jerusalem werden können. Er aber träumte nicht von Ruhm und Ehre, sondern er dachte ans Wohl seiner Gemeinde. Bevor er in den Marktflecken kam, gab es hier weder Bethaus noch Friedhof. Die Toten – welche Gotteslästerung! – wurden nach Miškinė gefahren, und jeder betete irgendwo, wie es sich gerade traf, und mancher vergaß das Beten ganz und gar.

Er war es, der Rabbi Uri, der im Marktflecken das Bethaus gründete. Er war es, der den Friedhof schuf.

»Du solltest lieber an Nachkommen denken«, schalt Rahel ihn. »Wenn wir so viele sein werden wie Sterne am Himmel, kann uns nichts mehr schrecken. Sieh doch, wie viele Russen und Chinesen es gibt auf der Welt. Kinder brauchen wir, Uri, Kinder.«

Er aber winkte nur ab.

»Wenn wir kein Kind bekommen, fahre ich nach Wilno.«

Sie wurde schwanger mit vierzig Jahren, doch sie gebar ein totes Kind, und der unbeschnittene Knabe wurde nicht in Miškinė begraben, sondern an der Stelle, wo fünf Jahre später der Friedhof des Marktfleckens entstand. Dem Sohn des Rabbi Uri war es bestimmt, als erster dort zu liegen.

»Siehst du«, sagte er nur zu seiner Frau, als sie vom Begräbnis zurückkehrten, und sie konnte nicht feststellen, ob er bekümmert oder froh war.

Es quälte den Rabbi Uri noch lange, daß auf dem neuen Friedhof als erster ein Unbeschnittener begraben worden war. Er wartete auf Gottes Rache, doch Gott rächte sich nicht an ihm, sondern an Rahel. Sie wäre damals beinahe wahnsinnig geworden, fast ein Jahr lang sprach sie mit niemandem, schlich durchs Haus wie ein Gespenst, kaufte von einem Litauer eine hölzerne Wiege, hängte sie mitten in der Stube auf und wiegte sie tagein-tagaus, während er, Rabbi Uri, mit seinen Schülern das bodenlose Meer der Thora durchschwamm.

»Rahel«, flehte er sie an.

Sie aber schwieg und rührte sich nicht von der Wiege weg.

Manchmal sprang Rahel mitten in der Nacht auf, stürzte im bloßen Hemd zur Wiege und sagte immerzu wie eine Geistesgestörte: »Schon wieder sind wir naß ... schon wieder sind wir naß.« Oder sie sang ein selbsterdachtes Wiegenlied:

»Schlaf, mein schönes Kindel du,
Tu die schwarzen Äuglein zu.«

Damals, in jenem so weit zurückliegenden schrecklichen Jahr, haderte der Rabbi Uri zum erstenmal mit Gott. Es war eher Gekränktsein als Zorn. Der Zorn, beschwichtigte er sich selbst, entfremdet uns dem Allerhöchsten, aber die Kränkung bringt uns ihm nahe, und deshalb hielt er sein Gefühl weder für rebellisch noch für sündhaft.

Im Flecken bemitleidete man ihn, die Leute warteten, wann er Rahel nach Wilno ins Irrenhaus bringen würde, jedoch er unternahm nichts dergleichen, er betete nur noch inbrünstiger und blieb öfter lange mit seinen Schülern im Bethaus.

»Sie sollten, Rabbi, ein Kind annehmen von jemandem. Zum Beispiel vom Ofensetzer Faiwusch. Seine Frau hat kürzlich Zwillinge geboren«, riet ihm Benzinon Guralnik, der damalige staatlich besoldete Rabbiner, der sich acht Jahre später vom Judentum lossagte und die scheußliche Schmähschrift »Zions Gefangene« verfaßte.

Der Rabbi Uri schwankte lange, doch schließlich befolgte er den Rat und ging hin, um mit dem Ofensetzer Faiwusch zu verhandeln. Stockend brachte er sein Anliegen vor, er schämte sich seines ungeschickten Stammelns, und als er zu Ende gesprochen hatte, empfand er eine schreckliche, den Willen lähmende Schwäche, als bestünde er nicht aus Muskeln und Sehnen, sondern durchweg aus weichem Kerzenwachs.

»Euch, Rabbi, können wir nichts abschlagen«, plapperte die Zwillingsmutter los, die sommersprossige Dwoire. »Sucht Euch eines aus. Sie sind beide hübsche Kindchen.«

Sie pries ihre Zwillinge, wie eine Bäuerin auf dem Markt ihre Ware anpreist, und ihre eifrige Stimme, ihr unterwürfiges Gehabe verursachten ihm beinahe Übelkeit.

»Und wie ist es mit der Milch?« fragte Dwoire noch.

»Mit was für Milch?« stutzte der Rabbi Uri.

»Muttermilch«, erwiderte die sommersprossige Dwoire flink. »Rahel hat bestimmt keine mehr, und ich, Rabbi, kann gut etwas abgeben.«

Sie trat an ihn heran, stolz ihre vollen reichen Brüste vor sich her tragend, und der Rabbi Uri fuhr zurück, auf seinem Gesicht entflammten Flecken, die ihm fast den Bart versengten, Scham und Verzweiflung stiegen ihm in die Augen, er hüstelte vor Brechreiz, wollte ein Tuch aus der Tasche ziehen, doch seine Hand ertastete nur den Talles und verharrte hilflos unterm Überrock.

»Ich werde zu ihm kommen«, plapperte die sommersprossige Dwoire weiter. »Als Amme. In reichen Häusern wird es immer so gemacht.«

»Wie?« fragte der Rabbi Uri verwirrt.

»Die einen gebären, die anderen nähren. Soll mein Iser aufwachsen in einem reichen Hause.«

Der Rabbi Uri widersprach ihr nicht.

Als es dämmerte, brachte die sommersprossige Dwoire ihren in Lappen gewindelten Iser zum Rabbi Uri.

Lange konnte sie sich nicht entschließen einzutreten, sie stand mit dem Kind auf der Vortreppe, hob sich auf die Zehenspitzen und schaute durchs verhangene Fenster. Plötzlich überkam sie eine unerklärliche dumpfe Furcht, sie preßte Iser an ihre Brust, die voll war von Mutterliebe und Milch, sie beugte sich über ihn, flüsterte schuldbewußt ein paar Worte und trat einen Schritt zurück, als wolle sie umkehren, doch da erschien auf der Schwelle der Rabbi Uri.

»Komm herein«, sagte er.

Rahel schlief.

Dwoire betrachtete die Wiege, küßte den Kleinen, legte ihn behutsam hinein und blinzelte mit ihren farblosen Wimpern.

»Wir werden dich bezahlen«, sagte der Rabbi Uri leise.

»Wofür?« fragte Dwoire erschrocken.

»Für Iser.«

»Nicht doch, Rabbi, nicht doch … Wenn nur wenigstens einer aufwächst als gelehrter Mensch. Nicht als Ofensetzer.«

Sie verneigte sich vor der Wiege und ging.

Rahel hörte im Schlaf das Kind schreien und erwachte. Sie ging zur Wiege und stand starr vor Schreck.

»Das ist nicht unser Sohn, Uri«, sagte sie und begann laut zu schluchzen. »Warum hast du das getan?«

Rahel blieb stehen und sah das fremde Kind an, sein Gesicht, schrumplig wie ein alter Lederbeutel, seine halbblinden Welpenäuglein, ihre Tränen tropften in die Wiege, und allmählich wurde ihr Wahnsinn von unerwartet aufsteigender Güte und weiblicher Barmherzigkeit verdrängt.

Plötzlich beugte sich Rahel über die Wiege und sprach in singendem Tonfall, wie ein Gebet: »Naß sind wir … naß …«

Eifrig, als sei sie es lange schon gewohnt, windelte sie

Iser neu, legte ihn wieder in die Wiege, griff nach dem gegerbten Lederriemen und begann zu schaukeln.

Der Rabbi Uri sah sie unentwegt an, und vor seinen Augen schaukelten, zusammen mit der Wiege, das Haus und die Bäume und der Sternenhimmel vorm Fenster und seine Frau Rahel, und dieses Schaukeln berauschte ihn wie Wein und gab ihm Kraft und Trost.

»Rahel«, sagte er. »Ich habe nie ... du weißt es ... ich habe niemals so zu dir gesprochen.«

»Das brauchst du auch nicht«, erwiderte sie.

»Aber heute ... heute scheint mir, ich liebe dich mehr als ihn.«

Er wagte nicht, den Namen Gottes auszusprechen.

»Lästere nicht«, sagte Rahel.

»Liebe kann nicht Lästerung sein. Was sind wir ohne Liebe? Eine Anhäufung unersättlichen Gedärms, gefüllt mit dem gestrigen Kot.«

»Sei still, Uri, sei still«, flehte sie.

»Vergib mir ... Von Kindheit an habe ich gewünscht, daß alle sollen glücklich sein. Alle außer mir selbst.«

»Warum?«

»Wenn du selbst glücklich bist, dann lebst du nicht, sondern fürchtest dich ... fürchtest um dein Glück ... Einmal habe ich Gott geschworen ...«

»Daß du niemals glücklich sein willst?«

»Ja. Ich habe ihm gesagt: ›Herrgott, vergiß mich, denke an die anderen. Sie sind deiner Güte würdiger.‹ Du, Rahel, und die Ofensetzersfrau Dwoire und dieses unschuldige, in Armut gewindelte Kind.«

Der Rabbi Uri verstummte plötzlich. Er trat an die Wiege, stellte sich neben Rahel, und ihr Atem kam zu ihm wie Wind, er sog ihn durch die Nase ein, und von der Nase aus strömte er weiter, ergoß sich warm in sein Inneres, umfächelte sein Herz und entfachte sein Blut, und wie niemals zuvor erspürte er das Geheimnis des Heranreifens der Frucht im Mutterleib und an den Zweigen, er bewunderte es und kam sich vor wie ein erbärmlicher Kastrat.

Vorsichtig zog der Rabbi Uri die Fingerpfropfen aus seinen behaarten Ohren, und wieder drang an sein Gehör Rahels ungeduldige ärgerliche Stimme.

»Länger werde ich dich nicht rufen. Steh auf!« erklang es böse und befehlend.

Der Rabbi Uri zögerte, blickte um sich. Zum Fenster schien die kalte Herbstsonne herein.

Wie kann das sein, dachte er und versuchte, die Wirklichkeit mit seinen Erinnerungen in Einklang zu bringen, eben habe ich noch neben Rahel gestanden, wir haben Iser angeschaut, unser Atem ist miteinander verschmolzen, und plötzlich, in einem Augenblick, ist alles vergangen, verflogen, verwandelt, ich liege hier im kalten Bett, durchs Fenster scheint die Herbstsonne, der Kissenbezug ist schmutzig, Laken und Decke sind löcherig wie Wolken, meine Beine ragen unterm Zudeck hervor, der Kopf ist zottig und lange nicht gewaschen, und auf der Brust, wie auf einem Schwein, wachsen harte graue Stoppeln. Mein Gott, dieser widerliche Alte, voller Schwären und Schorf wie der biblische Hiob – bin das wirklich ich, der Rabbi Uri, der Begründer des Bethauses und des Friedhofs in unserem Ort, der Güte und Eintracht säte und den Glauben verkündete? Sind das wirklich meine Augen, die nicht den Berg Zion sehen, sondern nur eine Spinne und eine Fliege? Sind das wirklich meine Ohren, die nicht das Tönen der Tympana hören, sondern die schrille Stimme meiner Frau? Sind das wahrhaftig meine Hände, die nicht Wolken zerteilen, sondern nur übers schmutzige Kissen tasten? Wo sind meine Nachbarn, Herrgott, derer ich mich früher kaum erwehren konnte? Wo sind meine treuen Schüler, die mir scharenweise folgten und mir jedes Wort vom Mund ablasen, auch wenn es sie in Schrecken versetzte? Wo sind meine Feinde, die nur auf eines aus waren – mich zu vernichten, mir die Kehle zuzudrücken, mich meines Glaubens zu berauben? Glaube, Glaube! Bist du denn wirklich nur ein Augenblick, nur eine hölzerne Wiege ohne Säugling, die man bis ans Grab vergebens schaukelt?

Leer, mein Gott, wie leer. Nur die Spinne webt ihr Netz, nur die Fliege verfolgt mich und spricht mit der Stimme meiner Frau Rahel.

Die Fliege Rahel.

Daß mir das nicht früher in den Sinn gekommen ist! Die Fliege Rahel!

Nun denn, habe Dank, Herrgott, für das erwiesene Wunder. Danke. Um die Wahrheit zu sagen, ich habe es verdient. Mein ganzes langes Leben habe ich dir gedient und keinerlei Belohnung für mich verlangt, nicht mal eine Prise Tabak. Ist nicht der Glaube an sich schon eine Belohnung?

Gleich werde ich aufstehen, mich an den Tisch setzen und die Erbsen essen.

Was liegt daran, daß gar keine Erbsen da sind, weder auf dem Tisch noch im Kühlschrank. So manches ist nicht da auf der Welt, und wir kosten dennoch davon, Herrgott. *Wir kosten davon und freuen uns daran und statten dir Dank dafür ab.* Zuweilen schmeckt uns *dies* sogar noch lieblicher als das, was wirklich *da ist.*

Mein Gott, jetzt steh ich auf.

Mach dir nichts draus, daß ich ächze und stöhne, zürne nicht, Barmherziger – es fiel mir immer schwer, des Morgens aufzustehen. Leicht steht des Morgens nur die Sonne auf. Und auch das Untergehen fällt ihr leichter als dem Menschen.

Wenn dich mein Stöhnen stört, so steck dir die runzligen Zeigefinger in die Ohren. Das ist ein sicheres Mittel, glaube mir. Es steht zu Gebote einem armen Schlukker und auch Gott.

So, nun stehe ich schon an der Waschschüssel. Da ist kein Wasser, doch ich wasche mir die Hände.

Nun bete ich schon und segne das tägliche Brot.

Nun habe ich schon den Löffel in der Hand.

Nun eß ich schon, mein Gott.

»Schmatz nicht«, sagt die Fliege Rahel.

Sie kreist über der Schüssel und summt.

»Ich schmatze nicht«, antworte ich.

»Du bist schon ganz vergreist«, sagt die Fliege Rahel. »Hättest du so geschmatzt in deiner Jugend, dann hätte ich dich nicht geheiratet.«

Sie hätte mich in der Tat nicht heiraten sollen. In Wilno gab es bessere Freier als mich. Sie hätte nehmen können einen Krämer oder einen Friseur. Friseure sind gute Ehemänner. Sie schmatzen nicht und riechen immer angenehm.

»Willst du noch mehr?« fragt die Fliege Rahel.

»Laß es für Iser.«

»Iser ist nicht da«, sagt die Fliege Rahel. »Während du dich im Bett gewälzt hast, ist Iser fortgegangen, und er kommt nicht mehr zurück zu uns.«

Draußen ist Herbst – Zeit der Ernte, Zeit des Kahlwerdens. Vom Ahornbaum vor dem Fenster fallen die Blätter ab.

Genau so, dachte der Rabbi Uri, fallen auch die Gedanken von einem ab. Gerechter Gott, wer könnte zählen, wie viele schon auf die hölzernen Dielen der Hütte gefallen sind, auf den rauhen Boden der Synagoge, auf die einzige Straße im Ort, auf das geduldige Gras des Friedhofs. Wenn man sie alle auf einen Haufen türmte und ein Feuer anzündete, welch eine Flamme würde auflodern über der Welt!

Der Rabbi Uri saß am Tisch, auf dem es weder Erbsen noch Löffel gab, er baumelte mit den nackten Beinen und schielte ab und zu zur Tür. Was ist schon eine Tür? Ein Dutzend Bretter, vom Zimmermann zusammengenagelt, weiter nichts. Aber der Mensch erwartet zuweilen mehr von ihr als vom Herrgott.

Und der Rabbi Uri wartete.

Früher hatte sich die Tür kaum je geschlossen. Wer war nicht alles hierhergekommen: Juden und Litauer und Russen und sogar die Obrigkeit vom Kreis – der eine um einen Rat, der andere zur Beichte, mancher auch mit seinen Träumen. Der Rabbi Uri war nicht nur Seelenhirt, sondern auch ein im ganzen Umkreis berühmter Traumdeuter.

Einmal erschien bei ihm der Polizeichef Ardaljon Nesterowitsch, aufgeregt, verschwitzt, und rief schon an der Tür: »Zum Teufel, was ich geträumt habe! So einen Quatsch! Scheußliches Zeug!«

»Erzählen Sie«, sagte der Rabbi Uri gelassen.

»Also, ich habe geträumt«, begann Nesterowitsch, »ich wäre kein Polizist, ich wäre überhaupt nicht Ardaljon, sondern ein Chaim. Ich trüge keine Mütze, sondern eine Scheitelkappe, keinen Backenbart, sondern Pejes, und keinen Säbel an der Seite, sondern diese ... wie heißt das gleich ... na das, was bei euch unter der Weste hervorhängt.«

»Zizes*«, half ihm der Rabbi Uri.

»Eben, eben. Genau das – Zizes.«

»Und?«

»Was – und?«

»Ich meine, was war weiter?«

»Weiter war nichts. Ich bin aufgewacht, in kalten Schweiß gebadet.«

»Soso«, sagte der Rabbi Uri langsam und behaglich. »Wenn Sie es im Traum schlimm finden, ein Jude zu sein, wie soll es uns erst im Wachen gehen?«

»Das ist alles, was Sie mir sagen können?« murmelte der Polizeichef enttäuscht.

»Zizes – das bedeutet Freude«, erklärte der Rabbi Uri.

»Welche Freude kann es für einen Polizisten geben?« zweifelte Nesterowitsch.

»Alles mögliche. Zum Beispiel eine Beförderung zum Polizeihauptmann.«

»Und was bedeutet die Scheitelkappe?« forschte Nesterowitsch weiter, mit seinem neuen Dienstgrad zufrieden.

»Die Scheitelkappe – ein langes Leben.«

»Sieh mal an! Auch nicht schlecht. Und die Pejes?«

»Mit den Pejes ist es schon schlechter.«

* Zizes (jidd., hebr. Zizit) – Wollfäden an den vier Enden des Gebetsmantels, Erinnerungszeichen an Gott und seine Gebote

»Reden Sie, reden Sie. Ich will die Wahrheit wissen.«

»Pejes – das bedeutet Läuse.« Der Rabbi Uri lächelte.

»Ich weiß nicht, wie es mit der Beförderung und dem langen Leben ist, aber was die Läuse betrifft ... wir leben eben hier in einem Drecknest!«

Der Rabbi Uri baumelte mit den Beinen und schielte zur Tür. Wenn wenigstens der Polizeichef käme. Träumt denn gar niemand etwas?

Und wo ist die Fliege Rahel geblieben?

Sie wird wohl draußen die Teller abwaschen.

Der Rabbi Uri lauschte angespannt, als wolle er wahrhaftig das Geschirrklappern hören, und auf einmal wurde ihm ganz anders.

Was war das? Knarrte die Tür?

Sie knarrte. Wahrhaftig, sie knarrte.

Mein Gott, wer kann das sein?

Herein kam Golda, echt und lebendig, vor Gesundheit strotzend, sie hatte sich das Kopftuch tief in die Stirn gezogen, ihr Rock zipfelte und war zerknittert, an ihren Schuhen klebten welke Blätter, weder Wind noch Herbst machten ihr etwas aus.

»Seid gegrüßt, Rabbi Uri.«

Golda, mit ihrer vollen, tiefen Stimme – ein Teufelsweib. Ihre Zähne waren weiß wie Pessachkerzen, und die Worte sprangen ihr von den Lippen wie einem Eichhörnchen die Nußschalen.

»Guten Tag.«

»Aber, Rabbi, Ihr seid ja, wie ich sehe, ganz verkommen ohne mich. Im Hause – nehmt es mir nicht übel! – stinkt es, und der Tisch ist leer. Was ist, haben alle Euch vergessen?«

»Die Alten werden immer vergessen«, versuchte der Rabbi Uri zu scherzen.

»Ihr wollt alt sein? Von wegen! Wäre ich nicht so flatterhaft, ich würde Euch ...«

»Ich freue mich, daß du gekommen bist«, unterbrach sie der Rabbi Uri. »Du warst lange nicht mehr bei mir.«

»Zuviel Arbeit«, rechtfertigte sich Aschers Witwe.

»Saubermachen, waschen. Ich werde auch für Euch alles waschen.«

»Danke dir.«

»Und Buchweizengrütze werde ich kochen. Ich habe ein wenig Buchweizen mitgebracht. Nicht wahr, Rabbi, Ihr liebt doch Buchweizengrütze?«

»Lieb ich, lieb ich«, nuschelte der Rabbi Uri, und seine Augen wurden kugelrund wie in den besten Tagen seines Lebens, als er jung und gesund war und beliebt bei den Frauen, deren Blicke ihn verlegen machten im Gotteshaus, wo seine Seele allmählich schrumpfte und sein Fleisch verdorrte.

»Das hört sich noch ganz gut an bei Euch, Rabbi.« Golda lachte.

»Was?«

»Lieb ich, lieb ich …«

»Sünderin, du«, tadelte der Rabbi Uri sie heiter.

»Sünderinnen sind barmherzig, Gerechte haben keine gute Seele«, sagte Aschers Witwe. »Wo sind sie denn, Eure Täubchen? Haben Euch im Stich gelassen, ohne ein Stück Brot, und sind davongerannt wie die Hasen.«

»Nicht davongerannt, sondern fortgezogen«, dämpfte der Rabbi Uri ihren Überschwang. Wenn Golda einmal loslegte, Gott behüte – dann war sie bis zum Abend nicht zu bremsen. Sie hatte eine messerscharfe Zunge.

»Gut und schön, aber nicht alle sind fortgezogen. Nehmt es mir nicht übel, Rabbi, aber ich sag's gerade heraus: Es kann einer leicht ein Gerechter sein in Worten, aber wenn es darauf ankommt, seinem Nächsten die Scheiße wegzuräumen unterm Hintern oder seine Wunden zu lecken, dann sucht Ihr umsonst nach einem Gerechten, sogar am hellichten Tage bei Licht.«

»Gerechte sind auch Menschen.«

»Menschen!« brauste Golda auf. »Ich kenne unter den Menschen nur einen einzigen Gerechten. Und der, nehmt es mir nicht übel, Rabbi, ist ein einfältiger Narr. Da lebt Ihr nun fast hundert Jahre auf der Welt und seid ein armer Schlucker geblieben.«

Der Rabbi Uri verzog das Gesicht, als habe er Schmerzen. Goldas Worte waren ihm unangenehm. Doch Aschers Witwe ließ nicht locker: »Was sind das für Gerechte, Rabbi, die nur an ihren Vorteil denken?«

Plötzlich brach sie ab, verstummte, knöpfte ihre Jacke auf, legte die Tüte mit dem Buchweizen auf den Tisch, krempelte sich die Ärmel hoch, wobei ihre Arme, weiß und üppig wie aufgegangener Teig, sichtbar wurden, ließ ihren Blick mitleidig-verächtlich durch die Hütte schweifen, ging zur Wand, an der eine vorsintflutliche Uhr hing, die beinahe noch napoleonische Zeit anzeigte, öffnete das vertrocknete Gehäuse, schaute hinein und zog die Gewichte hoch.

»Das wird nichts«, sagte der Rabbi Uri.

»Warum nicht?«

»Sie steht schon vierzig Jahre. Sie ist verstummt an dem Tage, als Rahel ein totes Kind geboren hat. Ich habe Uhrmacher hergeholt und auch selbst darin rumgestochert, aber sie sagt keinen Mucks.«

Golda sah ihn ungläubig an.

»Von allein stehengeblieben, von allein wird sie wieder gehen«, sagte der Rabbi Uri.

Er spürte: Golda war nicht von ungefähr gekommen, sie würde bestimmt um etwas bitten. Jedoch worum konnte man ihn noch bitten. Offen gestanden, er war ihr sehr zu Dank verpflichtet. Nach Rahels Tod hatte Aschers Witwe für ihn gewaschen und gekocht, die Wohnung aufgeräumt, war auch für ihn in den Laden und auf den Markt gegangen. Im vorigen Sommer wollte der Rabbi Uri ihr zwei silberne Trinkbecher schenken, doch Golda hatte entschieden abgelehnt.

»Ihr werdet mich dafür eines Tages trauen, Rabbi«, hatte sie gesagt. »Dann brauch ich nicht mehr in Sünde zu leben mit einem Mann.«

Der Rabbi Uri wußte, wen sie meinte: Itzik.

Aber paßte Itzik zu ihr?

»Zieht Euch an, Rabbi«, schlug Golda vor. »Ich öffne die Fenster und lüfte. Heute ist ein herrlicher Tag!«

Der Rabbi Uri kleidete sich in ein steifes Hemd und Leinenhosen, zog Strümpfe an seine Beine, die ihm nicht mehr gehorchten, plagte sich lange mit den Schuhen, schnürte sie mit zitternden Fingern zu, glättete seinen grauen Bart, der noch immer so dicht war wie in der Jugend, und fühlte sich gleich jünger.

Golda öffnete weit die Fenster, und herein strömte der Geruch von Milch im Melkeimer und von welkem, noch nicht verfaultem Laub und von angesengtem Stoff – wahrscheinlich bügelte der Schneider nebenan gerade ein Paar Hosen.

»Mein Gott, wie schön!« sagte der Rabbi Uri. »Wie schön!«

»Ja, schön«, echote Golda.

»Und wie viel!«

»Was denn?«

»Luft! Für hundert Leben! Und für alle! Für jede Kuh, für jedes Käferchen, für jedes Blatt.«

»Ja«, sagte Golda. »Es gibt auf der Welt nichts Gerechteres als die Luft.«

Auf einmal bemerkte der Rabbi Uri auf dem Fensterbrett die Fliege – die Fliege Rahel. Die Sonne vergoldete ihre Flügelchen, und sie aalte sich in den warmen Strahlen. Ihr war wohl, genauso wohl wie ihm und Golda. Vielleicht sogar noch wohler. Wie leicht sie war, wie hübsch und unbekümmert!

Der Rabbi Uri beobachtete sie mit angehaltenem Atem, und plötzlich ergriff ihn Furcht: Gleich würde die Fliege Rahel ihre Flügel ausbreiten und fortfliegen, und er würde sie nicht wiedersehen, wie Iser, wie seine Schüler, wie seine besten Jahre.

»Mach das Fenster zu!« rief der Rabbi Uri.

»Noch ein bißchen lüften«, erwiderte Golda gelassen. »Keine Bange, Rabbi, Ihr werdet Euch nicht erkälten.«

»Mach zu!«

»Aber ich habe doch eben erst aufgemacht. Was ist mit Euch, Rabbi?«

»Sie … sie fliegt fort.«

»Wer?«

»Sie«, sagte der Rabbi Uri und zeigte mit dem Finger aufs Fensterbrett.

»Die Fliege?« wunderte sich Aschers Witwe.

»Ja.«

»Soll sie doch. So was – eine Fliege. Wenn sie fortfliegt, kommt eine andere.«

»Ich brauche keine andere«, beharrte der Rabbi Uri.

»Wie Ihr wollt.« Aschers Witwe zuckte mit den Schultern und ging zum Fenster.

Der Rabbi Uri starrte wie gebannt aufs Fensterbrett und flüsterte etwas.

»Sie ist weg«, seufzte er dann.

Die Fliege Rahel schwirrte davon und schien geradewegs zur Sonne zu fliegen.

Der Rabbi Uri sah ihr nach, wie sie in der Luft flatterte – klein, kühn, allein im All.

Golda schaute den bekümmerten Alten an und sagte tröstend: »Sie kommt wieder, Rabbi. Sie kreiselt ein bißchen überm Markt oder überm Ladentisch in der Fleischerei und kommt wieder. Obwohl, wenn man denkt – was soll sie machen bei Euch?«

Der Rabbi Uri schwieg, und sein Schweigen ängstigte Golda. Der Alte war verrückt geworden, was sonst. Wegen einer Fliege regte er sich auf, wegen eines einfachen Insekts.

Seine Sorgen möcht ich haben, dachte Aschers Witwe ärgerlich. Jetzt war mit ihm nicht zu reden. Und zu reden hatte sie ernsthaft mit ihm, über Wichtigeres als eine Fliege.

»Ich habe eine Bitte an Euch, Rabbi. Hört Ihr mich?«

»Ja, ja«, sagte der Alte und blickte zerstreut aus dem Fenster. Die Sonne blendete seine Greisenaugen, und in ihnen – welch ein Kreuz, welch eine Plage – wirbelten goldene Fliegen, wirbelten und wirbelten.

»Bitte sprecht mit Itzik«, drang Golda in ihn.

»Worüber?«

»Erklärt ihm ...«

»Was denn?«

»Daß es sowieso nichts wird zwischen ihm und ihr.«

»Wen meinst du?«

Von seinen Lippen kamen nicht Worte, sondern spärliche Krumen, und Golda pickte gierig nach ihnen wie ein Sperling.

»Selda. Markus Fradkin wird niemals seine Zustimmung geben. Sprecht mit Itzik ... Alle denken, Rabbi, ich wär eine Dirne, ich würde schlafen mit jedem Hergelaufenen ... Lüge! Freilich, ich bin keine Heilige. Aber wo, Rabbi, wo habt Ihr gesehen, daß die Heiligen glücklich wären?«

Golda versuchte den Rabbi Uri aus seinem Schweigen hervorzulocken wie eine Maus aus dem Mauseloch.

»Der selige Ascher ist gutmütig gewesen und ansehnlich. Aber er, seid mir nur nicht böse, Rabbi, er war kein Mann. Als Kind ist er von einem Baum gefallen und hat sich ein Bein gebrochen. So sagte er, so sagte seine Mutter. Aber, Rabbi, es war nicht das Bein ... Ich habe gelitten und mich gequält, habe Mitleid gehabt mit ihm, aber er hat mich geknufft des Nachts, hat mich geschlagen, als wäre ich an allem schuld ... Ist etwa die Frau schuld, daß sie den Leuchter hat und der Mann die Kerze? Und mein Ascher, der hatte nicht einmal eine Kerze ... nur einen Stummel ... Und ich möchte so gerne Kinder haben ... ich halt es nicht aus ... Hört Ihr mir zu?«

»Ich höre«, brummte der Rabbi Uri. »Aber wie kann ich dir helfen? Kinder, wie du weißt, mache ich in den letzten vierzig Jahren nicht mehr«, versuchte er zu scherzen.

»Habe ich Euch etwa gebeten um Kinder?« sagte Golda verlegen.

»Itzik ist nicht mein Sohn. Was soll herauskommen, wenn ich mit ihm spreche?«

»Vielleicht, daß er trotzdem noch auf Euch hört. Wenn er Selda heiratet, dann sterben wir beide.«

»Beide?«

»Ich ... und das hier ...« Golda strich sich zärtlich den Leib. »Es ist schon vier Monate alt, Rabbi.«

Der Rabbi Uri blickte auf ihren Leib, auf ihre großen schwieligen Hände, auf den handgewebten Rock, und Bitternis, vermischt mit Verachtung und Mitleid, ließ seine blutleeren Lippen trocken werden. In welchem seiner gelehrten Bücher – und er besaß drei Truhen voll – sollte er Rat und Antwort suchen? Was war seine ganze Weisheit wert, sein ganzer Glaube, sein ganzes Leben, wenn er nicht einmal einer einfachen Frau helfen konnte? Einer einfachen Frau! Und was hatte er sich vorgenommen? Er wollte seinem ganzen Volk, das mit Leid schwanger ging, helfen.

»Hast du es Itzik gesagt?«

»Nein. Ich brauche nicht nur einen Vater für das Kind, sondern auch einen Mann, nehmt es mir nicht übel, Rabbi.«

»Was redest du! Nimm dich in acht!« fuhr der Rabbi Uri auf. »Nun gut, ich werde mit ihm sprechen.«

»Bloß kein Wort über meinen Bauch!«

Die Fenster standen weit offen, der Himmel war blank wie im Frühling. Auf einem Zweig krächzte eine Dohle, und der Kater des Nachbarn buckelte wollüstig seinen Rücken.

»Ich werde es Euch danken, Rabbi.«

»Und wie?«

»Ich fange Eure Fliege.«

Und Golda prustete. Noch niemals hatte der Rabbi Uri eine Jüdin so laut und schallend lachen hören. Das war wirklich das Lachen einer glücklichen Sünderin, die noch im Unglück glücklich war, frei und kühn, die sich nicht mit überirdischen Sorgen den Kopf heiß machte und ihre irdischen Sorgen als freudige, wenn .auch schwere Bürde auf sich nahm.

Er hatte sie immer beneidet und ihr verziehen, was er sonst niemandem verzieh, weder sich noch anderen. Golda konnte während des Gottesdienstes im Bethaus in Lachen ausbrechen und den gleichmäßigen Fluß des Gebetes stören, sie konnte an einem frischen Grab loslachen, und er nahm es ihr nicht übel, weil er wußte: Golda lachte allem zum Trotze – dem Tod, der üblen Nachrede, dem Mißgeschick, sie schoß um sich mit ihrem Lachen wie ein verwundeter Soldat, der sich nicht in die Gefangenschaft des Feindes begeben will.

»Ich gebe Euch zu essen, Rabbi, und dann geht«, sagte Golda, während sie mit einem alten mottenzerfressenen Talles, der sich schon in einen gewöhnlichen Lappen verwandelt hatte, eine dicke Staubschicht von der Kommode wischte.

»Wohin?«

»Irgendwohin. Das Haus ist wie ein Pferch, die Welt ist eine Weide.«

»Für mich ist es zu spät, darauf zu weiden, zu spät«, erwiderte der Rabbi Uri. »Mein Gras ist niedergetreten, mein Kälbchen ist geschlachtet.«

»Unsinn«, sagte Aschers Witwe schnell. »Es ist genug Gras da, auch für Euch. Und ein Kälbchen, Ihr werdet sehen, kommt auch noch angelaufen und lehnt seinen Kopf an Euren Rock. Geht! Oder vertraut Ihr mir nicht, Rabbi?«

»O doch, o doch«, flüsterte der Rabbi Uri gerührt. »Du bist eine ehrliche Frau.«

»Dankc.« Golda wurde ganz rot.

»Wenn dir etwas gefällt von meinen Sachen, nimm es dir. Im Schrank hängen Kleider. Die sind noch gut, fast nicht getragen. Rahel hat sie nur an Feiertagen angezogen. Nimm nur! Sonst kriegen sie bloß die Motten ... Und das Porzellanservice nimm dir mit. Mit wem soll ich daraus Tee trinken? Fremde Leute werden kommen und es fortschleppen.«

»Schämt Ihr euch nicht, Rabbi?«

»Werden sie es etwa nicht fortschleppen?«

»Ich meine: Schämt Ihr Euch nicht, immerzu vom Sterben zu reden?«

»Hab keine Angst. Keiner wird dich eine Diebin nennen. Ich werde ein Testament hinterlassen.«

»Ein Testament? Für mich?«

»Für alle. Du brauchst nur zu sagen, was du willst.«

»Itzik«, lachte Golda. »Vermacht mir Itzik, Rabbi. Weiter brauche ich nichts.«

Das Lächeln schwamm in ihren Augen wie eine Zitronenscheibe im Tee – ein dünner goldener Rand.

»Ich habe zwei Trauringe«, fuhr der Rabbi Uri fort. »Einer von mir, einer von Rahel. Wenn es Gott gefällt und du unter den Trauhimmel trittst, dann könnt ihr sie gebrauchen, du und Itzik.«

»Nein, nein!« Golda winkte mit dem zerrissenen Talles ab, doch ihre Augen leuchteten wie die einer Katze.

»Mein Schwiegervater hat sie uns geschenkt. Meine Eltern waren arm. Sie hatten nur einen Reichtum – neun Söhne.«

»Oho!«

»Sie sind alle längst gestorben, nur ich lebe immer noch.«

»Und Ihr sollt auch weiterleben, Rabbi!«

»Ehrlich gesagt, ich bin des Treibens müde. Die beiden Ringe liegen in der Porzellankanne im Buffet. Glück haben sie uns nicht gebracht. Vielleicht bringen sie euch welches.«

»Ach, Rabbi, zur Trauung genügt mir eine silberne Münze, eine kleine Kopeke ... wenn nur Itzik ja sagt.«

Golda setzte den Alten in den Rollstuhl, fuhr ihn hinaus auf den Hof und sagte zum Abschied: »Kommt wieder, wenn das Essen fertig ist.«

»Streng dich nur nicht zu sehr an. Zu zweit, denk ich mir, ist es schwerer.«

»I wo, Rabbi, zu zweit ist es leichter.«

»Ich meine nur, du solltest sie vielleicht nicht schon im vierten Monat anlernen, die Fußböden zu wischen.«

»Wie kommt Ihr darauf, Rabbi, daß ich ein Mädchen trage? Ich werde bekommen einen Jungen.«

»Gott gebe es!«

»Ich werde einen Gerechten zur Welt bringen!«

Und abermals lachte Golda, und ihr Lachen schien den Rollstuhl voranzutreiben.

Der Schneider von nebenan schaute heraus, das Bügeleisen in der Hand, er spuckte auf das heiße Eisen und begrüßte den Alten.

Das Eisen zischte, der Schneider stöhnte wie eine Gebärende und schickte dem Rabbi Uri einen Blick nach.

Nur schnell den Ort hinter mich bringen, dachte der Rabbi Uri, und die Landstraße erreichen. Auf der Landstraße sind es zwei Werst bis zum Friedhof, nicht mehr. Auf dem Feldweg wäre es natürlich kürzer, aber dafür sind dort auf Schritt und Tritt Löcher. Wenn man nicht aufpaßt, gerät man – plumps – in eine Grube, findet ohne fremde Hilfe nicht heraus und muß warten, bis jemand des Weges kommt. Lieber auf der Landstraße, das ist zwar weiter, aber sicherer, man braucht niemanden um Hilfe anzugehen, kann freiweg bis zum Friedhof fahren.

Der Rabbi Uri war lange nicht mehr bei Rahel gewesen, sehr lange nicht. Mal hatte es geregnet, mal war er krank gewesen, mal war ihm unterwegs am hellichten Tag ein Rad vom Rollstuhl abgegangen, zum Glück hatte es der Stellmacher Ephraim Vinokur bald wieder angemacht. Ephraim Vinokur hatte auch den Rollstuhl gebaut, er hatte die Federung besorgt, den Sitz mit Werg gepolstert und sogar mit Kalbsleder bezogen.

Der Rabbi Uri stand in Rahels Schuld – der lebenden und auch der toten Rahel. Nicht für sich hatte sie ihr Leben gelebt, sondern für ihn, sie war hier in diesem Nest alt geworden, verdorrt, verwelkt. Er hatte sein Leben Gott geweiht, Rahel das ihre ihm. Wie man es auch dreht und wendet, Gott zu dienen ist leichter, als einem Mann zu dienen. Gott riecht nicht nach Schweiß, Gott brüllt und schimpft nicht, für Gott muß man nicht dreimal täglich kochen, nicht Strümpfe und Unterwäsche waschen, von ihm hat man nicht Kränkung und Ungerechtigkeit zu erdulden. Und Rahel hatte allerhand von Rabbi Uri erduldet! Wie oft wollte sie fortgehen – aber wohin denn, und wer würde sich um ihn kümmern? Kein Gott verzeiht so viel wie eine Frau, und keine Menschenseele auf der Welt – weder Ehemann noch Sohn – ist imstande, es ihr zu vergelten.

Der Rabbi Uri wollte zum Friedhof fahren und sagen: »Möchtest du, Rahel, daß ich mich neben dich lege wie in unserer Hochzeitsnacht? Ich will nicht bei anderen liegen, Rahel. Nur bei dir, wie in unserer Hochzeitsnacht. Liegen und sprechen: So sei es immerdar – von Anbeginn und bis in alle Ewigkeit.«

Tagein-tagaus war die Landstraße von Wagen belebt, besonders gegen Abend, doch jetzt war, Gott sei Dank, nicht Abend, jetzt war Morgen, und wenn ihn schon einmal jemand überholte, so nur ein Reiter. Wenn der den Rollstuhl erreicht hatte, zog er die verschwitzte Mütze, schüttelte das blonde oder braune Haar, sagte ein paar litauische Worte, gab seinem Pferd die Sporen und war gleich wieder über alle Berge – vorbei, vorüber, entschwunden im Morgendunst.

Nun konnte man schon den Friedhof sehen.

Der Rabbi Uri mochte ihn lieber als das Bethaus. Ins Bethaus gingen die Leute in Lumpen oder im Pelz mit Fehkragen, man brauchte auch gar nicht hinzugehen, konnte zu Hause beten, in ärmlicher Hütte oder vornehmen Gemächern, auf den Friedhof jedoch kamen alle, denn er war der einzige Ort, wo vom Menschen nichts verlangt wurde außer seiner Blöße und wo Gott alles gleichmäßig verteilte und jedem seinen Stein, seine Träne und seine Krähe zumaß.

Auf ein Porzellanservice und auf goldene Trauringe kann man verzichten, vom eigenen Vater oder Sohn kann man sich lossagen, auch von seinem Glauben und seinem Volk, doch um *ihn* kam niemand herum. Der Friedhof war Mitgift und Erbteil für alle, und der Rabbi Uri würde ihn Gerechten und Sündern sowie deren Enkeln und Urenkeln hinterlassen, und jede jüdische Generation im Marktflecken sollte des Mannes gedenken, der diese Kiefern, dieses grüne Fleckchen Erde eingefriedet und hier einst seinen unbeschnittenen Sprößling, seine Frau Rahel und sich selbst beweint hatte.

Und so würden ihn die Nachgeborenen nennen: Rabbi Uri, der Begründer.

Der Rollstuhl glitt auf der Landstraße dahin. Die Sonne blendete den Rabbi Uri, daß er blinzeln mußte, das Schurren der Räder schläferte ihn ein, die Lider wurden ihm schwer und fielen zu, er nickte ein, und so rollte er über den Straßenrand und fiel in einen tiefen, von Disteln bewachsenen Graben, in dem rostiges Wasser schwappte. Ein scharfer Schmerz durchdrang erst seine Schulter, dann seine eingefallene Brust, und in seinem vom Schmutzwasser bespritzten Kopfe wirbelten wie aufgescheuchte Kaulquappen die Gedanken, und kein einziger zusammenhängender, kein einziger tröstlicher Gedanke war darunter, er hätte am liebsten laut geheult.

Rahel will nicht neben mir liegen, kam ihm schließlich die Erleuchtung, sie will, daß ich hier liege, in diesem ekelhaften Kanal, in diesem dreimal verfluchten Straßengraben inmitten von Dornen und Schlamm. Das ist ihre Antwort auf meine Rede von vorhin. Das ist die Strafe dafür, daß ich ihr Leben verdorben habe, ihr weder Kinder noch Liebe schenkte.

»He, Ihr!« hörte der Rabbi Uri eine Männerstimme rufen.

Er hob den Kopf und erblickte am Grabenrand einen Mann mit Scheitelkappe, die mit einer Nadel am Haar festgesteckt war. Denselben, von dem Itzik ihm alles mögliche erzählt hatte und dem er schon auf dem Rückweg von der Synagoge begegnet war.

Mein Gott, der sah ja eher aus wie ein Bettler als wie ein Gottesbote!

»Helft mir, Verehrtester«, wandte sich der Rabbi Uri höflich an ihn.

Der Mann mit der Scheitelkappe rührte sich nicht, als wolle er sich über ihn lustig machen oder sich an seiner Hilflosigkeit weiden.

»Euch hat Gott gesandt«, fuhr der Greis fort. »Ich war eingenickt und bin in den Graben gerollt.«

»Die reine Wahrheit – Gott hat mich gesandt«, stimmte der Fremde zu, rührte sich aber immer noch nicht. »Geh, hat er zu mir gesagt, und zieh den Uri aus dem Dreck. Doch bevor du ihn herausziehst, stelle ihm drei Fragen.«

»Nur drei?« kicherte der Rabbi Uri völlig deplaziert, seinen Schmerz vergessend.

»Ja, drei«, sagte der Mann mit der Scheitelkappe ernsthaft. »Beginnen wir mit der ersten. Rabbi Uri, hast du auch nur einmal an meiner Allmacht gezweifelt?«

Der Fremde scherzte, was denn sonst. Doch der Rabbi Uri war gewohnt, auf alle Fragen des Herrgotts zu antworten, wer immer sie ihm stellte – ein Weiser oder ein Verrückter.

»Nein«, antwortete er schnell.

Der Mann mit der Scheitelkappe aber ließ sich Zeit mit der nächsten Frage, und der Rabbi Uri wurde ärgerlich auf sich selbst – warum hatte er sich auf dieses alberne Spiel eingelassen! Er hätte lieber warten sollen, bis irgendein Bauer vorbeikam und ihm heraushalf.

»Mit dem Herzen – niemals«, fügte der Rabbi Uri nach kurzem Überlegen hinzu.

»Und mit dem Verstand?« fragte der Fremde ungerührt weiter.

»Mit dem Verstand?« Der Rabbi Uri überlegte und seufzte.

»Mit dem Verstand – ja. Mein Gott, hab ich zu ihm gesagt, wenn du mir den Glauben hast gegeben, warum hast du mir nicht die Vernunft genommen? Die Vernunft nagt am Glauben wie der Holzwurm an der Kommode.« Der Alte brach plötzlich ab.

Was war denn mit ihm los? War ihm der Schreck wirklich so in die Glieder gefahren, daß er dem erstbesten Landstreicher gegenüber sein Herz auf der Zunge tragen mußte?

»Die zweite Frage«, verkündete der Mann mit der

Scheitelkappe, und sein Blick verstörte den Rabbi Uri mehr als der Schmerz und die Demütigung. »Kannst du für deinen Glauben vergießen fremdes Blut?«

Der Rabbi Uri rieb sich die verletzte Schulter und wischte sich den Schweiß von der Stirn. Das Verhör, das der Fremde mit ihm anstellte, verwirrte und erregte ihn immer mehr, aber er fand nicht die Kraft, es abzubrechen.

»Es gibt auf der Welt keinen Glauben, um dessentwillen man auch nur einen Tropfen fremden Blutes vergießen dürfte«, sagte er wie zu sich selbst. »Blutbefleckter Glaube ist schlimmer als Ungläubigkeit.«

»Aber wie soll man ihn dann verteidigen?«

»Ist das die dritte Frage?«

»Nein. Das ist nur ein Schrittchen auf sie zu.«

»Weder die Axt noch das Schafott können den Glauben verteidigen. Alles auf der Welt ist greifbar, nur er nicht.«

Die Worte schlugen den Rabbi Uri in ihren Bann, für einen Augenblick vergaß er den Graben und seinen Schmerz und auch den Fremden. Warum sollte man nicht aus einem Abwassergraben mit dem Herrgott sprechen können? Lag doch auch Hiob in seinem Eiter, als er mit ihm sprach.

»Bist du schon ein Schrittchen weitergekommen?« fragte er den Mann mit der Scheitelkappe.

»Ja. Die letzte Frage. Rabbi Uri, was ist besser: Sklaverei oder Unverstand?«

»Natürlich Unverstand«, murmelte der Rabbi Uri. »Unverstand – das ist Freiheit.«

»Warum hast du dann die Sklaverei gewählt?«

»Das ist, scheint mir, schon die fünfte Frage, aber ich will dir antworten. Es gibt zwei Dinge, die der Mensch sich nicht aussuchen kann: die Zeit, in der er lebt, und den Unverstand, den der Herrgott über ihn verhängt.«

»Du hast alle Fragen vollauf beantwortet«, sagte der Mann mit seltsamer Genugtuung. »Jetzt kann ich dir die

Hand reichen. Dein Platz ist nicht im dreckigen Graben, sondern im Himmel.«

Der Fremde stieg die Böschung hinab, schlurfte mit seinen Schuhen durchs rostige Wasser, half dem Rabbi aus dem Rollstuhl, nahm ihn auf die Arme und trug ihn, der beinahe körperlos leicht war, aus dem Graben.

»Am Todestag meiner Mutter gehe ich immer auf den Friedhof, um zu stehen an ihrem Grabe.«

»Aber auf unserem Friedhof liegt deine Mutter nicht. Ich kenne im ganzen Umkreis alle Lebenden und Toten.«

»Doch, sie liegt hier«, sagte der Mann mit der Kappe leise.

»Mütter liegen für gewöhnlich dort, wo man sie beerdigt.«

»Alle – außer meiner«, erklärte der Fremde. »Meine Mutter ruht dort, wo es wenigstens ein frisches Grab gibt.«

»Das jüngste Grab auf unserem Friedhof ist das von der Frau des Schankwirts Mandel. Von Chawa. Sie war ein schönes Mädchen.«

»Also ähnelt sie meiner Mutter. Sie war schön. In ihrer Jugend haben sich die Burschen um sie geprügelt bis aufs Blut.«

»Wenn du willst, werde ich für deine Mutter das Kaddisch sprechen.«

»Tu das«, erwiderte der Fremde.

Er ging hinter dem Rollstuhl her wie hinterm Wagen des Propheten Elias, schweigend, und auch der Rabbi Uri schwieg und dachte über die sonderbare Begegnung nach, und je länger er darüber nachdachte, desto schärfer empfand er, daß sie vom Schicksal vorherbestimmt war.

»Höre«, sagte er plötzlich, und die Erregung benahm ihm den Atem, »irgendwo habe ich dein Gesicht schon gesehen. Das liegt freilich vierzig Jahre zurück. Damals warst du ein Wickelkind, hast in einer Wiege geschaukelt, und zwei Frauen haben sich über dich gebeugt –

die eine verhärmt und traurig, die andere üppig, mit vollen freigebigen Brüsten, und außerdem ein Mann.«

»Ich habe niemals geschaukelt in einer Wiege.«

»Du erinnerst dich einfach nicht mehr daran.«

»Ich erinnere mich an alles«, sagte der Mann mit der Kappe. »An alles. Mich haben sie neben meinen Bruder aufs Bett gelegt, und als ich anfing zu schreien, hat er mir den Mund mit einem Stück zerkauter Brotkruste gestopft. Seitdem wahrscheinlich hasse ich das Brot.«

»Wie kann man ohne Brot leben?«

»Was nützt das Brot, wenn du dafür mit deinem Atem bezahlst?«

Mit quietschender Federung fuhr der Rollstuhl auf den leeren Friedhof und bog nach rechts ab, zum frischen Grab der Schankwirtsfrau Chawa.

Der Mann mit der Scheitelkappe bückte sich, nahm eine Handvoll gelber lehmiger Erde, ließ sie durch seine Finger rinnen und flüsterte etwas vor sich hin.

Der Rabbi Uri saß im Rollstuhl und betete das Kaddisch.

Von der Kiefer fielen Nadeln auf den Grabhügel, und jede Kiefernnadel war wie ein ausgefallenes Haar vom Kopfe einer jüdischen Mutter: von Chawa und von Rahel und von der, um die die Burschen sich dereinst geprügelt hatten bis aufs Blut.

11

Bevor Itzik Magid, der Lieblingsschüler des Rabbi Uri, seine Beschäftigung mit der Thora aufgab und unter die Holzfäller ging, hatte er sich eigentlich kaum von seinen Altersgefährten unterschieden. Allerdings hatte der Herrgott ihm schon mit siebzehn Jahren außergewöhnliche Kräfte verliehen, die in jedem mickrigen Juden des Marktfleckens Neid und Bewunderung hervorriefen. Itzik war breit in den Schultern, hochgewachsen wie selten ein Jude, rothaarig und blauäugig wie ein echter Christ. Er konnte sich zum Beispiel ohne weiteres ein einjähriges Kalb auf den Rücken laden, das er an den Vorderbeinen festhielt, und sich damit auf dem Marktplatz vor aller Augen zehnmal um die eigene Achse drehen, ohne aus einem vorgezeichneten Kreis herauszugeraten, oder er war imstande, mit einem der Burschen des Ortes eine ausgefallene Wette abzuschließen, die allgemein Aufsehen erregte.

»Ich lade mir einen Doppelzentner Kartoffeln auf den Buckel und du nur einen einfachen Zentner«, sagte er einmal zu Moische-Ber Chassmann, dem Müllerssohn, und dieser, ein Tolpatsch und Neidhammel, glotzte ihn an.

»Einen Doppelzentner Kartoffeln schaffe ich auch«, sagte Moische-Ber.

»Warte, warte«, dämpfte Itzik seinen Eifer. »Wer seinen Sack als erster bis zum Ortsausgang und zurück auf den Marktplatz trägt, der hat gewonnen., Und wer verliert, bezahlt die beiden Säcke.«

»Es gilt«, nahm der Müllerssohn die Herausforderung an.

Sie gingen zu einem Fuhrwerk, einigten sich mit dem Bauern, Itzik schaute aus den Augenwinkeln zu Moische-Ber hinüber und wartete, wann der Friseur Berschtanski, dieser Witzbold und Hansdampf in allen Gassen, der manchmal tagelang nichts zu tun hatte, das Kommando geben würde: »Los!«

Der Friseur Berschtanski befühlte mißtrauisch die Säcke, ob sie nicht etwa mit Sägespänen gefüllt seien, stellte sie auf die Waage und wog sie ordnungshalber noch einmal, und dann gingen Itzik und Moische-Ber auf sein Kommando los.

Zuerst liefen sie nebeneinander, keiner blieb hinter dem anderen zurück. Moische-Ber, ja, der war sogar eine Nasenlänge voraus. Hinter ihnen trottete wie ein Fohlen Berschtanski, stolz auf seine Schiedsrichterrolle, er schwitzte mehr als die beiden Rivalen, und hinter

Berschtanski folgte eine Horde Lausbuben aus dem Ort, die schrien, so laut sie konnten: »Itzik! Vorwärts, Itzik!«

Auf der Höhe des Drogen- und Eisenwarenladens der Gebrüder Spiwak holte Itzik Moische-Ber ein und streifte ihn mit einem Atemzug sieghafter Verachtung. Doch der Müllerssohn gab nicht auf. Knallrot und täppisch lief er weiter voran, die Augen auf Itziks Rücken geheftet und zum Bersten angefüllt mit Haß auf ihn.

Schließlich blieb Moische-Ber stehen und gestand sich seine Niederlage ein. Er warf den Sack ab, band ihn auf und fing an, mit voller Wucht Kartoffeln in die Menge zu schleudern.

»He, fehlt dir der Mumm?« foppten ihn die Lausbuben, während sie die Kartoffeln aufhoben und sich unters Hemd steckten. »Du Knirps, gegen Itzik kommst du nicht an!«

Itzik ging bis zum Ortsausgang, dort machte er kehrt, schleppte seinen Sack bis zum Markt, lehnte ihn an den Bauernwagen und sagte: »Gleich kriegst du dein Geld.«

»Samson! Der biblische Samson«, gurrte der Friseur Berschtanski, er drückte Itzik die Hand wie einem König, sah ihm tief in die Augen, und dann schöpfte er mit seinem tabakverräucherten Munde Luft und rief über den ganzen Marktplatz: »Juden! Von nun an haben wir Schutz und Schild! Juden, nehmt euch ein Beispiel an Itzik! Ich habe euch schon lange gesagt: Was wir brauchen, ist nicht die Lehre, sondern die Stärke!«

Moische-Ber, vollends geschlagen, bezahlte dem Bauern die beiden Säcke und zog ab zur Mühle.

Der ganze Ort triumphierte und freute sich über Itziks Sieg. Nur sein Lehrer, der Rabbi Uri, war finster wie eine Gewitterwolke.

»Es ziemt sich nicht für einen, der die Heilige Schrift studiert und Seelenhirt werden will, sich in den Augen seiner Gemeinde zum Narren zu machen«, sagte der Rabbi Uri, als Itzik seinen Sack ins Haus geschleppt brachte. »Ist es nicht besser, die Kartoffeln mit Gebeten zu verdienen?«

»Habe ich sie etwa erworben auf unredliche Weise?« gab Itzik gekränkt zurück.

Damals begann es, daß etwas in ihren Beziehungen nicht mehr recht stimmte. Ohne sich dessen bewußt zu sein, war Itzik vom Rabbi Uri enttäuscht. Diese Enttäuschung stand zwischen ihnen wie die Wand, hinter der er schlief, und Itzik fand keinen Spalt, keinen Durchblick darin. Immer noch saß er bis spät in die Nacht mit dem Rabbi Uri über dieser oder jener Passage der Heiligen Schrift oder führte mit ihm endlose Dispute über die Zukunft der Juden, doch schon fehlte die Leidenschaft, die ihn früher beflügelt hatte, es fehlte die Glut, die ihn verzehrt hatte, er war nicht mehr völlig überzeugt, daß sein Lehrer unbedingt recht hatte. Doch nicht diese Mißstimmung und auch nicht seine Muskelkraft, die alle in Erstaunen setzte, führte ihn schließlich in den Wald auf Fradkins Holzschläge.

Ihn bedrückte die Enge seines Lebens, das auf greisenhafte, seinen siebzehn Jahren nicht angemessene Sorgen beschränkt war und ihm wie ein verwunschener Kreis vorkam. Gab es denn wirklich nichts weiter auf der Welt außer der Heiligen Schrift, außer dem Psalter, außer Fasten und seltenen Feiertagen?

Zuweilen hörte Itzik etwas von einer anderen, nicht sehr verständlichen, aber verlockenden Welt. Gewiß, auch sie, jene Welt, war fern von ihm, genauso fern wie Ninive oder Babylon. Doch allein schon ihre Existenz erfüllte ihn mit dumpfer, ungewisser Unruhe.

»Hier kommen wir um«, flüsterte ihm Elchanon Saidburg zu, ebenfalls ein Schüler des Rabbi Uri. »Wir müssen endlich eine einfache Tatsache begreifen: Wir leben in Rußland. Verstehst du, in Rußland, und nicht irgendwo unter libanesischen Zedern, und Rußland läßt sich nicht umwandeln in ein Israel. Laß uns fortgehen, ehe es zu spät ist!«

»Wohin?«

»Nach Wilno! Nach Moskau! Nach Petersburg! Ach, sonstwohin!«

»Und das Wohnrecht?«

»Das Wohnrecht ist was anderes als Epauletten. Irgendwie werden wir es uns beschaffen, wir sind ja nicht dumm«, redete Elchanon ihm zu.

»Ich möchte ein Jude bleiben«, erwiderte Itzik treuherzig.

»Ja, zwingt dich denn jemand, zu wechseln den Glauben? Wenn du ein Jude bleiben willst – bitteschön. Aber das Dach ... das Dach müssen wir wechseln, damit es nicht reinregnet, damit es nicht reinzieht ...«

»Was für ein Dach?«

»Manche lassen sich taufen und ...«

»Und?«

»Und bleiben ihr Leben lang Juden.«

»Ich will nicht leben unter solchem Dach. Ich will nicht«, sagte Itzik fest. »Lieber im Frost. Lieber in Wind und Wetter.«

»Denk nur nicht, daß ich dich zu etwas Schlechtem aufstacheln will. Ich spreche mit dir als ein Freund. Oder willst du vielleicht dein ganzes Leben lang bei Rabbi Uri hinterm Wandschirm schlafen?«

»Das nicht.«

»Der Alte kann einem leid tun, natürlich. Aber jeder hat sein Kreuz zu tragen. Für dich, weißt du, ist es leichter. Du bist eine Waise. Aber ich habe Eltern. Die sehen im Traum ihren Sohn als Rabbiner.«

»Warum willst du sie aufwecken?«

»Du meinst, ich müßte unter die Decke kriechen und dieselben Träume träumen? Träume, Träume, Träume! Die ewigen Weggefährten der Juden!«

Die Reden des Elchanon Saidburg erschreckten Itzik und zogen ihn auf sonderbare Weise an. Er bewunderte Saidburgs Scharfsinn, seine Lebenstüchtigkeit, seine Konsequenz, die bis zur Besessenheit ging. Doch andererseits hatte er etwas Aalglattes, ungreifbar wie das Wellengekräusel auf einem See. Niemals sprach er laut, immer im Flüsterton, niemals ging er aufrecht, sondern stets geduckt, als hätte er soeben Hiebe bekommen, niemals sah er seinem Gesprächspartner in die Augen, sondern immer auf den Mund.

Am meisten irritierte Itzik an Elchanon dessen ständige Bereitschaft zum Verrat, den zu rechtfertigen er tausend Gründe in Vergangenheit und Gegenwart fand. Wen führte er nicht alles ins Feld: Moses, der das jüdische Volk aus der ägyptischen Gefangenschaft geführt hatte, und einen bekannten Friedensrichter, ehemals Jude, und auch den Renegaten Baruch Spinoza.

»Der Mensch verrät immer jemanden«, versicherte Saidburg. »Sich selbst oder andere. Einen anderen Ausweg gibt es nicht für ihn. Das einzige, woran man glauben kann, ohne sich oder seine Nächsten zu verraten, das ist der Tod.«

Als Saidburg den Marktflecken verließ – und er verließ ihn als erster –, empfand Itzik Erleichterung und Bedauern. Einerseits war er nun der Versuchung ledig, war befreit aus dem Spinnennetz, das sein ganzes Wesen sanft eingehüllt und ihm die Augen vernebelt hatte, andererseits war ihm derjenige verloren, mit dem er, wenn auch heimlich, wenn auch nur manchmal und nicht ohne dabei in tödliche Sünde zu verfallen, von einer anderen, verbotenen und geheimnisvollen Welt hatte träumen können. Der picklige Semjon, der mit ihm beim Rabbi Uri geblieben war, war nicht imstande, die Leere zu füllen, den Verlust, der Itzik schmerzlich traf, wettzumachen. Für den pickligen Semjon, ungeachtet seines umgänglichen und sorglosen Wesens, galten andere Maßstäbe. Diese hatten meist weder mit Gott noch mit dem Teufel zu tun, sondern wurden bestimmt von den vier Wänden des Wirtshauses, und wenn sie auch nicht so kleinlich waren wie die seines Vaters Josua, so reichten sie doch nicht wesentlich über die Theke hinaus.

Nach Elchanons Flucht und dem Weggang von Semjon Mandel wurde für Itzik der Aufenthalt im Hause des Rabbi Uri von Tag zu Tag schwerer und zwiespältiger. Manchmal ertappte er sich bei dem Gedanken, der Rabbi Uri habe ihn gar nicht deswegen zu sich genommen, weil er ihn zum Seelenhirten ausbilden wollte, sondern um ihn zu seinem Leibeigenen und zu Rahels Dienstboten zu machen. Itzik schleppte Wasser, hackte Holz, wischte die Fußböden, und wenn die Frau des Rabbi kränkelte, trug er ihr Nachtgeschirr auf den Hof hinaus und erstickte fast vor Ekel.

Nachdem seine Gefährten den Marktflecken verlassen hatten, erwachte in Itzik auf einmal das Blut seines Vaters, des zügellosen, wilden Juden Gabriel Magid aus Shitomir, der in seiner Heimat einen Polizisten umgebracht hatte. Mein Gott, dachte Itzik, wenn mein Vater sähe, wie ich in einem fremden Haus herumkrieche und jedes Stäubchen, jede Lache auflecke! Er würde mich wahrscheinlich eigenhändig erwürgen oder mit der Axt erschlagen wie damals den Polizisten. Ihn würde es nicht interessieren, daß der Rabbi Uri und seine Frau Rahel mich Waisenkind zwölf Jahre lang beköstigt, gekleidet, unterrichtet haben und einen Seelenhirten aus mir machen wollen. Der Vater würde keinen Vernunftsgründen zugänglich sein, denn er hatte seinen Sohn nicht dazu in die Welt gesetzt, daß dieser ein Sklave würde und auf allen vieren auf der Erde herumkröche. Ich pfeife auf alle eure Kleider, auf eure Kost und euren Glauben, würde sein Vater Gabriel Magid sagen. Es gibt kein solches Brot, keine solchen Kleider, seien sie getrost aus Brokat oder Gold, es gibt keinen solchen Glauben, um dessentwillen mein Sohn ein Sklave werden müßte. Lieber Axt und Wald als Sklaverei in Sattheit, so würde sein Vater Gabriel Magid sagen.

Aber wie konnte er nach zwölf Jahren ohne weiteres das Haus verlassen, wo so viel für ihn getan worden war?

Itzik brachte es nicht über sich, den Rabbi Uri zu verraten wie Elchanon, ihn zu verlassen wie Semjon Mandel, der angeblich seine Schritte in Richtung Jeschiwa lenkte, in Wirklichkeit aber ins Bordell auf der Safjanka geriet, wo er den Nutten die Fußsohlen kitzelte, bis Josua ihn aus Wilno zurück nach Hause holte.

Itzik suchte einen Vorwand.

Und der Vorwand fand sich.
Er hieß Guri Andronow.
Später spottete man im Flecken über Itzik: Er hat den Rabbi Uri gegen den Rabbi Guri vertauscht.
»Hör mal, du! Bist du nicht verwandt mit dem Gabriel?«
»Mit wem?«
Itzik verschlug es den Atem.
»Den sie im Wald gefunden haben.«
»Bin ich.«
»Na siehste, seh ich doch: wie aus'm Gesicht geschnitten! Der Sohn, was?«
»Ja, der Sohn. Und Sie, Sie haben ihn wohl gekannt?«
»Bißchen. Als ich noch 'ne Rotznase war. War das ein Jude! Hab sonst nie so einen gesehen! Solche Schultern! Solche Pranken! Eine Stimme wie 'ne Glocke! Russisch konnte er überhaupt nicht, bloß gemeine Flüche ... Klaren hat er gesoffen – meine Güte, eine Pracht. Und du ... wie heißt du eigentlich ... machst du dir was draus?«
»Itzik heiße ich.«
»Machst du dir was draus, Itzik?«
»Nein.«
»Kommst also nicht nach'm Vater. Ich weiß noch, Gabriel, als der dann unsre Sprache konnte, hat er immer gesagt: ›Worte, Guri, sind wie Gemüse im Garten, man muß sie gießen, damit sie nicht verdorrn.‹ Na, was ist, gehn wir zu Josua – auf ein Gläschen?«
Itzik trank keinen Alkohol. Schon bei einem Schluck Honigwein zu Pessach mußte er das Gesicht verziehen.
»Josua pumpt uns«, beruhigte ihn Andronow. »Wenn's Geld gibt, rechnen wir ab.«
»Trinken Sie ruhig, ich setze mich so dazu«, sagte Itzik.
»Weißt du, warum man euereins nicht leiden kann?«
»Nein.«
»Weil ihr alle nüchtern seid. Ich weiß noch, als wir damals in der Gegend von Borissow wohnten, da haben die

Brüder Bunejew, die gemeinen Hunde, 'nen Pogrom angezettelt. Allen ging's an den Kragen, nur einer wurde nicht angerührt. Der Schuster Mejer ... der lag schon am frühen Morgen stinkbesoffen da. Ein Besoffner ist ein Kumpan. Was willst du von 'nem Besoffenen verlangen? Die Flasche macht alle in Rußland zu Kumpanen.«

Was steh ich hier und höre mir sein Gefasel an, dachte Itzik, ärgerlich auf sich selbst, und trotzdem trottete er ihm nach in die Schenke. Am Ende würde er doch etwas über den Vater erzählen. Im Wald konnte man alles mögliche hören, sogar schon als Rotznase.

Sie setzten sich in der Gaststube in eine Ecke. Andronow rief Josua, verlangte einen Stof Wodka, goß zwei dickwandige geschliffene Gläser voll, eins für sich, das andere für Itzik, legte seine Arme, knorrig wie Äste, auf den Eichentisch und sagte: »Wenn du rauskriegen willst, wer deinen Vater niedergemacht hat, dann werde Holzfäller. Nicht, daß ich was gegen's Beten hätte. Gehe selber zur Kirche zu Mariä Verkündigung oder zu Schutz und Fürbitte, eine Zeitlang war ich sogar im Kirchenchor ... na ja, bis zum Stimmbruch. Und dein Vater, der Gabriel, na ja, laß ihn gewesen sein, wie er will, aber dreimal jeden Tag hat er gebetet, akkurat. Ist beiseite gegangen und hat was geflüstert in eurer Sprache. Einen Abend nach dem Beten haben sie ihn ja dann auch gefunden.«

»Und Sie ... haben Sie nichts Genaueres gehört?«

»Gequasselt wurde alles mögliche. Es hieß, Fradkin hätte ihn auf dem Kieker gehabt.«

»Weswegen?«

»Ach, weiß der Teufel. Komm in den Wald und frag die Älteren. Obwohl, die kriegen auch nicht so leicht die Zähne auseinander.«

Guri trank, kam in Stimmung, schob Itzik das Glas hin, hob die Schultern, als dieser ablehnte, rührte aber das fremde Glas nicht an.

Mehr erfuhr Itzik an jenem Tag von Andronow nicht. Er war dem Geheimnis um seines Vaters Tod kein

Schrittchen näher gekommen, doch der Gedanke, in den Wald zu gehen, hatte sich in ihm festgehakt. Itzik hatte selbst schon gelegentlich gehört, daß Markus Fradkin an diesem Mord beteiligt gewesen sein sollte – aber wie das beweisen? Daran, daß Fradkin seinen Vater nicht selbst umgebracht hatte, zweifelte er kaum. Aber Fradkin fällte ja auch keinen Baum eigenhändig.

Als Itzik dem Rabbi Uri seinen Entschluß mitteilte, unter die Holzfäller zu gehen, traf den Alten beinahe der Schlag. Doch er beherrschte sich und sagte leise, aber bestimmt: »Du bist krank, Itzik.«

Und nach kurzem Schweigen fügte er hinzu: »Wer vertauscht denn das Gebet gegen die Axt? Besinne dich! Du wirst sowieso nichts in Erfahrung bringen.«

»Doch, Rabbi.«

»Nehmen wir an, du bringst etwas in Erfahrung, mein Sohn. Was ändert sich dadurch? Willst du den töten, der deinen Vater getötet hat? Willst ihn ins Zuchthaus bringen? Wirst du nicht allzu teuer für die Wahrheit bezahlen? Besser Unwissenheit als Wissen, für das man mit bösen Taten bezahlt.«

»Ihr habt für alles eine fertige Antwort, Rabbi. Aber ich will meinen Verstand gebrauchen. Versteht ihr, meinen eigenen! So viele Jahre lebe ich bei Euch und höre immerzu: Bete, dann wird die Gerechtigkeit triumphieren. Nein doch. Damit sie triumphieren kann, muß man Böses tun.«

»Böses?«

»Ja, ja ... Denn das Böse, Rabbi, das sind die Nagezähne der Gerechtigkeit. Ohne die setzt sich nichts durch.«

»Ich halte dich nicht, Itzik. Ich werde für dich beten.«

Und sie trennten sich.

Sie trennten sich, aber sie überwarfen sich nicht. Itzik mietete sich beim Hausierer Ascher ein – der lebte damals noch –, brachte seine Siebensachen dorthin und ließ sich von Fradkin als Holzfäller einstellen.

Er arbeitete eifrig, genau wie sein Vater früher, mit

grimmiger Lust, von morgens bis abends fällte er Bäume, entästete sie, lud sie auf Wagen, er hielt auch beim Zechen mit, allerdings trank er in Maßen, ohne Hast und Gier etwas nachessend, und vornehmlich mit den alten Holzfällern, er fragte sie nicht aus, um sie nicht vor den Kopf zu stoßen, er wartete, daß sie von sich aus das Geheimnis um den Tod seines Vaters Gabriel Magid lüfteten. Doch der Schleier, der es deckte, war dicht, und sobald Itzik daran rührte, rückte es weiter weg, wie die trügerische Linie des Horizonts. Mit der Zeit wurde sein Verlangen, dieses quälende Rätsel zu lösen, schwächer, erlosch, wurde verdrängt von anderen Gefühlen, die mehr seinen Körper als seine Seele bedrückten.

Mit fünfundzwanzig Jahren träumte Itzik zum erstenmal von einer Frau. Sie wusch sich im Fluß die Füße, und ihre Waden schimmerten weiß wie Zucker, der Zukker löste sich im Wasser auf, und Itzik beugte sich nieder und trank es mit gierigen Lippen. Er trank es und war stärker berauscht als von Wodka. Der ganze Fluß schmeckte süß, die ganze Welt schmeckte süß, so süß.

Später gab Itzik der, von der er geträumt hatte, ein Gesicht. Es war das Gesicht Seldas, der Tochter des Holzhändlers Fradkin, desselben Fradkin, der in den Mord an seinem Vater Gabriel verwickelt sein sollte.

Vor Neujahr kamen sie alle zum Holzschlag gefahren: Fradkin, sein Sohn Selik und sie, Selda.

Aus dem Schlitten wurden Geschenke ausgeladen.

In Begleitung von Sohn und Tochter ging Fradkin von einer Parzelle zur anderen und überreichte den Holzfällern mit strahlendem Lächeln Festgeschenke.

Die Brüder Andronow, Guri und Afinogen, bekamen jeder einen knisternd neuen Mantel.

Der alte Morkūnas – eine drollige lackierte Tabakspfeife.

Der lange Riauba – ein Paar hohe Schuhe.

Alle wurden beschenkt.

»Frohes Fest!« rief der strahlende Fradkin laut. »Seid bedankt, Freunde, für eure Arbeit.«

Auf dem Waldweg wieherte langgezogen das Pferd vor dem Schlitten.

Schon wollten sich der Herr und seine Kinder auf den Heimweg begeben, da erblickte Selda den an einer Birke lehnenden Itzik.

»Papa!« rief sie. »Einen hast du vergessen!«

»Er ist Jude«, erklärte Fradkin.

»Was macht das?« wunderte sich Selda, und Itzik hörte ihre helle, fast noch kindliche Stimme.

»Das jüdische Neujahrsfest ist lange vorbei«, sagte der Holzhändler.

»Trotzdem«, beharrte Selda. »Wir müssen ihm auch was geben.«

»Ein andermal, Kindchen«, unterbrach Fradkin sie. »Wir müssen fahren. In Vilkija werden wir auch noch erwartet.«

»Ach, Papa!«

»Selik«, ließ der Herr sich schließlich erweichen, »kratze eine Handvoll Kleingeld zusammen und gib es unserem Glaubensbruder.«

Selik stapfte zu der Birke, griff in die Tasche, doch als ihn Itziks Blick traf, zog er die Hand nicht wieder heraus. Fradkin und Selda gingen schon zum Schlitten.

Als Selik sie einholte, fragte seine Schwester: »Was hat er gesagt?«

Selik druckste.

»Was hat er gesagt?« Fradkin funkelte ihn an.

»Er hat gesagt: Almosen will ich nicht. Ich will ...« Selik brach ab.

»Sprich weiter«, befahl Fradkin.

»Er will Selda.«

»Der freche Kerl!« fuhr sie auf.

»Ganz wie sein Vater«, knurrte Fradkin. »Ich wußte schon, warum ich ihn nicht nehmen wollte. Aber wir brauchen jede Hand.«

»Das beste Geschenk, hat er gesagt, ist für mich Ihre Schwester Selda. Du siehst, meine Liebe, eine alte Jungfer brauchst du nicht zu werden!«

Und die Männer brachen in lautes Lachen aus.

Erst vier Jahre später erschien Selda wieder im Marktflecken. Sie lebte so dahin im Hause ihres Vaters und ging kaum aus. Höchstens in die Synagoge zum Beten – und schnell wieder heim. Oder gelegentlich, während Itzik im Wald schwitzte, ein paar Schritte mit dem Hund.

Wäre nicht das Begräbnis der Schankwirtsfrau Chawa gewesen, so hätte Itzik sie noch lange nicht zu Gesicht bekommen. Er konnte ja nicht einfach hingehen und bei ihr anklopfen.

Während Chawa eingegraben wurde, stand Itzik hinter Selda und atmete gegen ihren Kopf. Einen Moment schien ihm, daß von seinem Atem ihr Haar ins Wogen kam, sich lockte, Ähren trieb wie ein Kornfeld, daß beim nächsten Atemzug die Körner ausfallen würden.

Seine Nähe ließ Selda erschauern, sie war bemüht, ihn nicht anzusehen, stocherte mit der Schuhspitze im Lehmboden, ab und zu hob sie die Augen, und dann trafen sich ihrer beider Blicke, kreuzten sich wie zwei Blitze, und in ihrer Brust toste es wie von einem fernen Gewitter. Itzik schien über ihr zu schweben: hochgewachsen, stattlich, ungeduldig.

»Sehen Sie mich nicht so an«, flehte sie. »Um Gottes willen, schauen Sie nicht so. Vergessen Sie nicht, wo Sie sind ...«

Doch der Friedhof konnte ihn nicht mehr aufhalten.

Wie ein Schatten folgte Itzik ihr bis in den Ort. Hin und wieder stürzte er zu Selda hin, ergriff ihren Arm und flüsterte: »Vorsichtig! Dort vorn ist ein Loch!«

Doch da war gar kein Loch. Er war selbst wie ein Loch, um das man einen Bogen machen mußte, um nicht hineinzufallen.

Der picklige Semjon und Morta sahen zu ihnen herüber, und Selda bereute schon, daß sie leichtsinnigerweise mit auf den Friedhof gegangen war. Doch die Langeweile hatte sie aus dem Haus getrieben, sogar eine Beerdigung versprach Abwechslung.

»Wir sind beide an derselben Brust genährt worden,

mit derselben Muttermilch«, sagte Itzik, als die Landstraße aufhörte und die Häuser im goldenen Herbstlaubschmuck sichtbar wurden.

Selda erbebte, doch sie ließ sich nichts anmerken.

»Meine Mutter hat gedient in Ihrem Hause, zuerst als Kindermädchen, dann als Amme«, drang Itzik weiter in sie.

Nun wußte sie also, mit wessen Tränen sie damals ihren Finger benetzt hatte, wen sie gefragt hatte, wann ihre, Seldas, Augen salzig würden! Was war das – Zufall oder Schicksal? Seine Mutter – ihre Amme – schien auferstanden von den Toten, um sie beide zueinander zu führen, sie in diesem Marktflecken, auf diesem Friedhof, auf dieser Landstraße sich begegnen zu lassen, miteinander zu vereinen. Mein Gott, wie dumm! Itzik und sie – was könnte Gemeinsames zwischen ihnen sein? Keine Milch der Welt, selbst wenn sie zum zähesten Leim verdichtet würde, konnte sie beide aneinander binden.

Jedoch gerade das, was so unwirklich, so dumm und unmöglich wirkte, stieß sie nicht ab von Itzik, sondern zog sie an. Bevor sie auch nur das Geringste geahnt und gewußt hatte, hatte sie ihn in der Synagoge jedesmal gesucht, und wenn er kam, hatte sie Gott von Herzen gedankt. In Wilno oder in Vilkija hätten sie keine zehn Pferde ins Bethaus gebracht. Genau wie Vera Karsawina glaubte Selda nicht an Gott, und sie hielt alle, die beteten, darunter auch ihren eigenen Vater, für Heuchler. Gott, wenn er wirklich existierte, würde nicht Gebete und Unterwürfigkeit verlangen, sondern das Opfer der Selbstaufgabe. Freilich war es bei weitem leichter, Worte zu opfern. Einst in ihrer Kindheit hatte sie davon geträumt, wie es wäre, wenn auf der Welt nur Taubstumme lebten. Selda hatte sich ihre Stadt voller Taubstummer vorgestellt, von denen man niemals ein böses oder unwahres Wort zu hören bekam. Durch eine solche Stadt konnte man gehen, ohne sich fremd und überflüssig zu fühlen. Der Nachbarsjunge Antek würde nicht grölen: »Judenbalg!«

Der Stadtpolizist würde nicht knurren: »Räudiger Jid!«

Papa würde nicht sagen: »Pogromhelden! Schweine! Gesindel!«

Der taubstumme Gott in Seldas Welt sollte taubstumme Untertanen haben.

Und lebte sie nicht hier im Marktflecken wie eine Taubstumme? Sie wechselte nur selten ein paar Worte mit Golda oder Kain, ansonsten schwieg sie. Tagelang, wochenlang.

Sie hatte auch mit Itzik nichts zu reden. In Holzsorten kannte sie sich nicht aus, und er hatte nicht im entferntesten von den Dingen gehört, die sie im Gymnasium in Wilno gelernt hatte.

Das beste wäre, ihn gleich abblitzen zu lassen, ihn abzukanzeln, auszulachen, er sollte gefälligst seine Grenzen respektieren, er sollte sich nicht vor ihr spreizen wie ein Auerhahn. Da hatten schon ganz andere Auerhähne um sie gebalzt, und sie hatte nicht einmal mit der Wimper gezuckt. Für ihn, den jungen Stier, war Golda gerade genug. So hatte Golda ihn doch genannt: ein junger Stier.

Sie bemerkten gar nicht, wie sie auf der Straße des Marktfleckens allein blieben.

»Wissen Sie noch, wie Sie damals mit Ihrem Vater und Ihrem Bruder auf den Holzschlag gekommen sind?« fragte Itzik, damit sie nicht schon fortginge. »Das war vor Neujahr. Und Sie trugen noch so einen leichten Eichhornpelz.«

Itzik war aufgeregt. Er wollte ihre Anteilnahme wekken, doch er wußte nicht wie, der Ärmste, er spürte nur dumpf im Hinterkopf: gleich mußte sich etwas entscheiden. So ist es im Frühjahr, wenn auf dem Neman das Eis zu brechen beginnt, zuerst am Rande, am Ufer, mühsam und träge, dann immer weiter nach der Strommitte zu, endlich klafft ein Loch im Eis, und krachend treibt die erste Eisscholle davon, dann eine zweite, und der von seiner Bürde befreite Fluß strömt in die Ferne, zum Meer.

»Ich weiß«, erwiderte Selda.

Gepriesen sei die erste treibende Eisscholle!

»Und Sie selbst sahen auch aus wie ein Eichhörnchen«, fuhr Itzik lebhaft fort. »Zum erstenmal in meinem Leben habe ich bedauert ... lachen Sie mich nur nicht aus ... habe ich bedauert, daß ich mit zwei Beinen zur Welt gekommen bin.«

»Ja, aber, wollten Sie etwa als Wolf geboren sein?«

»Nein. Ich habe gedacht: Wäre ich geboren als ein Eichhörnchen, so würden wir einander jagen im Schnee, würden springen von einem Baum zum anderen, würden zusammen in einem Nestloch wohnen.«

Itzik erspähte in ihrem Blick ein spöttisches Lächeln und verstummte. Mein Gott, was rede ich für ungereimtes Zeug, was fasele ich nur! Was heißt hier Eichhörnchen? Was heißt hier Nestloch? Ich habe die Tochter meines Brotherrn vor mir, des Holzhändlers Fradkin, ein reiches Mädchen. Still, still! Nur durch Schweigen kann man eine Frau fesseln. Schweigen ist wie eine Kette, Worte sind dünne Fäden, die reißen bei der geringsten Berührung.

»Und weiter?« fragte Selda ganz unerwartet.

»Wir würden in einem Nestloch wohnen«, sagte Itzik froh.

»Das haben Sie schon gesagt.«

»Wir würden einander jagen im Schnee.«

»Das haben Sie auch schon gesagt.«

»Wir würden springen von einem Baum zum anderen.«

»Ich weiß, ich weiß.« Selda verzog die Mundwinkel zu einem Lächeln, und Itzik geriet vollends durcheinander.

»Und weiter?«

Ein seltsamer Mutwille hatte sie überkommen. Itziks Antworten amüsierten sie wie ein Kinderspiel, und Selda stürzte sich in den Strudel dieses Spiels, vergaß alle Vorsicht und alle Ängste. Ihr wurde auf einmal erstaunlich leicht zumute, als füllte sich ihre Lunge mit frischer Luft und Wiesenduft, als verflögen aus ihrem Kopf

– dem Himmel jedes Menschen – alle Wolken. Der Marktflecken wurde auf einmal weiter, dehnte seine Grenzen aus, die baufälligen Häuser schienen davonzutreiben, und vor Seldas Augen öffnete sich eine blaue Weite, wie sie sie noch nie gekannt hatte.

»Weiter?« stammelte Itzik. »Wir würden Nüsse knabbern.«

»Ich mag keine Nüsse«, sagte Selda, immer noch mit diesem Lächeln um den Mund.

»Sie schmecken gut«, versicherte Itzik.

»Aber sie verderben die Zähne.«

Und Selda zeigte Itzik ihre Zähne.

»Deine Zähne sind wie eine Herde Schafe, die aus der Schwemme kommen; alle haben sie Zwillinge, und keines unter ihnen ist unfruchtbar«, flüsterte Itzik.

»Sie haben ja immer nur Tiere im Sinn«, warf Selda zaghaft ein.

»Das ist aus dem Lied der Lieder«, erwiderte Itzik gekränkt.

»Aus was?«

»Aus dem Hohelied des Königs Salomon. Ich kann es von Anfang bis Ende auswendig«, prahlte Itzik.

»Ich kenne nur Puschkin«, seufzte Selda. »Der weise Oleg zieht ins Feld, um der Wut der frechen Chasaren zu steuern; für Plünderung und Raub wird ihr Land und ihr Gut mit Schwert überzogen und Feuern«, deklamierte sie russisch.

»Schön«, bestätigte Itzik. »Aber beim König Salomon klingt es noch schöner. Wenn Sie mögen, sage ich es ganz auf.«

»Vielleicht ein andermal«, dankte Selda nickend.

»Ich könnte auch die fünf Bücher Mosis … Oder das Buch der Richter …«, schwatzte er drauflos wie eine Saatkrähe im Frühjahr.

»Danke, danke«, sagte sie, etwas peinlich berührt. »Wozu die Mühe?«

»Das macht mir überhaupt keine Mühe.«

»Bei mir ist sowieso Hopfen und Malz verloren. Vater

hat schon versucht, mich anstandshalber daran zu gewöhnen, aber er hat es auch wieder aufgegeben.«

»Woran zu gewöhnen?«

»An alles Jüdische.«

»Muß man denn einen Vogel an den Wald gewöhnen?«

»Ein weißer Rabe ist kein Vogel«, sagte Selda traurig.

»Sie erzählen mir von diesem ... Puschkin, und ich Ihnen vom König Salomon«, schlug Itzig vor. »Dann sind Sie kein weißer Rabe mehr.«

»Ich muß heim«, sagte Selda.

»Vielleicht darf ich Sie begleiten?«

»Ach nein.«

Itzik blieb dennoch an ihrer Seite.

Sie gingen durch den Ort, und die Passanten betrachteten sie neugierig, der Friseur Berschtanski preßte sein Gesicht ans Fenster und winkte sogar mit dem Tuch.

»Ich habe gedacht, Sie sind bloß stark, dabei sind Sie so ...«, sagte Selda, als sie sich dem Fradkinschen Hause näherten.

»Wie denn?« fragte er, in Erwartung von etwas Niegehörtem und Schmeichelhaftem.

»Eben so«, erwiderte Selda nur.

»Wann sehen wir uns wieder?« erkundigte er sich mit gekünstelter Sachlichkeit.

»Nie.«

»Warum nicht?«

»Ich fahre weg ... nach Vilkija ... Später vielleicht nach Wilno.«

»Fahren Sie nicht weg«, sagte Itzik treuherzig. »Kommen Sie in den Wald.«

»Zum Kiefernfällen?«

»Zum Pilzesammeln. So viele Reizker hat es lange nicht gegeben. Der ganze Wald ist voll davon. Sie wachsen so reichlich wie Pflaumen am Baum.«

»Macht es keinen Spaß mehr, mit Golda Pflaumen zu sammeln?« fragte Selda plötzlich, und ein Schauern durchfuhr sie.

»Mit Golda?«

»Ich weiß alles über Sie«, fügte sie rachsüchtig hinzu und weidete sich an seiner Verlegenheit.

»Golda«, murmelte Itzik. »Golda ist meine Wirtin. Ich wohne bei ihr.«

»Ich habe Sie ja gar nichts gefragt. Leben Sie wohl.«

»Warten Sie!« Itzik ergriff ihren Arm.

»Lassen Sie los! Das tut weh …«

»Gehen Sie noch nicht. Hören Sie mich an … ich möchte, daß Sie wissen … Vielleicht ist das, was ich sagen will, dumm, aber ich sage es, ich muß es sagen.« Er ließ ihren Arm los, straffte sich und kniff die Augen zusammen wie vor einem Sprung in den Fluß. »Wohin Sie auch fahren, nach Vilkija … nach Wilno … ans Ende der Welt – ich werde trotzdem immer warten, ich werde weiterleben und zu Gott beten, er möge für uns ein Nest bereithalten. Mehr will ich nicht von ihm. Mehr nicht! Er hat uns alles genommen, außer der Liebe. Und weder Golda noch Ihr Vater …«

Ein gefährliches Wort lag ihm auf der Zunge, doch Itzik beherrschte sich.

»Mein Vater ist Ihr Arbeitgeber, nicht der meine«, sagte Selda. »Was wir beide mit ihm abzumachen haben, läßt sich nicht vergleichen. Leben Sie wohl!«

Sie durchschritt die Gartenpforte.

»Selda!«

»Was denn noch?« Sie wandte sich um, fast tat er ihr leid, aber sie blieb nicht stehen.

Itzik stieg das Blut zu Kopfe, Kränkung und Ohnmacht versengten sein Inneres, und sein Gehirn schien wie ausgedörrt, nur ein einziger Tropfen war darin zurückgeblieben, erbärmlich genug, aber Rettung verheißend, und er gab der Versuchung nach und ließ ihn heraus, denn er glaubte, eine gemeinsame Sünde und ein gemeinsames Geheimnis könnten ihn noch mit Selda vereinen.

»Es wird erzählt, Ihr Vater, mein Brotherr … Markus Fradkin … wär ein Mörder«, preßte er hervor.

Selda blieb stehen und sah sich noch einmal um, nicht so sehr nach Itzik als vielmehr nach seinen Worten. Doch in der Luft waren schon keine Worte mehr. Da schwebten nur Altweibersommerfäden und vom leichten Wind aufgewirbelte welke Blätter.

»Wie bitte?«

»Es wird erzählt, Ihr Vater hätte früher ... in seiner Jugend ... umgebracht den meinen ... Gabriel Magid.«

Selda betrachtete ihn wie eine seltsame, plötzlich im Hof emporgewachsene Pflanze mit verlockenden, aber giftigen Früchten. Jetzt tat er ihr noch mehr leid als vorher, und in diesem Mitleid war nicht der geringste Vorwurf enthalten. Das, was für ihn solch ein Geheimnis darstellte, schien sie überhaupt nicht zu überraschen. Als wäre es für sie nichts Neues.

»Nun und?« fragte Selda. »Über meines Vaters Sünden verlangen Sie besser Rechenschaft von ihm selbst.«

»Mein Lehrer, der Rabbi Uri, sagt immer: Sühnt für die Sünden eurer Väter, meine Kinder, sühnt dafür mit Liebe ...«

»Gebe Gott«, sagte Selda, »daß sie ausreicht für die Liebe.«

»Daß was ausreicht?«

»Die Liebe.«

Und sie verschwand im Haus.

Lange stand Itzik an der Gartenpforte, ließ sinnlos den Riegel schnappen, schaute zu den Fenstern auf, doch Selda war nicht zu sehen, Kain bellte ihn an, stellte sich auf die Hinterpfoten, riß an der Kette, als wolle er ihn schelten oder warnen.

In seinem Kopf war es leer. Außer Scham und Bedauern hatte Selda alles darin ausgerottet. Das ist das Ende, dachte Itzik, es hat alles nichts geholfen, weder das Geheimnis noch die Sünde, und auch nicht mein Bitten und Drängen. In ein paar Tagen würde Fradkins Kutschwagen vorfahren und Selda mitnehmen, nach Vilkija, später vielleicht nach Wilno oder ans Ende der Welt, ans allerfernste Ende, wo es keine Reizker gab, keinen

Wald und auch nicht ihn, Itzik. So mußte es auch sein, denn jedem ist sein Weg vorgezeichnet. Wenn überhaupt noch auf etwas zu hoffen wäre, dann höchstens auf ein Wunder. Aber war er etwa der einzige, der auf ein Wunder wartete? Auf ein Wunder warteten alle, sogar die, denen es gar nichts nützte.

Wohin nun? Mit wem sich beraten?

Zum Rabbi Uri? Ach, mit dem konnte man über alles mögliche reden, nur nicht über die Liebe.

Mein Gott, es gibt auf der Welt so wenige Menschen, die lieben! Wenn man sich auf den Marktplatz stellte und aus voller Lunge riefe: »He, wer liebt, der möge antworten!« – wer würde antworten?

Höchstens vielleicht Morta von Mandels?

Oder Golda.

Die hatte er gänzlich vergessen, als gäbe es sie nicht. Golda liebte ihn, doch was nützte ihm ihre Liebe. Und ist das denn Liebe, wenn man zusammen ins Bett kriecht?

Seltsam, er hatte sich niemals mit Selda im Bett gesehen. Warum? Fürchtete er, ihr weh zu tun? Wagte er nicht einmal in Gedanken, ihr das Hemd abzustreifen und seinen Kopf auf ihren weißen schmiegsamen Leib zu legen? Itzik konnte es sich selbst nicht erklären.

Mit Golda war alles einfacher. Eine Höhle – das ist eben kein Nest. Zumal nicht er, Itzik, der erste darin gewesen war.

Wahrhaftig, er fühlte sich wie in einer Höhle, wenn Golda ihn mit ihren erfahrenen Zärtlichkeiten überschüttete.

Die erste Zeit hatte Golda sich mit ihm in ihrem Bett vergnügt, doch das hielt Itzik nicht aus.

»Ich kann nicht in deinem Bett ... Ich kann nicht«, klagte er.

»Warum denn nicht? Warum nicht? Bett ist Bett«, wunderte sie sich und schob alles auf seine Unerfahrenheit.

»Ja, hörst du denn nichts?«

»Aber nein, aber nein«, sprach sie beschwörend, während ihre Arme seinen Hals umschlangen und seine Nähe sie dahinschmelzen ließ.

»Ascher atmet«, sagte Itzik.

»Du Dummchen! Ascher ist längst begraben ... Wie soll er denn atmen können?«

»Er atmet, er atmet«, wiederholte er. »Hör nur genau hin.«

Golda lauschte in die Stille, warf ihren Kopf zurück, schnupperte, und dann kicherte sie leise und zufrieden.

»Das bildest du dir ein, Itzik!«

»Ich kann nicht ... Versteh doch, ich kann nicht!«

»Wenn du schon so zimperlich bist, dann laß uns nach oben gehen.« Sie sah ihm alle seine Grillen nach.

Doch auch oben, in seinem Junggesellenbett, in dem der Hausierer Ascher niemals geschlafen hatte, verfolgte Itzik der Atem des Verstorbenen.

Wenn Golda gegen Morgen von ihm fortging, riß er die Fenster auf und lüftete lange das kleine Zimmer. Doch selbst der Wind trug Aschers Atem herein.

»Wenn du willst, komme ich im Sommer zu dir in den Wald«, girrte Golda. »Wir sind doch nicht schlechter als Reh und Elch.«

»Ach, Golda, du bist kein Reh ... du ... du bist eine schmutzige Wildsau ...«

Sie aber nahm alles hin.

Er wollte nicht zurück zu ihr, der schmutzigen Wildsau. Etwa wieder zusammen ins Bett? Ins Bett, ins Bett, morgens und abends, bei Tag und bei Nacht, ins Bett, verflucht soll es sein! Verflucht sei die Stunde, da der Satan ihn bei der Hand nahm und die Treppe hinunterführte und ihn neben Golda dort niederwarf, wo sich so viele Jahre der Hausierer Ascher gewälzt hatte, von seinem Unvermögen gequält!

Ich muß Schluß machen, dachte er, während er die Fradkinsche Gartenpforte quietschen ließ, auf Kains Bellen lauschte und seinem Reh auflauerte. Wozu noch länger vergeblich lauern – es hat mit den Hufen geschlagen, ist davongelaufen in den dichten Wald, und dieses Dickicht kann keine Axt durchdringen. Ich muß Schluß machen.

Er mußte gleich heute von Golda wegziehen, irgendwo andershin. Der Rabbi Uri war ihm nicht gram und würde ihn mit offenen Armen empfangen. Er hatte ihm sogar schon sein Haus vermachen wollen – andere Erben besaß der Alte nicht. Er könnte auch zum Nachtwächter Rachmiel ziehen, dort war reichlich Platz, und der Wald war nahe, aber bei ihm wohnte wohl jetzt der ... der mit der Nadel. Schlimmstenfalls würde der Friseur Berschtanski ihm ein Eckchen abtreten – er, Itzik, brauchte ja nicht viel, nur daß er bei grimmigem Frost irgendwo unterkriechen konnte.

Und wenn Golda ihn nicht in Ruhe ließe, dann – ade, Heimatort! Arbeit fände er allemal. Er brauchte nur den Neman zu überqueren, schon wäre er in Deutschland, könnte zu irgendeinem Hans ins Packhaus gehen, dort Säcke schleppen und sich anhören: »Schneller! Schneller!« Und wenn er sich nicht in Deutschland den Bart scheren lassen will, dann zieht er eben weiter, nach Amerika, dort tragen sie selber Bärte wie die Juden, und gefällt ihm Amerika nicht – ins Land der Vorväter, wie der Wasserträger Eser Blum, das bleibt ihm immer noch. Freilich ist es schade, die Heimat zu verlassen. Doch was nützt mir, Itzik, eine Heimat, wo ich nicht geliebt oder gewaltsam zur Liebe gezwungen werde?

Ich muß Schluß machen.

Itzik blickte zum letztenmal zu Seldas Fenster auf und trottete heimwärts.

»Itzik«, begrüßte Golda ihn freudig. »Wo bleibst du so lange? Die Beerdigung ist längst vorbei.«

Mit untrüglichem weiblichem Gespür nahm sie an ihm eine Veränderung wahr und suchte ihre Erregung durch absichtlich derbes Gebaren zu vertuschen.

»Willst du essen?« fragte sie dann weicher.

»Nein.«

»Ich brate dir Eier. Die Hühner legen, als sollte morgen die Welt untergehen. Jedes zwei Eier am Tag.«

»Golda«, sagte Itzik, und in seinem Ton witterte sie Ungutes, sie legte die Hände auf ihren Leib und hob den Kopf, als wolle sie ihr Gesicht einem Schlag darbieten. »Ich gehe weg von dir.«

»Wohin?«

»Ich weiß selbst noch nicht. Vielleicht zu Rabbi Uri. Vielleicht auch zu Berschtanski.«

»Mein Gott!« seufzte sie erleichtert. »Und ich habe schon gedacht, zu einer Frau! Setz dich, gleich werd ich dir Eier bringen.«

Und Golda verschwand.

Itzik hörte, wie sie die Eier aufschlug, wie sie in der Pfanne brutzelten.

Wie lange das dauert, dachte er, wie lange! Was macht sie nur die ganze Zeit? Ihm würde jetzt sowieso jeder Bissen im Halse steckenbleiben. So war Golda immer: Er bat sie um nichts, aber sie briet und kochte und buk, und vor ihrem Eifer, vor ihrer verzweifelten Rührigkeit schrumpften sein Ärger und seine Unzufriedenheit zu nichts.

»Iß«, sagte sie und stellte die gebratenen Eier auf den Tisch.

Doch Itzik rührte das Essen nicht an.

»Iß«, wiederholte sie. »Du wirst essen und ... fortgehen. Von mir ist noch keiner hungrig fortgegangen.«

Das Eigelb leuchtete wie eine große Wasserlilie.

»An allem bin ich selber schuld«, murmelte Itzik. »Ich allein.«

»Hier ist Salz«, flüsterte Golda.

»Der Herrgott hat den Mann nicht dazu geschaffen, daß er nachgibt der Frau.«

»Nimm Salz«, sagte Golda und schob ihm das Salzfaß hin.

»Ich hätte sollen von dir fortgehen an dem Tag, als du das Bett bezogen, die Kissen aufgeschüttelt hast ...«

»Komm, ich salze selber.« Mit zwei Fingern nahm

Golda eine Prise Salz und bestreute die Eier. Die groben Kristalle funkelten auf dem Eigelb wie Rauhreif.

»Seitdem hat sich für mich dein Bett verwandelt in ein Grab.«

»Soll ich dir Butter aufs Brot streichen?« fragte sie, und ohne seine Antwort abzuwarten, bestrich sie sogleich einen Kanten. Das Messer zitterte ein wenig in ihrer männlich derben Hand, doch Itzik merkte es nicht.

»Ein Bett ohne Liebe – das ist ein Grab«, fuhr er fort, denn er wollte alles bis zum letzten aussprechen und sie nicht schonen. »In ihm leben vom nächsten Tag an ... gleich nach der Brautnacht ... schon die Würmer. Im Dunklen kriechen sie hervor und zerfressen unsere Seele.«

»Vielleicht soll ich dir eine Salzgurke bringen? Ich bin gleich wieder da«, sagte Golda und eilte in den Flur.

Itzik kam gar nicht dazu, zu widersprechen.

»Ich habe ein ganzes Faß voll eingesalzen für den Winter«, sagte sie stolz, obwohl das jetzt ganz unpassend war. »Sie sind dieses Jahr billig. Eine halbe Kopeke der Eimer.«

Was redet sie, dachte Itzik. Wen interessiert es, was auf dem Markt die Gurken kosten und wieviel sie für den Winter eingesalzen hat? Es gibt keinen neuen Winter. Keinen.

»Hörst du wenigstens, was ich sage?« fuhr er auf.

»Ich höre«, erwiderte Golda. »Iß nur, iß!«

»Ich gehe weg von dir ... für immer«, sagte er mit Nachdruck.

»Gut, gut. Aber iß erst.«

»Iß erst, iß erst«, äffte er sie nach. »Danke! Ich bin satt bis obenhin!«

Mitten im Schreien brach er ab, stutzte, packte den Löffel und schaufelte sich ein Ei in den Mund.

»Genug Salz?«

»Genug!« Ihn würgte blinde Wut.

»Ja, so liebt ihr eben, ihr Männer«, sagte Golda leise.

»Wie?«

»Stopft alles in euch rein, wie's kommt, und dann schreit ihr wie am Spieß, daß man euch hätte mit Würmern gefüttert.«

Sie schnitt eine Gurke ab, leckte mit der Zungenspitze daran und fuhr fort: »In letzter Zeit habe ich immer Appetit auf Saures.«

Itzik schwieg – düster, gekränkt. Alles hatte er von Golda erwartet – Beschimpfung, Flüche, Schreien –, sie aber blieb gelassen, beherrscht, geradezu kühl, sie war wie umgewandelt. Er wünschte sich für seine flammende Entschlossenheit neue Nahrung, wie man trokkene Birkenscheite, nicht feuchte Klötzer, in den Ofen wirft. Golda aber hatte wider alles Erwarten das Feuer mit Sand zugeschüttet.

»So ... jetzt hast du gegessen, jetzt kannst du gehen.«

Itzik spitzte die Ohren, um aus ihren Worten Unechtes herauszuhören, aber er war wohl zu sehr mit seinen eigenen Gedanken beschäftigt, vielleicht auch wäre ihm eine Lüge gar nicht willkommen gewesen, jedenfalls bemerkte er weder künstliche Anspannung noch Bitternis.

»Ich bin dir dankbar, Itzik«, sagte sie.

»Dankbar? Wofür?«

»Dafür, daß du so viel ... so viel ...« – Golda suchte nach einem passenden Wort – »mit mir zusammen gewesen bist ... mit der schmutzigen Wildsau. Eine schmutzige Sau hat auch eine Seele ... meinetwegen eine kleine ... meinetwegen eine feuchte, so wie ihr Rüssel, aber sie hat eine. Alle auf der Welt können nicht glücklich sein. Jemand muß auch unglücklich sein. So ist das. Der Herrgott, als er mich in die Welt geschickt hat, hat sich über mich gebeugt und hat gesagt: ›Golda, du wirst sehr, sehr unglücklich sein. Aber du sollst wissen: Nur für die Unglücklichen gibt es Gott, die Glücklichen brauchen Gott nicht. Ich werde immer bei dir sein.‹«

Sie biß sich auf die Unterlippe, um nicht zu weinen.

»Als Ascher tot war und du bist zum erstenmal heruntergekommen und hast dich zu mir gelegt, habe ich gedacht: Der Herrgott hat Wort gehalten, er ist zu mir ins

Bett gekommen und hat mich genommen in seine allmächtigen Arme, hat mich überhäuft mit seinen unendlichen Liebkosungen«, sagte Golda, sich Zittern und Tränen verbeißend. »Du sagst, die Würmer haben unsere Seele zerfressen. Deine vielleicht, Itzik, kann sein. Aber meine ... meine ist gewachsen des Nachts wie ein Baum und hat mit den Zweigen gerauscht, und du, Itzik, hast aus Versehen ihr Rauschen für Aschers Atem gehalten.«

Itzik hörte ihr zu, starr vor Überraschung, und hätte beinahe selber losgeheult, er bereute jetzt seine Offenheit und Empfindlichkeit. Aber er hatte doch nicht einfach fortgehen können wie ein Dieb, ohne jede Erklärung.

»Was soll's«, seufzte Golda. »Ein Mann ist immer Holzfäller, auch wenn er ein Friseur ist. Er haut den Baum ab, und kein Rauschen, kein Laut, nur die Wurzeln ... die Wurzeln, Itzik, kann niemand zerstören. Niemand.«

Sie trat dicht an ihn heran, sah ihm in die Augen, legte die Arme um seinen Hals und sagte: »Küß mich, Itzik.«

»Nicht doch ... Nicht doch«, murmelte er und wollte sich freimachen, doch Goldas Arme waren wie Fesseln.

»Küß mich.«

Er beugte sich schnell zu ihr und streifte ebenso flüchtig ihre starren Lippen.

»Du bist zum erstenmal zu mir gekommen am Morgen, und für immer fortgehen wirst du auch am Morgen«, sagte sie.

»Nein, Golda.«

»Ja.«

»Nein ... nein ...«

»Ja, ja, ja ... Am Morgen, am Morgen.«

Und ihre Worte rauschten über ihm wie die Zweige eines Baumes, und nicht Würmer krochen über sie beide hin, sondern verpuppte Falter, die gegen Morgen ihre Flügel ausbreiten würden, um zu fliegen.

12

Pilze waren Nesterowitschs Leidenschaft. Das ganze Jahr wartete er ungeduldig auf den Herbst, auf die warmen Pilzregen, wenn er, seine Frau Lukerja und die Kinder sich mit selbstgeflochtenen Weidenkörben bewaffneten und in den Wald zogen. Alle im Umkreis kannten die sogenannten Nesterowitsch-Stellen, und kein einziger wagte dort zu sammeln. Nesterowitsch, von Natur aus gutmütig und nicht nachtragend, konnte bei jedem beliebigen Vergehen – Diebstahl, Brandstiftung, Schlägerei – ein Auge zudrücken, nur nicht bei diesem.

Seine Pilzjagdgründe erstreckten sich bis nach Vilkija – weiter ging er nicht. Nicht etwa weil er fürchtete, sich zu verirren oder einem Konkurrenten zu begegnen, Polizist bleibt überall Polizist, sondern weil er womöglich einmal unversehens von seinen Vorgesetzten für irgendeine wichtige Staatsangelegenheit gebraucht werden konnte. Der Obrigkeit ist bekanntlich alles einerlei – ob Winter oder Herbst, ob Pilze oder Äpfel, wenn du gebraucht wirst, hast du ohne Widerrede zur Stelle zu sein.

Ganze Tage lang durchstreifte Nesterowitsch mit seiner Familie den Wald. Es kam vor, daß sie irgendwo in einer Schutzhütte am Waldrand übernachteten, aber mit leeren Händen, Gott behüte, kehrten sie niemals heim. Manchmal gingen sie sogar bei Mondschein auf Pilzsuche. Sie legten Katjuscha und Iwan schlafen, und ab ging's in den Fichtenwald.

Die gesalzenen und marinierten Pilze von Lukerja waren berühmt im ganzen Kreis, ach, was heißt Kreis, im ganzen Nordwestgebiet.

In Pilzangelegenheiten war Nesterowitsch überaus korrekt. Er nahm nie Pilze als Bestechungsgeld, obwohl die Juden, diese komischen Heiligen, immer wieder einmal versuchten, ihm ein gekauftes Körbchen voll zuzustecken. Selbst aßen sie keine Pilze, die Kanaillen, ihr Gott ließ das nämlich nicht zu, aber ihm wollten sie welche aufdrängen.

Einmal hatte alle das Gerücht in Aufregung versetzt, auf dem Weg nach Tilsit zu einem Besuch beim Kaiser, käme demnächst der Zar des Großen Russischen Reiches mit seinem glanzvollen Gefolge die Kownoer Landstraße entlang, und der Oberste vom Kreis hatte den Kreispolizeichef Nuikin zu Nesterowitsch geschickt, um von ihm ein Faß Pilze zu holen – ein Eimer konnte in diesem Fall unter Umständen zuwenig sein.

Nesterowitsch fiel es freilich schwer, sich von einem Faß Pilze zu trennen, doch was tut man nicht alles für den Zaren und obersten Reichsherrn? Für ihn gibt man, wenn es verlangt wird, sogar sein Leben.

»Der Zar persönlich wird unsere Pilze kosten«, freute sich Nesterowitsch.

Auch Lukerja freute sich. Sie stellte sich vor, wie der Imperator mit einer goldenen Gabel einen Steinpilz oder eine Rotkappe aufspießen und zum Mund führen würde, und dann würde er glücklich lächelnd fragen: »Von wem sind diese bemerkenswerten Pilze?«

»Vom Landpolizisten Ardaljon Ignatjitsch Nesterowitsch«, würde man ihm im Chor antworten, dort beim Kreis.

»Der betreffende Nesterowitsch ist auszuzeichnen«, würde der Imperator sagen, während er zum Weizenschnaps ihre Pilzchen äße.

Doch Nesterowitsch und Lukerja hatten sich vergebens gefreut. Der Polizist bekam nicht nur keine Auszeichnung, er bekam auch das Faß nicht wieder. Solch ein Faß zu konfiszieren – das riß einem ja das Herz entzwei!

Der Imperator aber nahm einen anderen Weg. Oder vielleicht fuhr er auch gar nicht zum Kaiser auf Besuch. Wer kennt sich da aus, heute sind sie dicke Freunde, morgen zerstreiten sie sich und fangen Krieg miteinander an.

»Vielleicht kommt er später noch?« tröstete Lukerja ihren Mann.

»Vielleicht«, nuschelte Nesterowitsch ungläubig.

Seitdem setzten sie jedes Jahr ein Zarenfaß an. Aßen es leer und setzten ein neues an.

Auch dieses Jahr war für Nesterowitsch keine Ausnahme. Der Herbst ließ sich erstaunlich gut an, nicht einmal die Alteingesessenen konnten sich an solch einen erinnern, es gab viele helle Schönwettertage, nur manchmal bedeckten Wolken das Himmelszelt, und sie bescherten segensreichen Pilzregen. In Nesterowitschs Gefilden gab es massenhaft Pilze. Die Reizker lugten mit ihren orangenen Köpfchen aus dem Moos, stolze Steinpilze und Milchpilze drängten sich geradezu von selbst in den Korb, und Rotkappen und Birkenpilze wuchsen so viele, daß man sich gar nicht schnell genug nach ihnen bücken konnte.

Doch Nesterowitsch wußte: In ein, zwei Wochen kommt der Nordwind, dann gibt es Frost, und die Pilze, wenn man sie nicht rechtzeitig erntet, werden wurmstichig und schrumpelig, die Wildschweine zertrampeln sie, und dann wird es nichts mit dem Einsalzen eines Zarenfasses. Ohne gesalzene Pilze aber ist das Leben kein Leben bis hin zum nächsten Herbst. Und was konnte alles passieren bis zum nächsten Herbst – man konnte krank und bettlägerig werden, oder die Obrigkeit versetzte einen woandershin, zum Beispiel in die Steppe, zu den Kalmücken. Rußland ist groß. Und wie man's auch dreht und wendet, das ist nun mal Soldatenlos: von einem Ende zum anderen zu ziehen, kaum fängt man an, sich einzurichten und Wurzeln zu schlagen, schon heißt es wieder: »Schnür dein Bündel, Freundchen, dalli!«

Bis jetzt – unberufen! – lief alles wie geschmiert: keine besonderen Vorkommnisse in der Gegend, keinerlei Aufruhr, laß dir's wohl sein, atme, sei vergnügt und bau dein Haus, der Graf Murawjow hat alle gezähmt, hat den Rebellen gezeigt, was 'ne Harke ist, nun halten sie den Rand und mucken nicht auf.

Bisher war alles glatt gegangen, Nesterowitsch konnte ohne Bedenken abwesend sein. Und ausgerechnet jetzt, mitten in der Pilzzeit, wo jede Stunde Gold wert ist, mußten diese Scherereien über ihn kommen. Rühr dich keinen Schritt von zu Hause weg, halte Augen und Ohren offen, schreib einen Bericht.

Dabei gab es nichts zu berichten.

Trotzdem, ob es nun etwas zu berichten gibt oder nicht – um den Bericht kommt man nicht herum. Der Kreispolizeichef Nuikin setzt einem zu, da hilft auch kein Zarenfaß. Sagt man: »Ich hab keinen gefunden, Euer Hochwohlgeboren!«, ist es schlecht, er gerät in Weißglut, stampft mit den Füßen, fährt einen an und brüllt: »Dann such, Bestie!« Sagt man: »Ich hab einen gefunden!« – dann ist's noch schlimmer, er will den Verbrecher haben, tot oder lebendig. Und wo nimmt man ihn dann her, den Verbrecher? Ein Verbrecher ist kein Pilz, den kann man nicht im Wald suchen und abschneiden. Also heißt es, sich irgendwie herauswinden, den Grips anstrengen, bloß nichts verkehrt machen. Und um Gottes willen nicht unbedachterweise ausposaunen: »In unserem Amtsbezirk, Euer Hochwohlgeboren, gibt es keinen Verbrecher!« Dann wird der Kreispolizeichef vollends wild: »Merke dir, Bestie, schreib dir hinter die Ohren – einen Verbrecher gibt es in jedem Amtsbezirk! Vielleicht nicht den, den wir suchen, sondern einen anderen, aber es gibt einen. Verstanden?« Was soll man ihm antworten? »Verstanden, Euer Hochwohlgeboren!« Wehe, man versteht nicht! Der Kreispolizeichef Nuikin kann ohne Verbrecher nicht einen Tag leben. Er sitzt in seinem Arbeitszimmer und wartet nur darauf, daß man ihm wieder solch einen Vogel bringt. Für Nuikin ist der ganze Kreis ein Reservoir voller Verbrecher.

Einmal hat er zu Nesterowitsch gesagt: »Bist du nicht vielleicht selbst ein Verbrecher, Bestie? Warum schaust du mir nicht gerade in die Augen?«

»Aber, Euer Hochwohlgeboren!« Nesterowitsch war entsetzt.

»Du steckst mit den Juden unter einer Decke. Stehst mit den Litauern auf freundschaftlichem Fuß. Stimmt's?«

»Ich schwöre bei Gott und Christus.«

»Schwör lieber nicht, Bestie. Ich durchschaue dich.«

Damals kam Nesterowitsch wie ein begossener Pudel aus der Kreisstadt zurück, er schloß sich in seinem Zimmer ein und soff drei Tage lang besinnungslos, niemanden ließ er zu sich herein, nicht einmal Lukerja.

»Ein Verbrecher bin ich ... Und du die Frau eines Verbrechers. Und Iwan und Katka die Kinder eines Verbrechers. Und wir gehören nach Sibirien!«

»Ardascha! Ardascha!« Lukerja erstarrte vor Angst.

»Mit den Juden unter einer Decke! Mit den Litauern auf freundschaftlichem Fuß! Stimmt's?«

»Wer?«

»Ich ... Wer denn sonst? Geh, Lukerja, ruf den Beschneider!«

»Was für einen Beschneider?«

»Na, den ... wie heißt er gleich ... Benzinon ... Soll er mir doch das Stückchen Schwanz abschnippeln.«

»Himmelskönigin! Heilige Gottesmutter!«

»Und bei Iwan auch gleich ...«

»Ardascha!«

»Und wenn Benzinon schnippelt, dann hol den Priester ... Anicetas.«

»Wozu denn den Priester?«

»Ich wechsle den Glauben, Lukerja!«

Meinje, hatte er damals alle erschreckt! Lukerja war vor der heiligen Ikone auf die Knie gefallen und hatte ihren Mann von den Juden, vom Priester Anicetas und von Sibirien freigebetet.

Doch sein Gespräch mit dem Kreispolizeichef Nuikin vergaß Nesterowitsch nie im Leben. Er wurde gewitzter und umsichtiger, suchte keinen Zwist mit den Juden, ließ sich aber auch nicht auf freundschaftliche Beziehungen mit ihnen ein, die Litauer schrie er an, besonders in Gegenwart von Fremden oder Durchreisenden, dem Kreispolizeichef Nuikin schickte er jedes Jahr aus seinem Garten Äpfel – Nuikin schwärmte für Renetten! –, frische Erdbeeren und unbedingt einen Eimer Brombeeren, denn der Kreispolizeichef hatte ein Magenleiden.

Seit damals fürchtete Nesterowitsch eine Aufforderung, sich beim Kreis zu melden, mehr als Pest und Feuer, und jede Depesche von dort ließ seine Stimmung unter den Nullpunkt sinken. Erhielt er sie aber auch noch ausgerechnet im Herbst, zur Pilzzeit, dann sah er vollends rot und schonte niemanden, nicht einmal seine Familie.

»Papi, Papi, gehen wir bald in den Wald?« quengelte Katjuscha.

»Ja doch, bald«, versprach er und wurde immer mürrischer.

Konnte er denn seiner Tochter erklären, wie vertrackt alles war? Mit dieser Depesche wurde er nicht so ohne weiteres fertig, die konnte man nicht einfach wegwerfen oder im Aborthäuschen an den Nagel hängen oder verbrennen. Solche Papiere brennt auch das stärkste Feuer nicht weg. Was ist das bloß für eine Kraft, die in ihnen steckt? Das reinste Satanswerk. Man erhält solch ein Blatt, und schon steht das ganze Leben kopf – und wehe, man jammert. Schließlich wird man nicht für Pilze bezahlt, sondern für Wachsamkeit. An erster Stelle steht die Pflicht. Und dieses Papier ist eben Pflicht, das hat man zu hüten und zu beachten wie ein Gebet. Würde er, Ardaljon, Sohn des Ignati, Nesterowitsch, den Tag erleben, da er selbst solche Depeschen verschickte, dann könnte er natürlich tun und lassen, was er wollte. Aber diesen Tag würde er nicht erleben, die Zeiten waren nicht danach, und außerdem gab es klügere Pilzsammler. Trotzdem: schade, schade … Ein Papier mit Amtssiegel war heutzutage wie ein Schlüssel: erschließ dir, was dein Herz begehrt. Papier über alles.

Ach, wenn er doch vom Imperator ein Papier erhielte, auf dem schwarz auf weiß folgende Worte stünden:

»Dem Inhaber dieses Ausweises, dem Gemeinen Ardaljon, Sohn des Ignati, Nesterowitsch ist zu erlauben, zum Ruhme des Russischen Imperiums während der Dienstzeit Pilze zu sammeln, einzusalzen und zu marinieren. Alle Personen, einschließlich des Kreispolizeichefs Gawriil Nikolajewitsch Nuikin, sind angehalten, dem Betreffenden keine Hindernisse in den Weg zu legen und ihm jegliche nützliche und geneigte Beihilfe zu leisten!«

Von wegen – nichts ist es mit solchem Papier, gar nichts.

Sollte wenigstens Lukerja mit den Kindern in den Wald gehen, und er würde, sei es auch nur zum Schein, etwas unternehmen.

Aber was? Was?

Er könnte für alle Fälle einen Blick in die Kirche werfen, sich ein Weilchen auf dem Marktplatz aufhalten, ins Wirtshaus gehen.

Wenn der, der auf Seine Exzellenz den Vizegouverneur einen Anschlag verübt hatte, Jude war, was hatte er, ein Jude, dann in der Kirche zu suchen? In der Kirche versteckt ihn niemand, überlegte Nesterowitsch. Im Jahre dreiundsechzig hatte der Priester des Marktflekkens nicht nur die Rebellen versteckt, sondern er war selbst ein Rebell gewesen, doch der jetzige, Anicetas Iwanowitsch, war ein regierungstreuer Mann.

Und auf den Marktplatz gehen? Am Markttag konnte dort kein Apfel zur Erde fallen: alles voller Juden, Litauer, Russen und sogar Zigeuner. Zigeuner sind Pferdediebe, die schießen nicht auf Vizegouverneure. Ein gutes Pferd, das ist für sie das Höchste!

Und das Wirtshaus war geschlossen. Der picklige Semjon und Josua saßen daheim und trauerten um Chawa, wie es der Brauch vorschrieb.

Zur Unzeit war sie gestorben, zur Unzeit.

Nesterowitsch war schon fast mit Semjon einig geworden, und nun war wieder alles im Eimer – wegen Chawa!

Seine Gedanken irrten ab zu der Verstorbenen.

Sie war es gewesen, Chawa, die seiner Lukerja geholfen hatte, Iwan und Katjuscha zur Welt zu bringen. Eine bessere Hebamme gab es im ganzen Umkreis nicht.

Wäre nicht der Kreispolizeichef Nuikin und seine schrecklichen Worte von damals, so wäre Nesterowitsch ganz bestimmt zur Beerdigung gegangen, hätte Chawa auf ihrem letzten Weg das Geleit gegeben, aber so hatte er, kleinmütig, nur von weitem mit der Hand gewinkt.

Schimpf und Schande! Er will ein Mann sein und fürchtet den Nuikin sogar von weitem!

Schon früher hatte Nesterowitsch gehört, die Deutschen, oder vielleicht auch die Franzosen, hätten ein Fernrohr erfunden, mit dem könne man vierzig Werst weit sehen. Und von Nuikin bis zum Marktflecken waren es nicht mal vierzig Werst. Am Ende besaß er solch ein Fernguckdings.

Nesterowitsch ging in Gedanken die Stellen durch, an die er sich wenden konnte, um seiner mühseligen Pflicht nachzukommen, doch ihm fiel nichts Gescheites ein.

Die Juden, dachte er, werde ich lieber nicht fragen. Außer dem pickligen Semjon und dem Nachtwächter Rachmiel würde ihm keiner etwas sagen. Ein komisches Volk, der Schlag soll es treffen! Rätselhaft, einträchtig, wie die Füchse im Wald: scheinbar alles Einzelgänger, und doch zusammengehörig. Mit den anderen ist es leichter, die anderen sind durchschaubarer, offener, sie explodieren leicht und wollen mit dem Kopf durch die Wand, der eine schwingt den Knüppel, der andere die Mistgabel, diese hier kratzen sich die Schläfenlocken, sitzen da und beten, wisper-wisper, aber was in ihrem Kopf vorgeht, weiß nicht mal der Teufel. Und wenn es gilt, ein Geheimnis zu hüten, dann schweigen sie erst recht wie 's Grab.

Zum Beispiel Fradkin. Ein reicher Mann, schwafelt russisch wie ein Prediger, dem Lippenbekenntnis nach ist er dem Zaren und dem Thron ergeben, aber versuch mal, etwas aus ihm rauszukriegen. Du gerätst in Schweiß, redest dir den Mund fusselig und erfährst doch keinen Mucks.

Oder der Rabbi Uri. Ein Gelehrter, man kann schon sagen, ein Weiser, ein Gottesmann. Wenn du mit ihm sprichst, hat er auf jede Frage eine Antwort, erzählt von Christus, von Moses, aber laß was passieren – schwupp, verkriecht er sich in sein Schneckenhaus.

Genauso Josua. Er gießt dir ein Glas voll ein, er holt auch Schinken unterm Schanktisch hervor, er scharwenzelt um dich herum wie ein Freier, aber frag ihn doch mal: »Josua, weißt du nicht zufällig, wer auf den Vizegouverneur geschossen hat?«

Dann antwortet er: »Ich nicht, Herr Polizeichef, ich nicht.«

Dabei hat jeder von ihnen irgend etwas im Sinn, hol sie der Teufel, und dieses Irgendwas ist eigentlich schlimmer als Knüppel und Forke. Gegen Knüppel und Forke kann man das Gewehr oder die Kanone einsetzen, aber gegen das Irgendwas gibt es keine Waffe, und auch durchs französische Fernrohr entdeckt man es nicht.

Um ehrlich zu sein, auch der picklige Semjon und der Nachtwächter Rachmiel sind nicht gerade zuverlässig, aber den Alten kann man doch noch auf irgendeine Weise ködern, den anderen allerdings nur einschüchtern.

Wo sind sie nur hergekommen?

Ihr Rabbi da, der sagt: »Aus Spanien.«

Und wenn man ihn fragt, warum sie nicht in Spanien geblieben sind, dann entgegnet er dem unwissenden Frager: »Sie wurden vertrieben. Der König erließ einen Befehl.«

Sie mal an, aus Spanien wurden sie vertrieben, und von hier, geht's da nicht auch? Haben wir etwa keinen König? Kann bei uns niemand Befehle erlassen? Wäre nur ein Papier dagewesen, dann wäre die Sache längst erledigt. So aber haben wir sie ins Land gelassen, ihnen Obdach gegeben, und nun machen wir Jagd auf sie und reißen uns fast ein Bein aus: Wer hat das Attentat auf Seine Exzellenz den Vizegouverneur verübt, laß ihn bald gesund werden, lieber Gott!

Er, Ardaljon Nesterowitsch, hatte persönlich nichts gegen sie, sollten sie getrost leben, sich vermehren, wispern, handeln, nähen, rasieren, bitteschön. Aber er war ja nicht nur Ardaljon Nesterowitsch. Er war auch *Polizist*. Und einem Polizisten, wie überhaupt jedem Beamten, darf es nicht gleichgültig sein, worüber sie wispern und wen sie rasieren, womit sie handeln und was sie nähen.

Für ihn, den Polizisten Ardaljon Nesterowitsch, waren alle gleich und alle gut, solange sie das Volk nicht aufwiegelten, solange sie dem Imperator untertänig waren und seinen allerhöchsten Willen respektierten.

Wer das tat, dem würde er niemals ein Härchen krümmen, und kein Nuikin könnte ihn dazu zwingen. Wo gibt es denn so was, daß man ehrliche und unschuldige Menschen kränkt, lieber würde er sich degradieren lassen! Aber das Dumme war ja: Nicht er allein entschied über ihre Ehrlichkeit und Unschuld, da gab es schlauere Köpfe und schärfere Augen. Wie das Sprichwort sagt: Vier Augen sehen mehr als zwei.

Zwischen den Fichten, gleich hinterm Marktplatz, schimmerte wie eine kleine Pirogge der gelbliche Hut eines Pilzes. Nesterowitsch pflückte den Butterpilz und ging weiter, auf Rachmiels Korndarre zu. Vielleicht hatte der Wächter in der Nacht jemanden bemerkt.

Nesterowitsch traf Rachmiel auf dem Höf an. Der Alte sonnte sich und war dabei eingeschlafen, an die bemooste Holzwand seiner Behausung gelehnt. Ein Büschel grauer Haare, trocken und hart wie Heidekraut, lugte unter seiner Scheitelkappe hervor.

Nesterowitsch ging an dem Schläfer vorüber, schaute ins Haus, entdeckte niemanden darin, und so kehrte er, immer noch den Butterpilz in der Hand, dessen leicht modrigen Duft er gierig, beinahe wollüstig einsog, wieder zu Rachmiel zurück.

Was war von dem schon zu erfahren? Der schlief ja auch, wenn er wachte.

Schon lange wollte Nesterowitsch dem Synagogenvorsteher Naftali Spiwak sagen, er solle für Rachmiels Posten einen anderen suchen, aber er schob es immer wieder hinaus. Der Polizeichef empfand für den Alten eine unerklärliche Sympathie. Dieser alte Jude hatte bestürzende Ähnlichkeit mit seinem Großvater Porfiri Swjatoslawowitsch Nesterowitsch, einem belorussischen Bauern, der seinerzeit auf dem Flusse Sosh Kartoffeln nach Gomel zum Markt brachte. Solche Ähnlichkeit, Teufel noch mal, die gibt es doch. Nur daß jener, Porfiri Swjatoslawowitsch, nicht lahmte und natürlich auch keine Scheitelkappe trug. Aber sonst waren sie kaum zu unterscheiden.

Vielleicht war das der Grund, daß Nesterowitsch für Rachmiel Mitleid empfand und ihm sogar zu helfen versuchte.

Einmal hatte er ihm einen alten Schafpelz von sich gegeben – für einen Polizisten eine unerhörte Großzügigkeit.

»Trag ihn ab«, hatte er gesagt. »Das ist für deine treuen Dienste.«

Den ganzen Winter hatten die Juden im Bethaus darüber zu tuscheln. Und Rachmiel ging bei Frost im Pelz und betastete sich immerzu.

Nesterowitsch nannte ihn auch nie anders als »Großvater«.

»Großvater«, sagte er auch diesmal und tippte an Rachmiels Schulter.

Der Nachtwächter schrak auf, öffnete die Augen und schloß sie wieder.

»Aufwachen, Großvater. Ich habe mit dir zu reden.«

Rachmiel hob die entzündeten Lider, starrte den Polizeichef schlaftrunken an und sagte leise: »Haben Sie Erbarmen!«

Nesterowitsch stand da und drehte den Butterpilz in der Hand.

»Ich seh es ein, ich habe Schuld«, sagte Rachmiel flink. »Ich werde niemals wieder ... niemandem ... nicht für eine einzige Nacht das Klopfholz geben ... niemals.«

»Was brabbelst du da, Großvater?« Nesterowitsch gab sich gleichmütig.

Ramiel schüttelte Schlaf und Schreck ab, und ihm wurde klar: Der Polizeichef wußte von nichts.

Doch Nesterowitsch war kein heuriger Hase. In Rachmiels zusammenhanglosen Worten hatte er gleich etwas gewittert und ging nun zügig dieser Spur nach.

»Ich habe geträumt«, nuschelte Rachmiel.

»Keine Ausreden, Großvater!«

Er dachte nicht daran, die Beute fahrenzulassen.

»Geträumt«, versuchte der Nachtwächter sich herauszulügen. Doch sosehr er sich auch mühte, ihm fiel kein Traum ein, nicht einmal ein schäbiges Traumfetzchen. Wie viele Träume hatte er schon gehabt in seinem langen Leben, aber jetzt, wo er so dringend einen brauchte, sei es der nichtigste, sei es der dümmste, jetzt war alles wie weggeblasen aus seinem Kopf. Herrgott, betete Rachmiel still für sich, gib mir doch wenigstens einen einzigen Traum ein. Aber der Herrgott kam ihm nicht zu Hilfe. Da sagte Rachmiel: »Ich habe geträumt vom Herrgott.«

»Und ihm hast du dein Klopfholz gegeben?«

»Ja, ihm«, sagte Rachmiel verzweifelt. »Du bist krank, hat er gesagt, laß mich an deiner Stelle klopfen. Und da hab ich's ihm gegeben. Gott darf man nichts abschlagen.«

»Du lügst geschickt. Na, nun raus mit der Sprache, Großvater. Ich habe keine Zeit, lange mit dir zu quasseln. Wem hast du das Klopfholz gegeben?«

Rachmiel schwieg, und zum erstenmal rettete ihn das Schweigen nicht, sondern machte alles nur noch schlimmer.

»Wem?« wiederholte der Polizeichef seine Frage. »Stell meine Geduld nicht zu sehr auf die Probe. Für die Wahrheit wird dich niemand strafen, das verspreche ich. Aber für Lügen ... für Lügen, Großvater, wirst du zahlen müssen, und wie! Mit glühendem Eisen werd ich dir ein Geständnis entreißen!«

»Ich habe es Aron gegeben«, murmelte Rachmiel. »Das heißt, nicht Aron ... Er hat sich nur Aron genannt.«

»Hat sich nur so genannt? Und wer, Großvater, wer ist er wirklich?«

»Ich weiß nicht. Er ist gekommen und wollte trinken. Mit Wasser, habe ich gesagt, geize ich nicht, trink. Und dann habe ich bekommen Schmerzen im Bein ... einen Krampf.«

»Laß erst mal das Bein«, unterbrach ihn der Polizeichef. »Immer hübsch der Reihe nach. Er wollte also trinken. Und weiter?«

»Er hat gegessen und ist verschwunden. Ich habe gedacht, er kommt nicht wieder, aber zur Nacht ist er wieder aufgetaucht ... das heißt, nicht zur Nacht ... gegen Abend. Er ist zu Spiwak gegangen, hat Nägel auf Borg geholt ... ist aufs Dach gestiegen.«

»Und was hat er auf dem Dach getan?«

»Zuerst die Nägel eingeschlagen ... dann die Arme geschwenkt.«

»Wieso das?«

»Fliegen wollte er.«

»Wohin?«

»Nu, wohin fliegt man? Zum Herrgott wahrscheinlich. Jeder Mensch, wenn es ihm schlecht geht, möchte fortfliegen. Auch ich, Herr Polizeichef, möchte jetzt ... und wie gerne ...«

»Erst antworte auf meine Fragen, dann flieg meinetwegen«, feixte Nesterowitsch.

»Aber ich habe ja auf alles geantwortet.«

»Und wozu brauchte er das Klopfholz?«

»Ich habe Ihnen doch gesagt: Ich hatte einen Krampf im Bein. Da hat er eben angeboten, daß er wolle klopfen. Ich habe zuerst abgelehnt, ich wollte das nicht. Dann habe ich nachgegeben. Ja, aber – ist denn etwas gestohlen worden?«

»Nichts ist gestohlen worden.«

»Na Gott sei Dank.«

»Der Vizegouverneur ist beinahe umgebracht worden«, sagte Nesterowitsch.

»Der Vizegouverneur? Bei uns?«

»Nicht bei uns. In Wilno. In der ganzen Gegend läuft die Fahndung. Man sucht den Attentäter.«

»Herr Polizeichef, ich bin schuldig ... aber der ... mit der Scheitelkappe und der Nadel, der ist kein Attentäter.«

»Eine Scheitelkappe mit Nadel?«

»Ja.«

Nesterowitsch fiel ein, was der picklige Semjon ihm erzählt hatte.

»Er ist viel eher wie ein Meschuggener.«

»Welcher Normale wird auch auf den Vizegouverneur schießen? Nur ein Verrückter«, bemerkte Nesterowitsch. »Und wo ist er jetzt?«

»Wie soll ich das wissen? Er treibt sich irgendwo in der Gegend herum.«

»Hat er dir nichts gesagt?«

»Worüber?«

»Wo er hingeht, mit wem er sich trifft.«

»Ich weiß nicht mehr.«

»Erinnere dich gefälligst, Großvater!«

»In den Wald, hat er gesagt, will er gehen.«

»Wozu?«

»Zu den Holzfällern. Gott, hat er gesagt, ist böse auf uns. Bald, hat er gesagt, wird kein einziger Baum mehr übrig sein, die Erde wird sich verwandeln in eine Wüste, und die Menschen werden die Öfen mit Menschen heizen. Wenn er nur mit heiler Haut davonkommt.«

In dieser Beziehung hatte Nesterowitsch andere Vorstellungen.

»Paß auf, Großvater«, sagte er. »Wenn der mit der Nadel wieder auftaucht, dann sag ihm kein Wort, daß ich hier war, sonst mache ich dir die Hölle heiß. Verstanden?«

»Verstanden, Herr Polizeichef.«

Und Nesterowitsch verließ den Hof.

Trotz allem ging er nicht sofort zum Holzschlag, wenngleich es ihn mit aller Macht in den Wald zog, wo Lukerja mit Sohn und Tochter Pilze suchte.

Der Polizeichef entschloß sich, erst noch den Drogen- und Eisenwarenladen aufzusuchen und Spiwak zu verhören.

»Guten Tag, Herr Polizeichef«, liebedienerte Naftali vor ihm. »Womit kann ich dienen?«

»Ich bin nur so gekommen ... mein Beileid auszusprechen«, begann Nesterowitsch unverfänglich. »Für Lukerja und mich war Chawa fast wie eine Verwandte.«

»Nun ist Chawa nicht mehr«, sagte Naftali betrübt. »Tja.«

»Vater Nikodim, als er damals von der Geburt erfuhr, hat mir Vorwürfe gemacht: ›Wieso nimmst du eine Jüdin als Hebamme, Ardaljon Ignatjewitsch? Gibt es etwa keine rechtgläubigen mehr?‹ Und ich sagte zu ihm: ›Vater Nikodim! Über die Seele will ich mich nicht äußern, aber Chawas Hände, die sind rechtgläubig!‹ Woran ist sie gestorben?«

»Am Tod«, erwiderte Naftali. »Alle sterben am Tode.«

Das Erscheinen des Polizeichefs beunruhigte Spiwak ernstlich. Der Zwicker rutschte ihm immer wieder auf die Nasenspitze. Nervös schob Naftali ihn zurück und verriet dadurch seine Erregung.

»Am Tod, sagst du?«

»Am Tod, am Tod«, wiederholte Spiwak wie aufgezogen. Er wußte nicht, was Nesterowitsch von ihm wollte. Er war doch nicht nur gekommen, um sein Beileid auszusprechen. Und wenn er etwas kaufen wollte, wozu dann das Gerede über Vater Nikodim?

Am Ende hatte Nesterowitsch denselben Verdacht wie sie, die Brüder. Das weiße Spitzentuch an Chawas Hals ging Naftali noch immer nicht aus dem Sinn. Die Schwester hatte sich auch nie über ihre Gesundheit beklagt. Sie hatte sich überhaupt niemals beklagt, obwohl sie allen Grund dazu gehabt hätte, oje – der Sohn ein Tagedieb und Herumtreiber, der Mann ein Grobian und

Geizhals. Doch er, Naftali, würde dem Polizeichef nichts sagen – weder über das Tuch am Hals noch über den Puder auf dem Gesicht noch über die Eile, mit der sie beerdigt worden war. Nur nicht die eigene schmutzige Wäsche vor anderen Leuten waschen! Dafür ist ein Grab ja ein Grab: damit alles verbuddelt wird, sowohl die Schmutzwäsche als auch der Zweifel. Bloß nichts wieder ausgraben und daraus den Lebenden einen Strick drehen!

»Wie geht der Handel?« erkundigte sich Nesterowitsch, um endlich zur Sache zu kommen.

»Was ist das schon für ein Handel in unserem Ort? Man kommt kaum über die Runden.«

»Tu nicht so. Bei dir und Chaim steht das ganze Dorf in der Schuld. Und der Marktflecken auch.«

»Die ganze Welt, Herr Polizeichef, steht in unserer Schuld.«

»Na, na! Du zielst hoch!«

»Ich meine nicht nur die Juden ... ich meine alle«, erklärte Naftali und fummelte an seinem Zwicker herum. »Sie zum Beispiel, sind Sie nicht auch zu kurz gekommen? Jedem von uns hat Gott etwas vorenthalten.«

So sind sie immer, schimpfte Nesterowitsch still für sich, man fragt nach einer Kleinigkeit, und sie machen wer weiß was draus, kommen vom Hundertsten ins Tausendste, reden über Gott und die Welt und vernebeln einem das Hirn. Doch er beherrschte sich, sah Spiwak in die flink umherhuschenden Augen und fragte: »Durchreisenden und Fremden gibst du aber nichts auf Borg?«

»Nein.« Naftali wußte nicht, worauf der Polizist hinauswollte.

»Nicht mal eine Handvoll Nägel?«

»Nicht mal eine Handvoll Nägel«, bestätigte Spiwak.

Nesterowitsch war von Natur aus ein schlichter, sogar gutgläubiger Mensch, er besaß nicht das Zeug zum Detektiv, lange Verhöre strengten ihn an, aber andererseits war er auch kein Dummer. Die angeborene Bauernschläue ließ ihn nie im Stich, verlieh ihm ein Gefühl von

Überlegenheit und machte ihn zwar nicht gerade stark, aber doch hartnäckig.

»Hör zu, Naftali«, sagte er ohne weitere Umschweife. »Ist in den letzten Tagen nicht irgendein Fremder zu dir gekommen?«

»Nein«, erwiderte Spiwak.

»Wirklich gar keiner?«

»Keiner, Herr Polizeichef.«

In Naftalis Antwort witterte Nesterowitsch Verrat. Hätte Spiwak ehrlich zugegeben, so und so, da war einer mit Scheitelkappe, die mit einer Nadel ans Haar gesteckt war, dann hätte Nesterowitsch nichts Böses vermutet. So aber quälten ihn Zweifel. Wenn nun zwischen dem mit der Scheitelkappe und dem dicken hochnäsigen Spiwak eine geheime Beziehung existierte? Am Ende hatte der Kreispolizeichef Nuikin recht, und die Juden steckten wirklich alle unter einer Decke?

»Denke noch einmal nach, Naftali«, sagte Nesterowitsch trotzdem großmütig.

Spiwak krauste die Stirn, als sollten die Falten, wie die Saiten einer Balalaika, einen abschließenden oder womöglich besänftigenden Ton hervorbringen.

»Einmal kam so ein Gauner ... trug eine Scheitelkappe ... mit einer Nadel. Er wollte Nägel auf Borg und hat gesagt: Der Herrgott wird es Euch und Eurem Bruder Chaim für jeden Nagel hundertfach vergelten.«

»Alles klar«, hauchte Nesterowitsch. »Die Parole.«

»Was?«

»Ein Geheimwort. So machen sie es immer.«

»Wer?«

»Die Zarenmörder und solche, die auf Vizegouverneure schießen. Sagst du vielleicht immer noch, er wäre einfach so gekommen ... wegen Nägeln?«

»Chaim! Chaim!« schrie Naftali, und als sein Bruder durch eine Seitentür in den Laden kam, rief er aus: »Gratuliere, Chaim!«

»Wozu?«

»Wir beide sind Zarenmörder ... wir beide schießen

auf Vizegouverneure. Oi, haltet mich fest. Ich sterbe vor Lachen. Oi, haltet mich fest!«

»Paß auf, daß du nicht bald weinen mußt«, sagte Nesterowitsch ruhig und verneigte sich zum Abschied.

Naftalis Lachen hatte die Gedanken von Nesterowitsch, die ihm soeben im Laden noch so klar und unwiderlegbar schienen, verwirrt, durcheinandergebracht, in alle Winde vertrieben. Wieso mußte dieser Dickwanst Zetermordio schreien? Beschuldigte ihn denn jemand? Warum sollte er, Spiwak, auf Vizegouverneure schießen? Der lebt und hortet Geld und macht sich weiter keine Sorgen. Ich habe zu verhören, nachzuprüfen und Nuikin zu berichten. Dazu bin ich hierhergesetzt und mit Macht ausgestattet.

Nesterowitsch ging an der Schenke vorüber und bedauerte noch einmal, daß sie geschlossen war. Es wäre nicht verkehrt, sich ein wenig die Kehle anzufeuchten. Man trinkt ein Gläschen, und alles wird klarer, es ist schon eine Qual, nüchtern auf die Welt blicken zu müssen, ach ja.

Wenn wenigstens Morta mal rausgucken würde.

Niemand.

Und einfach so eindringen während der Trauertage, einfach ans Fenster klopfen – lieber nicht.

Lukerja und die Kinder, die hatten bestimmt schon die Körbe voll.

Drei solche Pilzfeldzüge, und das Zarenfaß wäre fertig.

Vielleicht kommt der Landesherr in diesem Herbst. In unserer Gegend ist er noch kein einziges Mal gewesen.

Solche Krähwinkel gibt es ja, wo weder Gott noch Zar sich hinverirren, nur Nuikin, nur die gerissenen Juden und die maulfaulen Litauer.

Auf einmal fiel Nesterowitsch ein, wie Lukerja ihn immer überreden wollte, irgendwo an den Don umzuziehen oder wenigstens in die Gegend von Rjasan oder Wologda, dort, meinte sie, sind alles unsere Leute, keine Fremden, aber er hatte und hatte nicht rangewollt. Es sagt sich so leicht – umziehen. Und was wird mit dem Haus? Mit dem Garten? Mit dem Viehzeug? Und außerdem: Gehörte er, Nesterowitsch, etwa sich selbst? Er gehörte Nuikin. Wenn Nuikin ihn an den Don beordert – ziehen wir eben an den Don, schickt er uns nach Wologda – bitteschön.

Bis zum Holzschlag war es weit, und während Nesterowitsch dorthin unterwegs war, ließ er sein ganzes beschwerliches und wildbewegtes Leben an seinem inneren Auge vorüberziehen: die Kindheit am Flusse Sosh, die Soldatenzeit, dann der Kaukasus. Er dachte ohne Groll daran zurück, etwas von oben herab, und sosehr er sich auch mühte, er konnte, wie in kalter Asche, kein Fünkchen Glut mehr darin finden.

Das einzige, woran er sich stets mit Freude erinnerte, war das nächtliche Weiden der Pferde, zu dem sein Großvater Porfiri Swjatoslawowitsch ihn oft mitgenommen hatte. Der Großvater setzte ihn aufs Pferd, und dieses trug ihn, den zitternden kleinen Jungen, in die Nacht hinaus, es lief auf der Wiese umher, und die Wiese schien unendlich wie sein Glück. Dieses Pferd hätte er unter tausend anderen herausgekannt, mit dichter Mähne, samtig glänzender Kruppe und schlanken federnden Beinen, die nicht mit Hufen beschlagen waren, sondern mit seinen in der Dunkelheit sprühenden Gedanken, er brauchte nur zu befehlen, und sie würden ihn tragen, wohin er wollte.

Noch lange danach riefen Pferdegewieher und Hufschlag in seiner Seele die Erinnerung an frischen Wiesenduft wach und das Gefühl der Verbundenheit mit allem, was für immer dort zurückgeblieben war, am Ufer des Sosh, im heimatlichen Belorußland.

Aus dem Wald waren unregelmäßige Axtschläge zu hören, und Nesterowitsch beschleunigte seinen Schritt.

Er ließ den Blick über den Holzschlag wandern und erblickte sofort zwei Scheitelkappen. Da sich außer Itzik unter den Holzfällern weiter keine Juden befanden, wußte Nesterowitsch: Das ist *er*.

Die erste Empfindung des Polizeichefs war staunendes Enttäuschtsein. Der da, der die Scheitelkappe mit der Nadel trug, machte ganz und gar nicht den Eindruck eines Staatsverbrechers. Er war mickerig, dürftig, und er wirkte älter, als er war; der schäbige kurze Mantel, offenbar ursprünglich nicht seiner, umschlotterte ihn faltig, wodurch der Fremdling buckelig wirkte, vielleicht war er in der Tat ein Buckliger; die Bindfäden, mit denen seine Schuhe verschnürt waren, schleiften auf der Erde, und das schüttere Bärtchen durchzogen stumpfsilberne Fäden. Selbst hier im Walde ging von ihm ein Hauch von Unglück und Unbehaustheit aus. Der Fremde unterhielt sich laut mit Itzik, und an Nesterowitschs Ohr drangen abgerissene Fetzen komplizierter altjiddischer Worte. Am meisten allerdings erstaunten ihn die Arme des Fremden – lang wie Ruder, er schien damit die Luft zu durchschaufeln oder versuchte wohl, Gleichgewicht zu halten.

»Gott zum Gruß«, sagte Nesterowitsch, als der ältere Andronow, Afinogen, ihn bemerkte.

»Danke, Ardaljon Ignatjewitsch«, erwiderte Afinogen würdevoll. »Auf Pilzsuche oder im Dienst?«

»Was sollte ich wohl dienstlich im Wald?« log der Polizist.

»Wer weiß, kann doch sein«, sagte Afinogen und schlug die Axt in einen Baum. »Rauchpause, Leute«, rief er durch den Wald. »Willkommen, Ardaljon Ignatjewitsch, in unserer Hütte!«

So ist es sogar besser, dachte Nesterowitsch und ging zu Andronow.

Afinogen setzte sich auf einen Baumstumpf, öffnete den Tabaksbeutel, holte Machorka heraus und bot Nesterowitsch etwas an. Jeder drehte sich ein Stäbchen und begann zu paffen.

Auch Guri setzte sich zu ihnen.

Nur die Litauer – der alte Riauba und der lange Anselmas – hielten sich abseits. Je ferner von der Obrigkeit, desto besser. Rauchst du auch nur eine

Selbstgedrehte mit den Mächtigen, kannst du es später leicht bereuen. Mußt am Ende noch Blut spukken davon.

Itzik aber und der mit der Scheitelkappe, die stritten selbstvergessen, wie es bei den Juden üblich ist. Was bedeutete er, Nesterowitsch, für sie? Sie weilten offenbar jetzt im Himmel, sprachen mit ihrem Herrn Zebaoth oder zogen aus der ägyptischen Gefangenschaft durch die Wüste Sinai und wedelten sich gegenseitig mit den Händen Kühlung zu.

Nesterowitsch sog an seinem Stäbchen und ließ sie nicht aus den Augen.

Umsonst einen Tag vertrödelt. Umsonst. Hier war nichts zu holen. Der Kreispolizeichef Nuikin brauchte nicht diesen ... mit der Scheitelkappe und der Nadel, der brauchte einen anderen. Aber wo sollte er, Nesterowitsch, einen anderen für ihn aufgabeln? Nicht einmal das gelang ihm. In all den langen Dienstjahren hatte er noch kein einziges Mal einen dicken Fisch gefangen ... immer nur winzige, winzige Fischlein. Und dafür gab es keine Auszeichnung. Wie kann man von winzigen Fischlein fette Brühe erwarten? Nur einmal im Leben, und auch nur im Traum, hatte er einen echten Bösewicht geangelt ... einen Russenfeind ... hatte ihm nachts aufgelauert, den Kerl überwältigt, gefesselt, und ab ging's, direkt zum Statthalter in den Palast. Dort im Palast gab es unübersehbare Zimmerfluchten – zwei Tage lang hatte er den Russenfeind auf dem Buckel geschleppt, war ganz in Schweiß gebadet, hatte sich beinahe einen Bruch gehoben, ehe er ihn durch alle Säle ins Arbeitszimmer seiner Hoheit gezerrt hatte. Seine Hoheit öffnete einen goldenen Schrein, entnahm daraus ein Georgskreuz, heftete es ihm an die Brust und sagte: »Brav, Nesterowitsch! Du bist als Soldat gekommen, so geh denn als Rittmeister!«

»Immer zu Diensten, Eure Hoheit!«

Der Statthalter erhob sich vom Tisch, führte ihn in ein anderes Zimmer, dort waren Uniformen, die Augen konnten einem übergehen: Generalsuniformen, Oberstenuniformen, Rittmeisteruniformen, alles da.

Er wählte sich eine passende Uniform aus, trat vor den Spiegel im Palast und ... erwachte.

Lieber Gott, dachte Nesterowitsch, während er graue Rauchkringel ausstieß, wenn du schon nicht den Zaren hierherlocken kannst, damit er meine Pilze kostet, dann beschere mir wenigstens ... na, wenigstens den ... den Richtigen, der auf den Vizegouverneur geschossen hat.

»Ihr habt einen Neuen, wie ich sehe«, sagte er und spuckte Tabakskrümel.

»Wen meinen Sie?« Afinogen verstand nicht gleich.

»Den da.« Nesterowitsch wies mit der Hand auf Itzik und den Fremden.

»Ach!« gähnte Afinogen. »Der ist kein Holzfäller. Ein Pilger ist das ... ein bißchen hier ...« Und er tippte sich mit dem tabakgelben Finger an die graue Schläfe.

»Wie bitte?«

»Er hat nicht alle beisammen, Ardaljon Ignatjewitsch.«

»Ob er sich vielleicht bloß verstellt?« fragte der Polizist unvorsichtig.

»Nein ... Denken Sie nur: Der kommt her und verlangt, daß wir ihm eine Leiter machen.«

»Was für eine Leiter?« fragte Nesterowitsch.

»Zum Himmel«, brach Guri sein Schweigen.

»So was!« Nesterowitsch drückte seine Selbstgedrehte am Stiefel aus.

»Weißt du wenigstens, sag ich, wieviel Holz für solche Leiter nötig ist«, fuhr Afinogen fort.

»Ich weiß, sagt er, ein Baum«, fiel Guri dem Bruder ins Wort.

»Bitte nicht im Chor ... einer soll erzählen«, bat der Polizist, schon engagiert.

»Erzähle du«, forderte Afinogen seinen Bruder auf. »Du hast ihm ja was zugesagt.«

»Ein Baum, sag ich, ist zuwenig. Mit einem, sag ich, kommst du bloß bis zum Dach ...«

»Und er?« drängte der Polizeichef den Erzählenden.

»›Ich‹, sagt er, ›werde dir so einen Baum zeigen.‹ Und was denken Sie: Er führt mich zu einem Baumstumpf, zeigt mit der Hand drauf und sagt: ›Diesen.‹ – ›Aber das ist doch ein Stumpf‹, sag ich, ›ein gewöhnlicher Baumstumpf.‹ Er aber: ›Diesen! Diesen!‹ Wir haben uns kaputtgelacht.«

»Und wozu braucht er die Leiter?« erkundigte sich Nesterowitsch, den Fremden heimlich beobachtend.

»›Ich werde‹, sagt er, ›damit zu Gott hinaufsteigen.‹« Guri kicherte. »›Am Gerichtstag ... mit meinem Bericht ...‹ – ›Und was‹, frag ich, ›wirst du ihm über uns erzählen?‹ – ›Über euch‹, sagt er, ›nichts ... Ich werde ihm‹, sagt er, ›nur von den Juden erzählen. Und ihr‹, sagt er, ›müßt auf euren eigenen Sendboten warten.‹ – ›Na‹, sag ich, ›wenn du Gott über uns nichts Gutes berichtest, dann wende dich an deine Leute, an Itzik.‹ Tja, wahrscheinlich verhandelt er jetzt gerade mit ihm. Ein ulkiger Kerl. Du hörst ihm zu und bist mit einem Bein beinahe selber dort.«

»Wo?« fragte Nesterowitsch.

»Im Himmel. Immer bloß mit der Axt umgehen, das kriegt man über. Schade nur: Dort gibt es keine Kneipe.« Guri kicherte wieder. »Jedem das Seine, Ardaljon Ignatjewitsch, die Kneipe, na ja, das ist wahrscheinlich unser Himmel.«

»Laß gut sein, Guri«, wies Afinogen ihn zurecht.

Sie standen auf und griffen wieder zu den Äxten.

Auch Nesterowitsch erhob sich. Einen Moment überlegte er, was tun: umkehren oder zu dem Fremdling hingehen. Und er entschloß sich, sowieso war der Tag verloren, mit ihm zu sprechen.

»Guten Tag«, begrüßte er Itzik kurz.

»Seid gegrüßt«, erwiderte der.

»Worüber wird denn hier geredet?«

»Über alles mögliche«, gab Itzik widerwillig zurück.

Der Fremdling betrachtete Nesterowitsch gleichgültig, ohne Interesse oder Furcht, als stünde vor ihm kein lebendiger Mensch, sondern ein bemooster Baum, der zu keiner Leiter taugte.

»Verstehst du Russisch?« wandte sich der Polizist schlicht und unvoreingenommen an den Fremdling.

»Ja«, sagte der Mann mit der Scheitelkappe. »Ich spreche alle Sprachen.«

»Wirklich alle?« staunte Nesterowitsch.

»Ja, alle. Wie soll man sich sonst verständigen mit den Menschen?«

»Stimmt«, knurrte Nesterowitsch verdutzt. »Mit den Menschen muß man menschlich ... Ich plappere auch ein bißchen Jiddisch. Und du kommst von weit her?«

»Je nachdem, wie man es mißt.«

»In Wersten«, sagte der Polizist.

»Ich habe nie gemessen meine Wege in Wersten.«

»Wie dann?«

»Mit der Entfernung von Gott und zu Gott.«

»Das ist Ardaljon Ignatjewitsch, unser Ortspolizist«, stellte Itzik Nesterowitsch vor.

»Das habe ich mir gedacht«, sagte der Mann mit der Scheitelkappe. »Alle Polizisten stellen die gleichen Fragen.«

»Und wer bist du?« erkundigte sich Nesterowitsch, die giftige Bemerkung überhörend.

»Ist es für Polizisten wichtig, zu wissen, wer wir sind?«

Nesterowitsch erstarrte.

»Und was ist für sie, meinst du, wichtig?« quetschte er hervor.

»Wo wir sind. Mit wem wir zusammen sind. Wofür wir sind«, erklärte der Mann mit der Scheitelkappe höflich.

»Wo du bist, das dürfte klar sein ... auf Fradkins Holzschlag ... Mit wem du zusammen bist, auch ... im Moment mit Itzik ... Bleibt zu fragen, wofür du bist ...«

»Aber wenn ich sage, wofür ich bin, dann offenbare ich auch, wer ich bin.«

»Genau«, hakte Nesterowitsch ein.

»Aber ich weiß ja selbst nicht, wer ich bin ...«

»Wieso denn das?« Der Polizist verzog das Gesicht.

»Solange wir leben, weiß keiner von uns, wer wir sind ... Nur ein Wurm weiß vor seinem Tode, daß er ein Wurm ist. Nur eine Kuh weiß, daß sie eine Kuh ist.«

»Und der Mensch?«

»Der Mensch weiß es nicht. Ein halbes Leben ist er gewesen ein Mensch und hat sich verwandelt in einen Wurm, ein halbes Leben ist er gewesen ein Wurm und ist am Ende geworden ein Mensch. Und wer da sagt, es sei nicht so, der wird niemals ins Reich Gottes eingehen«, schloß der Fremdling.

Nein, nein, er wirkt durchaus nicht wie ein Verrückter, dachte Nesterowitsch betroffen, aber wie ein Vernünftiger wirkt er auch nicht. Also was ist er? Wer?

»Wer bist du?« Nesterowitschs Geduld war zu Ende.

»Wer?« Der Fremdling dachte einen Augenblick nach, sah Itzik an, dann die Holzfäller, die ihre schweren scharfen Äxte schwangen, als suche er bei ihnen die Antwort, und plötzlich sprach er in altjiddisch: »Gerechtigkeit ist mein Kleid, das ich anziehe, und mein Recht ist mir Mantel und Kopfbund. Ich bin des Blinden Auge und des Lahmen Fuß. Ich bin ein Vater der Armen, und der Sache des Unbekannten nehme ich mich an. Ich zerbreche die Kinnbacken des Ungerechten und reiße ihm den Raub aus den Zähnen.«

»Was hat er gequasselt?« wandte sich Nesterowitsch an Itzik. »Übersetze. Hottentottisch verstehe ich nicht.«

»Er hat von sich mit den Worten des Hiob gesprochen.«

»Was denn nun wieder für ein Hiob?« fragte der Polizist, ärgerlich ob seiner Hilflosigkeit.

»Den der Herrgott mit bösen Geschwüren geschlagen hat, von der Fußsohle an bis auf seinen Scheitel.«

»Erzählt mir keine Märchen! Er soll einfach antworten, in unserer Sprache.«

Doch der Mann mit der Scheitelkappe schwieg.

»Hast du ein Dokument?« wandte sich der Polizist an den Fremden.

»Nein«, sagte der Fremde.

»Dann muß ich dich in Gewahrsam nehmen. Bis die Personalien geklärt sind. Verstanden?«

»Verstanden«, nickte der Mann mit der Scheitelkappe. »Aber für mich gibt es keine Fesseln und kein Gefängnis, woraus ich nicht entweichen könnte.«

»Das wird sich zeigen«, sagte Nesterowitsch knapp und befahl: »Komm mit!«

»Lassen Sie ihn laufen«, setzte sich Itzik für den Mann mit der Scheitelkappe ein. »Er hat genug zu tragen an den Ketten, mit denen ihn der Allerhöchste hat gefesselt.«

»Der Allerhöchste in Ehren, aber Ordnung muß sein«, schnitt Nesterowitsch ihm das Wort ab und gab dem Fremden einen Stoß in den Rücken.

Der Fremde trottete träge durch den Wald, immer wieder trat er auf die Bindfäden, die sich an seinen Schuhen gelöst hatten und auf der Erde schleiften, er stolperte, blickte zum blauen Himmel auf und bewegte lautlos die Lippen wie ein an Land geschwemmter Fisch. Nesterowitsch ging hinter ihm, die auf der Erde schleifenden Schnüre machten ihn nervös, sie glitten übers Moos, und aus dem Moos lugten wie zum Trotz, ihn narrend und seine Blicke fesselnd, Kuhpilze und Pfifferlinge, und sogar ein stattlicher Steinpilz sonnte sich dort ganz ungestraft. Wenn jetzt ein Korb zur Hand wäre, fuhr es Nesterowitsch durch den Sinn, wie viele Pilze könnte man unterwegs sammeln! Und plötzlich kam ihm die Erleuchtung: der Mantel, der Mantel! Die Ärmel mit den Schnüren zubinden, und dann sammeln, soviel hineinpaßt.

»Halt!« rief er den Fremden an. »Zieh deine Kutte aus!«

Der Fremde zuckte zusammen, sah seinen Begleiter betroffen an und zog dann langsam, als streife er sich die Haut ab, seinen Mantel aus.

»Und gib die Strippen her!«

Der Mann mit der Scheitelkappe bückte sich und zog die aufgedröselten Schnüre aus seinen Schuhen.

Nesterowitsch band damit die Mantelärmel zu und erhielt so eine Art Sack, und nun bückte er sich jeden Moment und warf seine Beute hinein.

»Und du?« wandte er sich, gleichmäßig und heiter schnaufend, an den Fremden.

Der Mann mit der Scheitelkappe sah den Polizisten an, und in seinen schwermütigen, von unirdischem Licht erhellten Augen blitzten winzige Fünkchen eines spöttischen, aber auch entzückten Einverständnisses.

»Sammle!«

Der Fremde spähte unruhig umher, erblickte einen Pilz, ging hin, pflückte ihn ab und brachte ihn, behutsam wie ein randvoll gefülltes Glas, zu Nesterowitsch.

»Das ist ein Fliegenpilz, der ist schlecht, giftig«, sagte der Polizist gutmütig. »Sammle die dort ... die Pfifferlinge. Mein Großvater Porfiri hat sie immer Judenpilze genannt, weil sie nie madig werden ... Aber nicht mit der Wurzel ausreißen!«

Der Mann mit der Scheitelkappe, an solche Arbeit nicht gewöhnt, ermüdete bald, er ließ sich auf die Knie nieder und kroch auf allen vieren von einem Pilzhäufchen zum anderen.

Als der Mantel proppenvoll war, sagte Nesterowitsch: »Lukerja Pantelejmonowna kocht Pilzsuppe, davon kannst du essen. Und dann ... dann ...« Nesterowitsch wußte nicht, was er dann mit dem Fremden machen sollte. »Ach, Mensch!« seufzte er. »Hättest du dir doch einen anderen Amtsbezirk ausgesucht, Freund!«

»Das höre ich von jedem Polizisten: ›Hättest du dir doch einen anderen Amtsbezirk ausgesucht, Freund!‹ Aber wo gibt es ihn, diesen anderen Amtsbezirk? Wo? Die ganze Erde, von hinten bis vorn, ist ein einziger Amtsbezirk, ein einziger und unteilbarer, wo von Gott ein Dokument wird verlangt, eines mit Amtssiegel. Aber dieses Siegel, das besitzt der Teufel.« Nesterowitsch, völlig verwirrt, führte den Fremden in den Marktflecken, und von bösen Vorahnungen gequält, sperrte er ihn in den Stall zu seiner braunen Stute und den Schweinen.

13

Nicht einmal der Tod seiner Mutter hatte den pickligen Semjon mit dem Vater ausgesöhnt.

Sie hätten eigentlich zusammen Schiwe* sitzen müssen, sie aber trauerten getrennt, jeder in seinem Zimmer, und Morta pendelte zwischen ihnen hin und her und wußte nicht, wem sie es recht machen sollte.

Sie kochte für beide, doch das Essen brachte sie jedem einzeln und hielt sich nie lange auf, sie suchte sich immer Beschäftigung, denn sie fürchtete lästige Fragen.

Semjon, dunkel vom Bartwuchs, schwieg die ganze Zeit düster vor sich hin, zeigte für nichts Interesse, aß flüchtig, ohne seine frühere Gier, rührte lange mit dem Löffel in der Suppe, als wolle er etwas herausfischen, und seine rechte Hand war wie eine Krebsschere, bedrohlich in ihrer zappelnden Unruhe.

Zum erstenmal seit langen Jahren wich er Mortas Blikken aus, als könnten sie, diese Blicke, ihm ein Schandmal auf die Stirn brennen oder das bloßlegen, was er nicht einmal, wenn er mit ihr allein war, zeigen wollte. Er litt unter Schlimmerem als dem Tod seiner Mutter, doch woran, das begriff Morta nicht.

Er hatte auf einmal die seltsame Angewohnheit angenommen, sich den Hals zu streichen und den Adamsapfel mit zwei Fingern zusammenzudrücken, als wolle er sich erwürgen. Wenn Morta sein Zimmer betrat, zog der picklige Semjon die Hand weg und versteckte sie in der Tasche oder unterm Hemd.

Er schlief mitunter im Sitzen, den Kopf an die Wand gelehnt, an der er zu Chawas Lebzeiten manchmal gebetet hatte.

Morta unternahm gar nicht den Versuch, mit ihm zu sprechen – nicht so sehr, weil sie seinen Zorn fürchtete,

* Schiwe (jidd., hebr. Schiwa) – sieben strenge Trauertage nach der Bestattung

als vielmehr aus Respekt vor dem Gedenken an ihre Herrin.

Nur ein einziges Mal brach der picklige Semjon das Schweigen, doch dieses eine Mal genügte schon, um sie durch und durch erschauern und erstarren zu lassen.

»Weißt du nicht, wo Vater das Gewehr aufbewahrt?« fragte er, ohne den Kopf zu heben.

»Ich weiß es nicht, Simonai.«

»Lüg nicht. Du weißt überall im Haus Bescheid.«

»Und wozu brauchst du es ... wozu?«

»Ich brauche es eben.«

Und weiter sprach er kein Wort.

Seit jenem Abend erwartete Morta, wenn sie zu ihm hineinging, jedesmal ängstlich und zitternd weitere Fragen, er aber fragte sie nichts, als hätte sie alles nur geträumt und als hätte es nie ein Gewehr gegeben.

Der Schankwirt Josua dagegen war redselig in ihrer Gegenwart, sogar freundlich. Sie brauchte nur sein Zimmer zu betreten, schon lebte er auf, strich sich den schwarzen Bart, rückte eitel seine Scheitelkappe zurecht und sah ihr erwartungsvoll entgegen, nicht dem Essen, sondern ihr, seiner Dienstmagd.

»Morta, Morta«, flüsterte er, wenn er ihr die leere Schüssel zurückgab. »Was sollten wir machen ohne dich? Wie kommt es, daß der Herrgott uns Sündern solch einen Engel geschickt hat?«

»Aber ich bin kein Engel, Herr.«

»Doch, doch«, versicherte Josua, während er sich ein paar Krümel aus dem Bart fingerte. »Mein Sohn ist mir fremd, aber du, Morta, gehörst zur Familie.«

»Ein Sohn gehört immer zur Familie. Und ich, Herr, bin eine Fremde.«

»Du gehörst zur Familie ...«

Morta fürchtete solche Gespräche. Und noch mehr fürchtete sie Josuas Augen, seinen saugenden Blick. Wenn er sie ansah, bekam sie Gänsehaut.

Schon früher einmal hatte er sie so angesehen. Das war vor fünf Jahren. Sie fuhren zusammen in die Stadt, nach Kowno wohl. Es ging schon auf Abend, als eine Radnabe brach, und Josua nahm das Pferd beim Zügel und begab sich mit Morta ins nächste Dorf, um ein neues Rad zu besorgen.

Sie gingen aufs Geratewohl durch den Wald und verirrten sich in der Dunkelheit.

Weitergehen war sinnlos und auch nicht ungefährlich, wie leicht konnte ein hungriger Wolf auftauchen, und so beschloß Josua, im Wald zu übernachten. Sie legten sich nebeneinander unter eine zottige Fichte, die Braune hatten sie angebunden, und so erwarteten sie den Morgen.

»Schlaf«; sagte Josua. »Schlaf nur.«

»Ihr solltet auch schlafen, Herr.«

»Ja, ja, ich schlafe auch.«

Doch sie taten beide kein Auge zu. Es schlief nur der Wald – kein Zweiglein rührte sich, und von dieser Stille ging ein Sog aus wie von einem Wasserstrudel.

»Morta … Hast du keine Angst, Morta?« fragte Josua.

»Nein«, log sie. »Und Ihr?«

»Ich auch nicht … ich habe vor nichts Angst …« Sein Flüstern fiel in die Stille wie Regen, und der Schankwirt war ganz naß.

Er rückte an Morta heran, umschlang sie mit den Beinen, und plötzlich sprang er auf wie von der Tarantel gestochen, stürzte ins Himbeergebüsch, wobei er sich das Gesicht blutig kratzte und das Pferd erschreckte, und betete – stöhnend, schreiend, bis zur Ekstase.

Bis zum Morgen betete er, und als es hell wurde, sah Morta sein gequältes, mit verkrustetem Blut beflecktes Gesicht.

»Ihr habt ja Blut auf den Wangen, Herr«, sagte Morta.

»Macht nichts, macht nichts«, erwiderte er. »Gott war mir gnädig. Er hat nur meine Wangen befleckt, nicht meine Seele.«

Gewöhnliche Tage vergingen rasch, sie rasten nur so dahin, doch diese Trauertage jetzt, die krochen im Schneckentempo – zum Auswachsen, ehe wieder ein Abend heran war. Ein Glück nur, daß die Schenke geschlossen blieb. Für den Herrn freilich ein Verlust, doch für sie, Morta, eine Verschnaufpause.

Allerdings war zu all ihren Mühen noch der Hund hinzugekommen, jener scheckige, mit den Schlappohren wie welkes Kartoffelkraut, den sie auf dem Weg zum Friedhof getroffen hatten.

Morta hatte ihn im Neman gebadet, ihn gekämmt und an die Kette gelegt.

Es war aber ein sonderbarer Hund, er bellte überhaupt nicht, wedelte nur mit dem Schwanzstummel und fing Flöhe, nach denen er mit seiner langen Zunge angelte.

»Wer bettelt, der bellt nicht«, sagte Josua zu Morta. »Wenn er eine Weile bei uns ist, wird er es lernen. Und was gibt es sonst im Ort?«

»Nichts.«

»Und Semjon?« forschte der Schankwirt.

»Der schweigt.«

Josua glaubte es nicht.

»Er schweigt und denkt nach«, sagte Morta.

»Soll er nachdenken. Er hat genug nachzudenken.«

»Jeder hat genug nachzudenken«, sagte Morta, denn sie wollte die Kluft zwischen dem Herrn und seinem Sohn verringern. »Ihr solltet Frieden mit ihm machen, Herr.«

»Mit ihm kann man nicht leben in Frieden.«

»Warum nicht?«

»Er liebt niemanden, das ist es.«

»Doch, er liebt«, versicherte Morta dem Schankwirt.

»Dich, was?« entfuhr es Josua.

»Euch.« Morta schluckte die Kränkung. »Und seine verstorbene Mutter ... Chawa ... die hat er auch geliebt.«

»Ha! Durch ihn ist sie ja ...«

»Nein, nein«, protestierte Morta.

Josua beschuldigt nicht nur Semjon, sondern auch mich, durchfuhr es sie. Hätte Semjon geheiratet, so hätte Chawa niemals zur Schlinge gegriffen, sie hätte ihre Enkel gewiegt und wäre friedlich gealtert. Nur Gott mag wissen, wer von ihnen unfruchtbar ist – sie oder er? Vielleicht hätte Chawa auch von einer Jüdin keine Enkel bekommen? Natürlich gibt es zärtlichere und ergebenere Söhne, doch nicht nur wegen Semjon war Chawa vor Tau und Tag in den Stall gegangen und hatte Hand an sich gelegt. Nicht nur deshalb. Das wußte der Schankwirt Josua ja wohl besser als sonst jemand. Morta lebte schon so lange in diesem Haus, doch wenn man sie fragte, ob sie sich auch nur an ein einziges Mal erinnern könnte, wo Josua menschlich mit Chawa gesprochen hätte, so müßte sie verneinen. Zwar hatte der Schankwirt seine Frau auch nie beschimpft, nie angeschrien und geschmäht, obwohl er durchaus kein Sanfter war.

»Mortele«, hatte er oft in Gegenwart seiner Frau gesagt. »Sieh mal nach, ob noch genug Klarer in der Vorratskammer ist.«

Und den Kosenamen »Mortele« sprach er mit unverhüllter, von keinerlei Anstand gedämpfter Zärtlichkeit aus.

»Komm, Mortele, fahr mit mir auf den Markt nach Vilkija.«

»Ich habe mich ein bissel erkältet, Mortele. Setzt du mir Schröpfköpfe an zur Nacht?«

Bei diesem »Mortele« verdunkelten sich Chawas Augen, und ihr, der Dienstmagd, wurde schwindelig wie von einem Rausch.

»Hörst du endlich auf, das Mädchen vor den Leuten Mortele zu nennen?« fragte der picklige Semjon eifersüchtig.

»Warum denn?« stellte Josua sich dumm.

»Darum«, giftete der Sohn.

»Jemand muß sie doch väterlich anreden.«

Und nun erst recht, dem pickligen Semjon und vielleicht auch Chawa zum Trotz, streute er von früh bis spät sein »Mortele, Mortele, Mortele« aus, als füttere er eine Turteltaube mit Weizenkörnern.

Anders als Semjon, der nach dem Tod der Mutter nicht einmal den Blick zu ihr hob, ließ Josua Morta lange nicht wieder weg, obwohl der Brauch sowohl übermäßiges Reden als auch den Umgang mit Andersgläubigen untersagte.

Der Schankwirt plapperte wie ein Schwatzweib, und Morta konnte sein Gerede kaum aushalten, das so gar nicht zu dem Unglück paßte, welches die Familie getroffen hatte.

Ihr schien, Semjon hörte hinter der Wand jedes ihrer Worte, und wenn die Trauertage vorüber wären, würde er seinen Zorn an ihr auslassen, würde Gift und Galle speien, sie wer weiß wie nennen und womöglich sogar schlagen. Aber sie wagte nicht, dem Schankwirt Josua, ihrem Herrn und Wohltäter, den Gehorsam zu verweigern. Er war es doch gewesen, nicht Semjon, der sie aufgenommen hatte, als ihr Nest zerstört und ihre Eltern nach Sibirien verschickt wurden. Gott war ihr Zeuge, sie tat viel für Josua – sie putzte, wusch, kochte, kaufte ein und hütete das Haus. Doch zuweilen braucht der Mensch etwas anderes, besonders, wenn es ihm schlecht geht. Und Josua ging es jetzt schlecht, sehr schlecht. Mochte er Chawa auch nicht geliebt haben, aber sie hatten immerhin fünfunddreißig Jahre zusammen gelebt, in fünfunddreißig Jahren erblüht selbst auf einem Stein irgend etwas, man entdeckt darauf plötzlich ein Gräslein, ein Fruchtknötchen. Mochte Josuas Herz auch noch so versteinert sein, doch auch auf ihm war in all den Jahren offenbar ein Hälmchen gewachsen, und das mußte doch jemand vorm Winde schützen. Was für einen Schutz bot schon Semjon? Semjon war selber Wind. Und sie, Morta? Wenn sie jetzt ein fremdes Hälmchen vorm Wind schützte, würde er sie durchpusten und frieren lassen – und wie sollte sie sich dann wieder wärmen?

»Was siehst du dich immerzu um, als wäre jemand hinter dir her?« fragte Josua, als hätte er ihre Gedanken erraten.

»Ich sehe mich nicht um«, murmelte sie.

»Er braucht dir nicht leid zu tun.«

»Wer?«

»Mein Söhnchen«, sagte Josua. »Er ist nicht einmal deinen kleinen Finger wert.«

»Wie könnt Ihr so reden!«

»Ach, ihm ist es doch egal, mit wem ... mit dir oder ...«

»Bitte nicht«, flehte Morta.

»Hör mich an und unterbrich mich nicht ... Ich wünsche dir nichts Schlechtes. Niemandem wünsche ich Schlechtes, nicht einmal ihm, dem Taugenichts.«

Warum quält er mich? Würde er doch bis zum Ende der Trauerzeit bei Chawa weilen. Würde er sie doch um Vergebung bitten. Mag sein, sie würde ihm vergeben.

Der Schankwirt Josua aber wollte offenbar nicht bei Chawa verweilen. Er brauchte ihre Vergebung nicht.

»Setz dich und hör zu«, wiederholte er, und Morta ließ sich ergeben und blindlings auf einem Stuhl nieder.

»Oi!« rief sie und sprang schnell wieder auf. »Ich sitze ja auf Chawas Platz. Chawa hat niemandem erlaubt, auf ihrem Platz zu sitzen.«

»Bleib nur sitzen«, beruhigte der Wirt sie. »Chawa hat nie gesessen auf diesem Stuhl.«

»Wieso nicht?« Morta riß die Augen auf.

»Das ist eben so ... Du bist noch jung, du weißt vieles noch nicht.«

»Was weiß ich nicht?«

»Du weißt zum Beispiel nicht, daß Chawa niemals auf diesem Stuhl gesessen hat.«

»Aber ich habe es selbst gesehen. Und Semjon hat es gesehen. Und Naftali ... und Chaim ... Chawa hat hier gesessen.« Morta zeigte auf den Stuhl. »Und Ihr ... Ihr, gnädiger Herr, gegenüber ...«

»Chawa hat nicht mir gegenüber gesessen.«

»Wer denn sonst?«

»Wozu alle aufzählen?« Josua schwieg einen Moment, dann fuhr er fort: »Wer, Mortele, nimmt sich das Unglück als Gegenüber? Du willst die vor dir sehen, mit denen du glücklich gewesen bist. Und so ist es nicht nur am Tisch. So ist es auch im Bett, Mortele.«

Ihre Ohren flammten rot auf bei seinen Worten, und ihr Herz klopfte heftiger als beim Fußbodenscheuern oder Wäschewaschen.

»Schläfst du etwa mit Semjon?« fragte der Wirt. »Das glaube ich nie. Niemals ... Du, Mortele, schläfst mit Antanas ... mit Juosas ... mit Jonas ... nur nicht mit meinem Sohn. Diejenigen, die zu dir passen könnten, wurden nach Sibirien verschleppt, oder sie schlafen mit anderen, die Narren. Warum stehst du? Setz dich, setz dich, mach es dir bequem.«

»Ich stehe lieber, gnädiger Herr.«

»Meinetwegen ... Nur nenne mich um Gottes Willen nicht gnädiger Herr.«

»Ist gut, Herr.«

»Du sollst mich auch nicht Herr nennen.«

»Ist gut.«

Sie war mit allem einverstanden, wenn sie nur bald gehen durfte. Das liebevolle »Mortele, Mortele« traf sie wie Peitschenhiebe, und die Anspielungen auf Semjons Bett gingen ihr keine Minute aus dem Sinn. Ihr war zumute, als hätte man sie von Kopf bis Fuß in Pech gewälzt und nun tropfe dieses Pech von ihrem Rocksaum auf den Fußboden, ränne an ihren Beinen herab und fessele sie für immer und ewig an die Dielen.

»Ich gehe jetzt«, sagte Morta.

»Wohin so eilig?« hielt Josua sie zurück.

Ich kann mir ausdenken, was ich will, durchfuhr es Morta, er läßt mich doch nicht fort. Das Vieh kann warten, die Wirtschaft ist geschlossen, und Semjon will ich lieber nicht erwähnen.

Doch plötzlich kam ihr ein Einfall.

Die Scham überwindend, stieß sie hervor: »Ich ... ich muß mal ...«

»Na gut«, gab Josua nach. »Geh.«

Und Morta flog davon.

Der Schankwirt Josua stand von seiner Bank auf, trat ans Fenster und starrte auf den Hof.

Vor der Hundehütte klirrte der Hund mit der Kette.

Die alte Gans putzte sich mit dem Schnabel die Federn.

Der zerzauste Hahn bestieg eine Henne, dann sprang er wieder auf die Erde, breitete die Flügel aus und krähte triumphierend.

Morta war nirgends zu sehen. Das Aborthäuschen war von außen verriegelt, und Josua trat vom Fenster weg.

Während Josua und Semjon weiter zu Hause saßen und um Chawa trauerten, lief Morta zum Pfarrer zur Beichte – jemandem mußte sie ihr wundes Herz ausschütten.

Der Priester Anicetas hörte ihr zerstreut zu, er raschelte im Beichtstuhl mit seiner Soutane, hielt sein großes rosiges Ohr ans Beichtfenster, und Mortas Worte schienen daran abzuprallen wie an einer Muschelschale, sie kehrten zu ihr zurück und schmerzten noch heftiger als vorher. Das allergrößte Ohr der Welt, auch das würde wohl nicht ausreichen, um ihren Schmerz und ihre Verwirrung zu fassen, um ihre zusammenhanglose und treuherzige Beichte mit den unvermeidlichen Seufzern und Schweigepausen aufzunehmen – und kann man denn dem heiligen Vater alle seine Sünden gestehen, die wahren und die vermeintlichen?

»Halte aus, meine Tochter«, sagte der Priester. »Christus hat für uns noch ganz andere Leiden auf sich genommen.«

Christus, Christus! Für wen er seine Leiden auf sich genommen hatte, das verstand Morta ja: für die gesamte Menschheit, für Reiche und Arme, Gesunde und Kranke, für Gute und Böse. Und sie alle waren für ihn in einem Gesicht vereint, keiner von ihnen hatte die Augen des Schankwirts Josua oder die Nase des pickligen Semjon. Christus fragte niemanden nach Namen oder Titel. Er nahm die Leiden auf sich für alle und für niemanden. Dagegen hatten ihre, Mortas, Leiden Gesicht und Namen.

Und außerdem, warum zerbrechen sich manche über gar nichts den Kopf, während andere von Geburt an bis zum Tode leiden müssen? Warum lassen sich die Leiden nicht auf alle gerecht verteilen?

Hatte etwa der Schankwirt Josua seine Frau Chawa für ihren letzten Weg zurechtgemacht, hatte etwa er, vor Grauen schaudernd, ihre Brüste gewaschen, die seinem Sohn und seiner Tochter einst Leben spendeten? Nein, diese Leiden hatte er auf sie abgewälzt, auf Morta.

Und wofür das alles? Für einen Teller Suppe? Für die schmuddelige Schlafstatt in der Kammer? Für ein Goldstück zum Schutzheiligenfest?

Welche Leiden würden sie ihr noch zumuten?

Welches Gewehr?

Welche Zärtlichkeiten?

In letzter Zeit wurde Morta die Vorahnung eines Unglücks nicht los, gegen das Chawas Selbstmord nichtig schien.

Und Morta war machtlos, sie konnte es nicht abwenden, nicht verhindern.

Sie könnte einfach alles im Stich lassen – die beiden unerträglichen Juden, diese nach Sprit stinkende Kneipe und den verfluchten Marktflecken –, sie könnte fortgehen, immer der Nase nach, sei es zu den Deutschen, sei es nach Sibirien.

Aber würde sie nicht das Gewissen plagen, wenn während ihrer Abwesenheit etwas passierte?

Vielleicht renkte sich doch noch alles ein, und sie würden friedlich und in Eintracht leben, wie es der Herrgott befahl.

Nein, sie mußte weiter ihr Kreuz tragen und jeden Gedanken an Flucht verdrängen. Vielleicht hatte der Pfarrer recht. Vielleicht hatte Gott sie hierher in diese Schenke geschickt, damit sie, Morta, für die Nichtchristen alle Pein auf sich nähme und ihnen mit ihrem Leiden und mit ihrer Geduld die höchste Gnade erwiese, sie auf den rechten Weg führte und ihre Seelen rettete.

Was sollte aus ihnen werden, wenn sie wegginge?

Der Herrgott gab mir Geduld, der Herrgott wird mir auch Kraft geben, dachte sie und glaubte daran, daß ihr

Opfer nicht umsonst sei, daß es sich auswirken würde irgendwo hinter den sieben Bergen, in Sibirien, wo im Schnee, der endlos war wie ihre Geduld, ihre Eltern und die Zwillingsbrüder Petras und Povilas verschollen waren. Es würde sich auswirken und als Segen über sie kommen, es würde den Schnee schmelzen lassen und sie einander näherbringen, sie vielleicht sogar vereinen, leidgeprüft, aber glücklich.

Zuallererst mußte sie das Gewehr vor Semjon verstekken. Doch sie wußte selbst nicht, wo Josua es aufbewahrte.

Wenn der Schankwirt aus Kowno oder aus einer anderen Stadt zurückkam, pflegte er es sofort zu verstecken. Und sie konnte doch nicht das ganze Haus durchsuchen.

Auch befand sich das Gewehr kaum im Hause. Josua hatte offenbar ein Geheimversteck. Aber wo – dahinter kam man nie im Leben.

Einmal hatte Semjon versucht, es herauszukriegen, doch der Schankwirt hatte seinen Sohn am Hemd gepackt und ihm fest in die Augen geschaut: »Was ist, Kerl, spionierst du dem eigenen Vater nach?«

»Und was versteckst du vor dem eigenen Sohn?«

»Das Gewehr«, sagte Josua ruhig. »Nur, ich verstecke es nicht vor meinem Sohn, sondern vor mir selber.«

»Vor dir selber?«

»Wenn du wüßtest, wie oft ich jeden Tag schießen möchte!«

»Du denkst, das möchtest du allein? Alle, Vater, möchten das. Auch ich, auch Mama ... und sogar sie.« Dabei wies Semjon mit dem Kopf auf Morta.

»Ich nicht, Simonai.«

»Na ja, du bist eben eine Heilige!«

Semjon hatte also nichts in Erfahrung gebracht. Doch Morta hatte sich die Worte ihres Herrn gemerkt: »Wie oft ich jeden Tag schießen möchte!« Auf wen denn bloß? Auf einen Zecher, der seinen Klaren nicht bezahlte? Auf den langen Riauba, der den Juden die Schuld an allem Unglück gab? Auf den Polizeichef Nesterowitsch, der sich den Wodka bis zum Montag stunden ließ und niemals, an keinem Montag, seine Schulden beglich? Auf wen bloß, rätselte sie.

Vor dem Tod seiner Mutter hatte Semjon gar nicht an das Gewehr gedacht, und plötzlich brauchte er es.

Wozu?

Hatte denn wirklich dieser Fremde mit der Scheitelkappe, die eine Nadel am Haar festhielt, ihn so aufgebracht? Der dumme Synagogendiener hatte Öl ins Feuer gegossen, er hatte etwas Unerhörtes gefaselt von Josuas stinkenden Tränen, und alles nur, um sich hervorzutun und einen Silberrubel zu verdienen. Und Semjon hatte ihm geglaubt. Wem geglaubt?

Ach, der mit der Scheitelkappe war doch ein harmloser Landstreicher – von dieser Sorte durchzogen alljährlich so viele den Ort. Morta jagte sie nie vom Hof, ließ ihnen immer etwas zukommen, schenkte ihnen ein paar abgetragene Sachen, steckte ihnen einen Brotkanten für unterwegs zu, mochten sie kauen und froh sein.

Das war doch nicht möglich, daß Semjon für solch einen das Gewehr suchte. Nun gut, der Mann hatte im Eifer dummes Zeug geschwätzt, sich nicht zurückgehalten, aber er hatte ja auch allen Grund dafür – hungrig, arm und einsam, wie er war, ohne einen Groschen im Hinterhalt. Von einem guten Leben wird man nicht böse. Und die Landstreicher waren auch gar nicht böse. Und sie erzählten immer so interessant, selten hörte man von ihnen etwas über Geld oder Gewinn, sondern meistens über alle möglichen Wunder. Auch der Mann mit der Scheitelkappe schien so zu sein. Selda hatte gesagt, er warte auf eine Leiter vom Herrgott, mit der wolle er dann sofort zum Himmel hinaufsteigen.

Ach, wenn doch der Herrgott wirklich so eine Leiter herabließe! Auch sie, Morta, stiege hinauf, zöge sich oben die Schuhe aus und wanderte auf den Wolken nach Sibirien, zu den Eltern und zu ihren Brüdern Petras und Povilas, und wenn sie müde wäre, legte sie sich auf eine Wolke, und die trüge sie, vom Wind getrieben, hin zu ihnen, hinter sieben Berge und sieben Meere, über Städte und Marktflecken, über Wälder und Berge. Bloß: Wie käme sie dann vom Himmel wieder herunter auf die Erde? Wenn nun der Herrgott auf einmal seine Leiter wegzöge, und sie, Morta, hinge über Sibirien, genau über dem Dorf, wo ihre Lieben wohnten? Dann zerteilte sie die Wolke und beugte sich aus dem Spalt, wie aus einem Fenster, und rief: »Vater! Mama! Petras, Povilas!«

Und sie würden sie sehen und ihr zuwinken: »Morta! Morta!«

Wenigstens vom Himmel aus einen Blick auf sie werfen ... wenigstens vom Himmel aus ... für einen Moment ... ein Wörtchen sagen.

Mortas Vorahnung von einem Unglück verstärkte sich, als sie bei ihrer Rückkehr aus der Kirche Semjon nicht in seinem Zimmer vorfand. Er war weder im Hof noch im Stall noch in der Vorratskammer. Und das Aborthäuschen war immer noch von außen verriegelt.

Morta geriet ernsthaft in Unruhe.

Er sucht das Gewehr, dachte sie.

Um ihre Aufregung irgendwie zu dämpfen, betrat Morta leise Josuas Zimmer, obwohl sie das eigentlich nicht wollte, sie blieb an der Tür stehen und wußte nicht, was sie tun und worüber sie mit ihm sprechen sollte.

Der Schankwirt schlummerte. Sein Kopf war vornübergesunken, die Scheitelkappe war ihm vom Haupt geglitten und wie ein Ahornblatt auf den Fußboden gefallen. Inmitten der schwarzen, leicht angegrauten Haare schimmerte wie eine umgestürzte Untertasse die Glatze.

Josuas gespreizte Beine, die einander erst unten bei den Füßen wieder berührten, sahen aus wie ein Pferdekummet und zitterten leicht in den Knien.

Morta trat an den Stuhl heran, bückte sich, hob die Scheitelkappe auf, hielt sie eine Weile in der Hand und setzte sie ihrem Herrn dann vorsichtig, um ihn nicht zu wecken, auf den Kopf.

Josua erbebte und schlug die Augen auf.

»Ihr habt die Kappe verloren«, sagte Morta.

»Ja, ja«, murmelte er undeutlich, schwieg wieder, rückte seine Scheitelkappe zurecht und fragte dann: »Was ist, Morta?«

»Nichts«, flüsterte sie.

»Du kommst nie ohne einen Grund.«

»Ich habe gedacht, Ihr braucht vielleicht etwas.«

Josua bemerkte ihre Verwirrung, aber er drängte sie nicht, sondern wartete, bis sie selbst sagen würde, weshalb sie gekommen war. Doch nicht deshalb, um seine Scheitelkappe aufzuheben und zu fragen, ob er etwas brauche. Morta verstand ihn fast ohne Worte. Manchmal brauchte es nur einen Blick, eine Geste, nur einen Seufzer oder ein Hüsteln, und schon stürzte sie davon, um seinen Wunsch zu erfüllen. Doch sie selbst drängte sich niemals auf, versuchte nicht, sich herauszustreichen oder sich einzuschmeicheln. Was war nur mit ihr los?

»Was ich brauche, Mortele, ist, daß du die Wahrheit sagst«, murmelte Josua.

Die Wahrheit? Aber die kannte Morta ja selbst nicht. Sie hatte Semjon nicht angetroffen – nun und? Wenn sie das dem Herrn sagte, würde er alles falsch verstehen, er dächte, sie könnte keine Stunde ohne seinen Sohn auskommen, und damit würde sie Josua nur unnötig verletzen. Überhaupt sprach sich Morta niemals aus, obwohl der Schankwirt und auch Chawa und auch Semjon schon oft mit Fragen in sie gedrungen waren. Sie trug auch nichts aus dem Hause. Das ging sie nichts an, war ihre Meinung. Wenn sie sich streiten, dachte sie, müssen sie sich auch selbst wieder aussöhnen, da habe ich weder Richter noch Vermittler zu spielen. Schuster, bleib bei deinen Leisten. Und sie schätzten sie nicht in erster Linie wegen ihres Fleißes und ihrer Anspruchslosigkeit, sondern vor allem deshalb, weil sie sich aus allem heraushielt.

Auch jetzt wollte sie ihren Grundsätzen nicht untreu werden. Um so mehr, da es um den Menschen ging, der ihr der nächste war – um Semjon.

Doch die Furcht, ihn zu verlieren, warf alle früheren Gewohnheiten über den Haufen. Wenn er jemanden umbrächte, dann kämen die Gendarmen, sie würden ihn packen und ins Zuchthaus bringen, und sie, Morta, bliebe ganz allein auf der Welt. Diese Furcht lähmte ihr die Zunge und lockerte sie zugleich, die Furcht bewog sie zur Vorsicht und schließlich dazu, hartnäckig zu schweigen, denn damit war sie bisher noch nie schlecht gefahren.

»Na? Wollen wir noch lange schweigen?« drang der Schankwirt Josua in sie.

Und Morta gab sich einen Ruck.

»Gnädiger Herr«, sagte sie.

»Nenn mich Josua!«

»Nein, nein.«

»Wenn du nicht Josua sagen willst, so nenn mich Vater.«

»Ich habe einen Vater, und der Priester heißt auch Vater. Nein, nein.«

Der Anfang verhieß nichts Gutes. Der Schankwirt, als spüre er ihre Unsicherheit, verwirrte Morta noch mehr mit allerlei Anspielungen, mit kurzen, aber schmierigen Redensarten. Und wendig war sie nicht, Schläue fiel ihr schwer, kostete sie Anstrengung – lieber den ganzen Tag Holz hacken oder in der Schenke die aufdringlichen Zecher bedienen.

»Ein Fuchs ist bei uns eingedrungen«, versuchte sie ihren Gedankenfaden weiterzuspinnen. »Alle Hühner hat er gerissen.«

»Alle Hühner, sagst du?« fragte Josua gleichgültig, aber er schien innerlich erheitert.

»Nur der Hahn ist noch übrig. Und da hab ich gedacht: Wenn wir ihn nun mit Eurem Gewehr …«

Als sie das gesagt hatte, empfand Morta etwas wie Erleichterung oder auch Sicherheit. Sie blickte Josua verstohlen an, um zu sehen, welchen Eindruck ihre Worte auf ihn gemacht hatten, doch der Herr zeigte weder Erstaunen noch Verständnis.

»Ich könnte Euch für den Winter eine Mütze nähen … eine Fuchsfellmütze würde Euch gut stehen.«

Morta ließ sich einfach treiben und machte sich wenig Gedanken, wohin es sie trieb.

»Du sagst, sie würde mir stehen?«

»Ja, ja.«

»Nu ja«, murmelte Josua. »Werde ich fahren nach Vilkija und mir beim Kürschner eine kaufen.«

»Wozu unnütz Geld ausgeben?« fragte Morta fast ärgerlich. »Wenn Eure Mütze doch auf dem Hof herumläuft.«

Josua zog die Brauen hoch, und unter den dichten schwarzen Stoppeln blitzten mißtrauisch seine mitleidlosen Augen.

»Glaubt Ihr mir etwa nicht?«

»Doch … Das ganze Leben habe ich nur dir geglaubt. Alle haben mich hintergangen, nur du niemals. Aber warum machst du dir auf einmal Sorgen um eine Mütze?«

»Bald ist Winter«, stieß Morta hervor. »Und Ihr habt keine einzige ordentliche. Die Spiwaks haben welche, Fradkin auch.«

Morta überschüttete ihn mit Namen.

»Du sagst, nur der Hahn ist noch übrig. Aber ich habe durchs Fenster gesehen, wie er eine Henne …«

»Das war eine Henne von den Nachbarn, sie hat sich zu uns verirrt, und da hat er sie eben … Nun ja, Ihr habt es selbst gesehen.«

»Ja doch, ja doch«, knurrte Josua, aus der Fassung geraten. »Nun gut, wenn die Trauerzeit vorbei ist, werde ich selber deinen Fuchs abknallen.«

Alles ist aus, dachte Morta. Der alte Knacker hat mich an der Nase herumgeführt, für dumm verkauft.

»Ich möchte Euch ein Geschenk machen«, sagte sie, ohne mit der Wimper zu zucken.

»Mortele!« strahlte der Wirt.

Ihr war alles gleich – wenn sie nur Semjon vorm Zuchthaus bewahren konnte. Wenn sie nur das Gewehr bekam, dann wollte sie schon das Richtige tun, sie würde um Mitternacht zum Neman gehen und es ins Wasser werfen. Sollte der Schankwirt sie danach getrost davonjagen.

»Wirst du auch richtig treffen?« fragte Josua blinzelnd.

»Unbedingt.«

O ja, sie würde das Richtige treffen, sie würde das Gewehr ein für allemal ins Wasser werfen und noch dazu dem lieben Gott in der Kirche eine Kerze spenden.

Der Schankwirt Josua war stets vorsichtig in seinen Entschlüssen, er faßte sie nie überstürzt, um nichts verkehrt zu machen, doch wenn er sich einmal zu etwas entschlossen hatte, handelte er ohne weiteres Schwanken. In Mortas Worten lag etwas Verworrenes, das Josua aufhorchen ließ, er zögerte und überlegte. Warum, zum Teufel, brauchte er eine Fuchsfellmütze, vor wem sollte er im Winter damit Staat machen, seine warme, treue Ohrenklappenmütze reichte vollkommen aus, die schützte seinen Kopf bei jedem Frost und jedem Wind. Und dennoch hatte Mortas Bitte in seiner Seele gewisse Saiten zum Schwingen gebracht, die bereits verstummt gewesen waren, und dieses Tönen erfüllte seinen längst schon nach weiblicher Zärtlichkeit ausgehungerten Körper mit sündhafter heißer Erregung, die ihn selbst in der Trauerzeit auf dem Stuhl hin- und herrutschen ließ und ihm mit leichtem Kribbeln das Hirn vernebelte. Wenn Semjon das Gewehr haben wollte, dann würde Morta niemals darum bitten, ging es Josua durch den Kopf, er wurde ruhiger, und sein Entschluß festigte sich. Semjon durfte man nicht mal einen Eichenknüppel in die Hand geben, der richtete ganz bestimmt Schaden an, zertrümmerte jemandem den Schädel, und dann hieß es die Scharte auswetzen, sich winden, Nesterowitsch etwas zustecken. Wie kam das nur, daß in seinem Sohn soviel Grausames steckte, soviel brodelnde, nach außen drängende Bosheit? Ihn hatte doch keine Wölfin gesäugt, sondern die stille, sanfte Chawa.

»Das Gewehr ist im Stall … hinterm Dachbalken, wo

die Schwalbennester sind, in eine alte Pferdedecke gewickelt.«

Morta glaubte ihm nicht, doch sie nickte dankbar.

Josua sah sie scharf an, und sein Blick, von den dichten schwarzen Brauen beschattet, war sengend und unnahbar.

»Dann geh ich jetzt«, sagte sie nach einer langen Pause.

»Willst du nicht Maß nehmen?«

»Maß, wieso?«

»Ohne Maße kannst du die Mütze nicht nähen.«

»Im Winter«, sagte sie unsicher, »wenn das Fell trokken ist.«

»Bis zum Winter ist es noch weit«, knurrte Josua. »In der Kommode liegt Chawas Bandmaß. Warum so lange warten?«

Um seine Zweifel endgültig zu zerstreuen und ihrer Bitte, das Gewehr betreffend, Nachdruck zu verleihen, ging Morta langsam zur Kommode, öffnete sie, kramte darin, fand das schmuddelige Bandmaß und kehrte damit zu Josua zurück.

»Nun miß«, sagte er und neigte den Kopf, und in diesem Kopfneigen lag etwas, das Morta erzittern ließ. Semjon! Semjon! Der um dreißig Jahre gealterte Semjon! Mit Glatze und lüstern gespreizten Beinen. Gleich würde er ihr das Kummet überwerfen, gleich ...

Sie maß schnell seinen Kopfumfang und stieß hervor: »Zwei Zoll und ein Viertel.«

»Das kann nicht sein.«

»Doch, zweieinviertel«, wiederholte sie.

»Ich hatte immer zweieinhalb«, flüsterte der Schankwirt. »Ist etwa mein Kopf eingeschrumpft? Miß noch einmal!«

Und sie berührte abermals seine Stirn und seine Schläfen, an denen, wie bei Semjon, dichte Pejes wuchsen.

»Zweieinhalb«, sagte sie, ohne aufs Bandmaß zu blikken. »Zweieinhalb.«

»Siehst du«, strahlte der Wirt.

Morta hielt das Bandmaß so, wie Chawa im Stall die Schlinge gehalten haben mochte. Ihre Hand zitterte, und ihr klapperten sogar die Zähne.

»Sei vorsichtig«, sagte Josua abschließend. »Mit dem Gewehr ist nicht zu spaßen.«

»Ich passe schon auf.«

»Daß du bloß keinen Schaden anrichtest!«

»Nein, nein«, sagte Morta und schlüpfte aus dem Zimmer.

Immer noch hielt sie das Bandmaß in der Hand und wußte nicht, wohin damit. Schließlich schob sie es in den Ausschnitt ihres Kleides, dabei traf ihre Hand auf die straffe, unruhige Brust, und sie rannte Hals über Kopf in den Stall.

Dort durchsuchte sie jede Ritze.

Die aufgescheuchten Schwalben flogen unterm Dachbalken hervor.

Weder Gewehr noch Pferdedecke, nirgends.

Hat er mich getäuscht?

Oder bin ich zu spät gekommen?

Die Schwalben durchschnitten mit ihren Flügeln die Luft, sie flogen über Morta umher, und sie empfand dieses abschiednehmende Kreisen vor der großen Reise wie ein böses Omen.

Zu spät, zu spät! Semjon war als erster im Stall gewesen ... und hatte das Gewehr genommen ...

Ach, Josua, Josua! Von wegen sicheres Versteck!

Von Semjon würde sie es nun nicht mehr bekommen. Semjon würde es so verstecken, daß es nicht einmal der Herrgott fände.

Morta verließ den Stall und ging niedergeschlagen ins Haus zurück.

Sie war drauf und dran, zu Semjon hineinzustürmen, ihm Vorwürfe zu machen, vor ihm auf die Knie zu fallen, wie vor Christus dem Erlöser, an sein Gewissen und seine Vernunft zu appellieren, doch sie beherrschte sich und ging ans Zubereiten des Essens.

Das Kochen beruhigte sie. Vom Herdfeuer bekam sie rote Wangen, und ihre innere Spannung löste sich. Der Geruch von gekochten Kartoffeln und Braten kitzelte angenehm ihre Nase, und der Hunger verdrängte allmählich die Angst.

Vielleicht habe ich mich umsonst aufgeregt, redete Morta sich zu, während sie den Braten abschmeckte. Semjon ist aufbrausend, aber das hält meist nicht lange an. Wenn er genug getobt hat, kommt er schon wieder zu sich.

Ist es denn denkbar, daß jemand einfach so, für nichts und wieder nichts, einen Menschen umbringt? Einen, der an all deinem Ungemach schuld ist, findest du immer. Und davon wird dir irgendwie leichter, in einem günstigen Moment rechnest du mit dem Sündenbock ab, haust ihm in die Schnauze, daß er blutet, drückst ihn an die Wand. Aber hat uns Gott den Verstand etwa zur Rache gegeben, zur blutigen Abrechnung? In jeder Messe fordert der Priester uns auf: Liebet eure Feinde, meine Brüder und Schwestern, segnet, die euch fluchen, betet für die, die euch erniedrigen und verfolgen! Der Priester streckt die Hände gen Himmel und fragt einen jeden, auch sie, Morta: »Wenn ihr nur liebt, die euch lieben, welcher Lohn soll euch werden?«

Schade, daß Semjon nicht zur Kirche geht, sonst würde er es selber hören: »Liebet eure Feinde!« Und dabei ist dieser heimatlose Landstreicher nicht einmal sein Feind! Der hat sich hierher verirrt wie ein streunender Hund. Ist aufgetaucht und wieder verschwunden! Warum mit ihm Händel suchen? Genau das wollte Morta zu Semjon sagen: Warum mit ihm Händel suchen?

Mit Bösem rottest du das Böse nicht aus, würde sie sagen. Aus böser Saat kann nichts Gutes aufgehen. Wie viele solche Saatkörner hatte Morta in sich schon erstickt, obwohl sie immer wieder keimen wollten. Auch du, Simonai, würde sie sagen, ersticke die böse Saat in dir, darf man denn das eigene Unglück von der

Kette lassen und es auf Unschuldige hetzen, darf man denn dem eigenen Unglück ein Gewehr in die Hand geben?

Wenn alle Unglücklichen zum Gewehr griffen, wer, Simonai, sollte die Erde pflügen, Kinder gebären, das Essen kochen?

Die Unglücklichen, Simonai, sind doch dazu auf der Welt, um ihre Pflicht zu tun, und nicht, um ihr Ungemach zu mehren. Wenn du es recht bedenkst, ruht auf den Unglücklichen die ganze Welt. Laß, Simonai, die Glücklichen mit Gewehren aufeinander ballern!

»Wo bist du gewesen, Simonai?« fragte sie, als sie das Tablett mit dem Essen in Semjons Zimmer brachte.

»Auf dem Abort«, antwortete er.

»Dort warst du nicht, bestimmt nicht«, sagte Morta und stellte das Tablett auf den Tisch.

»Wieso – wolltest du mir den Gürtel aufknöpfen?« foppte er sie, während er sich das Essen in großen Happen in den Mund schob.

Morta stand vor ihm, wie betäubt durch seine Unanständigkeit, alle Worte über die Liebe zu den Feinden, über das Segnen der Fluchenden, über böse Saatkörner waren ihr abhanden gekommen, und sie wußte nicht, woran sie sich klammern sollte, wie sie ihn überzeugen und vor dem verhängnisvollen Schritt bewahren konnte.

»Gib das Gewehr heraus, Simonai«, sagte sie schlicht, ohne jegliche Winkelzüge.

Der picklige Semjon schwieg und aß lustlos. Morta sah, wie er kaute, sie sah seine mühlsteinschweren Kinnbacken, seinen von rötlichem Haar umwucherten Mund, und wider Willen traten ihr Tränen in die Augen.

»Wenn du mich nur ein bißchen ... nur ein ganz klein wenig ...«, stotterte Morta, doch der picklige Semjon unterbrach sie.

»Geh, Morta, geh! Von Liebe reden wir später. Wer redet denn davon beim Essen?«

Und er lachte einfältig.

»Wenn dir etwas zustößt, Simonai, dann bin ich ...

dann kann ich ... Ich habe doch nur noch dich, dich allein ... Um Christi willen – gib das Gewehr heraus!«

»Höre«, sagte er und spießte die Gabel in eine Kartoffel, »merkst du nicht, daß ich dich satt habe? Geh!«

Am meisten bestürzten sie nicht seine Worte, sondern eine sonderbare Entrücktheit, die sie nicht an ihm kannte. Der picklige Semjon blickte über ihren Kopf hinweg und über ihr Flehen hinweg, das ihm so unwichtig war und auf das er nicht eingehen konnte.

»Laß uns zusammen fortgehen«, flüsterte sie verzweifelt.

»Du bist ja ganz und gar meschugge«, warf er hin. »Fortgehen? Mit dir? Wer soll denn dich brauchen, dumme Gans?«

Morta biß die Zähne zusammen, um nicht zu schreien. Sei's drum! Sei's drum! Sie schien jetzt nicht aus Knochen und Sehnen zu bestehen, sondern einzig aus diesem kurzen, erniedrigenden, diesem zerbrechlichen und doch allmächtigen Satz, der bei den Männern Wunder vollbrachte – *sei's drum!*

»Du spielst dich auf als Gottesmutter ... als heilige Jungfrau Maria«, krächzte der picklige Semjon. »Vielleicht bist du auch eine Gottesmutter, eine Maria, aber ich bin kein Christus. Ich bin Semjon Mandel, ein Sünder, ein Bettler, der seinem Vater auf der Tasche liegt.«

»Nicht doch«, sagte Morta eifrig, froh über seine plötzlich ausbrechende Offenheit. »Du bist ... du bist der liebste ... du bist der beste ...«

»Der aller-allerbeste«, äffte der picklige Semjon nach.

»Ja, ja«, flüsterte sie, »du bist der aller-allerbeste ... Nur, daß das niemand außer mir weiß. Aber alle werden es erfahren, Simonai, unbedingt!«

»Du bist dumm«, sagte er leise. »Klammerst dich an mich wie an einen Strohhalm. Aber ich bin kein Strohhalm, ich bin ein Stein.«

»Mir ist auch ein Stein lieb.«

»Ich habe das Gewehr nicht, wirklich nicht«, sagte der picklige Semjon.

»Schwöre!«

»Ich habe nichts, bei dem ich schwören könnte. Nichts, was mir teuer ist: weder Mutter noch Vater, noch ...«

Und er erstickte fast in wütendem Geschimpf.

»Ich habe dem Herrn versprochen ... deinem Vater versprochen, ihm eine Fuchsfellmütze zu nähen. Was soll ich denn nun machen?«

»Nähen«, erwiderte der picklige Semjon lakonisch.

»Wie denn, wenn kein Gewehr da ist und auch kein Fuchs? Wenn nur das Elend übern Hof spaziert und in die Fenster guckt?«

Morta nahm die Schüsseln und ging zur Tür.

»Morta!« rief der picklige Semjon sie an.

»Was ist?«

»Komm zu mir ... wenn es dunkel wird.«

»Nein«, sagte sie.

»Komm.«

»Nein, Simonai, nein.«

»Was plapperst du immer das gleiche, wie ein Papagei? Du sagst doch selber, du hast nur noch mich.«

»In Litauen – nur dich.«

»Nu, und bis nach Sibirien ist es so weit wie bis zu Gott.«

»Nach Sibirien ist es weit, aber zu Gott nur ein Katzensprung.«

»Komm!«

»Nein«, sagte Morta fest.

»Warum denn nicht?«

»Er muß lebendig und gesund davonkommen.«

»Wer?«

»Du weißt es.«

»Und du glaubst, dieser dreckige Landstreicher ist geschickt von Gott?«

»Ist es denn wichtig, wer ihn geschickt hat?«

»Und was ist wichtig?«

»Wichtig ist, daß er zurückfindet. Jeder muß nach Hause zurückfinden ... von uns ... oder aus Sibirien ...

Er ist ein ehrlicher Mensch. Er hat kein Unglück bringen können.«

»Aber ein größeres Unglück als einen ehrlichen Menschen gibt es gar nicht«, sagte der picklige Semjon und fügte düster hinzu: »Komm zu mir, in der Nacht werden wir gackern und mit den Flügeln schlagen, solange der Fuchs uns nicht holt. Komm!«

14

»Ök-ök!«

»Muuh!«

»Hü-oh!«

Grunzen, Muhen, Wiehern! Und durch einen Spalt in der Stallwand ist der Neman zu sehen, der gemächlich und schwerfällig dahinströmt, wie reife Körner durch gespreizte Finger gleiten. Wenn man stromaufwärts schwämme, käme man wohl gegen Abend zu dem Marktflecken, von dem aus er, der Arretierte, alljährlich vor dem Gerichtstag zu seinen gottgefälligen Pilgertouren aufbrach und wo er seine Frau Zipora zurückließ, zusammen mit den Kindern – Herschen, Chazkel und dem Jüngsten, Mordechai. Er hatte noch einen vierten gehabt, Israel, doch der war ertrunken, der Kundas.*

Mit ihm, mit Israel, hatte alles angefangen. Wäre Israel nicht gewesen, so triebe der Mann mit der Scheitelkappe, die mit einer Nadel am Haar steckte, sich nicht in der Welt herum, er säße daheim an der Werkbank, den Mund voller Nägel, zwirnte seinen Schusterdraht, dächte weder über Gott noch über den Teufel nach, und die einzige Himmelsleiter wäre für ihn die hohe, ausgetretene Treppe der Ortssynagoge. Als sein Erstgeborener ums Leben kam, war in ihm etwas gerissen, und so-

* Kundas (jidd.) – Wildfang, Lausbub

sehr er sich auch mühte, die beiden Enden des Fadens wieder aneinanderzuknüpfen, der Abstand zwischen ihnen wurde nur immer größer. Eine unbekannte Macht trieb den unglücklichen Vater vom niedrigen Schemel hoch, riß ihm die Ahle aus der Hand und stieß ihn in zermürbende Untätigkeit, die war bodenlos wie seine Verzweiflung.

In der ersten Zeit verzog sich der Mann mit der Scheitelkappe von früh bis spät an den Fluß. Er legte alle seine Kleider ab, stieg ins Wasser und durchwühlte es mit den Händen. Er wühlte und wühlte und sprach dabei: »Herrgott! Gib mir meinen Sohn wieder! Und wenn er ohne Beine ist ... oder fallsüchtig ... oder blind ... nur gib ihn mir zurück.«

Er kniff die Augen zu, tauchte, und dann schwamm er mit offenen Augen unter Wasser, solange sein Atem reichte – er suchte.

Eines Tages holte er vom Nemangrund einen Leinenfetzen herauf, ließ ihn trocknen, rief Zipora und sagte: »Du bist an allem schuld.«

»Wieso ich? Wieso?«

»Israel ist ewig gegangen in einem schmutzigen Hemd. Da hat der Neman es gewaschen!«

»Du Meschuggener!« sagte Zipora und begann zu weinen.

Nicht, daß er geradezu den Verstand verloren hätte, doch damals siedelte er gewissermaßen vom Festland ins Wasser über. Er nahm den ganzen Marktflecken mit hinunter, mit allen Häusern, mit den schäbigen Kramläden und der Synagoge; unter Wasser trieben die Leute Handel, sie beteten, zankten sich, schwammen wie Fische, und gemeinsam mit ihnen, heil und lebendig, schwamm sein Sohn Israel.

»Warum arbeitest du nicht?« hielt Zipora ihm vor.

»Wer arbeitet schon im Wasser?« verteidigte er sich. »Im Wasser sind Schuhe nicht nötig.«

»Meschuggener!« Zipora strafte ihn mit liebevoller Verachtung, »Du holst Israel sowieso nicht zurück.«

»Doch!«

»Meschuggener!«

Sie hatte damit angefangen, und bald nannten ihn alle so. Doch er nahm es niemandem übel. Im Wasser gab es zwischen den Menschen andere Beziehungen, schlichtere, harmlosere.

Nach einem Jahr kehrte der Marktflecken, den seine überhitzte Phantasie ins Wasser versenkt hatte, wieder aufs Festland zurück. Hinter den Ladentischen standen, wie früher, trockene Krämer, in der Synagoge drechselte ein trockener Rabbiner seine Phrasen, daheim schwenkte eine trockene Zipora die Hüften.

Nur er, der Mann mit der Scheitelkappe, die eine Nadel am Haar festhielt, konnte nicht wieder richtig trokken werden.

Gott hatte sich seiner nicht erbarmt, hatte ihm den Sohn nicht zurückgegeben – weder tot noch lebendig.

»Gottes Gnade will verdient sein«, erklärte ihm der Rabbiner, als er ihn um Rat anging.

»Und wie?«

Während der Rabbiner des Marktfleckens nach einer Antwort suchte, brachte Zipora noch drei Söhne zur Welt, doch es gelang ihr nicht, ihn seßhaft und friedlich zu machen.

»Meschuggener!« rief sie jedesmal weinend, wenn er sich auf den Weg begab. »Sind drei dir nicht genug?«

Ihm waren die drei nicht genug.

»Hast du vielleicht eine andere?«

Nein, er hatte keine andere.

Da er Israel weder im Wasser noch auf der Erde fand, beschloß er, ihn im Himmel zu suchen

Er, der schlechte Ehemann, der unglückliche Vater, der ehemalige Schuhmacher, er maßte sich an, lebend dorthin zu gelangen, dem Schöpfer zu begegnen, mit ihm Aug in Auge zu sprechen und ihn zu bitten, er möge ihm, der vor Kummer nicht trocken werden konnte, seinen Sohn Israel zurückgeben und, wenn der Herrgott so gut sein wollte, gleich dazu noch seine Mutter Miriam und seine Brüder und Schwestern, die beim Pogrom ums Leben gekommen waren. Den Allmächtigen von der Erde aus zu bitten, das hatte keinen Sinn: nicht jede Stimme drang bis an sein Ohr, sonst wäre ja auch er übergeschnappt.

Aber wie zu ihm gelangen?

Er zerbrach sich darüber lange den Kopf, bis er sich endlich des Vorvaters Jakob erinnerte. Der Allmächtige würde für ihn, genau wie einst für Jakob, eine Himmelsleiter herablassen, auf der würde er hochsteigen. Aber was konnte er dem Herrgott mitbringen, damit dieser ihm seine Bitte nicht abschlug? Wegen einer Kleinigkeit würde der Allmächtige die Leiter nicht zur Erde herablassen. Vielleicht sollte er alle Juden in der Umgegend aufsuchen und ihre guten Taten sammeln? Aber wen stimmt man schon milde mit guten Taten, die nicht die eigenen sind? Wäre es nicht besser, fremde Sünden auszuspionieren? Sünden gibt es mehr als gute Taten. Der Allerhöchste wird seinen Eifer zu würdigen wissen, wird es ihm und den Sündern gerecht vergelten. Er ruft einen Erzengel und sagt: »Dieser hat mir geholfen, zu vernichten das Böse. Geh und hole seinen Sohn Israel!« – »Und meine Mutter Miriam!« bittet er dann. – »Was für eine Miriam?« fragt der Erzengel. – »Die Miriam aus Bobrino«, antwortet der Schöpfer. Und dann bringt der Erzengel seinen Sohn Israel, den Kundas, der im Neman ertrunken ist, und seine Mutter aus Bobrino und, wenn der Allerhöchste besonders gütig ist, auch noch seine Brüder und Schwestern, und der Mann mit der Scheitelkappe wird jedem von ihnen um den Hals fallen, er wird die Mutter küssen, wird seinem Kind eine Kopfnuß geben, die Brüder und Schwestern an seine Brust drücken, und dann klettern sie alle der Reihe nach die Leiter hinunter zur Erde, wo immer noch Pogrome wüten, wo der Neman seine Wasser wälzt und wo sie alle erst der nächste Tod trennen kann.

»Ök-ök!«

»Muuh!«

»Hü-oh!«

He, was regt ihr euch auf, dumme Tiere, was macht ihr solch einen Lärm? Habt ihr gespürt, daß ein Fremder hier ist? Oder wollt ihr nach der kalten Nacht hinaus ins Freie, wo die Herbstsonne scheint?

Der Mann mit der Scheitelkappe lag im Stall auf wolkenweichem Heu, schaute durch den Spalt in der Wand auf die spiegelklare Oberfläche des Neman, der ihm einst den Sohn geraubt hatte, lauschte dem ungeduldigen Schreien der Tiere und fühlte sich selbst wie ein Tier, nur ohne Stimme, nicht im Genuß der Gnade, »hü-oh« oder »muuh« rufen zu können.

Was ist unsere Sprache, dachte er, im Vergleich zu dem langgezogenen Wiehern eines Pferdes im Frühlicht oder zum Muhen einer Kuh, die ihre Hörner am Zaun schabt? Warum hat Gott uns nicht Brüllen, Grunzen, Gackern in den Mund gelegt, sondern Worte? Sind wir ihm dadurch etwa näher? Haben wir etwa gelernt, einander besser zu verstehen? Ist etwa durch Worte mehr Liebe in die Welt gekommen?

Worte! Worte! Mieter im Hause der Habgier! Dirnen im Bette der Mächtigen dieser Welt! Bettler, die vorm Tempel der Weisheit um ein Almosen bitten! Wie viele Worte sind ausgesät worden, und was ist gewachsen, was kann geerntet werden?

»Ök-ök!«

»Muuh!«

»Hü-oh!«

Gebt Ruhe, ihr Kreaturen! Gleich kommt die Frau und füttert euch. Dann werdet ihr ein wenig gestreichelt oder am Rist gekrault.

Die Unfreiheit bedrückte ihn nicht. Genußvoll atmete er den betäubenden Heuduft ein, und dieses Aroma, vielleicht auch die Nähe der Tiere, unaufdringlich und warm wie Psalmengemurmel, erleuchtete plötzlich seinen Kopf, und vor ihm eröffnete sich eine ungeahnte Weite, in der seine Gedanken wie Schwalben umherflogen. Und jeder vereinigte wieder, was einmal entzweit worden war: Vergangenheit und Zukunft, Erde und Himmel, Leben und Tod.

Ihm war wohl im Stall. Er fühlte sich auf biblischer Weide, sein Blick glitt nicht über Pfosten und Tierbuchten, sondern über die Olivenhaine von Galiläa, und durch den Spalt in der Wand schimmerte nicht der Neman, sondern der Jordan.

Er besaß die erstaunliche Fähigkeit, alles ringsumher zu verändern, jeden Winkel mit wunderlichen Menschen und Tieren zu bevölkern, sich selbst hinter sieben Berge zu versetzen und von dort Oliven und Datteln mit nach Hause zu bringen.

Eine beliebige schadhafte Brandmauer verwandelte sich im Handumdrehen in die Klagemauer, an der er betete, vor Asthma schnaufend wie vor Glück. Es kostete ihn keinerlei Anstrengung, die Wirklichkeit in Traum zu verwandeln und den Traum in Wirklichkeit, und diese Verwandlungen labten und sättigten ihn wie Brot.

Nur Zipora widerstand allen Verwandlungsversuchen. Sie blieb immer Zipora.

Eine seltsame Frau war sie. Solange der Mann an ihrer Seite war, bis tief in die Nacht an der Werkbank saß und die Ahle in fremde Schuhe bohrte, schien sie ihn gar nicht wahrzunehmen. Doch er brauchte nur seine Scheitelkappe mit der Nadel ans Haar zu stecken und das Haus zu verlassen, gleich überließ Zipora die Kinder anderen Leuten und begab sich, die Himmelsleiter verfluchend, auf die Suche. In der Umgegend kannte man sie besser als ihn, denn sie suchte überall, auch an Orten, wo er gar nicht gewesen war.

»Habt ihr meinen Mann nicht gesehen?« setzte sie den guten Leuten zu.

»Und wer ist Euer Mann?« fragten diese erstaunt.

»Der Meschuggene«, antwortete sie ganz ernsthaft.

Welch ein Triumph für sie, wenn sie ihn – zerlumpt, verprügelt, mit blauen Flecken und Schrammen – nach Hause brachte und wie ein unartiges Kind neben sich ins Bett legte!

Während er, vor sich hin stöhnend oder die Propheten lesend, dalag und sich auskurierte, setzte sich Zipora an die Werkbank, griff zum Hammer und reparierte Schuhe, wobei sie mit Flüchen um sich spuckte wie mit Nägeln. Die Juden hatten Mitleid mit ihr und brachten das Schuhwerk lieber ihr zum Reparieren als den männlichen Schuhmachern. Zuweilen, in Abwesenheit des Vaters, half ihr der älteste Sohn Herschen, ein rotblonder Bursche, sommersprossengesprenkelt wie eine Zimtsemmel.

»Warum versteckst du deine Leiter vor Frau und Kindern?« machte Zipora ihm immer wieder die Hölle heiß. »Wenn ich nun auch zu Gott möchte?«

»Was willst du ihm denn sagen? Was denn? Daß dein Mann ist meschugge? Daß der Krämer Sak dir zu knapp wiegt? Daß dein Mordechai hat Durchfall von grünen Äpfeln? Oder was?« fragte er dann, seine Lektüre unterbrechend, oder er drehte sich auf die andere Seite wie der Leviathan.

»Und du, Chochem*, was wirst du ihm sagen?« gab die standhafte Zipora zurück.

»Was ich ihm werde sagen, wird ihm sagen sonst keine Menschenseele«, erwiderte er ausweichend und verschloß sich vor ihren Fragen.

Während er in dem harten, nach Schnupftabak riechenden Bett lag und dem lustigen Gehämmer von Ziporas Hand lauschte, repetierte er flüsternd seine Gespräche mit dem Herrgott.

»Allmächtiger Herr, wie lange noch wird das Unrecht andauern? Wie kannst du dulden unsere Demütigungen? Warum gehört allen die Welt, nur uns, deinen Söhnen und Töchtern, gehört einzig der Pferch, einzig das Ansiedlungsgebiet? Warum gibt es auf der Welt Sklaverei mehr als Freiheit, Haß mehr als Liebe?

Warum, warum, warum?

Wer bist du, Herr – Antwort oder Frage? Rache oder

* Chochem (jidd., hebr. Chacham) – kluger, weiser Mann

Beistand? Wenn Rache – wann wird sie gestillt sein, wenn Beistand – müssen wir noch lange seiner harren?«

Zipora hämmerte, Herschen hackte Holz auf dem Hof, er aber zog sich die schmuddelige Decke über den Kopf, über seine blauen Flecken und Schrammen, über seine wunde Seele, und so tuschelte er mit Gott. Hin und wieder ereiferte er sich, fuchtelte mit den Händen, führte Beweise an, argumentierte, beschimpfte den Herrgott, und die barmherzige Zipora legte ein feuchtes Tuch auf die glühende Stirn ihres Gatten, um seinen Wahnsinn abzukühlen.

Einmal nahm sie alle Bücher und steckte sie in den Ofen, wobei sie vor Hitze fast umkam.

Von den Propheten blieb nur Asche übrig.

»Was hast du angerichtet, Zipora?« fiel er über sie her. »Weißt du, was du verbrannt hast?«

»Deine Krankheit.« Zipora blieb gelassen.

Der Mann mit der Scheitelkappe und der Nadel griff in den Ofen, holte eine Handvoll Asche heraus, hielt sie seiner Frau unter die Augen und sagte leise, aber zornig: »Streu dir Asche aufs Haupt, Zipora!«

»Noch bin ich, Gott sei Dank, bei klarem Verstand.«

»Streu dir Asche aufs Haupt, Zipora!« wiederholte er immer noch so zornig, und knirschte mit den Zähnen.

»Meschuggener! Nichtsnutz! Narr! Du hast Kinder in die Welt gesetzt und treibst nur Unfug!«

Er sah seine Frau mitleidig und erstaunt an, streute sich selbst Asche auf den Kopf, und als Zipora darüber lachte, holte er kräftig aus und schlug derb zu.

»Tut es weh?« fragte er sie.

»Weh o weh! Die Hände sollen dir verdorren!« jammerte Zipora.

»Denkst du, mir tut es nicht weh? Und ihnen, denkst du, tut es nicht weh? Dem Abraham … Und dem Isaak … Der Esther … Und der Judith … Und der Sklavin Hagar …«

»Mein Gott! Warum muß ich das erdulden – mich

mein ganzes Leben lang mit einem solchen Trottel quälen?«

Was wahr ist, ist wahr: Sie quälte sich mit ihm.

Wahrscheinlich quälte sie sich auch jetzt, suchte ihn, den Unglücklichen, und quälte sich.

Dabei, wieso sollte er unglücklich sein? Er lag bequem im Heu, das Atmen fiel ihm leicht, und in seinem Kopfe ging, genau wie am Himmel, die Sonne auf.

Und – unberufen! – noch keine blauen Flecken, keine Schrammen.

Jedoch nicht Schläge, nicht Prügel schreckten ihn.

Am meisten bedrückte ihn, daß sich der Herrgott soviel Zeit ließ. So viele Jahre stieg er nun schon mit fremden Sünden die Himmelsleiter zu ihm hinauf, so viele Jahre saßen sie zusammen auf einer Wolke, wie hier auf dem Heu, redeten über dies und das, über die Siedlungsbegrenzung, über Pogrome, über diverse Laster, über Gleichheit und Freiheit, doch der Allerhöchste hatte es nicht eilig, etwas zu verändern, etwas anzuordnen, etwas umzugestalten, und vor allem: er hatte es nicht eilig, seinen Erzengel zu rufen, damit dieser Miriam aus Bobrino holte und ihren Enkel Israel, den Kundas, der im Neman ertrunken war.

Jeder andere hätte es dem Herrgott übelgenommen und nichts mehr mit ihm zu tun haben wollen, jeder andere hätte sich an die Werkbank gesetzt, Hammer und Ahle genommen und bis ans Ende seines Lebens Stiefel geflickt oder Absätze angenagelt. Jeder andere, aber er nicht. Sein Handwerk kann man verraten, aber Gott nicht. Das Handwerk ernährt, Gott erhöht.

Wenn der Allerhöchste Erbarmen hätte und der Erzengel den Israel brächte, würde er, der Vater, ihn wahrscheinlich gar nicht erkennen. Immerhin – als kleiner Junge war er ertrunken und unterdes gewiß ein Mann geworden ... Oder ob die Leute dort oben vielleicht nicht wachsen und nicht altern, wie die Engel auch? Engel bleiben ewig jung. Vielleicht bleibt auch Israel ewig ein kleiner Junge? Und Mama ist dann keine schwächliche Greisin, sondern ewig eine junge Frau mit schwarzen Zöpfen, schwer wie zwei Zwiebelbunde? Er tritt vor sie hin, er, der vierzigjährige Landstreicher, der Zerlumpte mit dem angegrauten Haar, und sagt: »Mama!«

Sie aber starrt ihn nur an mit ihren braunen Augen und fragt ihn wie einen Fremden: »Wer bist denn du?«

»Wer ich bin? Ich bin dein Sohn, Mama!«

»Zwi?« fragt sie dann erstaunt und zieht die dichten Brauen hoch.

»Ja, Zwi«, erwidert er.

»Wie geht es dir, mein Hirsch?«

»Gut, Mama ... Allen Hirschen in unseren Landen geht es gut.«

»Aber warum bist du so grau und unglücklich?«

»Weil alle Hirsche in unseren Landen grau sind, und sogar die, denen es gut geht, sind unglücklich ...«

Dann nimmt die Mama ihre Nadel, legt sie sich auf die offene Hand, die Nadel flammt auf wie ein Blitz, und ringsum wird es hell, so hell, wie es nicht am Vorabend des Gerichtstages zu sein pflegt, sondern im zeitigen Frühjahr, wenn Bläue und Licht derartig überhandnehmen, daß einem regelrecht ein bißchen unheimlich ist.

»Ök-ök!«

»Muuh!«

»Hü-oh!« drang es fordernd an sein Ohr, doch was gefordert wurde, konnte er nicht verstehen.

»Hü-oh!« wieherte der Mann mit der Scheitelkappe plötzlich langgezogen und lauthals.

Er schmetterte los wie ein richtiges Pferd, und das Wiehern, das ihm beinahe den Kehlkopf sprengte, war nicht nur ein Laut, es war vielmehr ein Symbol, das höheren Sinn beinhaltete als Aufruf oder Gruß.

Die Stute des Polizeichefs sog feuchte Morgenluft in ihre Nüstern, wurde unruhig in ihrer Box, wandte den Kopf und brach in ein dankbares Antwortgewieher aus.

»Hü-oh!« erscholl es aus dem Stall.

»Ardascha! Ardascha!« Die aufgeschreckte Lukerja rüttelte den schlafenden Nesterowitsch wach.

»Was ist?« fragte der Polizist, benommen wie nach einem Rausch.

»Hörst du nichts?«

»Nö«, stieß er hervor und strengte sein Gehör an.

»Hü-oh!«

»Hü-oh!«

Unbändiges Wiehern erschütterte den Stall.

»Kusja wiehert«, stellte der Polizist trocken fest. »Sie will einen Hengst.«

»Nur Kusja?« flüsterte Lukerja unsicher und hielt sich einen Taschentuchzipfel vor den halbmondgroßen Mund.

Nesterowitsch erstarrte, und um ganz sicher zu gehen, bog er mit derber Hand sein noch schlaftrunkenes Ohr vom Kopfe ab.

»Jesus Maria!« entfuhr es ihm. »Wo kommt das zweite Wiehern her?«

»Ich weiß nicht«, erwiderte Lukerja, und ihr graues, ikonenhaft unbewegliches Gesicht war vom Schreck mit erdbeerroten Flecken gezeichnet. »Und die Kuh brüllt ... sie ist noch nicht gemolken ... Ich hab Angst, Ardascha, ich hab Angst«, gestand sie ehrlich.

»Was denn – vor dem Pferd?«

»Aber es sind doch zwei«, murmelte Lukerja. »Komm mit, Ardascha ... alleine hab ich Angst ...«

Unwillig erhob sich Nesterowitsch, langsam, mit einer trägen Feierlichkeit, zog er seine Hosen an, bürstete den weizenblonden Schnurrbart, den er auf dieselbe Art wie der Zar gezwirbelt trug, zog seinen Säbel aus der Scheide, ließ ihn ein paarmal in der Stube durch die Luft sausen, sah seine Frau gönnerhaft an und schritt zur Tür.

»Du solltest ihn freilassen, Ardascha«, sagte Lukerja, als sie auf den Hof hinaustraten.

»Dann sagt Nuikin wieder, ich hätte einen Juden verschont, einen Verbrecher ...«

»Was soll der für ein Verbrecher sein, Ardascha. Siehst du das nicht selber?«

»Hast du eine Ahnung, Mutter, was ich alles sehe«, gab er bissig zurück. »Aber um des eigenen Wohls willen muß man eben manchmal die Augen verschließen.«

Nesterowitsch bedauerte schon beinahe selbst, daß er den Landstreicher in Gewahrsam genommen und in den Stall gesperrt hatte. Doch zwei Überlegungen hielten ihn zurück. Erstens wollte er in den Augen seiner Frau nichts an Würde einbüßen, und zweitens war er nicht gewohnt, jemanden umsonst freizulassen. Nun gut, an Würde ginge ihm wohl nichts verloren, aber ein Gewinn spränge auch nicht heraus. Der Landstreicher besaß keinen Pfennig. Und keiner im Marktflecken würde etwas für ihn zahlen. So fest die Juden auch zusammenhielten – ihr Geld zählten sie getrennt.

Unter dem Druck von Lukerjas Bitten fand sich Nesterowitsch damit ab, nichts herausschlagen zu können, und so beschloß er, den Landstreicher noch einmal zu verhören und ihn, wenn nichts Neues zutage käme, in Frieden ziehen zu lassen – wozu dreimal täglich einen Schmarotzer durchfüttern.

Durch den Spalt in der Wand drangen Sonnenstrahlen in den Stall, und der Staub, der sich in der Luft ballte, wirkte wie ein Schwarm kleiner Fliegen.

Nesterowitsch rückte seinen Säbel an der Hüfte zurecht und bemühte sich, seiner Stimme etwas Vertrauenerweckendes zu geben, das gar nicht zu ihm paßte, als er sagte: »Guten Morgen, Herrschaften!«

Er konnte doch schlecht den Häftling allein begrüßen: der würde am Ende hochnäsig und bildete sich sonstwas ein. Aber in einem Atemzug mit dem Vieh, das war höflich und außerdem politisch einwandfrei.

»Muuh!« erwiderte die Kuh.

»Ök-ök«, grunzten eifrig die jungen Schweine.

»Hü-oh!« wieherte der Häftling.

»Was treibst du für Possen?« kanzelte der Polizeichef ihn ab. »Komm runter, los!«

Widerwillig rutschte der Mann mit der Scheitelkappe vom Heuberg herab. Überall an ihm klebte Heu. Hälmchen ragten aus seinen Ohren, und seine Augenbrauen waren voller stacheliger Spitzen.

Lukerja stellte den Melkeimer hin, rieb sich die Hände und begann an den geschwellten Zitzen der Kuh zu ziehen, die wie Eiszapfen im März herabhingen.

Die Eiszapfen schmolzen, und der Mann mit der Scheitelkappe hörte, wie die Strahlen klingend auf den Boden des Melkeimers trafen.

»Gut geschlafen?« erkundigte sich Nesterowitsch und sah auf den Landstreicher wie auf klettenüberwuchertes Ödland.

»Hü-oh!« riß der Fremde den Mund auf.

»Willst du, daß ich dich zu Nuikin bringe?« drohte der Polizeichef. »Der fragt nicht danach, ob du plemplem bist ...« Nesterowitsch machte eine unbestimmte Drehbewegung mit der Hand. »Für den sind alle Vaterlandsfeinde plemplem ... Er erklärt dich zum Feind, und ab geht's nach Sibirien, ohne Pardon. Dann hast du dein ›Hü-oh‹ ... Komm mit!« befahl er, ohne zu verbergen, wie gereizt er war.

Der Fremde nickte gefügig.

»Rauchen wir eine«, sagte Nesterowitsch, als sie den Stall verlassen hatten. Er griff in seine tiefe, bis zu den Knien reichende Hosentasche, zog den Tabaksbeutel heraus, entnahm ihm eine Prise Tabak, reichte ihn dem Gefangenen, doch dieser lehnte ab.

»Ich habe keine Zeit, Freundchen, lange mit dir zu fackeln. Die Arbeit wächst mir übern Kopf. Her mit dem Dokument. Ordnung muß sein ... Wie es sich gehört! Schwarz auf weiß!«

Nesterowitsch drehte sich ein Stäbchen, zündete es an, sog daran, verschluckte sich am Rauch, mußte husten, daß ihm die Tränen kamen, wischte sich mit dem Ärmel die Augen und knurrte: »Reden wir offen! Ohne Hiob und sonstwelchen Quatsch! Vorname, Familienname, Titel?«

Der Mann betrachtete das Glühpünktchen der Selbstgedrehten und schwieg.

»Bring mich nicht in Rage«, warnte ihn der Polizist. »Ich übergebe dich an Nuikin, der prügelt dir die Seele aus dem Leib.«

»Fragt man denn ein Pferd nach seinem Namen? Oder eine Kuh? Oder ein Schwein?« sagte der Landstreicher mit erstickter Stimme.

»Aber du bist doch kein Pferd! Du bist doch kein Schwein. Du bist ein *Mensch*!«

»Und was bedeutet der Name eines Menschen … meiner … Eurer … wenn der Name eines ganzen Volkes nur Schall und Rauch ist?«

»Schon wieder willst du dich rauswinden!«

»Wir haben jetzt die Zeit des Nennens, nicht der Namen. Mich nennt man den Meschuggenen. So nennt mich meine Frau. So nennen mich die Kinder. So nennt mich jeder, sogar der Rabbiner. Und alle sind zufrieden, und alles ist einfach und leicht. Auf einen Meschuggenen braucht man nicht zu hören. Was will es besagen, daß er ein Prophet ist? Was will es besagen, daß er als einziger weint, wenn alle tafeln am verpesteten Tisch? Einen Meschuggenen kann man erklären zum Feind des Vaterlands, auch wenn er sein einziger Freund ist. Einen Meschuggenen kann man schließlich auch für normal erklären, wenn man ihn an den Galgen bringen muß, um für die Masse ein Exempel zu statuieren.«

»Hör zu«, sagte der Polizist beinahe flehend. »Das ist mir zu verzwickt, wie du redest. Geht es nicht einfacher: Ich bin Sidorow, Petrow, Kogan, Fainstein!«

»Es geht auch einfacher«, stimmte der Mann mit der Scheitelkappe plötzlich zu. »Ich heiße Zwi.«

»Was ist das – Familienname oder Vorname?«

»Vorname. Es bedeutet: Hirsch.«

»Aha.«

»Mein Familienname ist Aschkenasi … Zwi Aschkenasi.«

»Klingt schön! Kein Vergleich mit Nesterowitsch! Zwi Aschkenasi!«

Nesterowitsch ließ sich den fremden Namen auf der Zunge zergehen, er lutschte ihn wie einen Bonbon, biß darauf herum, und der Mann mit der Scheitelkappe sah ihm zu und dachte, wie wenig es braucht, um die Neugier der Polizisten zu befriedigen. Nenn dich, wie du willst – nur benenn dich. Namenlosigkeit ist verdächtig, gefährlich, alles muß benannt werden, addiert, registriert, festgehalten und in Schubfächer eingeordnet, links die Landstreicher, rechts die Seßhaften, oben die Juden, unten die Russen oder Litauer. Im Imperium muß Ordnung herrschen: vom Stall bis hin zum Herrscherhaus. Ordnung, Ordnung! Tausendfach Ordnung!

»Kleinbürger?« verhörte der Polizist den Gefangenen weiter.

»Ja.«

»Jahrgang?«

»Achtzehnhunderteinundvierzig.«

»Geburtsort?«

»Marktflecken Bobrino.«

»Und warum hast du das nicht früher gesagt?«

»Was hätte es geändert? Um einen Menschen in den Stall zu sperren oder ins Zuchthaus zu schicken, braucht es weder Namen noch Geburtsjahr noch Dokument.«

»Was denn sonst?« stutzte der Polizist.

»Macht und Willkür«, erwiderte der Mann mit der Scheitelkappe.

»Und eine Schuld«, murmelte Nesterowitsch.

»Die Macht kann immer ihre Willkür umwandeln in jemandes Schuld.«

Nesterowitsch warf sein Stäbchen weg, trat es mit der Stiefelspitze aus, knöpfte sich den Hemdkragen auf, rieb sich mit den Fingerknöcheln den Adamsapfel und fragte respektvoll und verächtlich zugleich: »Sag, Zwi Aschkenasi, wo hast du das alles aufgeschnappt?«

»Am Schustertisch«, sagte der Mann mit der Scheitelkappe schlicht. »Du bohrst die Ahle in eine Schuhsohle und grübelst dabei. In einem Vierteljahrhundert kommt man auf alles mögliche. Manchmal genügt auch ein Tag. Du setzt dich frühmorgens hin als ein Schuhmacher, und abends stehst du vom Schemel auf als ein Sendbote Gottes.«

»Dann bist du also Schuhmacher?« freute sich Nesterowitsch. »Ein Schuster? Das ist gut. Das ist sehr gut. Gottesbote – das ist kein Beruf. Polizist ist auch kein Beruf«, sagte Nesterowitsch nachdenklich. »Handwerk ist was anderes als Dienst, einen Meister kann keiner degradieren.«

In Nesterowitschs Kopf pickte sich plötzlich ein Gedanke ans Licht und schlüpfte aus wie ein plusteriges Kücken. Der Polizist war sich schon nicht mehr im Zweifel, daß er diesen Aschkenasi freilassen würde – der war kein Verbrecher, der war einfach ein Quatschkopf, ein hausgemachter Weiser, bei dem ein Schräubchen locker war. Doch ehe er ihn entlassen würde, würde er diesen Landstreicher irgendwo im Garten unter einen Apfelbaum setzen, ihm einen Sack voller Schuhe bringen – von sich, von Lukerja, von den Kindern –, die sollte er alle ohne Entgelt flicken und reparieren. Und danach mochte er gehen, wohin er wollte, und er konnte noch Dankeschön sagen, denn für solche Reden wurde man eigentlich woandershin gesetzt als unter einen Apfelbaum. Nuikin hätte mit ihm kurzen Prozeß gemacht. Nuikins Schuhwerk war in Ordnung, aus den besten Läden von Wilno. Nuikin brauchte mit seinen Schuhen nicht durch den Dreck zu stapfen.

Lautlos kam Lukerja hinzu.

»Macht euch bekannt, Mutter«, sagte Nesterowitsch. »Das ist Zwi Aschkenasi. Ein Schuhmacher. – Lukerja Pantelejmonowna, meine Frau.«

»Wir kennen uns doch schon ... Hast du's vergessen, Ardascha?«

Der Mann mit der Scheitelkappe verneigte sich flüchtig.

»Zwi wird deine Schuhe reparieren. Und meine Stiefel auch ... die wir zur Fastnachtswoche gekauft haben, weißt du noch ... Und Wanjuscha hat einen Absatz verloren ... kein halbes Jahr getragen, und ab, der Absatz, ich habe ihn im Garten gefunden, zwischen den Gurken ... ganz neu noch ... Und Katjuscha jammert: ihr Schuh drückt, da ist die Sohle innen locker.«

»Sehr angenehm, sehr angenehm«, murmelte Lukerja wie ein Bächlein. »Kommen Sie doch ins Haus. Sie können frische Milch trinken.«

Sie schien sich am meisten zu freuen, daß er frei war.

»Danke«, sagte der Fremde. »Aber ich habe nichts bei mir.«

»Was – nichts?« Der Polizist wurde wieder düster.

»Weder Leisten noch Schusterzwirn noch Leder.«

»Leisten finden wir. Und Leder ... Finden wir da was, Mutter?«

»Natürlich, Ardascha, natürlich. Wir finden alles.«

»Und Nägel und Schusterzwirn holt Wanjuscha aus dem Marktflecken. Er ist ein flinkes Kerlchen ...«

»Und ein Messer? Und Wachs?« wollte der Gefangene protestieren, doch ein Blick des Polizisten brach seinen Widerstand.

»Du bekommst ein Messer, du bekommst auch Wachs«, sagte Nesterowitsch schroff. Wie, wenn dieser Landstreicher ihn nun genasführt hätte, ihn hintergangen wie einen Grünschnabel? Am Ende war er gar kein Zwi und auch kein Aschkenasi? Wie kam ein Jude zu einem georgischen Familiennamen? Er hatte ihm ein X für ein U vorgemacht, die Kanaille! Und er alter Dussel, er Blödian, er Hornochs vor dem Herrn, er hatte ihm geglaubt!

Nesterowitsch wäre bereit gewesen, ihm alles zu verzeihen: aufrührerische Reden, vorgetäuschtes Irresein, Amtsanmaßung, Mord am Vizegouverneur, Flucht aus dem Zuchthaus oder vom Militärdienst, alle möglichen und unmöglichen Sünden – aber damit, daß er kein Schuhmacher sein könnte, wollte er sich nicht abfinden.

Er mußte Schuhmacher sein. Unbedingt. Ohne Widerrede!

»Na?« sagte er. »Nuikin – oder?«

»Oder«, stimmte der Mann mit der Scheitelkappe zu und ging zum Haus, und ein trauriges Lächeln erhellte seinen Weg bis zur Vortreppe.

»Ök-ök!«

»Muuh!«

»Hü-oh!« scholl es ihm hinterdrein.

Lukerja bewirtete ihn mit kuhwarmer Milch, holte ihre alte großgepunktete Kattunschürze – was ist ein Schuster ohne Schürze? –, brachte ihm ein scharfes, zum Kohlhobeln bestimmtes Messer mit nachgedunkeltem Griff, außerdem Bienenwachs (vorm Fenster standen fünf blaue Bienenstöcke), einen klobigen Hammer, eine Ahle, und der Mann mit der Scheitelkappe richtete sich mit all diesem Kram im Garten unter einem kahlen, krummen Apfelbaum ein, an dem wic verirrte Vögel ein paar wurmstichige Früchte hingen. Die grauen Zweige sahen aus wie verkohlte Blitze, sie rührten sich nicht, und ihre Unbeweglichkeit strahlte noch mehr Traurigkeit aus als ihre Kahlheit.

Auf dem niedrigen Hocker, in der großgepunkteten Frauenschürze, mit dem klobigen Hammer in der Hand und mit seiner abgewetzten Scheitelkappe, die mit der Nadel ans Haar gesteckt war, sah der Fremdling aus wie eine der großen Puppen, mit denen fahrende Gaukler und Maskierte am fröhlichsten jüdischen Fest, dem Purimfest, das Volk belustigen.

Nesterowitsch war nicht im Garten. Er suchte offenbar überall Schuhe zusammen.

Die Schweine quiekten.

Die Kuh muhte.

Das Pferd wieherte.

Doch jetzt klang ihr einmütiges melancholisches Rufen für den Mann mit der Scheitelkappe nicht mehr wie ein leidenschaftlicher Appell, sondern wie ein Signal aus höheren Welten.

Dieses Signal, hilflos und warnend, krempelte ihm die Seele um und um.

Während er auf Nesterowitsch wartete, in der ungewöhnlich grellen Septembersonne blinzelnd, mußte der Mann mit der Scheitelkappe auf einmal an einen alten jüdischen Bettler denken, ebenso ein Landstreicher wie er; ihm fielen dessen Worte ein, die er im vorvorigen Jahr in einem Winkel der Synagoge von Merkinė geäußert hatte, wo sie beide, müde und erschöpft, sich zur Nacht einquartierten. Tiere – Hühner, Gänse, Kühe, Pferde und besonders Katzen –, hatte er gesagt, spüren als erste unseren Tod voraus. Vor dem Tode seiner Mutter habe die Katze zwei Tage lang ununterbrochen miaut und sei nicht zu beruhigen gewesen, weder durch Milch noch durch Streicheln, noch durch Schimpfen. Und eine Woche bevor sein Bruder, ein Trödler, gestorben sei, habe die braune Stute die ganze Nacht wild mit den Hufen geschlagen und gewiehert wie am ersten Schöpfungstag.

Der Mann mit der Scheitelkappe wollte nicht an den Tod denken, doch sosehr er sich auch mühte, sich abzulenken, seinen Geist anderweitig zu beschäftigen – der Tod umlauerte ihn, und es gab kein Entrinnen.

Der Fremdling sah sich um, blickte zum Haus, zum Stall, als müsse außer Nesterowitsch noch jemand im Garten erscheinen und als hänge vom Erscheinen jenes Unbekannten, Gesichtslosen nicht nur sein Leben ab, sondern auch das Schicksal dieses Apfelbaumes, dieses von Bläue und von Gebeten blankgewaschenen Himmels, dieser herbstlichen Erde, die nach der Leidenschaft des Keimens und Blühens allmählich zur Ruhe kam.

Noch niemals während all der Zeit seines Umherstreifens war die Furcht, die sich ihm ins Herz schlich, so undurchschaubar und so grundlos gewesen. Und gerade diese Grundlosigkeit war ein weiteres Warnzeichen.

Zum erstenmal in all den Jahren hatte man ihn, den Unsteten, gezähmt, hatte ihm einen Hammer in die

Hand gezwungen, er hatte sich diese idiotische Schürze vorbinden lassen und war bereit, nicht mehr die Welt, sondern stinkende Stiefel und Schuhe in Ordnung zu bringen. Und wer hatte ihn so weit gebracht? Kein Gerechter, kein ehrwürdiger und weiser Mann, sondern ein gewöhnlicher Polizist!

Das war das Ende.

Hatte er etwa dazu seine Frau Zipora und die Kinder verlassen, um hier unter dem Apfelbaum, der so krumm und kahl war wie seine Seele, Nägel in eine angefaulte Schuhsohle zu treiben?

War er von zu Hause fortgegangen, um Pilze zu sammeln statt fremder Sünden?

Nahm er alljährlich Entbehrungen und Schläge in Kauf, um hier in der guten Stube warme Kuhmilch zu trinken und vor einer Polizistenfrau Kratzfüße zu machen?

Würde der Herrgott für so einen wie ihn jemals die Himmelsleiter herablassen?

Nein und nochmals nein.

Was sollte er, der in beschämendem Kleinmut einen Kreispolizeichef Nuikin fürchtete, dem Herrgott in Hand und Seele mitbringen?

Was?

Pfifferlinge?

Ein Stück Schwarzbrot?

Einen fauligen Apfel?

Das Wohlwollen eines Gendarmen?

Darum also schrie das Vieh im Stall! Es spürte nicht seinen Tod, sondern seinen Fall.

Er war nicht gestorben. Er war einfach von der Leiter gefallen. Von der allerersten Stufe.

Aber er würde wieder aufstehen. Gleich, sofort würde er aufstehen!

»Wo willst du hin?« fragte ihn Nesterowitsch und stellte einen schweren Sack, bis obenhin voll Schuhe, auf die Erde.

Der Mann mit der Scheitelkappe fuhr zusammen. Er

hatte gar nicht gemerkt, wie der Polizist hinter ihm aufgetaucht war.

»In den Stall«, sagte er.

»Wohin?«

»In den Stall«, wiederholte der Mann mit der Scheitelkappe. »Zurück in den Stall.«

Er streifte die Kattunschürze ab und hängte sie an einen Zweig des Apfelbaumes.

Nesterowitsch sah den Baum an, dann den Fremdling, er kam näher, packte ihn an der Brust, sah ihm in die großen, leiderfüllten Augen und murmelte, selbst leidend unter seiner Abhängigkeit: »Kommt nicht in Frage.«

»Ich repariere Euch alle Schuhe ... nur später, nach dem Gerichtstag ... wenn ich zurück bin.«

»Aus dem Stall?« fauchte Nesterowitsch.

»Gott ist mein Zeuge!« Der Mann mit der Scheitelkappe hob die Augen zum Himmel. »Ich repariere Euch alles, und wenn ich Leder bekomme, werde ich neue Schuhe nähen ... für Euch ... und für Lukerja Pantelejmonowna ... und für Eure Kinder.«

Sein Eifer verwirrte Nesterowitsch, brachte ihn aus dem Konzept. Besonders betroffen war der Polizist von der Art und Weise, wie der Landstreicher Namen und Vatersnamen seiner Ehefrau aussprach, klangvoll und ehrerbietig.

Nesterowitsch ließ die Hand sinken, stieß den Mann mit der Scheitelkappe von sich, doch ohne Widerwillen, vielmehr voll tolpatschigen Mitleids und Verständnisses. Von seiner früheren Entschlossenheit, den Gefangenen, sofern er sich weigerte, an Nuikin auszuliefern, war nicht die Spur geblieben. Am Ende würde er sich, wenn er ihn auslieferte, noch blamieren.

»Und wozu habe ich Wanjuschka in den Marktflecken geschickt?«

»Nach dem Gerichtstag können wir alles noch gebrauchen ... den Zwirn und auch die Nägel.«

»Und vorm Gerichtstag geht es nicht?«

»Nein.«

»Warum nicht?«

»Früher läßt Gott die Leiter nicht herunter.«

»Und am Gerichtstag läßt er sie herunter?«

»Bestimmt«, sagte der Mann mit der Scheitelkappe fest.

»Wie ist das, läßt er sie für jeden runter oder nur für solche wie dich?« stichelte der Polizist.

»Für den, der das Böse vernichtet.«

»Aber jeder sieht das Böse in etwas anderem. Nuikin, zum Beispiel, in den Juden, ihr in Nuikin. Und Leiter gibt's nur eine.«

»Freilich, nur eine«, stimmte der Fremdling zu.

»Und was, wenn dort im Himmel alles genauso ist wie auf der Erde: Siedlungsbegrenzung und Nuikin und Kneipen und Stall?«

»Dort ist alles anders«, widersprach der Fremdling.

»Anders, sagst du?«

»Ja, anders.«

»Aber nicht für die Lebenden. Die Lebenden kommen ohne das Böse nicht aus. Wie du's auch drehst und wendest – wer ist er denn, dein Gott, der mit fremden Händen das Böse vernichtet? Ein Nuikin! Nur daß er nicht einen Kreis oder ein Gouvernement unter sich hat, sondern die ganze Welt. Das eine Böse vernichtet er, das andere schafft er ... Also, wenn ich dich laufen lasse, schicke ich dich trotzdem zu einem Nuikin.«

Nesterowitsch lachte. Sein Scharfsinn gefiel ihm. Doch dem Fremdling wehte aus seinen Worten abermals ein Todeshauch entgegen.

»Geh«, sagte der Polizist. »Die Schuhe repariert Nechamkin. Er tut es das ganze Jahr über, sticht mit der Ahle in die Sohlen und denkt nicht nach. Wer nicht nachdenkt, hat's gut ... oder wer denkt wie alle ... Geh! Wenn dir der Herrgott die Leiter runterläßt und du lebendig oben ankommst, dann richte ihm folgendes aus: Es gibt im Russischen Imperium einen Ardaljon Ignatjewitsch Nesterowitsch. Und seine Frau Lukerja Pantelejmonowna. Und seine Kinder, Iwan und Katerina. Bei denen in der guten Stube hab ich frische Kuhmilch getrunken, mit Schwarzbrot dazu ... und Pilzsuppe mit Kartoffeln gegessen ... und ohne Dokument im Garten unterm Apfelbaum gesessen. Und dieser Ardaljon Nesterowitsch, sollst du ausrichten, hat mich freigelassen, einfach so, weil er nämlich manchmal ... als Buße für seine Sünden und zur Gewissenserleichterung ... ganz heimlich, wenn keine Menschenseele in der Nähe ist, mal nicht so denkt und handelt wie ein Polizist. Richtest du's aus?«

»Das tu ich«, erwiderte der Mann mit der Scheitelkappe.

»Nun gut«, murmelte Nesterowitsch, er zog seine Hose höher, räusperte sich und fuhr fort: »Und dann hab ich noch eine Bitte. Allerdings nicht an euren Gott, sondern an unseren ... sie treffen sich doch sicherlich ab und zu dort oben?«

»Natürlich«, bestätigte der Fremdling.

»Dann soll er, wenn sie sich mal treffen, unserem zuflüstern, der Imperator möge doch endlich zum Kaiser auf Besuch fahren und unterwegs für einen Tag bei uns Station machen, er möge Lukerja Pantelejmonowna die Ehre erweisen und Pilze aus unserem Zarenfaß kosten ... sonst salzen und salzen wir sie ein, und er kommt und kommt nicht.«

Nesterowitsch wurde verlegen, lachte prustend auf, hielt die Hand vor den Mund und sagte: »Es scheint, ich bin auch ein bißchen plemplem ... Womit man umgeht, das hängt einem an ... Leb wohl, Zwi Aschkenasi!«

Er sah ihm nach bis zur Wegbiegung, dann trottete er ins Haus zurück, einsam, gebeugt, mit dem kaukasischen Säbel an der Hüfte.

15

Als man lange genug um Chawa getrauert hatte, öffneten sich die Türen der Schenke wieder, und von neuem begann es darin zu lärmen, zu grölen, zu johlen.

Der Schankwirt Josua stand hinter der Theke, strahlend und aufrecht, in einem neuen Seidenhemd und einer neuen Weste aus teurem englischem Tuch, günstig erworben in der Kurzwarenhandlung »Rosenzweig und Sohn« in Kowno. Sein störrischer rötlicher Bart war akkurat gestutzt – der Friseur Berschtanski hatte lange daran herumgezaubert, als bereite sich Josua nicht für die Schenke vor, sondern für den Gang unter den Trauhimmel. Die auf Hochglanz geputzten Chromlederstiefel mit den langen Schäften knarrten bei jeder Bewegung, und dieses Knarren tat Josuas Ohren wohl wie das Knirschen des Matzebrotes an Pessach und erfüllte seine Seele mit einem unsagbaren Gefühl von Solidität und von der Beständigkeit alles Irdischen, nicht einmal Chawas Selbstmord konnte dieses Gefühl ins Wanken bringen. Chawa – nun ja. Sie war eben nicht mehr. Man konnte schließlich nicht ewig trauern und am Grabe Tränen vergießen. Nicht von ungefähr heißt es in der Heiligen Schrift: Begrab und vergiß! Und was in der Schrift gesagt ist, das gilt. Begrab und vergiß! Es geht ja wahrhaftig nicht an, daß die Erinnerung einem als unerträgliche Last den Rücken beugt. Eines Tages muß man die Bürde abwerfen, wenn man nicht unter ihr begraben sein will. Das ist der natürliche Kreislauf! Die ewige Ordnung. Gepriesen seien die Toten, es leben die Lebendigen!

»Josua! Ein Bier!«

»Eine Flasche Klaren … zwei Heringe … zweimal Suppe!«

»Drei Spiegeleier!«

»Fisch und einen Stof!«

Mein Gott, ja – es leben die Lebendigen! Die Trinkenden, Schmatzenden, Johlenden, Stinkenden, Rülpsenden, Spuckenden!

Es leben die Lebendigen, dachte Josua. In solchen Momenten erlebte er einen ungewöhnlichen Geistesaufschwung. Sein Geist schien sich vom Körper zu trennen und hoch hinaufzuschwingen, über die Theke, über die Schenke, über die Erde.

In solchen Momenten fühlte Josua sich wie der Kapitän eines alten, verläßlichen Schiffes: Ringsum brüllt und tobt das fremde, unbekannte Meer, unter Deck sind die betrunkenen Matrosen, ebenso fremd und unbekannt wie das Meer, sie saufen von früh bis spät Wodka, grölen Lieder, lästern Gott, er aber, Josua, steht auf der Kommandobrücke, aufrecht, in der neuen Weste aus teurem Tuch von »Rosenzweig und Sohn« aus Kowno, er schaut auf die tosenden Wellen, die heranrollen und das Schifflein von Wogenkamm zu Wogenkamm schleudern, und hält das Steuer fest. Seine starken, erbarmungslosen Hände lassen es nicht einmal los, wenn vor ihm aus der Tiefe wie riesige Fische die Körper der Verstorbenen auftauchen und wieder versinken – seine Frau Chawa und die Tochter Channa, die nicht einmal neun Jahre alt geworden war.

Begrab und vergiß, murmelte er dann und faßte das Ruder noch fester.

Außer diesem Steuerruder besaß er nichts und niemanden.

Niemanden.

Der Sohn, Semjon, haßte das väterliche Schiff. Und das Meer. Und die Matrosen.

Das Schifflein glitt durch die Wellen, Josua stand auf der Kommandobrücke, blickte in die Ferne, und es war ihm gleich, wohin es ihn trieb, in welchen Hafen, über welche Grenzen.

Hauptsache – fahren und diesem fremden, tobenden Meer Tribut abverlangen.

Tribut, Tribut, Tribut, dröhnte es in seinem Kopf wie eine Schiffsglocke.

Wozu brauchte er so viel?

Josua wußte es selbst nicht.

Das heißt, er wußte es wohl, doch er zog es zunächst vor, es nicht beim Namen zu nennen.

Schließlich hat doch alles seinen Namen, offiziell oder insgeheim. Alles.

Morta!

Beim Gedanken an Morta mußte der Schankwirt grinsen, er spannte die Beine an, richtete sich noch höher auf, strich seine Weste glatt, zog das Uhrgehänge aus der Tasche, hielt die Uhr an sein schwerhöriges Ohr und lauschte ihrem Ticken. Im Lärmen und Dröhnen der Schenke tickte ihr Name: »Mor-ta!«

»He!« hörte Josua plötzlich eine andere Stimme.

Im hintersten Winkel der Gaststube saß an einem Holztisch ein Fremder in ausgeblichenem Mantel mit samtbesetztem Revers, wie sie gewöhnlich Akzisenbeamte oder verkrachte Studenten tragen. Auf seiner bläulichen Nase balancierte ein Zwicker wie ein Schmetterling, und auf dem Tisch neben der Schüssel lag ein abgetragener grauer Sommerhut wie ein umgekipptes Papierschiff.

»Sie wünschen?« fragte Josua, näher tretend, höflich.

»Rieche!« sagte der Herr und tippte mit seinem kurzen, gebogenen Finger an die Schüssel. »Was setzt du da ehrlichen Leuten vor? Willst du ins Gefängnis? Ins Zuchthaus?«

»Der Fisch ist frisch, Herr ... Gestern erst aus dem Fluß ...«

»Rieche gefälligst, räudiger Jid! Mindestens aufhängen müßte man dich für so was!« erregte sich der Fremde.

Josua beugte sich nieder, roch an der Schüssel, hob vorsichtig den Kopf, als wolle er ihn vor einem Schlag schützen, und sagte: »Wollen Sie sich gütigst nicht beunruhigen ... Der Fisch ist frisch! Bei meinem Leben! Wenn Sie's nicht glauben, rufen wir noch jemanden herbei. Morkunas! Guri!«

Doch der Fremde brauchte keine Schiedsrichter. Er

erhob sich schnell, grapschte seinen abgewetzten Hut vom Tisch, blitzte durch den Zwicker Josua an, dann auch die ehrlichen Leute, auf die er sich soeben berufen hatte, und ging mit großen Schritten zum Ausgang.

»Was ist passiert, Josua?« fragte Guri Andronow.

»Woher soll ich das wissen?« Der Wirt zuckte die Schultern. »Ich weiß nur eines: So fangen Pogrome an.«

»Wie?«

»Da sitzt ein Mensch bei dir zu Hause, ißt Matze, trinkt Pessachwein, leckt sich die Finger, und dann geht er auf die Straße und sagt: In dieser Matze ist Christenblut gewesen ...«

»Ach was – der hat die Zeche geprellt, und du machst sonstwas draus«, foppte Guri den Wirt und fragte, großzügig in seiner Trunkenheit: »Wieviel ist er dir schuldig?«

»Denkst du, es geht um Geld?« krächzte Josua.

»Worum denn sonst?«

»Darum, daß wir an allem von vornherein schuld sind ... Wir sind noch nicht einmal geboren, da sind wir schon schuld. Wenn die Katze die Hausherrin ist, haben immer die Mäuse schuld. Wenn die Mäuse sind die Herren, so hat die Katze schuld ... Und wir – wir sind Katzen und Mäuse im fremden Haus ...«

Josua trat wieder hinter die Theke, doch das Strahlen war ihm vergangen.

Eine Welle war herangerollt und hätte ihn beinahe von der Kommandobrücke geschwemmt.

Dichte Rauchschwaden von billigem Tabak, von scharfem Selbstgebautem, hingen in der Schenke. Der Rauch stieg von den Tischen auf und zog, mit Schnapsgeruch vermischt, zur verräucherten Balkendecke.

Inmitten des Rauches, des Lärms an den Tischen und des Türenklappens tauchte plötzlich der picklige Semjon auf. Im Gegensatz zu seinem Vater war er nachlässig gekleidet: Das Hemd rutschte aus dem Hosenbund, die Hose war zerknittert, als sei er soeben aus dem Bett gekommen, der Bart wucherte schwarz bis zu den

Augen und zur Nase hin, die zerdrückte Scheitelkappe hielt sich kaum auf dem Kopf, und an den Füßen klapperten Holzpantoffeln, wie sie die Juden sonst nicht trugen. Semjon hatte sie, starrköpfig wie er war, auf dem Markt gekauft, ihm machte es nichts aus, seines Vaters Geld für alles mögliche auszugeben.

»Gieß mir ein halbes Glas ein«, bat der Sohn.

»Juden trinken nicht einfach so«, murmelte Josua. »Nur an Feiertagen.«

»Bei mir ist heute Feiertag.«

»Was denn für einer?«

»Mir ist heute elend wie noch nie.«

»Das soll ein Feiertag sein, wenn einem elend ist?«

»Gieß ein.«

»Nathan Mandel, Gott hab ihn selig, der Älteste von unserer Sippe, hat ganze Ozeane von Wodka in Gläser gegossen und hat immer gesagt: ›Ein Jude, der trinkt, ist wie ein Jude als Gouverneur.‹«

»Wir werden Trinker haben und auch Gouverneure, nur Glück werden wir niemals haben.«

»Was ist mit dir, Semjon?« fragte Josua weicher. »So habe ich dich lange nicht gesehen.«

»Siehst du denn, wenn du die Leute anguckst, überhaupt etwas außer ihrem Geldbeutel?«

Schweigend schluckte Josua die Kränkung. Wie oft schon hätte er Semjon am liebsten ins Gesicht gespuckt oder ihn am Schlafittchen gepackt und hinausgeworfen, doch jedesmal war entweder die Mutter für ihn eingetreten, oder er selbst, Josua, war wieder ruhiger geworden und hatte dem Schamlosen seine Frechheit verziehen. Jedesmal nach solchem Zusammenstoß, wenn unverdiente Verzweiflung oder fruchtloses Bedauern über sein nutzloses Leben ihm Tränen in die Augen trieb, suchte Josua herauszufinden, woher dieser ständige wütende Haß seines Sohnes kam. Wer, wenn nicht Semjon, hätte mit seinem Schicksal zufrieden sein können. Bis zu einem gewissen Zeitpunkt hatte Josua ihm nichts abgeschlagen: Willst du nach Wilno – bitteschön, fahre;

willst du nach Kowno – hier hast du Geld, lerne, treib Handel, erprobe dich. Der Schankwirt hatte gehofft und geduldig abgewartet und seine Erwartungen mit Schnaps bezahlt. Doch Kinder sind das Feld und die Eltern die Pflugschar. Solange das Feld fruchtbar ist, gräbt sich die Pflugschar ins Erdreich, hört es aber auf zu tragen, so rostet auch bald der Pflug.

Verrostet war Josua, verrostet.

War es etwa seine Schuld, daß aus Semjon nichts Gescheites geworden war: weder Händler noch Schankwirt noch Rabbiner?

War es etwa seine Schuld, daß er nur der Schankwirt Josua war und nicht Murawjow und nicht einmal Markus Fradkin? Vater und Mutter kann sich keiner aussuchen, die bestimmt Gott allein.

»Warum kannst du mich so gar nicht leiden, Semjon?« preßte der Wirt hervor, während er das Glas füllte.

»Weil du nicht Moses bist. Gieß noch ein bißchen zu. Bis hierher!«

»Genug«, sagte Josua. »Was für ein Moses?«

»Der vierzig Jahre durch die Wüste gezogen ist, damit alle Sklaven stürben, ehe er führte sein Volk ins Land Kanaan.«

Langsam, als verberge sich dahinter ein beinahe schicksalhafter Sinn, führte der picklige Semjon das Glas zum Munde, berührte es mit seinen warmen Lippen, rieb den Bart daran, sah seinen Vater durchdringend an und trank in einem Zug, und Josua wurde so weh zumut, als enthielte der Wodka ein tödliches Gift.

»Du ziehst noch länger umher«, sagte der picklige Semjon. »Und deine Sklaven sterben nicht, sie erhängen sich!«

»Was faselst du? Du solltest lieber etwas tun«, riet Josua und wurde immer erregter.

»Zum Beispiel was?«

»Du könntest mich vertreten ... an der Theke stehen«, murmelte der Schankwirt.

»Und du wirst unterdessen mit Morta die Mütze nähen?«

»Hör auf! Die Leute hören zu.«

»Sollen sie es doch hören. Gieß mir noch mehr ein! Ich trinke noch einen, dann gehe ich. Ich habe keine Lust, mit dir zu ziehen durch die Wüste. Mir tun die Beine weh. Da ist es, unser Land Kanaan!« krächzte der picklige Semjon und sah sich stieren Blickes in der Schenke um. »Da sind sie, unsere Berge von Gilead … Guri Andronow sitzt oben und kaut Hering … Da ist sie, unsere Klagemauer … der Holzfäller Anselmas steht davor und rülpst sich deine Erbsensuppe für drei Kopeken aus dem Leib. Nur sag um Gottes willen nicht, daß ich krank bin. Ich bin gesund. Ich bin jung. Ich bin glücklich. Ich bin der glücklichste Sklave auf der Welt!«

»Josua!«

»Einen Stof Klaren!«

»Einen Kringel Wurst!«

»Eier auf Speck!«

»Klaren! Klaren! Klaren!«

»Josua! Wann machst du den Abort sauber?« randalierten die Stammgäste.

»Da sind sie, unsere Engel!« sagte Semjon ernüchtert. »Da sind sie, unsere Cherubim!«

Er ging hinter die Theke, nahm die Flasche, goß daraus das Glas voll und sagte: »Auf unsere Engel, Vater!«

»Hör auf!« Josua verzog das Gesicht. Ein Augenblick noch, schien es, noch ein Tropfen, und er würde zu weinen beginnen. »Ich rufe Morta.«

»Wer ist schon Morta? Mutter?« Semjon kippte das Glas, stellte die Flasche auf den Schanktisch und fügte hinzu, den Vater mit bösem neidischem Blick durchbohrend: »Morta ist eine Nutte!«

»Wie kannst du es wagen … Sie ist … sie ist …«, stammelte der Schankwirt erstickt.

»Nu was? Vielleicht habt ihr schon die Mütze genäht?«

»Mein Gott, mein Gott!« wiederholte Josua hilflos und umklammerte die Flasche.

»Nun, wie ist sie im Bett? Wie in der Wirtschaft? Immer eifrig?«

»Schweig!« sagte Josua, und seine Stimme wurde überraschend fest. »Schweig!« Er holte mit der Flasche aus.

»Du schlägst ja doch nicht zu ... Nicht weil du mich schonen willst, sondern weil du den Wodka nicht umsonst verschütten willst.«

»Geh!«

»Ich gefalle dir nicht! Oi-oi-oi! Ich bin natürlich nicht Selik Fradkin, aber du bist auch nicht Moses ... Du bist genau so ein Sklave wie ich. Und ein Sklave kann nur Sklaven zeugen.«

Der picklige Semjon duckte sich, sein Ungestüm war plötzlich vergangen, er griff sich an den Adamsapfel und ging hinaus, mit den Holzschuhen über den zerschrammten, abgetretenen Fußboden klappernd.

Durchs offene Fenster sah Josua, wie sein Sohn zum Brunnen ging, nach der Hakenstange griff, den Eimer hinabließ, Wasser schöpfte und es über sich goß wie im Dampfbad, wie er abermals den Eimer hinabließ und hochzog und ihn sich abermals über den Kopf kippte. Josua hörte Semjon bösartig schnauben, sah ihn angeekelt den Kopf schütteln, als wolle er ihn abwerfen oder als kämpfe er gegen eine teuflische Versuchung, die ihn von innen her zerfraß, und dieses wiederholte Sichreinwaschen, dieser einfältige und sinnlose Kampf mit sich selbst flößte dem Vater auf einmal Furcht ein, mehr noch als Semjons hitzige widersetzliche Reden und als seine empörende, verderbliche Gier nach dem Wodka.

Josuas Furcht wurde noch dadurch gesteigert, daß der Sohn ihm gleichgültig, ohne jedes Bedauern, mit nahezu verächtlichem Großmut Morta abtreten wollte, wie eine beliebige Dirne von der Safjanka.

»Josua! Guckst du Löcher in die Luft?«

»Wie lange willst du uns noch warten lassen?«

Sollen sie warten, die laufen nicht fort.

Er achtete nicht auf die Gäste, auf ihre ungeduldigen Forderungen und betrunkenen Rufe. Er war ganz dort, am Brunnen, bei seinem Sohn. Aber er wußte nicht, wie er ihm helfen sollte, wie ihn retten. Mit Brunnenwasser oder einem Glas Klaren am Morgen war diese Glut nicht zu löschen.

Was aber war das für eine Glut?

Bring ihn wieder zur Vernunft, Herrgott! Es geht doch nicht an, daß auch mein Sohn noch umkommt … Hast du noch nicht genug an meiner Channa und meiner Frau Chawa?

Warum strafst du für meine Sünden alle außer mir?

Oder ist gerade das deine schlimmste Strafe – zusehen müssen und sich quälen und keine Hilfe wissen? Wer zusieht, ist ja noch viel unglücklicher als der, der umkommt!

Nimm mir nicht noch jemanden! Erbarme dich meiner und laß den Kelch an mir vorübergehen! Ich bin schon trunken von Leid. Wie soll ich wieder nüchtern werden? Wie? Vor dir, Herr, läßt sich nichts verbergen … nichts ins Grab versenken. Nur unsere guten Taten sterben, doch unsere Sünden sind unsterblich. Aber ist es denn Sünde, zu heiraten aus Berechnung? Ist es Sünde, wenn einem nicht Liebe abverlangt wird, wie auch vom Stier nicht, wenn man ihn zur Kuh bringt? Jehuda Spiwak hat mich zu sich geholt, mir ein verkümmertes Pflänzchen gezeigt und hat gesagt: »Pflanze es ein, Josua, und gieße es!« Und er hat mir Geld gegeben für Erde und für Wasser. Und ich habe es gepflanzt und gegossen, und zweimal sind an ihm Früchte gereift – Channa, Gott hab sie selig, und Semjon, Gott erbarme sich seiner und sei ihm gnädig! Das Pflänzchen aber ist kein blühender Baum geworden; so verkümmert, wie es war, ist es geblieben, denn alles auf der Welt braucht nicht nur Erde, sondern Liebe. Erde ist wenig, Liebe – alles. Ich habe gelebt … geduldet … habe den kümmerlichen Setzling gegossen, und was habe ich bekommen zum Lohne? Die Schenke! Was ist denn unser Leben schließlich anderes als eine Schenke am Weg, die auch des Nachts unverschlossen bleibt – sowieso trommelt jemand mit den Fäusten an die Tür und dringt ein –, eine Schenke, für alle geöffnet, und drinnen nichts als Fremde, Fremde, bis zum letzten Atemzug?

»He, Josua, bist du taub?«

»Ich trinke, trinke, und es kribbelt nicht ein bißchen im Kopf! Hast du vielleicht Wasser in den Klaren gekippt, alter Sack?«

»Ha-ha-ha!«

»Hör mal, Josua! Ist es wahr, was sie über dich und deinen Sohn reden?«

»Was reden sie denn?« fragte ein mickeriges Bäuerlein.

»Sie sagen, die beiden treiben's abwechselnd mit Morta: der Sohn an den geraden Tagen und am Sabbat, und Josua bloß an den ungeraden ...«

»Ha-ha-ha!«

»Ihr Schweine!« rief der Wirt. »Verdammte Suffköppe! Scheißkerle!«

»Sachte, Alter, sachte!«

»Ekelhafte Bastarde!« brüllte Josua, alle seine Wut und sein bitteres Leid an den Stammgästen auslassend.

»Ach, Männer, der kann ja gar nicht«, quiekte das mikkerige Bäuerlein.

»Ha-ha-ha!«

»Vielleicht doch, Leute, aber an den geraden Tagen, wenn Semjon mit Morta zugange ist!«

»Ho-ho-ho!«

»Raus! Raus! Ihr bekommt keinen Tropfen mehr von mir! Ich schwör's! Keinen Tropfen! Nicht einmal für Gold!«

Josua stürzte von Tisch zu Tisch und sammelte Gläser und Schüsseln ein, atemlos vor Zorn.

»Reg dich nicht so auf, Josua«, versuchte Guri Andronow die Lage zu retten. »Die Leute machen doch nur Spaß ...«

»Schert euch zum Teufel!«

»Wir trinken aus, dann gehen wir«, sagte Guri bedächtig.

»Ich schließe die Schenke«, beharrte Josua. »Ihr braucht auch nicht zu zahlen.«

»Bleib ruhig, Josua. Na gut, einer hat Blödsinn gequasselt, mußt du deshalb alle bestrafen? He, du«, wandte sich der jüngere Andronow an den, der das von Morta und »abwechselnd« gesagt hatte: »Entschuldige dich beim Wirt.«

»Wer bist denn du, daß du hier bestimmst?« sperrte sich der Anstifter. »Das fehlte noch, daß ich für mein Geld den Jid um Verzeihung bitte«, murrte er.

Er stand auf und ging zur Tür, im Gehen seinen Schafpelz zuknöpfend.

Die anderen drängten ihm nach.

Nur Guri blieb sitzen.

»Und was ist mit dir?« fragte Josua, und der jüngere Andronow spürte in seiner Stimme tödliche Erschöpfung.

»Gewohnheit ...«

»Was für eine Gewohnheit?« fragte der Wirt verdutzt.

»Auszutrinken.«

Guri kippte sein Glas, aß ein Stück Salzgurke nach, wischte sich die dicken Lippen, schniefte bedeutsam mit seiner knorpeligen Nase und sagte: »Du hättest nicht so'n Krawall machen sollen, Väterchen. Wenn du mich fragst: Sollen sie mich ruhig beleidigen, wenn's ihnen Spaß macht, da sag ich kein Wort. Und du schreist: Raus!«

Der jüngere Andronow stand auf, warf nachlässig ein paar Münzen auf den Tisch, traf zufällig in die Schüssel, feixte verlegen und ging hinaus.

Mit dem Löffel holte Josua Guris Kupfermünzen aus der Schüssel, säuberte sie sorgfältig mit dem kurzen Tuch, das immer über der Theke hing, legte sie in den kleinen, höhlendunklen Geldkasten, der beim Herausziehen quietschte, und dann kehrten die Gedanken des Schankwirts wieder zu Semjon zurück, zu dessen düsteren Worten, die eine geheimnisvolle Drohung in sich bargen, und zu den sonderbaren, sinnlosen Handlungen, die diese Drohung zu bestätigen schienen. Josua war weniger durch die Anspielungen auf sein eventuelles Verhältnis mit Morta verletzt (die schmeichelten ihm sogar!), als vielmehr durch die finstere Entschlossenheit des Sohnes, etwas zu tun, das für seinen, Josuas, scharfen und außergewöhnlichen Verstand nicht faßbar war. Alles, was in der Welt geschieht, meinte er, muß seinen Sinn haben. Alles muß erklärbar sein. Sogar das Schrecklichste. Chawas Selbstmord kam unvorhergesehen, doch wenn man es recht bedachte, war ihr Aus-dem-Leben-Gehen durchaus gesetzmäßig. Aber Semjon, Semjon? Er war alles andere als ein eifersüchtiger Liebhaber oder ein Rächer. Wie sehr er auch an Morta hängen mochte, er würde ihretwegen trotzdem nicht am Vormittag Wodka süffeln oder sich mit kaltem Brunnenwasser übergießen. Und auch die Mutter würde er nicht rächen wollen, denn an ihrem Tode trug auch er sein Teil Schuld. Schuld ist kein Hering, die kann man nicht auf der Waage abwiegen: wessen ist größer?

Mein Gott, am Ende hatte Morta doch für Semjon um das Gewehr gebeten, und er alter Tölpel, der dem Mädchen nur zu gern einen Gefallen tat, war darauf hereingefallen.

»Morta! Morta!« rief Josua, vor seinem Verdacht erschauernd. Seine Stimme hallte in der Schenke wie in einem leeren Faß – dumpf und dröhnend.

»Morta!«

Er riß eilig die Tür auf.

»Hier bin ich … hier«, sagte sie. »Im Keller war ich … Die Gurken waren alle.«

Morta stand vor Josua und hielt einen Tontopf mit Salzgurken wie ein Wickelkind an ihre Brust gepreßt.

Josua wollte ihr keine Zeit zum Besinnen lassen: »Wozu wolltest du das Gewehr haben?«

»Ich habe es doch gesagt.«

»Lüg nicht.«

»Den Fuchs wollte ich totschießen«, murmelte Morta, doch ihr Murmeln goß nur Öl ins Feuer.

Jetzt hegte Josua keinen Zweifel mehr: eine Verschwörung!

»Du hast mir das Gewehr abgeluchst in seinem Auftrag?«

»Nein.«

Der Wirt trat dicht an sie heran, umklammerte ihr Handgelenk, und zwar so, daß Morta aufschrie und vor Schreck den Topf fallen ließ; er krachte auf den Fußboden, zersplitterte, und ein Salzlakenstrom ergoß sich zu Josuas Füßen.

»Woher weiß er um die Mütze?«

»Ist denn die Mütze ein Geheimnis?« Morta bückte sich und sammelte die Gurken auf.

Josua blickte auf ihren Nacken, auf eine Haarlocke, die wie ein Forellenköder abstand, auf ihren geschmeidigen Rücken mit der sich deutlich abzeichnenden Wirbelsäulenrinne, und er versuchte seinen Zorn zu bändigen. Doch weder Leidenschaft noch Begehren linderten seine Unruhe. Die schwoll an wie eine Blase, und abermals wurde Josua angst und bang.

»Höre, Morta. Mach mir keinen Ärger«, knurrte der Schankwirt, ohne die Augen von ihrem gebeugten Rükken abzuwenden.

Morta erwiderte nichts.

»Du stellst dich vor ihn, und er – weißt du, was er über dich sagt?«

»Ich weiß.«

Sie wollte sich nicht wieder aufrichten.

»Überhaupt nichts weißt du!« brauste Josua auf. »Er sagt, du bist ... eine Nutte!«

»Er hat recht. Ich bin auch eine Nutte – für die, die mich nicht kennen«, sagte sie heiser.

Ach, wäre doch die Schenke endlos, ach, würden doch die Gurken fürs ganze Leben reichen! Nur nicht aufstehen müssen, nur nicht in die zornentflammten Augen des Herrn sehen müssen!

»Es war nicht unterm Dachbalken, Euer Gewehr«, sagte Morta und sammelte nun die Scherben auf.

Josua erstarrte.

»Die Pferdedecke war auch nicht dort ... Nichts war da«, sagte sie langsam, als wolle sie ihn foppen. »Wenn es dort gewesen wäre, hätte ich es ins Wasser geworfen.«

»Ins Wasser? Laß doch die Scherben! Die räume ich weg!« schrie Josua. »Ich werde den Fußboden ablecken, auf den Knien kriechen, nur sag die Wahrheit!«

Josua stand in der Salzlake und sah das Mädchen an, als wäre er von Sinnen. Plötzlich zog er sie an sich, streifte sie schmerzhaft mit dem Bart, saugte sich an ihren vollen verführerischen Lippen fest und flüsterte: »Belüg mich nicht! Belüg mich nicht!«

Und preßte abermals sein Gesicht an ihres.

»Gott wird Euch strafen, Herr!« Sie stieß ihn weg.

Er taumelte zurück und sagte, immer noch in der Salzlake stehend, verwirrt und überzeugt: »Ihr wollt mich abknallen? Das Geld wollt ihr haben ... und die Wirtschaft? Stimmt's?«

Morta schwieg.

»Stimmt's? Warum schweigst du?«

»Kann man denn einen Toten umbringen?« sagte Morta plötzlich.

»Was meinst du?«

Morta leckte sich die Lippen, als wolle sie die fremde Wollust davon entfernen, dabei empfand sie für Josua eine Mischung aus Ekel und Mitleid. Heilige Jungfrau Maria, wie lüstern hatte er geschnauft, wie unnötig hatte er sich aufgeregt, als er seinen schweren schamlosen Kopf an ihr Gesicht preßte, ehe sie ihn wegstieß, verwirrt und in hilflosem Staunen. Oh, diese brutale, draufgängerische Rasse! Geheimnisvoll und verlockend, wie ihre Sprache und ihre Gebete ...

»Nichts«, sagte sie.

»Bist du böse auf mich?« fragte Josua herablassend.

»Nein«, sagte Morta. »Wer ist denn auf Tote böse?«

Sie wollte ihn so schmerzhaft wie möglich treffen, mitten ins Herz, sie wollte ihn erniedrigen, damit er nie wieder wagte, gar nicht mehr auf den Gedanken käme, sie anzurühren. Ich könnte ihn auch umbringen, ging es ihr durch den Sinn, doch sie konnte sich einfach nicht vorstellen, blutbefleckt und in Fesseln zu sein.

»Morta! Mortele!« stammelte Josua.

»Nicht doch, Herr ... Seid bedankt für Kost und Logis ... aber lieber Sibirien als Eure ...«

Sie sprach nicht zu Ende, und gerade das brachte Josua vollends durcheinander.

»Nirgends laß ich dich hin. Nirgends«, sagte er mutlos.

»Nutten sind frei, Herr.«

»Nein, nein«, sagte der Schankwirt eifrig. »Du wirst sehen, wir fangen noch einmal an zu leben!«

»Wir?«

»Ich ... du ... Semjon ... Manchmal kommt es uns vor: Alles ist kaputt, so wie der Gurkentopf ... und kein Lichtstrahl ... kein noch so schmaler Ausweg ... aber dann ... dann kommt ein Engel geflogen.«

»Ein Engel in die Schenke?«

Spöttisches Mitleid gewann die Oberhand über den Ekel, und Josuas scharfes Ohr erspürte den Wandel.

»Dann kommt ein Engel geflogen«, wiederholte der Schankwirt, immer erregter werdend, »er setzt sich auf meine Schulter ... hierhin oder dahin ... und flüstert mir ins Ohr ...«

»Josua! Einen Stof Klaren! Und Salzgurken! Und dann besäuft er sich und flucht und spuckt auf den Fußboden, und Josua, im Verein mit Morta, die packen ihn unter den Achseln, tragen ihn aus der Schenke und schmeißen ihn ins Klettengestrüpp!« foppte sie ihn.

»Nein! Verzweifle nicht, Josua, wird der Engel flüstern, ich bin in die Schenke gekommen, nicht um mich zu betrinken, sondern um dir zu sagen: Es wird für dich, Josua, noch geben die Liebe und welche, die dich lieben. Gott straft und lohnt. Zu Ende ist dein Leben als Strafe, jetzt kommt dein Leben als Belohnung. – Und weißt du auch, wessen Stimme der Engel hat?«

Morta kroch ganz in sich zusammen.

»Chawas?« preßte sie hervor, mühsam ihre Aufregung dämpfend.

»Du kriegst es nie heraus!« neckte der Schankwirt sie und ließ seine Zigeuneraugen blitzen. »Deine Stimme hat er«, sagte er und weidete sich an ihrer Verlegenheit wie an seinem Sieg.

»Meine?«

»Deine!«

Die Luft verdichtete sich, die Worte nahmen Gestalt an, berührten sich wie Lippen, suchten einander.

»Ha! Ein Engel mit der Stimme einer Nutte«, sagte Morta.

»Verzeih«, bat Josua. »Verzeih mir. Ich verzeihe dir auch. Es ist Sünde, einen Lebenden zu nennen einen Toten. Sünde. Ich habe noch Kraft für zwei Leben. Wenn ich den Allerhöchsten um etwas bitte, dann nur um eines – daß er die Reihenfolge nicht verwechselt.«

»Welche Reihenfolge?«

»Er soll mir jetzt das Leben als Belohnung geben, und das Leben als Strafe erst später.«

»Er verwechselt es sowieso«, sagte Morta, erstaunt über die Leidenschaft und das Ungestüm in Josuas Rede.

»Sag das nicht! Sag das nicht!« knurrte Josua. »Wir werden es erleben ...«

Und wieder bestürzte sie dieses knappe, unbestimmte, dieses ausweglose »Wir«.

»Leben möchte ich, so stark wie noch nie. Nicht wegen der Schenke, zum Teufel mit ihr ... nicht wegen eines Groschens mehr ... sowieso verdient man nie genug, zum Teufel mit dem Geld, ich überlasse alles Semjon, wenn er nur endlich ein ordentliches Geschäft anfängt. Ein Jude ohne Geschäft – das ist wie ein Wagen ohne Räder.«

»Und Ihr?«

»Ich? ... Ich werde leben wie eine Nutte: heute hier, morgen dort. Frei werde ich sein, und vielleicht wird sich jemand finden, der nicht zurückschreckt vor meinem Bart. Und wir legen uns ein Ei ins Nest ... und brüten ein Junges aus ... und das wird uns lieben bis zu unserem letzten Atemzug.«

Josuas Wimpern begannen zu zittern.

Doch er beherrschte sich, lächelte, sah Morta an und fiel in sich zusammen, als hätte man ihm die Eingeweide herausgerissen. Das schöne Belohnungsleben schwamm davon, der Engel hatte ihm auf die Schulter geschissen und war zum Fenster hinausgeflogen, und in der Schenke herrschte wieder, wie auf der ganzen Erde, das Strafleben, bedeutungslos, trüb wie Salzlake und zerbrochen wie der Gurkentopf.

»Wo ist es nur geblieben?« Aus dem Dämmer des Bewußtseins trieb das Gewehr hervor, und die Angst griff wieder nach Josua. »Wirklich Semjon?«

»Ich gehe, Herr«, sagte Morta. »Ich muß die Gurken waschen.« Sie zeigte auf den Gurkenberg auf dem Tisch.

»Wollte er das Gewehr haben?« setzte der Wirt ihr zu. »Wenn ihr nicht vorhabt, auf mich zu schießen, auf wen denn dann? Auf wen?«

»Auf niemanden.«

»Das soll ich glauben?«

»Auf niemanden!« rief Morta und lief hinaus, die Gurken auf dem Tisch zurücklassend.

Josua blieb allein.

Eine Weile stand er unbeweglich, wie bei einem Begräbnis, wo jede Bewegung schmerzt, er stand und barg die Hände in den Westentaschen, diese großen, wie mit Hufeisen beschlagenen Hände – versteckte er sie etwa vor der Sünde, wie? –, und grenzenlose lähmende Trauer furchte ihm Stirn und Seele. Warum nur hatte er alle aus der Wirtschaft gejagt? Sein Lebtag hatte er nicht aufbegehrt, und plötzlich rebellierte er! Gegen wen? Gegen ein erbärmliches, mickeriges Bäuerlein! Was nützt es, gegen einen Schwächeren zu rebellieren?

Wie sehr hätte Josua jetzt, um wieder zur Ruhe zu kommen, die obszönen Scherze der Männer gebraucht, ihr gemeines Grölen, ihren lallenden verwegenen Gesang, wenn sie disharmonisch loslegten von irgendeinem Vogelbeerbaum oder vom Väterchen Neman oder vom Fuhrmann und der langen Straße.

Gott hat alle nüchtern erschaffen, doch Seite an Seite leben muß man mit Betrunkenen; jeder ist von irgend etwas trunken: einer vom Wodka, einer von Habsucht, wieder ein anderer von Haß oder Hochmut.

Wenn man um sich blickt – zahllos ist die Menge derer, die trunken sind von Demut und Unterwürfigkeit, das sind die meisten. Es sind Tausende ... Millionen. Er, Josua, ist einer von ihnen, aber – Gott ist Zeuge – er bedauert das nicht, er ist sogar froh darüber. Wer von Demut trunken ist, der macht nichts falsch, der läßt sich nicht vom Glauben abbringen, der kommt nicht ins Zuchthaus, so einer kann immer sein Stück Brot erwerben, sei es im Schweiße scines Angesichts, sei es mit Schmerzen im Kreuz. Trinke Demut von früh bis spät und flöße sie auch deinen Kindern ein und deinen Enkeln, von der Wiege an, wenn sie noch in den Windeln liegen, schon mit der Muttermilch sollte jeder die Milch der Demut einsaugen.

Wenn Josuas Leben bislang noch kein schönes Belohnungsleben war, so nur deshalb, weil er der Demut immer auch einen Tropfen Haß und Rebellentum beigemischt hatte.

Hatte er denn Semjon keine Demut einzuflößen versucht?

O doch, er hatte! Ganze Trinkschalen voll! An jedem Tag, den Gott werden ließ! Dreimal täglich, wie Medizin.

Semjon aber hatte sie heimlich weggekippt, unter die Wiege, unters Bett, unter den Tisch, und hatte sich statt dessen Hochmut eingegossen!

Von Hochmut darf man nicht trunken werden, ebensowenig wie von Haß. Hochmut und Haß sind Schwestern, und beider Bräutigam ist das Böse.

Semjon ist trunken von Hochmut, das ist es! Ihm ist es peinlich, im Wirtshaus hinter dem Schanktisch zu stehen, er schämt sich, andere zu bedienen, ihm wird übel, wenn er katzbuckeln und für spärliche Groschen Dankeschön sagen soll.

Und ihm, Josua, ist ihm etwa nicht übel?

Und wie ihm übel ist! Wer trinkt, dem ist auch übel. Der ganze Unterschied: Wovon ist einem übel? Wonach stößt man auf?

Dann schon lieber nach Demut als nach Haß und Hochmut.

Auf wen aber zielt sein Hochmut? Auf wen will er schießen?

Semjon zu fragen wäre sinnlos. Er würde ohnehin nichts sagen, er würde nur noch wütender werden. Und beim geringsten Wort über das Gewehr geriete er vollends in Rage. Tja, und den Marktflecken zu alarmieren, jemanden zu Hilfe zu rufen, das wäre töricht. Am Ende kommt doch noch alles ins Lot, am Ende schießt Semjon auf eine Krähe oder ballert auf dem Marktplatz herum, um alle Leute zu vertreiben … Alles mögliche hatte man mit ihm schon erleben können. Nein, am besten, er rührte ihn nicht an. Was kommen sollte, kam letzten Endes sowieso. Er durfte ihn nicht ein Leben lang gängeln und behüten wie ein kleines Kind. Er hatte seinen eigenen Kopf auf den Schultern. Und wenn er den aufs Spiel setzen wollte – bitteschön.

Wenn Semjon etwas anstellt – er, Josua, steht nicht für ihn gerade. Wer sich schuldig macht, soll gefälligst dafür büßen. Was ihm der Vater nicht beibringen konnte, lehrt ihn vielleicht der sibirische Schnee. Und er, Josua, bleibt mit Morta allein. Nur sie beide! Herrgott, dein Wille geschehe!

Sein Gesicht verzog sich, ein zufriedenes Lächeln blieb in seinem Bart stecken wie ein Strohhälmchen.

Josua entschloß sich, die Schenke zu schließen und in die Synagoge zu gehen. Ein Betender steht immer in Gottes Gunst. Er würde sich an die Ostwand stellen und beten, den ganzen Tag, den ganzen Abend, die ganze Nacht. Es gab genug Menschen, für die er zu beten hatte: Chawa und Channa, seine Eltern, die von Kosaken umgebracht worden waren. Und am Morgen ruft er den Rabbi Hillel und spendet für die Synagoge einen Papierrubel und einen Silberrubel. Dann betet er noch ein bißchen weiter und geht schließlich hinaus, nach dem Himmel zu schauen, und dort am Himmel wird der Papierrubel sich in ein Federwölkchen verwandeln, und der silberne wird glitzern als junger Mond.

»Seid gegrüßt!« vernahm Josua eine Frauenstimme, und er wandte sich um.

An der Tür stand eine Frau, in ein löcheriges, grobmaschiges fischernetzähnliches Tuch gehüllt. Ihr schäbiger weiter Plüschmantel – weiß der Himmel, wann sie den bekommen hatte – beulte sich und glänzte speckig-gelblich. Ihr Alter war schwer zu schätzen, sie konnte vierzig sein, bei genauerem Hinsehen auch fünfundvierzig. Älter machte sie auch der Rock, fußlang, bis zu den altersschwachen Schuhen, an denen Herbstschmutz haftete. In der Hand trug die Frau eine umfängliche Kiste aus Eichenholz, solide gezimmert und offenbar mit etwas gefüllt.

»Seid gegrüßt«, erwiderte der Schankwirt, ohne sein Erstaunen zu verhehlen.

Wer immer auch die Schenke betrat – Jüdinnen niemals. Pfui! Und nun auf einmal eine waschechte Jüdin, eine Bettlerin oder Pilgerin. Gleich würde sie anfangen zu bitten und zu betteln, zu schluchzen, Josua gräßliche Bilder von Hunger und Ungerechtigkeit vor Augen zu führen, und er würde ihr zuhören müssen, denn wenn man so ein kümmerliches Weiblein fortjagt, überschüttet es einen mit Verwünschungen, die man lange nicht vergißt.

»Bei meinem Leben, wie sehr seid Ihr meinem Mann ähnlich«, sagte sie mit tiefer Stimme.

»Eurem Mann?«

»Bei meinem Leben, er ist genauso wie Ihr: groß, hohe Stirn … ohne Kappe, sag ich Euch, wie ein Ei dem anderen. Nur – das ist nicht auf Euch gesagt – mit einem Vögele im Kopf.«

»Wie? Mit was?«

»Mit einem Vögele. Vor dem Gerichtstag packt es ihn, da dreht er durch.«

Die Frau stellte ihre Kiste auf den Tresen, richtete das Tuch, das ihr von den Schultern geglitten war, und seufzte: »Dabei ist er so ein guter Schuhmacher! Hat goldene Hände!«

»Schuhmacher ist er?« fragte Josua aus Höflichkeit, denn er hoffte, sie auf die freundliche Tour leichter wieder loszuwerden als mit unwirschem Gebaren.

»Ja, ein Schuhmacher! Bei uns sind alle Schuhmacher. Mein Mann, die Kinder und auch ich.« Die Frau klopfte mit den Fingerknöcheln an die Kiste. »Solange ich ihn überall suche, nagle ich den Leuten Sohlen und Absätze an. Ich könnte auch für Euch ...«

»Danke«, erwiderte der Schankwirt kalt. »Wir haben unseren Schuhmacher. Nechamkin.«

»Nechamkin, Nechamkin?« wiederholte die Frau. »Von dem habe ich noch nichts gehört. Einen Totengräber gibt es, der heißt Nechamkin. Aber ein Totengräber, nichts für ungut, der flickt nur die Erde. Setzt einen Lehmbatzen aufs Loch, und basta, wie es bei uns zu Hause heißt.«

Josua begriff nicht, was sie von ihm wollte, und er wußte nicht, wie er sie loswerden sollte.

»Den Meinigen kennen alle«, sagte die Frau laut. »Er ist gewiß auch in die Schenke gekommen?«

»Trinkt er?«

»Nur am Gerichtstag.«

»Am Gerichtstag?« In Josuas Erinnerung blitzte etwas auf, und er sah die Frau starr an.

»Wenn er wieder herunterkommt von seiner Leiter. Im vorigen Jahr ist er heruntergekommen in Markinė. Ich sehe, er hält sich kaum noch auf den Beinen ... und gestunken hat er wie Tod und Teufel. ›Zwi‹, frag ich, ›mit wem hast du dir angesoffen solch einen Schwips?‹ – ›Zipora‹, sagt er, ›Gott hat mich mit Selbstgebranntem bewirtet ... hat mir eine große Schale vollgegossen und hat gesagt: Lechem*!‹ Daß meine Feinde so ›Lechem‹ trinken möchten! Früher habe ich mich erbost über ihn, habe ihn beschimpft mit vielerlei Worten ... aber jetzt macht es mir nichts mehr aus. Jeder Mensch, wenn er ein Mensch ist, möchte einmal im Jahr meschugge werden. Und Ihr? Ihr etwa nicht?«

»Trägt Euer Mann eine Scheitelkappe mit einer Nadel?« fragte Josua leise und fürchtete sich vor der Antwort, als würde er gehetzt und verfolgt.

»Ja«, sagte die Frau. »Wo ist er?«

16

Es war, als sei durch die Behausung des Nachtwächters Rachmiel ein frischer Wind gefahren, als sei die Sonne hereingedrungen. Wie lange war der Fußboden nicht gewischt worden, jetzt aber blitzten die Dielen geradezu wie vor Pessach, und an den zwei geputzten Fenstern bauschten sich Vorhänge, die Rachmiel für den Zeitpunkt aufgespart hatte, wo er eine dritte Frau in seine Bruchbude heimführen würde. Doch alldieweil der Herrgott ihm keine dritte Frau bescherte – zwei sind genug für dich, Rachmiel –, verstaubten die Vorhänge in der Truhe, zusammen mit anderen Dingen, die der Hausherr überhaupt nicht brauchte: ein langes Nachthemd seiner ersten Frau; eine große, im Laufe der Zeit vergilbte Karte des Russischen Imperiums mit all seinen Besitztümern, doch noch ohne die Kownoer Landstraße (wie er dazu gekommen war, wußte Rachmiel selbst nicht genau); das obere Dach eines Hochzeitsbaldachins mit wunderlichen Mustern und sonderbaren Tierbildern: schweigende Löwen vielleicht oder brüllende Fische (er hatte keine Zeit, sie sich genau anzusehen!); ein

* Lechem (hebr.) – Brot

kleines zinnernes Horn, wie sie zu Simchas Tojre aus voller Lunge geblasen werden. Manchmal holte Rachmiel das Horn heraus, setzte es an seine altersschrumpeligen Lippen und spielte vor Langeweile und Einsamkeit in seiner Hütte leise vor sich hin. Er blies und erinnerte sich seiner an unerkannter Krankheit verstorbenen Kinder, er dachte auch an die Bonbons im Bethaus, als er selbst noch klein gewesen war, und an den jungen Rabbi Uri, der eine Thorarolle in der Hand hielt wie eine Wolke.

Wie lange war der Fußboden nicht gewischt worden, und wie lange hatte keine Frau mehr im Haus herumgewirtschaftet! Mochte es auch eine fremde sein, eine eigenartige (wo gab es denn so was, daß eine Frau schusterte!), aber immerhin eine Frau.

Etwas allerdings dämpfte Rachmiels Freude.

Sauberkeit und Ordnung, durch die die Hütte wie verwandelt war, verbanden sich in Rachmiels gequältem Hirn mit einem Gefühl von Ausweglosigkeit. Das Leben stiftet Chaos, der Tod räumt auf, dachte er, während er die Frau betrachtete, ihre kräftigen Hände, ihre riesigen Knie, zwischen denen sie einen Schuh hielt, ihr konzentriertes, von Warzen entstelltes Gesicht. Der Tod war es, der den Fußboden gewischt hatte, damit er, Rachmiel, nicht in Schmutz, Gestank und Schimmel liegen mußte, der Tod hatte die Fenster verhängt, damit niemand hereingaffen konnte. Doch warum der Tod seine Schuhe reparierte, das verstand der Nachtwächter nicht.

»Warum kommt er nicht?« fragte Zipora mit tiefer Stimme, während sie an Rachmiels linken Schuh eine Sohle annagelte. Was sollte er bloß mit dem linken Schuh? Was denn? Das Bein war ohnehin nicht zur Besinnung gekommen, es schmerzte zum Verrücktwerden.

»Er kommt«, erwiderte er geistesabwesend.

»Eines Tages geht es ihm an den Kragen«, sagte Zipora.

Sie nahm den anderen, den rechten Schuh zwischen ihre großen Knie und begann ihn zu besohlen.

»Und wie ... wie heißt er, dein Mann?« fragte Rachmiel vorsichtig. Er lauschte dem Klopfen des Hammers und wurde allmählich ruhiger.

»Zwi«, sagte Zipora.

»Zwi?« hauchte Rachmiel enttäuscht.

»Hat er sich etwa anders genannt?«

»Er hat gesagt: Aron!«

»Wer das glaubt!« Zipora winkte ab.

»Vielleicht doch Aron?«

»Was denn für ein Aron?«

»Der bei den Rekruten war«, nuschelte der Nachtwächter, und sein Herz, verbraucht wie ein alter Schuh, trommelte geradezu unanständig laut.

»Zwi ist niemals gewesen bei den Rekruten«, erwiderte Zipora und spuckte Nägel aus. »Hat er zu Euch gesagt, er war dort?«

»Ja.«

»Und Ihr habt ihm geglaubt?«

»Ja.«

Sie sollte lieber nicht so grinsen. Wenn sie wüßte, wie sehr er jetzt wünschte, der Ankömmling hieße nicht Zwi, sondern Aron, und er wäre bei den Rekruten gewesen! Wäre dort gewesen und nun zurückgekehrt, hätte ihm verziehen und würde ihm auf seinem letzten Weg das Geleit geben, dorthin, wo Rachmiels ganze Brut lag, zwei Entlein und fünf Enteriche ... Rachmiel hörte der Schustersfrau zu, und in ihm brach lautlos etwas zusammen, und es tat ihm leid um das, was nie gewesen war und sich doch in seine Seele gestohlen hatte wie der Klang des Hornes an Simchas Tojre, wie der Bonbonregen, der vor undenklichen Zeiten auf seinen dunkelblonden Lockenkopf gefallen war.

»Ihm glauben nur die Einfältigen, die Narren«, sagte Zipora und verstummte erschrocken. »Ich meine nicht Euch ...«

»Warum denn? Ich bin auch gemeint. Doch was soll man machen, wenn den Narren nichts anderes übrigbleibt?«

»Was nicht übrigbleibt?«

»Nichts anderes.«

Wie sollte er es ihr erklären?

»Es ist schlimm«, sagte Rachmiel, »wenn dir alles zweimal weggenommen wird: zuerst das, was du hast, und dann das, was du nicht hast, aber an das du glaubst.«

Zipora starrte ihn mit großen Augen an und neigte den Kopf seitlich zur Schulter, wie ein Vogel ihn auf den Flügel legt. Ach, diese Juden, Leben und Gesundheit für sie, diese Wirrköpfe, diese eingefleischten Klugredner, diese ewigen Schwätzer! Die brauchen kein Brot zum Essen, wenn sie nur quasseln, Betrachtungen anstellen, sich und anderen etwas vormachen können, aber was ging denn sie, Zipora, das ganze Gefasel an, alle diese Einfälle und Redereien?! Bald würden Schnee und Sturm übers Land kommen, und wenn sie ihn nicht rechtzeitig nach Hause brächte, ihren Propheten, ihr Sorgenkind, den Vater ihrer Kinder, dann müßte er irgendwo überwintern ... in solch einer Bruchbude ... oder in einer Schenke am Weg ... oder in einem Winkelchen in einem Bethaus ... oder auch auf freiem Felde ... oder man würde ihm den Garaus machen für alle seine Prophetien. Dann hätte er seine Himmelsleiter, dann hätte er seinen Gerichtstag.

»Bis zum Abend werde ich warten, und wenn er dann noch nicht da ist, ziehe ich weiter«, kündigte sie an, und in ihrer Ankündigung schwang mehr Besorgnis als Entschiedenheit mit.

Rachmiel wagte nicht, sie zum zweitenmal zu trösten. Und auch über den Polizeichef, der gekommen war und ihn verhört hatte, erzählte er nichts. Was hätte das für einen Sinn gehabt? Wenn Nesterowitsch ihn wirklich geschnappt und in den Stall gesperrt hatte, bekäme ihn keine Zipora wieder heraus. Der picklige Semjon, der sich in weltlichen Dingen auskannte, nannte den Stall des Polizeichefs »unsere Peter-Pauls-Festung«. Festung oder nicht – jedenfalls lieber nicht dort hineingeraten. Im Jahre dreiundsechzig, als Nesterowitsch noch nicht in dieser Gegend war, waren die litauischen Rebellen dort eingesperrt. Sie wurden hineingetrieben, eingeschlossen, eine Wache wurde davorgestellt. Die Soldaten umkreisten den Stall mit gefälltem Bajonett, und die Litauer sangen im Stall ihre Lieder, sie nahmen wohl Abschied von der Heimat. Sie sangen, während er, Rachmiel, bis zum Frührot das Klopfholz rührte, als wolle er die Unglücklichen aufmuntern. Wie viele seinerzeit durch diesen Stall gegangen waren, das war gar nicht zu zählen.

Nun war es offenbar auch diesem Zwi (oder doch nicht Zwi?) mit der Scheitelkappe und der Nadel beschieden, durch den Stall zu gehen und dort sein Abschiedslied zu singen. Zu singen und dann spurlos zu verschwinden. Dann würde er seine Scheitelkappe mit dem Sträflingsbaschlik vertauschen.

Gott zum Zeugen: Er, Rachmiel, war nicht schuldig geworden an ihm. Er hatte ihn beherbergt, hatte mit ihm geteilt, was er besaß – Kartoffeln und Milch –, hatte ihn nicht an den pickligen Semjon verraten und hatte auch den Polizeichef besänftigt: »Der führt nichts Böses im Schilde, Ardaljon Ignatjitsch!« Und daß er ihn verrückt genannt hatte, das war nicht schlimm. Sollte er doch als Verrückter gelten, wenn er nur nicht ins Zuchthaus kam, wenn er nur zu seiner Frau Zipora und seinen Kinderchen zurückkehrte.

Wenn auch der Fremdling früher auf seinen Verrat angespielt hatte – er, Rachmiel, hatte niemanden verraten: weder seinen Stiefsohn Aron noch seinen Sohn, weder den Bruder noch den Fremden. Wieso einem Schwachen seine Schwäche in Schuld ummünzen? Wenn Ohnmacht gegenüber dem Bösen Verrat sein soll – wie viele Verräter gibt es dann auf der Welt? Weise mit dem Finger auf jeden zweiten, und du wirst recht haben. Für den Schwachen ist die ganze Welt eine Peter-Pauls-Festung, auch wenn er, der Schwache, sich in Freiheit befindet. Und liegt nicht in der Schwäche auch die Stärke des HERRN? Darum ähnelt er auch jedem zweiten, darum betet auch jeder zweite zu ihm und ist ihm nicht böse, denn was vermag er schon? Ja, wenn der Allmächtige vor dem Bösen aufgäbe, dann wäre er in der Tat ein Verräter. Nicht Ohnmacht ist schuld, sondern Macht, die die Menschen in den Stall treibt wie ins Paradies …

Meinje, wie lange hatte Rachmiel gelebt, ohne zu denken, und nun auf einmal, am Lebensabend, kurz vorm Winter, im Vorhof des Unausweichlichen, fielen die Gedanken über ihn her wie eine Krankheit.

Lautlos betrat Kazimieras die Hütte, er winkte Rachmiel zu sich und sagte dann zu ihm: »Ein Unglück.«

»Was ist passiert?« Rachmiel überlief es kalt.

»Josuas Sohn ist verschwunden.«

»Semjon? Wieso verschwunden?«

»Er hat das Gewehr genommen und ist aus dem Haus gegangen.«

»Was tuschelt Ihr da?« rief Zipora ohne Umschweife, als gehöre sie zum Haus.

»Kazimieras fragt … er fragt … ob er seine Stiefel bringen kann«, log Rachmiel, und klebriger Schweiß – der Vorbote von Aufregung und Hustenanfall – bedeckte seine rauhe Stirn.

»Kann er«, sagte Zipora. »Hat er nicht meinen lieben Mann gesehen? Tuschelt Ihr nicht über ihn?«

»Nein, nein, ich hab ihn nicht gesehen«, sagte Kazimieras und nickte seltsamerweise dabei mit dem Kopf.

»Ihr habt ihn nicht gesehen, aber Ihr nickt?« tadelte ihn Zipora. Das unerwartete Auftauchen des Litauers erfüllte ihr Herz mit einer dumpfen Ahnung.

»Ich hab ihn nicht gesehen«, sagte Kazimieras und reckte den Kopf wie ein Gänserich. Dann wandte er sich wieder an Rachmiel, die Stimme senkend bis zum leisen Mausepiepsen: »War sie denn nicht hier?«

»Wer?«

»Morta.«

»Was hat Morta damit zu tun?« Rachmiel geriet vollends durcheinander.

»Sie läuft herum und sucht.«

»Semjon?«

»Beide ... Semjon ... und den ... mit der Scheitelkappe, den Mann von der hier. Aber bis jetzt keine Spur von beiden.«

»Hört zu«, sagte Zipora ärgerlich. »Ich kann es nicht ausstehen, wenn Männer tuscheln. Der Herrgott hat das Flüstern erfunden für die Weiber, um sie schneller ins Bett zu locken. Wißt Ihr etwas?«

»Nichts wissen wir«, sagte Rachmiel mit unnatürlicher Munterkeit.

»Ich bin alles gewohnt«, meinte Zipora knapp. »Wie ein Feld.«

»Wie was?« fuhr Rachmiel auf.

»Wie ein Feld ... Hier sind Eure Schuhe«, sagte Zipora, dann erhob sie sich von dem Trauerbänkchen, auf dem sie gesessen hatte, ging ans Fenster, schob den Vorhang beiseite. »Wenn doch bald Abend wäre«, seufzte sie. »Wenn doch bald Nacht wäre.«

»Es wird sein Abend, es wird sein Nacht«, sagte Rachmiel, halb zu Zipora, halb zu sich selbst, und keiner im Raum verstand, welchen Sinn er in diese Worte legte.

Zipora stand eine Weile am Fenster, dann zog sie den Vorhang wieder zu, als wolle sie etwas in ihrer Erinnerung oder auch am Himmel verdecken, und schlüpfte hinaus in die Diele.

»Und Josua?« Rachmiel wischte sich mit der Hand den Schweiß.

»Was ist mit Josua?«

»Was macht der?«

»Der betet.«

»Betet?«

»Er hat alle aus der Schenke gejagt und ist in die Synagoge.«

»Das gibt ein Unglück«, knurrte Rachmiel. »Wenn Josua die Leute aus der Schenke jagt, dann gibt es ein Unglück.« Und ohne jeden Zusammenhang mit dem Vorhergehenden fügte er hinzu: »So sind wir immer.«

»Wie denn?«

»Wir beten, wenn jemand erschlagen wird. Mein Gott, wenn er nur am Leben bleibt ... wenn er nur heil nach Hause kommt! Herrgott, läutere dem unglücklichen Semjon den Verstand!« Rachmiel kratzte sich am Hinterkopf und wandte sich zu Kazimieras: »Du weißt ja selbst, wie ich jetzt gehen kann. Aber ich gehe! An die Kreuzung. Oder zum Neman. Und du, du geh zum Holzschlag und dann zur Mühle. Morta wird suchen in allen Häusern. Vielleicht, daß er sich bei jemandem einquartiert hat? Und auch mit Itzik werde ich reden. Sollten wirklich so viele Einfältige nicht retten können einen Einfältigen vor der Kugel? Nu?«

Das »Nu?« blieb in der Luft hängen wie ein Spinnweb im Herbst.

»Sie weint«, flüsterte Kazimieras.

»Wer?«

»Die Schustersfrau ... Hört Ihr es denn nicht?«

Rachmiel zog die von Zipora geflickten Schuhe an, warf seinen filzgefütterten Bauernrock über, nahm das Klopfholz und trottete zum Ausgang, mit dem linken kranken Bein hinkend.

Kazimieras folgte ihm schweigend, Rachmiels Plan bereitete ihm Kummer. Das war doch nichts Gescheites – einfach so umherstreifen und einen Verrückten suchen.

»Wo wollt Ihr hin?« fragte Zipora in der Diele und blickte beiseite.

Auch eine Verrückte, dachte Kazimieras. Wo gab es denn so was, daß eine Frau Haushalt und Kinder im Stich ließ und wie ein Spürhund der Fährte ihres Mannes nachlief! Er, Kazimieras, hätte so eine im Handumdrehen hinausgeworfen.

»Die Stiefel holen«, erklärte Rachmiel.

»Zu zweit die Stiefel holen? Findet er den Weg nicht allein?« Zipora zeigte auf Kazimieras.

»Wir kommen bald zurück«, versprach der Nachtwächter.

»Und wozu das Klopfholz?«

»Wozu wohl? Zum Klopfen!«

»Am hellichten Tage?«

»Warum nicht? Der helle Tag ist manchmal dunkler als die Nacht.«

»Das stimmt«, gab Zipora zu.

»Warte hier«, sagte Rachmiel kurz.

Und sie verließen das Haus.

Rachmiel blieb immer wieder stehen, schnappte nach Luft, hustete lange und heftig, wobei er sich mit dem Klopfholz auf die Brust schlug. Kazimieras sah ihn von der Seite an, trieb aber nicht zur Eile: Immer huste und klopfe, das kann jedem passieren.

»Der Rabbi Uri hat gesagt, das Klopfholz wäre dazu da, den Tod zu wecken«, erinnerte sich Rachmiel auf einmal. »Unsinn! Das Klopfholz ruft zum Feiern, nicht zum Trauern.«

»Eine Glocke ist besser«, sagte Kazimieras. »Wenn ein Unglück geschieht und auch, wenn Feiertag ist.«

»Jeder hat seine eigene Glocke«, widersprach Rachmiel. »Ich habe das Klopfholz, du hast Wind in der Lunge, der Rabbi Uri hat seinen Kopf ...«

Rachmiel verschnaufte abermals, und zwischen Prusten, Krächzen, Schneuzen vernahm Kazimieras: »Du – zum Holzschlag, ich – zur Kreuzung ...«

»Und die Stiefel?«

»Deine Stiefel wird sie flicken, wenn er heil zurückkommt. Dann setzen sie sich beide hin und flicken sie im Nu. Er den rechten Stiefel, sie den linken ... Aber wenn Semjon ihn ...«, Rachmiel schluckte, »dann müssen wir beide löcherig bleiben, Kazimieras, und kein Schuhmacher wird uns was flicken.«

»Löcherig?«

»Damals, nach der dreimal verfluchten Hochzeit, als die Meinigen alle ... gestorben waren ... als ich allein geblieben bin ... gleich, gleich, laß mich nur verschnaufen ... damals bin ich gekommen in mein Haus, bin getappt zum Spiegel, weil ich ihn verhängen wollte, und habe mich selber gesehen ... habe mich gesehen und bin erstarrt vor Schrecken: wie ein Sieb ... kein Fleckchen Leben mehr ... alles löchrig, und durch alle Löcher pfeift der Wind, und aus allen Löchern haben meine Kinderchen gequakt ... zwei Entchen und fünf Enteriche ... quak-quak ...«

Sie wollten schon nach verschiedenen Seiten auseinandergehen, Kazimieras zum Holzschlag, Rachmiel zur Kreuzung, als plötzlich über dem Marktflecken eine riesige Rauchsäule zum Himmel emporstieg. Der Rauch ballte sich, wuchs an zum schrecklichen Pilz, stieg langsam weiter in die Höhe, und wie ein feuriger Hexenschweif fegte eine Flamme jemandes Dach hinweg.

»Es brennt«, sagte Kazimieras. »Es riecht nach Eisen, nach heißem Eisen.«

»Die Spiwaks?«

»Scheint so«, seufzte Kazimieras, und sein Seufzer ließ die Flamme noch stärker auflodern.

»Wenn bloß nicht der ganze Ort abbrennt!« befürchtete Rachmiel. »Der Wind steht so! Das Feuer wird übergreifen auf die Schenke, dann zu Fradkins, dann auf die Kirche.«

Er richtete seine Augen in die flammende Weite, doch sein Blick vermochte weder das Feuer zu löschen noch die dunkelgrauen Rauchschwaden zu zerteilen.

Kazimieras bekreuzigte sich wild, als wolle er mit dem Kreuzzeichen weniger sich selbst als vielmehr das kleine Holzkirchlein vorm Feuer schützen.

»Die Flamme rührt unsere Kirche nicht an.«

»Warum nicht?«

»Eure Verwünschungen wirken nicht bei uns«, erklärte Kazimieras.

»Wieso unsere Verwünschungen? Was sagst du da, Kazimieras?«

»Ich meine, vielleicht ist der ... mit der Scheitelkappe und der Nadel, der sich Aron genannt hat, ein Zauberer? Und seine Frau eine Hexe? Wo gibt es denn so was, daß eine Frau schustert?«

Rachmiel starrte Kazimieras an, wie er das Feuer angestarrt hatte.

»Damals ... damals saß er auf dem Dach, ich habe selbst gehört, wie er sagte: Der Herrgott wird vergelten jeden Nagel.«

»Das habe ich auch gehört«, sagte Rachmiel. »Was will das schon besagen? Von Worten ist noch niemals etwas auf der Welt verbrannt oder verlöscht.«

»Ja, von einfachen Worten«, widersprach Kazimieras. »Aber von Zauberworten ... da brennen sogar Flüsse ... Ich meine, vielleicht lohnt es nicht, sich wegen ein Paar Schuhsohlen mit dem Bösen einzulassen?«

»Und wenn er nun doch Aron ist?«

»Nanu – hättet Ihr Euren Stiefsohn nicht erkannt?«

»Wie lange ist das her!«

»Und das Muttermal auf der rechten Schulter?«

»Er hatte gar kein Muttermal. Das ist es ja ... Ich habe es mir ausgedacht.«

»Ausgedacht? Wozu?«

»Um mich an etwas zu erinnern.«

»Kann man sich denn an etwas erinnern, was nie da war?«

»O ja. Nur muß man dazu alles vergessen.«

»Warum vergessen?«

»Damit das Gedächtnis nicht erstickt wird ... So habe ich sie also weggeworfen, die Leine. Aber ohne so eine Leine, scheint mir jetzt, kann der Mensch nicht ... er zieht sie straff, er läßt sie locker ...«

»Alle sind jetzt an der Brandstelle«, sagte Kazimieras. »Was sollen wir im Wald, wir wollen ihn lieber dort suchen!«

»Bis wir hinkommen, ist alles abgebrannt«, erwiderte Rachmiel und zog seine Schuhe aus.

»Mit einem Haus wie dem von Spiwaks wird das Feuer so schnell nicht fertig«, bemerkte Kazimieras starrköpfig. »Sogar wenn man es löscht ... das dauert noch eine gute Stunde!«

»Ich gehe barfuß. Das fällt mir leichter.« Rachmiel

band seine Schuhe zusammen, warf sie sich über die Schulter und ging den Feldweg lang auf den Marktflekken zu, sich hinter Kazimieras' Rücken vor seinem Schmerz und vor der Leine seiner Erinnerungen versteckend.

Über dem Dach der Spiwaks ließ der Rauch ein wenig nach, die Rauchsäule wurde dünner, wechselte von dunkelgrau zu blaugrau, wurde durchscheinend, doch immer noch kreuzte Feuerschein wie sommerliches Wetterleuchten den Himmel.

Rachmiel ging einigermaßen sicher, seine Schuhe klopften ihm auf den Rücken, und dieses Klopfen beruhigte ihn und stimmte ihn mild, wie das längst vergessene Tätscheln der Mutter. Wir alle sind Abgebrannte, dachte er, die ein Dach haben und die keines haben, jeden Tag verbrennt etwas in uns und über uns und um uns herum, doch wird es dadurch etwa wärmer in der Welt oder heller?

»Was ist das für eine Kerze, die niemals erlischt?« fragte Kazimieras und wandte sich um. »So viele Jahre lösche ich schon Kerzen und habe noch nie von ihr gehört.«

Der Nachtwächter zuckte die Schultern.

»Hier soll sie sein ...« Mit zwei Fingern, wie man eine Prise Tabak nimmt, befühlte Kazimieras sein Herz. »So sagt der ... mit der Scheitelkappe.« Er wußte nicht, wie er ihn nennen sollte: Zauberer, Aron, Landstreicher oder wie sonst, damit Rachmiel nicht gekränkt wäre. »Sie soll auch nach dem Tod noch weiterbrennen. Was ist das für eine Kerze?« drängte der Litauer.

Außer dieser Kerze schien Kazimieras nichts zu interessieren: weder die Feuerstreifen über Spiwaks Dach noch der verschollene Fremdling noch Rachmiel.

»Die Kerze der Hoffnung wahrscheinlich«, sagte der Nachtwächter. »Nur die kann keiner ausblasen.«

»Warum nicht?«

»Sogar wenn du ganz löcherig bist, wie ein Sieb ... wenn durch die Löcher der Wind pfeift ... sogar dann noch hält jemand ein glimmendes Hölzchen daran, und sie flammt wieder auf und brennt weiter ...«

»Und wenn kein glimmendes Hölzchen da ist?« fragte Kazimieras ernsthaft. »Was dann?«

»Dann flammt sie von der Sonne auf ... von einer Meisenfeder ... von einem guten Blick ... von der Thorarolle im Bethaus ... Ach, mit was nicht alles zünden die Juden ihre Hoffnungskerze an.«

»Und wir?«

»Ihr auch, und auch die Russen, und auch unsere Nachbarn, die Deutschen, und die Türken ...«

Von der Brandstelle drangen Rufe zu ihnen:

»Wohin willst du mit leerem Eimer?«

»Geh von links ran! Von links!«

»Gleich stürzt es ein!«

»Beweg dich! Du stehst rum wie auf 'ner Hochzeit!«

»Spaten! Nehmt Spaten! Hebt einen Graben aus!«

»Chaim! Chaim! Ich sterbe vor Lachen! Wir brennen!«

»Bring ihn in die Schenke!«

»Nein, Josua ... Nur nicht in die Schenke!«

»Tiefer graben! Tiefer!«

»Ehrenwort von Naftali Spiwak. Alle, alle will ich beschenken!«

»Mit Asche?«

»Halt's Maul!«

»Da kommt Hilfe!«

»Ach, Rachmiel – was ist der für 'ne Hilfe?«

»Und Kazimieras? Der bläst, und der Brand ist gelöscht.«

»Heute ist nicht Sabbat!«

Da quietschten alle die neuen, zum Verkauf bestimmten Eimer der Drogen- und Eisenwarenhandlung der Gebrüder Spiwak, da knirschten alle Spaten, die gestern noch auf Käufer gewartet und mit ihren blankgehobelten Stielen geblitzt hatten, und alle Forken, ursprünglich zum Heustaken oder Mistladen und Miststreuen gedacht, scharrten aus dem Feuer das in langen, trüben Jahren angehäufte, nun verkohlte Hab und Gut.

Das Plätschern des Wassers vermischte sich mit dem dumpfen Dröhnen fallender Balken, mit dem Knistern und Zischen des brennenden Holzes, mit dem Miauen der Katze, die um ihre Jungen klagte, mit dem Friedhofsgeräusch klatschenden Lehms auf dem Hofe, und fraglich war es, ob der Graben die frechen, lüsternen Flammen, die am Boden entlangzüngelten, noch aufhalten konnte.

Ein Stück entfernt vom Drogen- und Eisenwarenladen, im spatenzerwühlten Hof, türmte sich ein Haufen Krimskrams: von Harken und Pferdegeschirr, flachen Eggen und im Sommer nicht verkauftem Teer bis hin zu Chaim Spiwaks teurem Zobelpelz mit glänzendem Seidenfutter (oh, wäre der Weg der Juden so glatt und glänzend!) und einer himbeerroten Flauschdecke.

Naftali Spiwak stapfte um diesen Haufen herum wie ein Soldat ums Waffenlager, und von Zeit zu Zeit scholl über den Hof sein Schrei, sein weinerlicher Gesang: »Oi, ich sterbe vor Lachen!«

»Ein Feuer, Naftali, das ist nicht der Tod«, beruhigte ihn der Schankwirt Josua, der im festlichen Scheitelkäppchen und im Talles aus der Synagoge herbeigeeilt war. »Ihr werdet wieder aufbauen!«

»Aufbauen, Josua, aufbauen! Sag mir lieber: Warum hat Chawa, meine Schwester, sich erhängt?«

»Gott sei mit dir, Naftali! Du bist ja ganz von Sinnen vor Kummer!«

»Warum?«

»Hier ist nicht der Ort, abzurechnen und Schuldige zu suchen«, krächzte Josua. »Unter den Lebenden, Naftali, gibt es keine Unschuldigen! Wer lebt, der fällt in Sünde.«

Immer wieder traten an den Haufen des geretteten Hausrats und Warenbestands Leute heran, sie warfen hinzu, was sie aus Laden und Haus hatten bergen können, und betrachteten aus den Augenwinkeln den stapfenden Naftali, den festlich gekleideten Schankwirt, und dann eilten sie wieder zurück, dorthin, wo die Eimer quietschten und wo über der Brandstätte Qualm und Dunst sich ballten.

Die freiwilligen Helfer wurden von Chaim kommandiert. Er war völlig mit Asche beschmiert, seine Scheitelkappe war angesengt, sein schwarzer Gehrock zerrissen, die Rockschöße standen ab und gaben das vogeleikleine Bäuchlein und die dünnen sichelförmigen Beine frei. Ab und zu rief Chaim laut und klagend: »Vorsicht! Vorsicht! Nur nicht so eilig! So einen Spiegel bekommt man nirgends wieder.«

Offenbar spiegelte sich darin nicht nur die Brandstätte, nicht nur das ascheverschmierte Gesicht, sondern noch etwas anderes, das Chaim erschauern ließ. Er blickte in den Spiegel wie in seine friedliche Kindheit, wie in seine sorglose Jugend, wo alles auf der Welt noch übereingestimmt hatte: Gegenstand und Abbild, Gedanke und Widerschein, das Heute und das Morgen.

Die Eimerkette vom Laden zum Brunnen wurde dünner, die freiwilligen Helfer, die einander das Wasser in den funkelnagelneuen Spiwak-Eimern zugereicht hatten, gingen allmählich auseinander. Die traurige Versammlung löste sich auf.

»Danke«, sagte Chaim dumpf. Er schluckte, als stecke ihm eine Fischgräte im Halse, und traurige Dankbarkeit, wie bei einem Begräbnis, würgte ihn. »Danke! Diese Eimer … diese Forken … diese Spaten … gehören euch! Für immer! Aus ist es mit dem Drogen- und Eisenwarenhandel der Gebrüder Spiwak.«

Die Helfer zögerten, waren verlegen, wechselten Blicke, sie warteten, wer als erster ein Geschenk nach Hause tragen würde, auch zweifelten sie, ob Chaim sich nicht noch eines anderen besänne und ihnen das Fell über die Ohren zöge.

»Nehmt!« sagte Kazimieras zu Rachmiel und reichte ihm einen Eimer mit blitzendem Henkel. »Habt keine Angst! Er nimmt es Euch nicht wieder weg! In diesem Eimer habe ich den halben Brunnen hergeschleppt!«

»Nein«, sperrte sich Rachmiel. »Wer für gute Taten

Belohnung verlangt, der tut sie nicht, sondern handelt damit! – Sieh nur! Sieh!« rief er eifrig. »Mein Gott! Aron! Aber warum ohne Kappe?«

Dem niedergebrannten, noch schwelenden Drogen- und Eisenwarenladen der Brüder Spiwak näherte sich behutsam, die Scheitelkappe auf den offenen Händen tragend, der, der sich Rachmiels Stiefsohn genannt hatte.

»Was trägt er da?« forschte Kazimieras, Forke und Schaufel vergessend.

»Keine Ahnung.«

Auch Naftali Spiwak bemerkte den Ankömmling.

»Chaim! Chaim! Sieh nur, wer zu uns kommt! Oi, ich sterbe vor Lachen! Das ist ja der, der bei mir vierzig Nägel auf Borg gekauft hat ... der, der ... Was trägt er da auf den Händen? Das Hundertfache vom Herrgott?«

»Was für ein Hundertfaches?«

»Der Herrgott, hat er gesagt, wird es Euch hundertfach vergelten!« tobte Naftali.

»Hat er vielleicht den Laden angesteckt?«

»Kann sein«, sagte Naftali, und damit war die Teufelssaat gelegt.

»Auf ihn! Auf ihn!«

»Bringt ihn zum Polizeichef!«

»Der Teufel!«

Der Fremdling näherte sich der Brandstätte. Etwa hundert Schritte trennten ihn noch von den Ruinen des Drogen- und Eisenwarenladens, der mit toten Fensterhöhlen und verkohlten Türöffnungen glotzte.

»Fort mit ihm!«

»Tretet ihn in den Hintern!«

»Hetzt die Hunde auf ihn! Die Hunde!«

Die Menge sprühte vor Haß, sie kreischte und lärmte. Mit einem Schlag war sie augenlos geworden, hatte sich in einen einzigen wilden Bart verwandelt, in einen einzigen aufgerissenen Mund, der Verwünschungen ausstieß. Die hohe Zeit der Rache und der Gesetzlosigkeit riß sie fort wie ein Hochwasser, Vergeltung wurde zum Genuß, ebenso begehrt wie Kuchen mit Rosinen und Zimt.

Hosianna! Hosianna dem lange ersehnten Gericht und der Vergeltung! Hosianna dem Pogrom! Es war unwichtig, an wem er verübt wurde – an einem Zauberer oder einem Landstreicher, an einem Sendboten des Himmels oder der Hölle, an einem Christen oder einem Juden. Tritte! Blut! Stöhnen! Die unterdrückte Masse, die das ganze Jahr lang, das ganze Leben lang vor einem Nuikin vom Kreis zitterte, vor einem Ortspolizisten oder einem Holzhändler den Nacken beugte, diese Masse erhielt endlich die wonnevolle, unvergleichliche Gelegenheit, sich über ihr eigenes Zittern, über ihre eigene Scheiße, über ihre eigene ängstliche Demut zu erheben. Jetzt konnte jeder aus der Masse, mochte er selbst noch so unglücklich sein, beweisen, wozu er fähig war: dem Halunken Fußtritte geben, die Hunde auf ihn hetzen, ihn schlagen, zertrampeln, in Stücke reißen, und dem Zauberer die Schuld an allen Todsünden geben – an Brandstiftung und Selbstmorden, an der eigenen Armut und Stumpfheit, an Zusammenbrüchen und unerfüllten Träumen. Sie, die Masse, brauchte jetzt keine Forke, keinen Spaten, kein Brot, kein Salz, weder Lüge noch Wahrheit, sie brauchte einen Schuldigen! Hosianna dem Schuldigen, hosianna!

»Walkt ihn durch!«

»Fort aus dem Ort!«

Mit lustig quietschenden Eimern, mit den nagelneuen Forken und Spaten, die die barmherzigen Abgebrannten ihr geschenkt hatten, wälzte sich die Menge dem Ankömmling entgegen, der in den offenen Händen seine Scheitelkappe trug wie eine Schale.

»Spießt ihn auf!«

»Schmeißt ihn in den Teer!«

»In den Neman!«

Bis zur Brandstelle waren es keine fünfundzwanzig Schritte mehr.

»Halt!« schrie plötzlich der Nachtwächter Rachmiel.

»Zurück! Was tut ihr, Juden? Er ist mein Sohn – Aron! Er ist von den Soldaten zurück … Reb Josua«, wandte er sich an den Schankwirt. »Sagt es ihnen, ehe es zu spät ist! Reb Chaim! Ihr kennt doch meinen Jungen! Den mit der Schirmmütze! Haltet sie auf! Reb Naftali!«

Naftali Spiwak hörte den Ruf, wandte den Kopf und stapfte weiter um den Haufen seiner Habseligkeiten – eins-zwei, eins-zwei, und es gab auf der Welt kein mühseligeres Exerzieren als dieses.

»Kazimieras«, flehte Rachmiel, während er abwechselnd auf den herannahenden Fremdling und auf die ihm entgegendrängende Menge schaute. »Warum schweigst du?«

»Sein Sohn«, flüsterte der Litauer.

»Warum so leise? Warum flüsterst du? Wie lange noch wollen wir die Wahrheit nur flüstern?«

»Aber es ist doch nicht wahr«, widersprach Kazimieras.

»Es ist wahr«, sagte Rachmiel schroff. »Was einen Menschen rettet, ist die Wahrheit, was ihn umbringt, ist Lüge.«

»Ha-ha-ha!«

»Hi-hi-hi!«

»Oi!« Die Menge stöhnte plötzlich auf vor Lachen. »Oi, so ein Spaß!«

Sie drängte sich um den Fremdling wie um einen Gaukler am Purimfest, sie klopfte auf die Böden der geschenkten Eimer wie auf straffgespannte Trommelfelle, schwenkte dirigierend die Forken, hielt die Spaten geschultert wie Musketen und marschierte voran, auf die Brandstätte zu.

»Ha-ha-ha!«

»Mama, Mamotschka! So einen Dummen hat die Welt noch nicht gesehen!«

»Herrlich!«

Der Fremdling schien die Menge nicht zu bemerken. Er war nur auf eines bedacht – um jeden Preis das, worüber alle lachten, zu der schwelenden Ladenruine zu bringen. Das eigene Leben schien ihn nicht zu interessieren, oder wenn es ihn schon interessierte, so nur im Zusammenhang mit dem, was er trug.

»Reb Chaim!«

»Reb Naftali!«

»Reb Josua!«

»Hierher, Hierher! Seht doch nur! Ein Heidenvergnügen!«

»Was wiehert ihr wie die Pferde!« sagte Chaim ärgerlich.

»Was hat er da in seiner Kappe?« fragte Josua mißtrauisch.

»Wasser!«

»Gewöhnliches Wasser!«

»Aus dem Neman!«

»Quatsch! Aus einer Pfütze!«

»Das stinkt schon von weitem nach Fröschen!«

»Und er, der Dussel, sagt, es wäre Zauberwasser ... aus dem Jordan ...«

»Gotteslästerer!«

»In seinem Kopf halten die Mäuse Hochzeit!«

»Gebt ihm eins ins Genick und fertig!«

»Kommt auf den letzten Pfiff hierher!«

»Wer braucht noch seine stinkenden Tröpfchen?« lärmten die bärtigen Juden durcheinander.

»Weg da!« scheuchte sie Chaim. »Wenn ein Mensch kommt auch nur mit einem einzigen Tropfen, ist es Sünde, ihn von der Brandstelle zu verjagen.«

»Aber er hat ja selbst den Laden angesteckt!«

»Das hat Reb Naftali gesagt!«

»Er verstellt sich, der Lump!«

»Das ist Aron ...«

»Was für ein Aron denn?«

»Den Fradkin für seinen Selik fortgeschickt hat!«

»Von wegen!«

»Weg da!« krächzte Spiwak abermals. »Laßt ihn heran! Macht Platz!«

Die Menge gab den Weg frei, und der Fremdling, mit

seiner Scheitelkappe in den Händen, trat an den abgebrannten Laden heran.

Naftali Spiwak, der immer noch um seinen Haufen herummarschierte, wandte kein Auge von ihm und wiederholte immerzu mechanisch und gedankenlos: »Oi, ich sterbe vor Lachen!«

Von irgendwoher, wohl vom Nachbarhof, kam eine Ziege mit ihrem Zicklein auf die Brandstätte getrottet. Sie schüttelte ihren Bart, drehte ihr kluges mütterliches Köpfchen, meckerte durchdringend, während das Zicklein, leicht und hüpfend wie ein Springball, mit seinen einfältigen glücklichen Äuglein in die Welt guckte und alles ringsumher ihm gefiel: die Menschen, die Asche, der Himmel und natürlich seine Mutter mit dem grauen Ziegenbart und dem runzeligen Euter.

Ihm gefiel auch der Knall, kurz und knackend, als bräche ein Ast, doch das Wölkchen Pulverdampf, das wie eine Gänsefeder in der Luft hängenblieb, sah das Zicklein nicht.

Als der Fremdling das Zicklein aufhob, war es tot.

Nur seine Augen blickten noch ebenso einfältig und glücklich wie zuvor.

»Mein Gott!« schrie der Schankwirt Josua auf und stürzte nach Hause.

Die Ziegenmutter begriff nichts, sie stupste ihren klugen Kopf in die Asche, rupfte ein Grashälmchen und blickte ab und zu zu ihrem Zicklein hin, das, von fremden Armen getragen, im Himmel schwebte. Für Ziegen beginnt der Himmel auf der Höhe der menschlichen Hüften.

Zwischen dem ersten und dem zweiten Knall war ein winziger, ein kümmerlicher Zwischenraum.

Der Fremdling tat einen Sprung, als wolle er sich emporschwingen, dann krümmte er sich, preßte das Zicklein an seinen durchschossenen Leib, und ohne das weiße wuschelige Bündel aus den Händen zu lassen, fiel er neben seiner verlorenen Scheitelkappe zu Boden.

»Tot!«

»Nicht möglich!«

»Wer hat geschossen?«

»Von wo?«

Die Menge drängte hin zu ihm, und zusammen mit allen lief der Nachtwächter Rachmiel, er hatte die zusammengebundenen Schuhe abgeworfen, abgeworfen hatte er fünfzig Jahre seines freudlosen, dunklen Lebens, die Kownoer Landstraße, die fremden Hochzeiten und die Gräber der Seinen, er lief, und niemand auf der ganzen Welt, weder der Hirsch noch der Schakal, hatte gesündere, kräftigere, flinkere Beine als er.

»Aron! Aron!«

Jemand drängte Rachmiel weg und beugte sich über den Fremden, legte das Ohr an den weiten Mantel und flüsterte, erstickt vor ungewisser erlösender Freude: »Er lebt! Es scheint, er lebt noch!«

»Er lebt!« lärmte die Menge.

»Er lebt!«

Das Blut, das den Mantel des Fremden rot färbte und das weiße Fell des Zickleins befleckte, war nicht dasselbe Blut, nach dem sie, die Menge, eine halbe Stunde früher, zwei Schüsse früher, gedürstet hatte, von Sinnen in ihrer Niedertracht.

Niemand wagte die beiden zu trennen: den Fremdling und das Zicklein.

»In die Schenke«, sagte jemand. »Dorthin ist es am nächsten. In die Schenke, ehe er verblutet.«

»Setzt ihm die Scheitelkappe auf«, sagte der abgebrannte Chaim Spiwak.

Rachmiel hob sie von der Erde auf, feucht von Fluß- oder Quellwasser, der Fremdling öffnete die Augen, und da, in diesem ersten oder letzten Augenblick, ergoß sich aus dem Nichts, aus seiner grenzenlosen Schwermut und Liebe, aus der alten abgewetzten Scheitelkappe der Fluß, in dem seine schöne hochbusige Mutter die Wäsche spülte, in dem ein glücklicher Fisch mit seinen Flossen wedelte und in dem sich, wie in dem vom Brand verschonten Spiegel, alles widerspiegelte. Nur ohne

Feuer und Blut, ohne Brandgeruch und Ruß, mit Wolken und mit Zicklein, mit einer Wiege und mit einer Leiter zum Taubenschlag wie in den Himmel. Und dieser Fluß strömte über sein Gesicht und über das Fell des Zickleins, er wusch die Blutflecken weg, und von Gesicht und Fell ergoß er sich als Wasserfall auf den verwüsteten Hof der einstmals mächtigen Brüder Spiwak, auf die Asche, auf die einzige Straße des gottverlassenen Marktfleckens, und von dort aus strömte er weiter und weiter – durch den ganzen Kreis, durch das ganze Nordwestgebiet, durch den ganzen Ansiedlungsbezirk, durch alle Städte und Metropolen, über die ganze Erde, alle Not und Zwietracht wegschwemmend und jedem das zurückgebend, was ihm genommen wurde oder was er verlor …

Da schwamm prustend sein Sohn Israel, der Kundas, da winkten seine Schwestern und Brüder, die beim Pogrom umgekommen waren, da kam in einem Boot Rachmiels Stiefsohn, der Rekrut Aron, nach Hause gefahren, da tauchte aus dem Wasser, wie aus der Schlinge, die Schankwirtsfrau Chawa, und Rabbi Uris Frau Rahel setzte mit der Fähre ans andere glückliche Ufer über, da …

Plötzlich änderte das Wasser seine Farbe: Aus Grün wurde Orange, aus Orange wurde Tiefrot, als schwappe ihm Tomatensaft in die Augen. Doch immer noch strömte der Fluß, nicht grün, sondern tiefrot, und in diesem Rot zeichnete sich immer verschwommener, immer undeutlicher das Profil seiner schönen hochbusigen Mutter ab, und der Fisch wedelte nicht mehr mit Flossen, sondern mit himbeerroten Kiemen.

Die Gaffer drängten sich in die Schenke.

Auf dem Hof blieben nur zwei zurück: Naftali Spiwak und die Ziege.

Naftali kreiste wie ein Raubvogel rund um seinen Haufen und redete mit der Ziege.

Doch die Ziege hörte nicht zu. Sie blickte um sich, suchte ihr Zicklein und meckerte verstört.

»Du bist noch ganz jung«, tröstete Naftali sie. »Du bringst wieder ein Zicklein zur Welt ... Aber mein Bruder und ich, wir können keinen zweiten Laden zur Welt bringen. Alles, was uns bleibt übrig, das ist, vor Lachen zu sterben!«

Morta tat, was sie konnte. Was unternahm sie nicht alles, um den Fremdling wieder zum Leben zu erwecken: Sie legte Wegerich- und Schafgarbenblätter auf die Wunde, sie zerriß ein frisches Laken, das wie Zucker knirschte, sie schämte sich nicht, vor aller Augen dem Fremden die steife, wer weiß wann gewaschene Hose auszuziehen und ihm den blutüberströmten Leib zu verbinden.

»Seine Frau wartet auf ihn«, sagte Rachmiel, und seine Stimme bohrte sich in die Totenstille wie Mückengesumm.

»Gleich, gleich«, knurrte Josua.

So gern er auch den Fremdling los gewesen wäre, er tat, als sei er erregt, väterlich besorgt, er schlug sogar vor, den Verwundeten aus der Gaststube ins Haus zu tragen, in sein Schlafzimmer, aber Spiwak riet ab, man möge den Fremden nicht unnötig bewegen, ehe nicht die starke Blutung zum Stillstand gebracht sei, der blute ja wie eine Frau.

»Nu was?« fragte der Schankwirt Morta.

Morta saß auf der Kante der Bank, wo der Fremdling lag, sie nahm seine Hand, hielt sie lange, pustete mit den Lippen darauf, dann sagte sie, als zöge sie sich selbst einen Zahn heraus: »Aus!«

»Ehre seinem Andenken!« murmelte Josua. »Gott ist Zeuge, wir haben getan alles, was wir konnten.«

Alle schwiegen bedrückt.

»Ehre seinem Andenken!« verkündete der Schankwirt abermals und wandte sich an Rachmiel: »Wo werden wir ihn begraben?«

»Das entscheidet seine Frau«, erwiderte Rachmiel und preßte das Klopfholz an seinen Leib, als könne bei ihm selbst gleich das Blut hervorquellen.

Da trat der picklige Semjon ein, er ließ den Blick über alle hinschweifen, sah den Toten, gekrümmt und zum Erbarmen anzuschauen, sah das weiße Laken mit den großen Blutflecken, ging hin, blickte in die toten Augen, beugte den Rücken und sprach gramvoll deutlich und trostlos: »Der Ärmste! Er ist gefallen von seiner Leiter … Hat sich zu Tode gestürzt … Der Ärmste! Höher als aufs Dach reicht keine Leiter … nicht für den Gerechten, nicht für den Sünder … niemals!«

In seinen Worten lag weder Schadenfreude noch versteckter Spott noch Reue, sondern nur eine ihm wesensfremde übermächtige, durch nichts zu lindernde und ganz ungekünstelte Trauer, die quoll hervor wie Blut aus einer Wunde, und kein Wegerich, keine Schafgarbe konnte sie stillen.

»Vater!« sagte der picklige Semjon. »Darf ich die Nadel abnehmen?«

»Welche Nadel?«

»Von seiner Scheitelkappe.«

»Wozu brauchst du eine fremde Nadel? Haben wir selbst keine Nadeln? Frag Morta, die gibt dir ein ganzes Dutzend!«

»Ich frage dich!«

Sie bemühten sich, einander nicht anzusehen.

»Nimm sie! Er braucht sie nicht mehr.«

»Danke, Vater, danke …«

Er trat zu dem Toten, nahm die Nadel, steckte sie an seine eigene Scheitelkappe, und Tränen benetzten seinen Bart.

»Danke«, wiederholte der picklige Semjon, und seine Sanftheit und Fügsamkeit verblüffte alle Anwesenden. »Und Aschers Witwe vergeßt nicht zu bezahlen … Golda …«

»Wofür?« stutzte Josua.

»Für das Zicklein … schade um das Zicklein«, flüsterte der picklige Semjon, beugte sich nieder, hob das tote Zicklein vom Fußboden auf und begann es zu wiegen wie ein Wickelkind:

»Eia-popeia, Lju-lju.
Zicklein, liebes Zicklein du!«

»Geht nach Hause! Geht!« drängte der Wirt die Gaffer aus der Schenke. »Wir kommen ohne euch zurecht. Morta, spann die Braune ein! Semjon … Söhnchen! Leg das Zicklein hin und hilf Onkel Chaim die Sachen von der Brandstelle zu uns herübertragen!«

»Angst … Angst habe ich, allein ohne das Zicklein«, sagte der picklige Semjon und trottete zur Tür, etwas vor sich hin brummelnd, vielleicht ein Lied, vielleicht eine Verwünschung. Auf der Schwelle wandte er sich zurück, richtete seine traurigen, beinahe wahnsinnigen Augen groß auf Morta und sagte: »Du hast das Gewehr gesucht. Es ist im Stall … unterm Dachbalken … in die Pferdedecke gewickelt.«

»Simonai!«

»Näht eure Mütze … näht sie!«

Und der picklige Semjon ging hinaus.

Morta schlug die Hände vors Gesicht und stürzte ihm nach.

Doch den Wahnsinn, genau wie den Tod, kann man nicht einholen.

- - - - - - - - - - - - - - - - - - -

Der Fremde lag im Wagen, mit Sackleinwand bedeckt, Morta lenkte das Pferd, und die Schustersfrau Zipora, der Nachtwächter Rachmiel und der Schabbesgoi* Kazimieras trotteten hinterdrein, den Feldweg lang, der schneller als Josuas Braune nach Miškinė lief, dorthin, wo am ganzen Horizont der ferne, dichte Wald dunkelte.

»Jetzt geht er nicht mehr von uns fort«, wehklagte Zipora. »Jetzt wird er immer bei uns sein. Am Morgen werden wir uns alle setzen an den Werktisch, und abends werden wir Suppe essen und schlafen gehen … Wenn er

* Schabbesgoi (jidd.) – Nichtjude, der am Sabbat für die Juden notwendige Arbeiten verrichtet (z. B. Kerzen löschen)

schläft, ist er so normal … wie Ihr … wie ich … wie dieses Pferd.«

»Söhnchen!« flüsterte Rachmiel. »Aron!«

»Er ist nicht Aron, er ist Zwi«, korrigierte Zipora den Alten. »Hirsch heißt das! Und ich bin seine Hirschkuh … Und Herschen, Chazkel und Mordechai – seine Hirschjungen … Mein Hirsch, mein Hirsch!« sagte sie unter Tränen.

Morta preßte die Zügel, daß es sie schmerzte.

Kazimieras seufzte, und von seinen Seufzern zogen Wolken vor die Sonne, und der Himmel öffnete seine Schleusen.

Solch einen Regen hatte es wohl seit Noahs Zeiten nicht mehr gegeben.

»He, du, weine nicht!« rief Zipora aus und legte den Kopf in den Nacken. »Du bist doch so allmächtig! Wen beweinst du, Herr? Wen?«

- -

Selda Fradkina packte ihre Koffer.

- -

Lukerja und Ardaljon Nesterowitsch setzten ein neues Zarenfaß an.

- -

Aus billigem Stoff nähte Aschers Witwe Golda Windeln für ihren Gerechten.

- -

Der Holzfäller Itzik befreite den Horizont vom Wald.

- -

Der Rabbi Uri sah aus dem Fenster und wartete, wann die Fliege Rahel vom Markt oder aus dem Fleischerladen zurückkäme.

- -

Auf der Brandstätte marschierte der Rekrut Naftali Spiwak um seinen Haufen Habseligkeiten herum.

- -

Nur die Einfältigen trugen Wasser in Scheitelkappen zum Feuerlöschen, nur die Einfältigen gingen auf Transport ins Zuchthaus, wollten die Himmelsleiter hochsteigen, starben für fremde Sünden, und Fuhrwerke mit toten Einfältigen, Erd- und Himmelsbewohnern, rasselten über Wege und Straßen, über die ganze Erde, von Ozean zu Ozean, von Horizont zu Horizont, und das Knirschen der Wagenräder hallte wider im All: Stöhnen und warnendes Vorzeichen.

17

Es regnete in Strömen, und die Klugen saßen zu Hause.
»Ök-ök!«
»Muuh!«
»Hü-oh!«

1978–1981

AtV **Texte zur Zeit**

Band 49

Auch wir sind Europa. Zur jüngeren Geschichte und aktuellen Entwicklung des Baltikums

Herausgegeben von Ruth Kibelka

Originalausgabe

174 Seiten
12,80 DM
ISBN 3-7466-0052-9

Fast 50 Jahre standen die baltischen Staaten im Schatten der europäischen Geschichte. Nun bringen sie sich vehement in Erinnerung. Unser Band will Basis- und Hintergrundinformationen zum Zeitgeschehen in Estland, Lettland und Litauen liefern und Handbuch auch zu kommenden politischen Ereignissen sein.

AtV **Texte zur Zeit**

Band 60

Bald nach Hause – Skoro domoi

Das Leben der Eva-Maria Stege

Aufgezeichnet von Sigrid Moser

Originalausgabe

212 Seiten
14,80 DM
ISBN 3-7466-0066-9

Zwei Fotos besitzt Eva-Maria Stege: das eine zeigt ein strahlendes junges Mädchen, das andere eine Frau, grau, mit leerem Blick, in ein unkleidsames Kostüm gezwängt, und man muß lange hinsehen, um zu erkennen: das ist ein und dieselbe Person. Fünf Jahre liegen zwischen den beiden Fotos, fünf endlose Jahre in den Lagern Sibiriens; denn eines Tages waren Rotarmisten auf den kleinen Bauernhof im Märkischen gekommen und hatten das Mädchen Eva-Maria einfach mitgenommen: „Du rabota!" Und diese fünf Jahre hingen ihr an, solange die DDR währte, denn „die *Freunde* werden schon keinen in ein Lager gesperrt haben, der ohne Schuld war".

AtV **Texte zur Zeit**

Band 8

Lew S. Klejn
Verkehrte Welt
In Breshnews Lagern

Essays

Aus dem Russischen von
Bernd Funck

Deutsche Erstveröffentlichung

176 Seiten
13,80 DM
ISBN 3-7466-0009-X

Lew Klejns Verhaftung im Jahre 1981 war vom KGB inszeniert. Wegen Homosexualität angklagt, verbrachte der Leningrader Archäologe fast zwei Jahre in Gefängnis und Lager. Diese zweite Welt des stalinistischen Systems ist streng geteilt: Im äußeren Kreis herrschen die Bewacher, im inneren fristen die Häftlinge ihr Dasein nach den Gesetzen des Ganovenehrenkodex.
Klejns fesselndes Psychogramm dieser Kastenordnung weitet sich zur aufregenden Analyse der Justiz und des Strafvollzugs in der späten Breshnew-Zeit.

AtV **Texte zur Zeit**

Band 65

Gennadi Botscharow
Die Erschütterung

Afghanistan –
Das sowjetische Vietnam

Aus dem Russischen von
E. Lappin und N. Sacharewitsch

Erstmals als Taschenbuch

208 Seiten
12,80 DM
ISBN 3-7466-0070-0

Immer wieder in der modernen Geschichte greifen Großmächte zum Mittel des Krieges, wenn sich kleine Länder ihrem politischen Willen nicht fügen: die Amerikaner in Vietnam, Grenada und am Golf, Sowjets verschiedener Nationen in Afghanistan. Soldaten in einem Land, dessen Lebensweise, Kultur und Religion ihnen fremd sind. Machen sie nicht alle ähnliche Erfahrungen? Ein erschütterndes Buch in der Tradition von Remarques „Im Westen nichts Neues“.

AtV **Texte zur Zeit**

Band 42

Jan S. Skorupski
... um die Polen zu verstehen

Meine Gespräche mit Andrzej Szczypiorski, Andrzej Wajda, Izabella Cywińska, Lech Wałęsa, Waldemar Fydrych, Wojciech Jaruzelski, Jan Twarowski, Jerzy Urban

Aus dem Polnischen von Ingrid Buhl, Joanna Diduszko, Sigrid Moser, Siegfried Schmidt, Andrzej Szynka

Deutsche Erstveröffentlichung

238 Seiten
Mit 8 Schwarzweißfotos
16,80 DM
ISBN 3-7466-0045-6

Positionen und Befindlichkeiten seiner Landsleute am Vorabend einer möglichen Neuordnung Europas veanlaßten den polnischen Aventuristen Skorupski, Gespräche mit prominenten Politikern, Intellektuellen und Künstlern zu führen. Sie äußern sich (selbst-) kritisch und skeptisch zur Geschichte und Gegenwart, blicken aber auch hoffnungsvoll in die Zukunft ihres Volkes, die angesichts der deutschen Vereinigung und des Umbruchs in der Sowjetunion besonderes Gewicht erlangt.

AtV

Band 84

Alexej Remisow
Das Teufelchen

Erzählungen und ein Roman

Aus dem Russischen von Waltraud Ahrndt und Eckhard Thiele

Mit einem Nachwort von Christa Ebert

Erstmals als Taschenbuch

384 Seiten
17,80 DM
ISBN 3-7466-0092-8

Im Haus der Diwilins ist es nicht geheuer, sagen die Leute im Ort. Der Schabenvertilger, ein zurückgezogen lebender, von einem furchtbaren Geheimnis verfolgter Mann, geht bei Glafira, die alle die Hexe nennen, und ihrer Schwiegermutter, ein und aus. Was machen die drei, wenn sie sich zu nächtlicher Stunde einschließen? Beschwören sie den Teufel? Oder nur ein Teufelchen? Remisow, der uns mitunter an Kafka erinnern mag, greift Motive Gogols und Dostojewskis auf und wertet sie neu aus der Sicht der Jahrhunderwende.

AtV

Band 17/18

Fjodor Dostojewski
Die Dämonen

Roman

Neuübersetzung in zwei Bänden

Erstmals als Taschenbuch

948 Seiten
Bd. 1/2 28,00 DM
ISBN 3-7466-0018-9

Dämonen gleich, überziehen Pjotr Wercho-wenski und Nikolai Stawrogin eine verschlafene russische Gouvernementsstadt mit Intrigen und aufrührerischen Ideen und zeichnen am Ende für Feuersbrunst und Mord verantwortlich.
Angeregt von dem aufsehenerregenden Prozeß gegen den Anarchisten Netschajew und seine Gruppe 1871, entwickelt Dostojewski in dem zweibändigen Romanwerk sein Bild von der russischen Revolution.

AtV

Band 13

Lion Feuchtwanger
Die Brüder Lautensack

Roman

328 Seiten
16,80 DM
ISBN 3-7466-0014-6

Das Treiben um den Telepathen, den Magier Oskar Lautensack, dem mit Hilfe der Nazis ein schwindelhafter Aufstieg gelingt, bis er von ihnen auf übliche Art – durch Mord – beseitigt wird, offenbart eine besondere Seite des faschistischen Systems: Die Naziführung bedient sich des Okkulten, des Mystischen, um ihre Macht in den Köpfen und Herzen der Massen zu festigen, eine Macht, die Rausch, Irrationalismus und Verbrechen an die Stelle von Vernunft, Gewissen und Gerechtigkeit gesetzt hat.
Vorbild für die Hauptfigur ist der Hellseher Hanussen.

AtV

Band 73

Lion Feuchtwanger
Die Geschwister Oppermann

Roman

368 Seiten
16,80 DM
ISBN 3-7466-0081-2

Sie sind mit sich und der Welt zufrieden: der jüdische Fabrikant und Schriftsteller Gustav Oppermann und seine Brüder. Bis die Nazis sie zu Verfemten, Gejagten, Vertriebenen machen und zu Entscheidungen auf Leben und Tod zwingen.

Der zweite Teil der Wartesaal-Triologie ist ein großartiges Dokument der faschistischen Gewaltherrschaft und ihrer Folgen für den einzelnen.

AtV **Dokument und Essay**

Band 53

Heinrich Mann
Das Führerprinzip
Arnold Zweig
Der Typus Hitler

Texte zur Kritik der NS-Diktatur

Herausgegeben von Werner Herden

Erstmals als Taschenbuch

148 Seiten
12,80 DM
ISBN 3-7466-0056-1

Kein Staat und keine Macht ist irgendeine Anstrengung wert oder verdient irgendein Opfer, wenn Macht und Staat den freien Gedanken nicht vertragen und das menschliche Gewissen gegen sie spricht.
Heinrich Mann, 1939

Vielleicht entsteht wirklich der Bund der vereinigten Demokratien Europas aus dem Trümmerhaufen, den dieser neue Krieg hinterlassen muß. Dennoch war er nicht nötig, um Europa zu einen, wie kein Hitler nötig war, um das zu beweisen...
Arnold Zweig, 1943